点石集

李时人 著

李玉栓 李玉宝 整理

上海人民出版社

李时人先生在家中书房

上：李时人先生与夫人汪华、儿子李根在一起，背景为李根画作《徐光启和利玛窦》，2013年

下：李时人先生与弟子们在一起，2009年

《金瓶梅》"热"的历史文化反思
——兼及金瓶梅研究的现状

十六世纪末至十七世纪初，《金瓶梅》晚明社会一出现，曾经引起了一场"金瓶梅热"。当时抄传珍视，抽毫中部生以胎败的中相其与永佐。又仅取初授养统，移方势典。人生一材故童其名咀悟中大梦"云露满纸，形于拔垦"。"不少人方方针代收罗估抄，其至到誊重誊购求一陕而陕，以求先睹为快。"吻·吸来有亲金瓶梅的13则支新暑料于批吩近一卓。其印刺又行啊陉仪心绕吟起一次。视得去三卓卓《新刻金瓶梅词话》第不是《金瓶梅》的初刻本。据据沈恫浮历历影东编》和《新刻金瓶梅词话》东号卓殊究唐后术署的时间，可知《金瓶梅》初刻于万历45—47年纷。现有《新刻金瓶梅词话》刊刻的时间应为万历47年以后至天后故光之阵（理由：①此卓从苇43回于拔，一篇十三字将"花2由"的由"字故刻为"油"，吉至达天后星卓半由校名师；②薛闷《天桌查笔査》虽徙及初刻卓山有东亲卓殊安唐，他又术摆修23度，故《新刻》不不吾形是有刻旦都是初刻咖霧GP年。史正皇统从万历45.47年以后刚设斯3场

附书统一习有人拟为时心感明宜，王刊摆兄意，以渭外咖建以寄卓犯是一步卓3是语心。

1

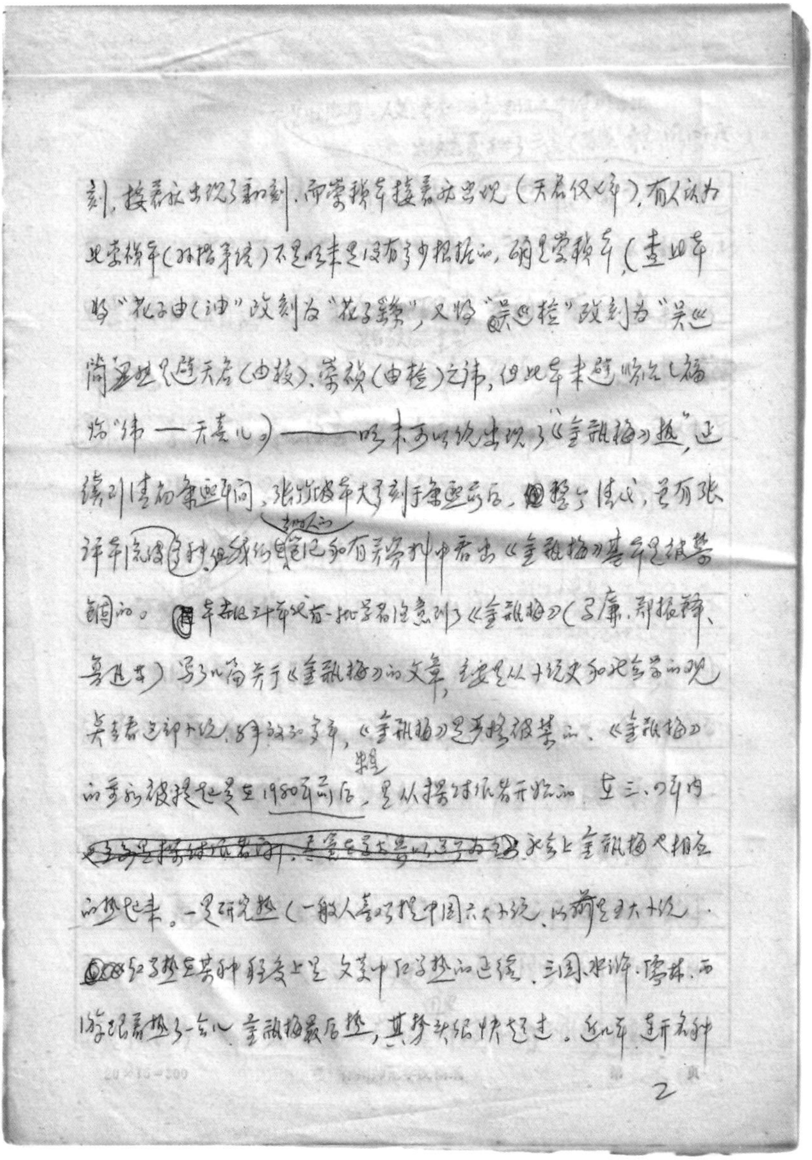

李时人先生手稿

目 录

序

恩师李时人先生治学已近四十年,著作等身,成就斐然,卓然可表者,《中国古代禁毁小说大全》《明清小说鉴赏辞典》《全唐五代小说》《崔致远全集》《中国文学家大辞典·明代卷》①,以及即将结题的《明代作家分省人物志》等,皇皇巨著,嘉惠学林。借本集出版之际,不揣浅陋,将先生近四十年来的治学经历、学术成果和治学思想作一梳理,以为序文。

一

先生的学术起步于20世纪八十年代,时值学界承继"五四"新文化运动以来重视小说、戏曲的趋势而掀起小说、戏曲研究热潮。在这样一股热潮中,先生的注意力首先聚焦在《西游记》《金瓶梅》这两部明代"奇书"上,先后发表有《〈大唐三藏取经诗话〉成书时代考辨》(合撰)、《〈西游记〉中的唐僧出世故事》、《谈〈金瓶梅〉的初刻本》、《"说唱词话"和〈金瓶梅词话〉》②等三十余篇论文,平均每年有3篇文章见刊,用力之勤、速度之快、成果之多,即使在实行量化考核的今天看来也是不可思议的。除此以外,先生还发表有关于《红楼梦》《聊斋志异》《说岳全传》等的研究论文③,对中国古典小说的研治范围从一开始就非常广泛。

---

① 各书版本为:黄山书社1992年版、浙江古籍出版社1992年版、陕西人民出版社1998年初版(中华书局2014年再版)、上海古籍出版社2017年版、中华书局2018年版。

② 文章分别刊于《徐州师院学报》1982年第3期、《文学遗产》1983年第3期、《文学遗产》1985年第2期、《复旦学报》1985年第5期。

③ 参见《关于〈说岳全传〉》(《中国通俗小说阅读提示》江苏人民出版社1984年版)、《关于〈红楼梦〉及其他古代小说研究问题的思考》(《云南师范大学学报》1986年3期)、《〈聊斋志异〉与〈池北偶谈〉》(合撰,《明清小说研究》1985年2辑)、《李汝珍》(《中国十大小说家》上海古籍出版社1989年版)等。按,凡先生成果一律不注作者。

　　1991 年，先生将前十年有关《西游记》《金瓶梅》的研究论文同时结集出版①，这是先生对此前研究的一种总结，以此为出发点继续向前推进对中国古典小说的研究，研究的广度和深度都不断取得突破。在广度上，由《西游记》《金瓶梅》为主要研究对象扩展到对我国古代禁毁小说这一特殊文化现象的关注，如《中国古代禁毁小说泛论——中国小说与中国文化谈片之一》，进而推广到中国古典小说在域外的流播情况，如《中国古代小说在韩国的传播与影响》。②在深度上，《站在新的时代文化的高度观照〈金瓶梅〉》、《中国古代小说的美学新风貌——谈〈金瓶梅〉的艺术新创造》从更高更新的视角去审视《金瓶梅》，在《三国演义：亚史诗和亚经典》中提出了中国古典小说的"亚史诗"与"亚经典"的概念，在《西门庆：中国"前资本主义"商人的悲剧象征》中则采用"前资本主义"这一术语来解读西门庆形象。③整个 90 年代，先生除发表论文十余篇之外，出版各类专著十余部④，平均每年要出版一部著作、发表一两篇文章，如此丰硕的成果令人震惊之余也让人很难想象先生是如何做到的。

　　世纪之交，学术界对近一百年来中国古典小说的研究情况进行了整体性的回顾和反思，先生也不例外，梳理了 20 世纪有关唐五代小说、宋元小说、《金瓶梅》等的学术研究状况，并撰写多篇有关中国古代小说研究史的总结性论文。⑤

　　进入 21 世纪以后，先生在继续中国古典小说研究的同时，开拓了明代

---

　　①　参见《西游记考论》，浙江古籍出版社 1991 年版；《金瓶梅新论》，学林出版社 1991 年版。

　　②　《北方论丛》1993 年第 3 期、《复旦学报》1998 年第 6 期。

　　③　《学习与探索》1990 年第 3 期、《河北师范大学学报》1994 年第 3 期、《光明日报·文艺观察》1994 年 11 月 9 日、《光明日报·文艺观察》1995 年 7 月 19 日。

　　④　除《西游记考论》《金瓶梅新论》以外，其他著作分别是：《古今山水名胜诗词辞典》，陕西人民出版社 1991 年版；《中国古代禁毁小说大全》，黄山书社 1992 年版；《明清小说鉴赏辞典》（合编），浙江古籍出版社 1992 年版；《古训新编》，上海科技教育出版社 1995 年版；《大唐三藏取经诗话校注》，中华书局 1997 年版；《中国旅游文学大观·诗词卷》（上下册），陕西三秦古籍出版社 1998 年版；《全唐五代小说》（五册），陕西人民出版社 1998 年版；《李汝珍及其〈镜花缘〉》，辽宁春风文艺出版社 1999 年版；《中国古代禁毁小说漫话》，汉语大辞典出版社 1999 年版。

　　⑤　参见《20 世纪唐五代小说研究的回顾》、《20 世纪宋元小说研究的回顾》、《20 世纪〈金瓶梅〉研究的回顾》等，分载《零陵师专学报》1999 年第 4 期、2000 年第 1 期、2000 年第 4 期。

文学研究的新领域,两者齐头并进。在小说方面,更加侧重于域外汉文小说,发表了《越南汉文古籍〈岭南摭怪〉的渊源成书》、《中国古代小说与古代朝鲜半岛汉文小说》、《中国古代小说在日本的传播与影响》(合撰)①等一系列论文。在明代文学方面,1996年应中华书局之邀,着手编撰《中国文学家大辞典·明代卷》,此后数年间埋头于明代作家资料的收集和整理上,尤其是2000年以后,更是将主要精力集中在明代作家研究上。一方面,指导研究生撰写有关明代文学的学位论文,在这些论文在出版时还专门撰写序言,如收入本书的《〈江苏明代作家研究〉序言》、《〈明代文人结社考〉序言》、《〈江苏明代作家文集述考〉序言》、《〈李维桢研究〉序言》等。②在这些序言中,先生除了就论文本身的内容谈一些自己的看法以外,一般还会拓展开去,对明代文学的诸多方面加以评析,或谈整体特点,或论具体问题,或述研治方法,都是先生对明代文学长期研究之后的思考和结论。另一方面,先生自己则专注于《中国文学家大辞典·明代卷》的编纂,经过十余年的努力,该书即将由中华书局出版面世。2013年,先生又作为首席专家获批国家哲学社会科学基金重大项目《明代作家分省人物志》(13&ZD116),虽近古稀之年,仍然笔耕不辍。

二

历观四十年学术成果,先生治学可谓"既宽广又突出"。"宽广"体现在诸多方面,如在范围上从先秦、魏晋到唐宋、明清,在文体上从小说、戏曲到诗词,在内容上从名家名著、文学史到文艺理论,在方式上从辑录、评选、校注到专论、通论,无不有所涉猎,惟是多寡深浅不同而已。"突出"则体现在对中国古典小说和明代文学的研究做出了巨大贡献,一些代表性的乃或标杆性的成果都是出现在这两个领域。

---

① 《文史》2001年第53辑、《人民政协报·学术版》2004年1月12日、《复旦学报》2006年第3期。

② 参见刘廷乾《江苏明代作家研究》,东南大学出版社2010年版;李玉栓《明代文人结社考》,中华书局2013年版;刘廷乾《江苏明代作家文集述考》,南京大学出版社2014年版;鲁茜《李维桢研究》,台北花木兰文化出版社2016年版。

　　就小说领域而言,先生的研治内容包括文本、文献、理论、方法以及传播与影响等各个层面。在文本方面,除《西游记》《金瓶梅》以外,先生对其他古典小说如《三国演义》《水浒传》《说岳全传》《红楼梦》《聊斋志异》《镜花缘》等,都给予了不同程度的关注。在对这些小说名著的研究中,有的考索故事原型,如《〈西游记〉闹天宫故事形成考辨》、《日本学者关于孙悟空形象来源的探索》①;有的探讨作者身份,如《贾三近作〈金瓶梅〉说不能成立——兼论考证的态度与方法》、《李汝珍"河南县丞之任"初考》②;有的又是辨析文献版本,如《〈四游记〉版本考》、《〈谈金瓶梅初刻本〉补正》③,等等。其中,有关《金瓶梅》的研究,曾被评论认为是"代表了目前《金瓶梅》研究的新水准与新成果"④,相关研究成果亦被收入《金学丛书》。⑤

　　在小说文献的整理和编订方面,先生对短篇小说、禁毁小说、唐人小说以及域外汉文小说等都作了大量工作⑥,为相关研究者提供了极大便利。从1987年开始,先生着手编订《全唐五代小说》,至1998年正式出版。该书曾被列入国务院"八五"古籍整理重点出版计划,共收唐五代小说2 114篇(正编1 313篇,外编801篇),逾400万字,全部由先生独立编撰完成,编订工作的艰巨性可想而知。作为今人编撰的第一部断代小说总集,《全唐五代小说》自面世以后就被誉为"文化积累工程",成为学界研究中国古代小说,尤其是唐五代小说经常参引的重要依据,何满子先生则将此书定位为"唐代艺文总集的三鼎足",高度评价说:"他孜孜矻矻,辛苦经营十年,终于完成了这件与《全唐诗》、《全唐文》鼎立的文化基础工程。"⑦2014年,中华书局予以再

---

　　①　《徐州师院学报》1984年第2期、《中国社会科学·未定稿》1985年第18。

　　②　《徐州师院学报》1983年第4期、《明清小说研究》1987年第6辑。

　　③　《徐州师范学院学报》1986年第2期、《文学遗产》1986年第3期。

　　④　魏崇新《〈金瓶梅〉研究的新水平与新成果——评李时人〈金瓶梅新论〉》,载《天津社会科学》1992年第3期,第72页。

　　⑤　参见《李时人〈金瓶梅〉研究精选集》,《金学丛书》第二辑第18册,吴敢、胡衍南、霍现俊主编,台湾学生书局2015年版。

　　⑥　参见《大唐三藏取经诗话校注》中华书局1997年版、《古代短篇小说名作评注》(合著)上海古籍出版社2000年版、《游仙窟校注》中华书局2010年版等。

　　⑦　何满子《十年辛苦不寻常——谈〈全唐五代小说〉这一文化工程》,《出版广角》1999年第2期,第62页。

版,詹绪左先生作了复校,在校改了原稿一些讹误的同时也充实了大量篇幅,使得版本更为精良。

先生对整个中国古代小说乃至"小说"这种文体都有着自己的思考和定见。比如"小说在某种意义上可视为用美学方法写成的历史——风俗史、心灵史","不仅是文化的产物,也是文化的载体和组成部分";小说"是一个国家或民族叙事艺术达到一定高度的产物",而散文体小说则是"叙事文学的最高形式和人类成年的艺术";中国古代小说基本上可以分为"文言"和"白话"两大系统,这两大系统"实际上是同源异流,从而构成了中国古代小说发生、发展的总体格局和历史景观";中国古代小说是在中国古代发生的一种文化和文学事象,"具有鲜明的民族文化特征",所以"我们的古代小说研究理应提出契合自身文化属性和文化特征的理论、方法",等等。① 这些观点是先生在长期的中国古代小说研究中产生的认识,也是先生研究中国古代小说各种问题的理论基点。尤其在小说的观念上,先生"在长期研究心得基础上做了深入的理论思考",认为从《汉书·艺文志》到《四库全书》,正统的小说观在本质上都是非文学、非艺术的,从未强调过"小说"的叙事性和文学性,这种现象"严重阻碍了中国古代小说观念的进步,带来了种种理论上的混乱"。② 因此,先生与何满子前辈多次交流探讨,最终提出了符合现代美学的判定小说与非小说的"十条"标准,在学界引起了高度关注。

先生常言自己要撰写一部中国小说史,是"一部自鲁迅以来有别于诸家的小说史"(先生语)。早在上个世纪八十年代,有感于后出的小说史相对于《中国小说史略》来说"似乎没有多大的超越"的状况,先生就说"这是使我们古代小说研究者感到惭愧的事情","在新的时期,我们就应该努力来改变这种现状"。③ 为此先生曾经从何满子前辈手中接过编写《中国小说史》的计划,何先生也对此寄予厚望,并将此事记入他的"口述自传"中。④ 可惜后来先生在编纂完成《全唐五代小说》之后,又将全部精力投入到明代作家的考察与

①　《中国古代小说与文化论集·弁言》,中华书局 2013 年版,第 1—2 页。
②　《小说观念与〈全唐五代小说〉的编纂》,载《文学评论》1999 年 3 期,第 142、145 页。
③　《关于〈红楼梦〉及其他古代小说研究问题的思考》,第 59 页。
④　参见何满子《跋涉者》,北京大学出版社 1999 年版。

研究中,《中国小说史》的撰写就此被长时间搁置了下来,不得不说是一件憾事。

对于小说的研究方法先生也提出了独到的看法。例如在小说主题的研究上,先生认为对于《三国演义》《水浒传》《西游记》《儒林外史》《红楼梦》等我国古代优秀的长篇小说,在进行主题研究时不能试图"用一种简单的、抽象的哲学、政治、伦理道德概念或逻辑命题来概括作品的全部内容",因为"这几部古典长篇小说都反映了极其丰富的生活内容,表现了非常复杂的思想意义",用一个或几个抽象的思想概念是不可能概括得了的。①关于在古代小说研究中扩大研究领域和改革方法,先生的看法是:"研究方法更新的关键在于文学观念的更新和思维方式的更新",要弄清各种方法"对文学研究的适用性和应用范围,从而加以合理使用……各种研究方法要兼容、互补"。②直到21世纪以后,先生对这些问题仍然给予关注,并有了更为全面、深刻的论述:"'现代'意义上的中国古代小说研究与百年来中国社会及其思想文化的剧烈动荡和频繁变革联系密切……在不同的文学观念、文学理论和学术思想背景下,形成了各种研究范式、研究方法","只有对这些研究范式、研究方法从理论上进行认识、总结……才能更好地推动古代小说研究合理的发展"。③并由小说而延及对整个古代文学研究方法的思索:"古代文学的研究的基础理论、学科理论,可以是多元的、开放的、允许探索的","古代文学研究要想在21世纪得到更大的发展提高,首要任务之一就是要解决学科的理论建设问题"。④先生对古代小说以及古代文学研究方法的积极思考和有益探索,对当下乃至于以后的相关研究都具有一定启示和垂范意义。

除了国内的古典小说,先生对域外的汉文小说也颇为关注。先生曾为韩国庆熙大学闵宽东教授的《中国古典小说在韩国之传播》专门撰写序言⑤,

---

① 《关于中国古典长篇小说"主题研究"的思考》,载《中国社会科学院研究生院学报》1985年第1期,第65页。

② 《关于〈红楼梦〉及其他古代小说研究问题的思考》,第56—57页。

③ 《关于古代小说研究的一点思考》,载《北方论丛》2009年第3期,第24、27页。

④ 《古代文学研究的现代道路与理论建设》,载《光明日报·文学遗产》2003年3月26日。

⑤ 参[韩]闵宽东《中国古典小说在韩国之传播·序二》,学林出版社1998年版,第5—20页。

并先后发表了数十篇研究论文,范围覆盖朝鲜半岛、日本和越南。①后与翁敏华先生、严明先生合作出版《东亚汉字文化圈古代文学论集》,先生在《弁言》中大力倡导对"东亚汉字文化圈"古代文学的研究理应成为"东亚汉字文化圈"研究不可或缺的内容,由对域外汉文小说的研治提升为对域外汉文学的重视。②2009年,先生在香港大学作有关域外汉文小说的学术报告,对朝鲜半岛、日本、越南等"东亚汉字文化圈"内各国古代小说的渊源和发展作了全景式的描述,认为上述诸国古代小说的起源、发展乃至于繁荣都深受中国小说的影响,"是古代东方文学曾经高度发达的见证"。③为此,先生又与聂付生、杨彬、刘廷乾、汪俊文等弟子合作,用时十七、八年精心撰写了《中国古代小说在东亚的传播与影响研究》,全书分为三卷,分别对中国古代小说在朝鲜半岛、日本和越南的传播时间、传播途径、传播范围,特别是对各国小说产生、发展所产生的巨大影响进行了详尽论述,从各种繁富复杂的资料中理出符合历史实际的线索,从而展现了中国古代小说在东亚各国传播与影响的立体式图景。④

先生还非常重视小说辞书的编纂工作。早在20世纪90年代,先生就与何满子前辈汇集明清两代白话长篇小说和包括文言、白话在内的中、短篇小说的鉴赏文章,合作主编了《明清小说鉴赏辞典》,其中列入的小说篇目基本包举了"社会上有影响的、群众能见到的全部品种"。⑤近年来,又与张兵、刘廷乾合作编写了《〈西游记〉鉴赏辞典》,遴选76个重要情节和31个主要人物分别进行"故事情节鉴赏"和"人物形象鉴赏",该书被列入上海辞书出版社"中国古代小说名著鉴赏系列"之一,"知识性、趣味性、思想性的和谐统一"⑥

---

① 如《新罗崔致远生平著述及其汉文小说双女坟记的创作流传》(《文史》2001年第57辑)、《〈游仙窟〉的日本古钞本和古刊本》(合撰,《上海师范大学学报》2006年第3期)、《中国古代小说与朝鲜半岛古代小说的渊源发展》(合撰,《上海师范大学学报》2009年第1期)、《中国古代小说与越南古代小说的渊源发展》(《复旦学报》2009年第2期)等。

② 《东亚汉字文化圈古代文学论集》,人民文学出版社2015年版,第2页。

③ 《"东亚汉字文化圈"各国古代小说的渊源发展》,香港大学饶宗颐学术馆2009年版,第1页。

④ 该书系国家社会科学基金后期资助项目,目前已经完稿和结项,即将由中国社会科学出版社正式出版。

⑤ 《明清小说鉴赏辞典·前言》,第2页。

⑥ 《西游记鉴赏辞典·出版说明》,上海辞书出版社2013年版,第1页。

的特点可以适应不同层次读者的阅读需求。这些辞书既为小说研究者提供了便利,也为小说爱好者提供了入门工具,《明清小说鉴赏辞典》后面还附录《明清小说在国外》和《近代四十年(1949—1989)明清小说刊本索引》,就更大程度地发挥了小说辞书的"工具书"作用。

三

在明代文学领域,先生首先是对一些基本的概念有着自己的理解和界定。如"文学",包括"古人使用各种文体撰写的种种'有韵之文'、'无韵之文'"在内的"结撰文字成篇而着文采者",都可被视为"文学"。又如"作家",凡是从事"文学作品"写作之人,"既包括著作等身、彪炳史册之大文学家,亦包括名不出乡里,甚至仅以写作自得自乐之作者",都可以被称为作家。①而对于"明代作家"之"明代"的界定,除了政治史上通常所说的自太祖朱元璋洪武元年(1368)至思宗朱由检崇祯十七年(1644)之间的 276 年以外,"对于由元入明和由明入清之跨代作家,则主要遵循年龄与政治态度的双重标准综合考量取舍"。我们说,不同的研究者因其研究目标和研究思路不一样,对于同样的学术概念界定和使用也会有所不同,但像先生这样尽可能地放大概念外延的做法也着实不太多见。先生之所以倾向于如此宽泛的概念,并不是随意为之,而是经过深思熟虑:一方面是想藉此再现明代文学创作的全貌,从"最高的枝条"到其下面的"枝枝叶叶"都能够给予一定的关注;另一方面则是考虑到现在所谓的"小作家"很可能尚有未被发现的作品,因为"历经四百年历史沧桑,作品存佚多寡亦不同",为避免遗珠,对于一些仅存一、两首诗歌或一、两篇文章的作者也不应轻易地置于研究视域之外。②

在明代文学领域,先生将其精力主要用在了对明代作家的全面考察和考订上。这方面的代表成果就是《中国文学家大辞典·明代卷》。七卷本

---

① 参见《〈明代作家分省人物志〉编纂细则》(未定稿)。按,先生认为"作家"与"文学家"是有区别的,"文学家"一定要有突出的文学成就,而"作家"则未必如此,"凡是有作品存世者都可以被称为'作家'"(先生语)。

② 参见《〈明代作家分省人物志〉编纂细则》(未定稿)。

《中国文学家大辞典》是中华书局组织实施的一项重大文化建设工程,先生接受《明代卷》的编纂任务之后,首先遇到的一个难题就是到底应该选择哪些作家入编大辞典,而要解决这个问题又需要对将近三百年间所有明代的作家作品进行普查。最终,经过十余年的努力,共考索出明代有文学作品传世的作家20 000多人,有传世的明人诗文总集、选集、别集约5 000种。这是对长期以来困扰和阻碍明代文学研究的基本数据问题的有力回答,是继《列朝诗集》《明诗综》以来在明代诗文的研究资料上向前迈出的一大步。在如此近似"海选"的基础上,再从中遴选出3 000余人入编《明代卷》,对他们的生平经历、文学活动、著述情况、成就评价以及生平事迹的主要资料来源等一一进行述介。

在对明代作家、文集进行广泛搜罗的同时,先生也对明代文学的特点予以归纳。先生曾在各种场合多次提及,认为明代文学有几个比较显著的特点:一是各种文学样式同步发展,"诗歌、散文、小说、戏曲(戏剧文学)同时发展,雅俗交融,并行不悖",而且"文学人口(作者和读者)大量增加,呈现出一种不同于往古、带有一定'近代气息'的文学景观"。二是各种文学创作与社会文化的联系更为紧密,"在社会文化体系中所占份额增大,成为时代'文化生态'的重要组成部分"。三是文学创作与文学理论探讨齐头并进、相互影响,"从而更多地表现出文学的自觉和主体意识"。四是在很大程度上表现出古代文学"终结期"的特色,在中国文学的进程中,明代文学"庞杂却并非无序","陈陈相因却又充满了创造性和指向未来的张力。"①先生的这些概括不仅高屋建瓴,对于我们认识明代文学的特质有着指导性意义,而且相对于当下一些有关明代文学史的研究来说,表述别具一格,更具个性魅力。

在明代文学研究中,先生一直秉持"时""空"交叉的观念和方法。"文学

---

① 《中国文学家大辞典·明代卷·序言》,2013年4月初稿,2015年4月修改。《中国文学家大辞典·明代卷》由中华书局于2017年12月出版,撰写本文时尚未见到该书。有关明代文学特点的认识,先生最早是在家里给学生讲课时提到,但因其时是在授课过程中,所以仅有观点而较少论述,后来在为刘廷乾、鲁茜等人的学位论文撰写序言时形成了系统性的文字表述。参见刘廷乾《江苏明代作家文集述考》,第1页;鲁茜《李维桢研究》,第4—5页。

不仅因时而异,亦因地而异"①,是先生研治明代文学乃至对于中国文学的基本观点。今天的"地域文学"研究异常繁盛,但早在十几年前先生就对此作过明确阐述:

> 时间和空间是事物存在和运动的两种基本形式,文学也是在"时空"范围内发生的现象,因此不仅是一种时间现象,也应该是一种空间现象。古代文学研究中,只有既注意时间,又注意空间的多维研究,才能真正描绘出各个历史时代文学发展变化的立体的、流动的图像。②

在先生看来,此前的"文学史"研究比较注重"时间"维度,对中国古代文学规律的探讨比较注重文学的"时间性发展",而对"空间形态"及其流变有所忽视。先生认为,只有"通过这样一种多维的研究和对历史动态的揭示",才可以"更多地发现中国古代文学发展流变的内在机制","进而探讨文学兴衰的直接动因"。而且,"中国的文学"因其独有的民族性特征应该更加重视"地域"维度的研究,这是因为"在庞大的中国,不同历史时期、不同地区的政治、经济发展都是不平衡的,文学的发展也是不平衡的"。③先生主张"从'地域'角度出发的考察和研究,理应成为中国古代文学研究中不可或缺的部分……要想将研究推向深入,我们理应加强或重视从'地域'角度对古代文学的研究"。④先生的明代文学研究正是循着这样一种思路展开的,所指导的硕士、博士研究生多以地域划分(分省或分府)进行明代作家和文学研究,仅已通过答辩的学位论文就不下40篇,先生自己则全力攻关国家哲学社会科学基金重大项目"明代作家分省人物志"。按照计划,该项目将按明代"两京十三布政使司"(省)的划分,对明代20 000多位有作品传世的作家的生平、

---

① 《〈历代江西词人论稿〉序言》,《历代江西词人论稿》,邱昌员著,百花洲文艺出版社2004年版,第9页;《〈江苏明代作家研究〉序言》,第1页。
② 《论古代文学的"地域研究"与"流派研究"》,《赣南师范学院学报》2005年第1期,第40页。
③ 《论古代文学的"地域研究"与"流派研究"》,第40页。
④ 《〈江苏明代作家研究〉序言》,第2页。

著述以及文学创作活动进行全面考察,最终编纂出一套《明代作家分省人物志》,共有十六分卷,各分卷内的作家亦按府、县属地进行排列。可以想见,此成果一出,必将推动当前的明代文学研究登上一个新的台阶。

四

四十年来,先生夙夜祗勤,兢兢治学,循循授徒,终成海内硕学。截至目前,先生已经发表学术论文逾百篇、出版专著二十余种,至若《全唐五代小说》《明清小说鉴赏辞典》《中国古代禁毁小说大全》《中国文学家大辞典·明代卷》等,则其学术价值又非数字可以衡量。能够取得如此丰硕的成果,一个很重要的原因是先生有着一套独具特色的治学思想,诸如"文人是靠笔说话的""一个时代有一个时代的学术研究""补空白、攀高峰、立异端"的三种研究范式等等,传统而新锐,宏阔而细微。先生门下弟子已逾百人,对于先生的治学思想各有各的领悟和解读,才高者识大,性鲁者见小,此仅择三端以窥之。

一是"工夫在诗外"的治学理念。"工夫在诗外",本是宋代诗人陆游向其子传授写诗经验时的一句话,意思是要想把诗写好,不能只注重磨炼诗歌本身的辞藻、技巧、形式等,而应该走出诗歌,向生活、向社会、向自然去寻找源泉,所谓"纸上得来终觉浅,绝知此事要躬行"正是这句话的最好注解。先生经常借用这句话来教导弟子如何才能做好学问,在讲课的时候也多次强调:"如果单纯地抱着一本文献刻苦钻研,不结合其他知识,是什么也研究不出来的。"从先生的为学经历和学术成果来看,先生借用这句话的涵义应该有这样两层。

从宏观上看,先生的意思是:做学问不能仅仅着眼于学问本身,而应当多读书,甚至是不作辨别地去读书。先生在中学时代就酷爱读书,"近乎狂热地找各种'课外书'来读,从来不考虑这些书与功课有没有关系"。①当时流行的《红岩》《铁道游击队》《烈火金刚》等自不必说,国内鲁迅、郭沫若、茅盾、

---

① 《我的四年中学》,载《中文自修》2001 年第 10 期,第 31 页。

巴金的小说几乎全部读遍,国外的如法、英、德、意尤其是苏联的小说也都阅读,而对于中国古代小说更是痴迷其中,《三国演义》《水浒传》《西游记》等都读过不止一遍。当后来有机会从事学术研究时,先生首选小说作为研究对象与这一时期的大量阅读密不可分。"文革"期间,先生继续坚持读书,《资本论》《家庭、私有制和国家的起源》《德意志意识形态》等马列著作读,《赤脚医生手册》也读,"家里的书读完了,就千方百计到外边去找"。①正因为这种坚持,当度过那个艰难的岁月之后,先生便有机会走上大学的讲台,而这种"无书不读""无时不读"的积累也为后来的学术研究做足了储备。所以我们读先生的文章,除了雄浑的论述、明晰的思辨、个性鲜明的语言,文中旁征博引而似信手拈来的渊博学识既令人叹服,也让人着迷。先生在四十年的治学经历中也不是一味地沉浸在自己的主要研究领域,曾先后编纂过《古训新编》、《中国旅游文学大观·诗词卷》(上下册)、《古今山水名胜诗词辞典》等,这或许可以理解为先生是在用自己的行动践行着"工夫在诗外"的理念。

从微观上看,先生的意思应当是:做研究不能仅仅局限于问题本身,而应当从具体问题生发开去,联系问题所处的时代背景进行观照。这种观照,既包括精神层面的、制度层面的,也包括物质层面的,这在今天叫做"文化学"的研究方法。1985年,先生在《光明日报》上发表《元代社会思想文化状况和杂剧的繁盛》一文,提出以整个社会思想文化的视角去阐释元代杂剧兴盛的原因,引起学者共鸣。1986年,在第二次《金瓶梅》学术讨论会上宣读《金瓶梅:中国16世纪后期社会风俗史》一文②,引起热烈反响,与会者普遍认为这是一种具有开创性的研究视角,后来又发表《站在新的时代文化的高度观照〈金瓶梅〉》再次强调这一观点。③此后,先生相继发表《出入乾嘉:李当珍及其〈镜花缘〉创作》《〈三国演义〉:史诗性质和社会精神现象》《〈水浒传〉的"社会风俗史"意义及其"精神意象"》《唐代文言小说与科举制度论略》等论文④,都是在

---

① 胡相峰《艰难坎坷不坠鸿鹄之志——记自学成才的李时人副教授》,载《人物》1988年第3期,第35页。

② 该文后来发表于《文学遗产》1987年第5期。

③ 《学习与探索》1990年第3期。

④ 《国学研究》1997年第4卷、《求是学刊》2002年第4期、《求是学刊》2007年第1期、《上海师范大学学报》2004年第6期。

这样一种理念下开展的研究。先生认为"中国古代小说是在中国古代发生的一种文化和文学事象"①，"作为叙事文学的最高形式和人类成年的艺术，小说具有包罗万象的气魄，人类文化和社会生活几乎所有方面都可以在小说中得到反映，在这个意义上，小说可以说是用美学方法写成的历史——一个国家或民族的'风俗史'和'心灵史'"。②并明确指出："我总觉得，从社会思想文化的角度，包括从社会思潮的角度研究古代小说，不仅有利于古代小说研究的深入，对古代小说研究的理论建设来说，也是有一定意义的。"③先生还持着这样一种理念去指导博士生撰写学位论文，如《唐代文言小说与科举制度》(俞钢，1999级)、《中国16—18世纪社会心理变迁与白话短篇小说之兴衰》(王言锋，2000级)、《佛教与唐五代白话小说研究》(俞晓红，2001级)、《诗与唐代文言小说研究》(邱昌员，2001级)、《宋代文言小说的文化阐释》(余丹，2002级)、《清代前期白话小说与实学思潮》(聂春艳，2003级)，等等④。这种治学理念又由小说推广至戏曲："真正的中国文化其实并不全在孔孟程朱、庄老佛禅的典籍之中，不经的小说戏曲之类也常常凝聚、积淀着民族的精神文化。"⑤再由小说、戏曲扩展到对整个中国古代文学的研究，如在阐述明代文学特点时："各种文学创作突出表现出与时代社会生活、社会思潮、社会心理同步的态势，在社会文化体系中所占份额增大，成为时代'文化生态'的重要组成部分，更多地体现出了文学的职能、价值和意义。"⑥在剖析地域文学的生成机制时："就中国古代而言，一个地区文学繁荣的沃土实际是'文化'——或者说文学之树总是植根于'文化土壤'之上。"⑦当这种理

①　《中国古代小说与文化论集·弁言》，第1页。
②　《"东亚汉字文化圈"各国古代小说的渊源发展》，香港大学饶宗颐学术馆2009年版，第106页。类似的表述先生曾不止一次地使用，参见《小说观念与〈全唐五代小说〉的编纂》，第142页；《中国古代小说与文化论集·弁言》，第2页。
③　《关于古代小说研究的一点思考》，载《北方论丛》2009年第3期，第27页。
④　上述学位论文均已正式出版，分别是：上海古籍出版社2004年版、中国社会科学出版社2009年版、人民出版社2006年版、中国社会科学出版社2008年版、中国社会科学出版社2010年版、高等教育出版社2007年版。
⑤　《中国古代禁毁小说大全·前言》，第2页。
⑥　《中国文学家大辞典·明代卷·序言》，2013年4月初稿，2015年4月修改。
⑦　《论古代文学的"地域研究"与"流派研究"》，第40页。

念发展成熟以后,先生提出了更为铿锵的论断:"即使是那些艺术上几乎毫无可取的小说作品,作为一种文化遗存,也可能因其具有一定的文化内容而成为人们认识历史文化甚或探索民族心灵历程的资料。"①除小说以外,先生自己也曾尝试运用这种理念去观照其他文学名著,例如《文心雕龙》,先生就曾旗帜鲜明地提出应当"以'文化学'的眼光对《文心雕龙》加以审视",因为《文心雕龙》"并非纯文学理论著作,它的理论所涉及的范围比我们现在所说的'文学'要宽泛得多","《文心雕龙》之所以'体大虑周',一个重要的原因就在于刘勰较之一般谈文说艺者有着更为广阔的文化视野",其中"一以贯之的是作者的文化通观,许多问题,甚至范畴、概念的使用都与中国传统的思想文化有关"。②

二是"求实、创新、循序渐进"的治学原则。先生曾多次公开地表述这一治学原则,如在《〈江苏明代作家文集述考〉序言》中:"对于治学,我从来主张求实、创新、循序渐进。"③后来干脆直接将这句话放入各种"自我简介"中,本书就是一例。在这三个词语中,"求实"是基础,"创新"是目的,"循序渐进"则是方式。《中国文学家大辞典·明代卷》的编纂就很好地体现了这一治学原则。

在接受中华书局的编写任务之后,先生首先想到的是:"必须尽可能先搞清楚明代到底有多少文学作品存世? 有作品存世的作家到底有多少? 各人情况如何?"④只有将这些最基本的问题弄清楚,才能从中遴选出一定数量的作家进行编撰。由于明代诗文作家的历史文献数量惊人,搜寻起来也有一定难度,所以明代诗文研究在资料整理方面长期滞后是学界的一个共识。为此,先生本着"求全""求实"的原则,遍览明人总集、别集、笔记、方志、金石、正史《文苑传》《艺文志》以及各种目录类书籍,最终考索出作家 20 000 多人、存世诗文集近 5 000 种,而这只是完成了第一步。在第一步的基础上,再综合考量每位作家的文学创作和影响,从中选择 3 046 人进行大辞典的编写。与此同时,先生还指导硕士生、博士生以及合作的博士后进行有关明代

---

① 《中国古代小说与文化论集·弁言》,第 2 页。
② 《文化意义的〈文心雕龙〉和对它的文化审视》,载《学习与探索》1987 年 1 期,第 110 页。
③ 《〈江苏明代作家文集述考〉序言》,第 6 页。
④ 《〈江苏明代作家文集述考〉序言》,第 4 页。

文学的学位论文和出站报告的撰写,从 2003 年至今,已有 60 多篇通过答辩,涉及明代的地域作家研究、个案作家研究、家族作家研究、女性作家研究、名作名著研究、诗文总集(选集)研究、诗文理论研究、结社交游研究、笔记史料研究等等,可以说是覆盖了明代文学的方方面面。①自 1996 年接受编写邀请至 2018 年正式出版,前后经历了 20 余年,时间不可谓不长,而用先生的话讲就是"想将《明代卷》打造成一部精品"。是否能如先生所想,还有待学界验证和反馈。

除此以外,《全唐五代小说》,从 1987 年开始到 1998 年出版,用了 10 余年时间,到 2013 年再版又用了 15 年时间。《中国古代小说在东亚的传播与影响》,2000 年发表第一篇有关研究论文②,至 2011 年完成初稿,获批国家社科后期资助项目后继续撰写,最终完成约 170 万字的成果,即将于明年正式出版,前前后后花了 18 年时间。《明代作家分省人物志》,2003 年左右制订研究规划,至今也已经过 15 年时间,但也只是基本完成初稿,离最后定稿、出版应该还要再经过一段时间。其他成果或许花费的时间并没有这么长,但所用时间与成果规模之比也多超出常规,都是遵循着"求实、创新、循序渐进"这一原则展开研究的。

三是"靠材料说话"的治学方法。"研究问题要靠材料说话",是先生常说的一句话。所谓"靠材料",就是要有文献考证;"说话",就是能够理论阐述。两者结合实际上就是说研究问题要能考论并用、考论相长,所谓"辨章学术,考镜源流"之谓也。学界也普遍认为先生"长于传统的文献考据学,又认真学习科学理论及各种研究方法","考论兼长是李时人同志治学的特点"。③

先生治学向来注重文献的搜集、整理和研读。他在编纂《全唐五代小

---

① 这些出站报告和学位论文有不少已经在修订充实后正式出版,如马汉钦《明代诗歌总集与选集研究》,哈尔滨工程大学出版社出版 2009 年版;芦宇苗《江苏明代作家诗论研究》,南京大学出版社 2010 年版;刘坡《李梦阳与明代诗坛》,南京大学出版社 2013 年版;周潇《明代山东文学史》,中国社会科学出版社 2015 年版;张慧琼《唐顺之研究》,江苏古籍出版社 2016 年版;马兴波《明代笔记考述》,中国社会科学出版社 2018 年版,等等。

② 参见《越南汉文古籍〈岭南摭怪〉的成书与渊源》,载《文史》2000 年 4 期。

③ 不著撰者《李时人教授与中国古代小说研究》,载《上海师范大学学报》1993 年第 3 期,第 2 页。

说》时就说:"我觉得,搞古代文史研究,首先应该是对对象的全面了解和正确把握,否则其他一切都谈不上。"①在谈到明代文学的研究现状又说:"20世纪以来的明代文学研究存在不少问题……在诗文研究方面,首先是作家考察和文献资料整理方面差强人意"。②先生特别反对那些轻视文献、游谈无根的治学行为:"不注重第一手史料,连最基本的史实都没有搞清楚就妄发议论",是一种"以哗众取宠骗取高名令誉的做法"。③正因为如此,先生早期的很多文章都是从考证入手的,仅以"考"字命名的就不下十篇。④也正因为如此,先生不遗余力地进行各种文献的编选、辑校、评注,《古训新编》《大唐三藏取经诗话校注》《中国旅游文学大观·诗词卷》《全唐五代小说》《古今山水名胜诗词辞典》《中国古代禁毁小说大全》《古代短篇小说名作评注》(合作)⑤《游仙窟校注》《崔致远全集》等等,莫不如是,直到现在还在编选唐人小说。⑥先生在文献考订方面的特色和成就早已为学者所公认和赞誉,原国务院学科评议组成员陈毓罴就对先生早期的学术研究作出"材料翔实、考证周密、眼光明锐"的鉴定,原九三学社中央教育文化委员会委员魏崇新则评价先生的《金瓶梅》研究是"论据充分,论证严密,考订精慎""考论兼长"⑦,等等。

但仅仅进行文献考订还是不够的,"考"只是手段、工具,"论"才是目的、旨归,任何"以繁琐考证、放弃思想创造"来做学问,都是"'现代'学术基础理论薄弱的表现"。⑧先生学识渊博、才力雄厚,所以论述起来常常大开大合、不

---

①　《小说观念与〈全唐五代小说〉的编纂》,第 143 页。

②　《〈李维桢研究〉序言》,第 3 页。

③　《江苏明代作家文集述考》序言》,第 6 页。

④　如《〈大唐三藏取经诗话〉成书时代考辨》(《徐州师院学报》1982 年第 3 期)、《〈金瓶梅〉中"金华酒"非"兰陵酒"考辨》(《徐州师范学院学报》1983 年第 2 期)、《〈西游记〉闹天宫故事形成考辨》(《徐州师院学报》1984 年第 2 期)、《朱鼎臣〈西游释厄传〉考》(《明清小说论丛》第 3 辑,春风文艺出版社 1985 年版)、《〈四游记〉版本考》(《徐州师范学院学报》1986 年第 2 期)、《李汝珍"河南县丞之任"初考》、《〈万历野获编〉"金瓶梅"条写作时间考》(《复旦学报》1986 年第 1 期)等。

⑤　上海古籍出版社 2000 年版。

⑥　参见《唐人小说选》,中州古籍出版社 2018 年版(即出)。

⑦　胡相峰《艰难坎坷不坠鸿鹄之志——记自学成才的李时人副教授》,第 37 页;魏崇新《〈金瓶梅〉研究的新水平与新成果——评李时人〈金瓶梅〉新论》,第 72、73 页。

⑧　《古代文学研究的现代道路与理论建设》,载《光明日报·文学遗产》2003 年 3 月 26 日。

拘一格。这里不妨举几个"中西结合"的例子略作管窥。比如,在阐释"文化"一词的内涵时,一方面引用《周易》"观乎天文,以察时变;观乎人文,以化成天下"、《说苑》"凡武之兴,为不服也,文化不改,然后加诛"进行解释,另一方面也指出西方"文化"一词源于拉丁文 cultura,是英国人类学家泰勒(Edward Burnett Tylor, 1832—1917)1871 年在《原始文化》一书中给"文化(culture)"进行定义。①在论述科举制度发展时,不仅认为"'科举制度'是以农业经济为主的中国古代社会'制度文化'高度发达的产物",是中国特有文化下产生的特有制度,而且依据西方传教士利玛窦(Matteo Ricci, 1552—1610)、耶稣会士金尼阁(Nicolaus Trigault, 1577—1628)等人的介绍而认为19 世纪西方各国建立的文官考试制度,"首先是西方社会发展进步的结果,但与中国科举制度对西方的影响肯定不无关系"。②在论述文学与地域的关系时,既会关注朱熹《诗集传》、魏征《隋书·文学传序》、鲁迅《汉文学史纲要》的相关观点,也会联系 18 世纪法国的孟德斯鸠(Montesquieu, 1689—1755)、19 世纪法国的丹纳(Hippolyte Adolphe Taine, 1828—1893)以及 20世纪瑞士的让·皮亚杰(Jean Piaget, 1896—1980)的相关理论,在此基础上提出"文学创作在一定程度上受到地域的影响,古今中外都是一个不争的事实"的观点。③在谈论中国古代的才子佳人小说时,会从西欧中古时期的"骑士文学"谈起,尤其是"骑士文学"中的叙事作品——韵文体和散文体的"骑士传奇"(romance),并通过对"骑士"阶层、"骑士"的爱情婚姻以及"骑士文学"的细致梳理,指出"骑士传奇"所描绘的种种爱情故事"究其底里,总是与当时的社会生活实际有着这样或那样的联系"。④类似的例子在先生的文章中比比皆是,而像马克思、恩格斯、黑格尔、丹纳等人的名字和言论更是可以经常见到,甚至于像"哥德巴赫猜想"这种跨学科的术语也会被拿来使用。⑤

---

① 《论古代文学的"地域研究"与"流派研究"》,第 41 页。
② 《唐代文言小说与科举制度论略》,载《上海师范大学学报》2004 年第 6 期,第 57 页。
③ 《论古代文学的"地域研究"与"流派研究"》,第 39 页。
④ 《中国古代"才子佳人小说"论略》,载《南京师大学报》2011 年 4 期,第 111—118 页。
⑤ "哥德巴赫猜想"一词,先生是用来比喻《金瓶梅》作者问题的,原文是:"《金瓶梅》的作者问题,是一个难解的谜,却有着很大的吸引力,实可称为中国古典小说研究中的'哥德巴赫猜想'。"见《贾三近作〈金瓶梅〉说不能成立——兼谈我们应该注意考证的态度和方法问题》,《徐州师院学报》1983 年 4 期,第 57 页。

　　"考",考证、考据、考订;"论",评论、论析、阐述,两者结合,一直是中国传统学术的治学方法。先生也继承了这一传统的治学路数,主张实证与评释不可偏废,并曾专门撰文讨论乾嘉汉学的得与失,认为"乾嘉学派所代表的不仅仅是一种研究方法和学风,在很大程度上是以学术研究为形式的思想文化潮流",在实实在在的考据之中是蕴藏着理论目的和社会目的的。实际上就是说乾嘉学派是有考有论、考论结合,而并非有些人所说的"为考据而考据"。①而在坚持考论并用的治学方法的同时,先生还特别强调由文献考证到结论推导的科学合理性,强调研究问题不能依靠表面考证、实则索隐的"主观想象",更不能用"拼凑证据来证明自己的主观想象",正确的做法应当是"建立在唯物主义的科学基础上""根据材料得出结论"。先生因此发出呼吁:"衷心希望搞考据工作的同志能尽可能依据可靠的材料和使用科学的研究方法","使我们的研究少走一些弯路"。②

　　先生的求学、治学经历极富"传奇"色彩。高中一年级第二学期即将结束时,"文革"开始,学生生涯被无情打断,从此与校园求学再无缘分,时年仅有17岁。十年动荡时期,先生始终没有放弃对书本、对知识、对真理的追求,始终坚信人类的科学文化是不可能完全断绝的,在巨大的政治与生活双重压力下始终坚持着读书自学。"文革"结束后,先生曾经两次报名参加徐州师院(今江苏师范大学)中国古代文学专业的研究生考试,专业课均以优异成绩名列第一,终因英语分数不达标而未能如愿,所以直到今天,先生履历中的学历一栏填写的还是"高中"。当我们听说上述丰硕的学术成果、独具特色的治学思想只是出自一位"高中生"时,无不引起巨大的震撼!1980年,先生刚过而立之年,因在研究生考试中展露出过人的学识和才华,而被徐州师院中文系直接录聘为中国古代文学专业教师,从此踏上了高校教学

---

　　①　《古代文学研究的现代道路与理论建设》,载《光明日报·文学遗产》2003年3月26日。按,先生在这里肯定的是乾嘉学派的学风和实证方法,而对其维护旧学的治学目的则是批判的:"乾嘉学派虽然以纠讹辨伪为己任,却只能自觉不自觉地成为陈旧思想文化体系的维护者。"

　　②　《贾三近作〈金瓶梅〉说不能成立——兼谈我们应该注意考证的态度和方法问题》,第65页。

与科研的道路。不久之后即在学术研究中取得突出成就,1987 年破格晋升副教授,当时《中国青年报》以头版头条进行报道,中央电视台通过新闻联播向全国播放,《人民日报》及各地方报纸也相继刊载,中华全国总工会则授以"国家自学成才"奖章。在全国总工会的表彰大会上,先生引用刘禹锡"以不息为体,以日新为道"作为发言题目,这是先生对之前生活、学习经历的总结,也成为日后先生在学术研究中孜孜以求的真实写照。

　　先生著作宏富,学术思想自成一体,不是一两篇文章即可概而述之,加之个人学殖与才力颇为有限,实难尽窥先生学术之全貌,遑论治学思想之奥义,仅以此文作为本集序文,以为引玉。

李玉栓

2017 年 12 月 18 日拜书于上海之鱼

《〈三国演义〉源流研究》序言

《三国演义》在中国文学中的崇高地位,不仅在于它是古代长篇小说的开山之作以及历史小说中最成功的作品,更重要的是,在中国古代小说中,还没有一部作品能像《三国演义》这样得以藉于各种形式的广泛传播,为社会不同阶层、不同人群所接受,并在数百年的民族精神生活中产生过如此巨大的影响。如何解释这一现象呢? 我以为,这主要在于《三国演义》不是一般意义的古代历史小说,而是一部"史诗"性质的作品,在某种程度上,甚至可以说是一部代表我们民族一定历史时期"文化精神"的"文化经典"。

按照一般的说法,"史诗"是人类"童年"时期一种重要的"文学—文化"现象。在西方,老柏拉图和亚里士多德都曾经谈到过史诗。但前者主要肯定其在审美及道德领域内的权威,后者重在探讨史诗与悲剧在模仿媒介和方式上的不同,都没有涉及对史诗的概念讨论和范畴界定。这或许是因为,在他们的视野中,只有《伊利亚特》《奥德赛》这样本民族公认的史诗,除此之外,并没有可以称为"史诗"的东西。至黑格尔才在他的《美学》一书中辟专章全面讨论了史诗问题。黑格尔首先提出史诗是诗歌发展的最初阶段,通过神和人(英雄)的事迹来表现一个时代的生活和民族精神的艺术形式。随后,他谈到了史诗的若干特征,如一般以战争为题材;史诗人物必须能代表一个时代全民族的一般思想和行为方式;史诗人物命运受环境力量制约的既定性等等。在黑格尔看来,史诗艺术有三个发展阶段:第一是东方史诗(如印度史诗),其中心是象征性的;第二是希腊古典史诗以及罗马人对希腊史诗的模仿;第三是基督教各民族的半史诗半传奇故事式的诗歌。当然,他没有忘记强调只有荷马史诗才是"真正史诗"的代表。①

黑格尔关于史诗的论述,不是没有应该修正和补充的地方。至少黑格尔没有强调"真正的史诗"应有民间的基础,是在流传中不断累积而成的。由于黑格尔所处时代的原因,对各民族的文学和文化现象尚不能有更全面

---

① 黑格尔:《美学》(下册)第三卷,朱光潜译,商务印书馆1984年版,第170页。

的了解,加上他的某些偏见,使他对"史诗"概念的把握并不十分准确,在使用时有时也不免混乱。现在我们一般认为,只有那些以历史事件或传说为内容,充满幻想和神话色彩,歌颂人、神英雄,表现一定时代的民族行为和精神方式,而又产生于没有形成书面创作的传统时代、经过民间流传累积而成的长篇叙事诗才是严格意义的史诗——相比较后世其他类型的"史诗",这样的史诗可称为"原始史诗"或"原生史诗"。在欧洲被称为"荷马史诗"的《伊利亚特》、《奥德赛》等便是这样的原生史诗,另外,还可以举出古巴比伦的《吉尔伽美什》和古代印度的《摩诃婆罗多》、《罗摩衍那》等。而那些个人创作的从内容到形式都模仿原生史诗的叙事诗,即使是古罗马维吉尔的《埃涅阿斯纪》,也只能是"模仿史诗"或"拟史诗"。至于后来人们称那些比较全面反映某一国家或民族一个历史时期社会面貌和人们多方面生活的优秀叙事作品,如托尔斯泰的长篇小说《战争与和平》为"史诗",实际上只是具有赞誉或比喻的意义——只不过是说他们是"史诗式"的作品。

按照以上对"史诗"的理解,《三国演义》似可称为具有"史诗性质"的作品。因为它既不是对原生史诗的模仿,也不仅仅是史诗式的作品。在成书过程及题材内容,特别是因其经历了长期的累积,在表现一定时代民族的行为方式和精神方面都类似史诗,但它并非产生于原始"史诗时代",叙事语言和方式也与史诗有差别——这一切当然与我们民族的历史进程和文化演进的特殊性有关——在这个意义上,我们又可以称《三国演义》为"中国式的史诗",或相对于世界其他各民族的原生史诗称其为"亚史诗"。

提出这样一个看法应该说并非没有理由。20世纪以来,经过学界数十年的研究,我们现在已有足够的证据说明《三国演义》是经过若干世纪的民间传说和演唱积累,最后才写成的"集体累积型"作品。而正是这种难以重复的民间基础和漫长的成书过程成了《三国演义》是一部"史诗性质"作品的"历史必要条件",使其在中国古代小说中成了一种"高不可及的范本"。

从东汉灵帝中平元年(184)爆发黄巾大起义,随即魏、蜀、吴三国鼎立,至晋武帝泰始元年(265)天下一统——这段80年战乱频仍、英雄辈出时代的历史,不仅官方的史书《三国志》有记载,而且当时和稍后还有大量的野史杂书记录了各种异闻和传说,刘宋时裴松之注《三国志》所引汉魏两晋时此类书达 200 余种,可为明证。①唐宋以来,三国故事,包括那些传说和异闻又借助民间说唱进入了叙事文学领域。20 世纪 60 年代发现的唐代释大觉《四分律行事钞批》、释景霄《四分律钞简正记》等材料,记录了民间说唱"死诸葛走生仲达"的故事②,证明了鲁迅先生关于唐时"已有说三国故事者"的推断。③两宋金元,"讲史"是"说话"艺术的重要"家数",三国故事亦被取为题材,北宋汴梁甚至出现了"说三分"的专家霍四究(《东京梦华录》卷五)。元代更有了记录"讲史"故事大概——或据"讲史"编写的刊本,至治年间(1321—1323)刊行的《三国志平话》(又一本题《三分事略》)一直保存到今天④,为《三国演义》的成书过程提供了可靠的资证,说明《三国演义》这部书确实是基于数百年民间演唱的积累——值得注意的是,参与《三国演义》成书积累的不仅有"讲史"艺人,还有院本、杂剧的作者。据记载,金元至明初的"三国戏"有六十余种(其中二十余种有全本传世)——也就是说,唐宋以来,无数人,包括民间说唱艺人,为《三国演义》的形成付出了心血劳动,贡献了他们的聪明才智。这一点与荷马史诗的成书十分相似——希腊人为了获得财富和奴隶而远征特洛亚的战争大约发生于公元前 12 世纪初,据说描摹这一历史事件的史诗在公元前 8 世纪形成,而现存的十四卷 15693 行的《伊利亚特》则是公元前 3 世纪亚历山大城的学者们根据古代抄本考订而成的——应当说,在此之前,有无数"荷马"参与了口头和书面创作,才最终形成这一人神交混、壮美动人的长篇叙事诗。

《三国演义》的成书有民间传唱的基础,亦有文人的介入。14 世纪的《三国志平话》刊行以后,一个规模更为宏大的叙述三国故事的文本形成了。现

① 裴松之注《三国志》引汉魏两晋之书,清人赵翼统计为 150 余种(《廿二史札记》卷六),钱大昕谓 140 余种(《廿二史考异》),近人陈垣则称其引书在 230 种以上(《三国志注引书目》,载《中国古代史论丛》第七辑)。

② 一栗:《谈唐代的三国故事》,载《文学遗产增刊》第十辑,中华书局 1962 年版。

③ 鲁迅:《中国小说史略》,《鲁迅全集》第九卷,人民文学出版社 1991 年版,第 111 页。

④ 《三国志平话》,元英宗至治年间建安虞氏刻,分上、中、下三卷,各卷卷端题"至治新刊全相平话五种",上图下文,现藏日本内阁文库。《三分事略》三卷,上、中卷端题"至元新刊全相三分事略上(中)",上、中卷尾与下卷端则题"照元新刊全相三分事略上(中、下)",下卷尾题"新全相三分事略下"。但封面题作"新全相三国志□□",又有"建安书堂"、"甲午新刊"字样。上图下文,现藏日本天理图书馆。两本实为一书的不同刊本,《三分事略》似为晚出的翻刻本。

存这一文本的最早刻本是明代嘉靖元年(1522)刊行的,书前有弘治七年
(1494)金华蒋大器的序,书题为《三国志通俗演义》。这本《通俗演义》使我
们相信它的编写者或整理者的历史和文学水平明显高于《三国志平话》的编
写者或整理者,很可能是一位文化层次较高的文人。只是由于缺乏确切的
材料,我们不清楚《通俗演义》与《三国志平话》之间是否还有其他"中介作
品",甚至对其写定的时间和谁是它的最后编写者或整理者也很模糊。[1]不
过,这一刊本说明至少从 16 世纪初开始,《三国演义》已经开始以刊本的形
式传播,而以后各种刊本的《三国演义》可能都是以这本《通俗演义》为祖
本的。[2]

　　嘉靖元年刊本《三国志通俗演义》——清初毛纶、毛宗岗父子的评改本
亦曾名《三国志演义》,后来有人也许无意地于题目中省去一个"志"字,才被
通称为《三国演义》[3]——署名"晋平阳侯陈寿史传,后学罗贯中编次"。[4]不
仅题名和署名突出史传,而且其具体内容较之《三国志平话》亦更切近于《三
国志》等史书所写的史实。"演义"一词曾见于《后汉书》所记范升对当时名
士周党的攻击,谓其"文不能演义,武不能死君"(卷八三)。其"演义"指阐发
"经义"。后来又有《大学衍义》一类书,"衍"通"演","衍义"指诠释"义理"。
宋元艺人则称"讲史"为"演义"(罗烨《醉翁谈录》),带有铺陈讲说(敷演、敷

____

　　① 关于《三国志通俗演义》的写定者,学术界一般根据嘉靖本"后学罗贯中编次"的署名,
以为是罗贯中。据明初《录鬼簿续编》,元末明初有杂剧作家罗贯中,作杂剧三种(现存《赵太祖
龙虎风云会》一种)。今存署名为罗贯中的小说除《通俗演义》外,还有《隋唐两朝志传》、《残唐五
代史演义》、《三遂平妖传》。又,《百川书志》著录《忠义水浒传》题"钱塘施耐庵的本,罗贯中编
次",《水浒传》天都外臣叙本、袁无涯刊本亦并署施耐庵与罗贯中之名。然《录鬼簿续编》未提罗
贯中有小说创作,至今亦未发现嘉靖本《通俗演义》刊行以前有资料提及《三国》、《水浒》二书及
其作者,故也有人怀疑罗贯中、施耐庵之名均为小说刊印者的假托。
　　② 明代《三国演义》的刊本很多,且互相间有较大差别。近来有人认为万历年间建阳余氏
等书坊所刊的《三国志传》系列的刊本刊刻时间虽晚而祖本却比嘉靖元年刊《三国志通俗演义》为
早,但尚不能确证。清初毛纶、毛宗岗父子整理改编亦主要是以《通俗演义》系列刊本为底本的。
　　③ 清初以来毛评本《三国演义》取代各种明刊本流行,毛评本的刻本、印本不下十余种,题
目有《绣像第一才子书》、《绣像金批第一才子书》、《贯华堂第一才子书》、《三国志演义》、
《绘图三国演义》等,后题为《三国演义》的本子较为流行,遂成为通行名。
　　④ 其实,嘉靖本《三国志通俗演义》署"晋平阳侯陈寿史传",又蒋大器序中称"若东原罗贯
中,以平阳陈寿传,考诸国史……"云云,都是有问题的,因为陈寿(233—297)既不是"平阳"人(寿
为巴西安汉人),亦未被封为平阳侯,只不过西晋时曾任过"平阳侯相"。侯国之相,相当于县令。

衍)的意思。从语源、语义角度,人们对《三国志通俗演义》书名可以有多层的理解,或者谓其是以通俗化方式铺陈《三国志》这部史书所写到的人物、事件;或者谓其是通过对史书内容的描述,阐发某种道理(观念意识)。所以后人往往解释《三国演义》是既演史又演义,或径直认为是"依史以演义"(毛评本《三国演义》伪托金圣叹序)。

其实,《三国志通俗演义》书名或许只是对《三国志平话》一类书名的承袭,而无论是《平话》或《通俗演义》,强调《三国志》只不过反映了在强大文化传统的语境下企图依附或靠拢史传以为标榜的一种思维定式。对它们来说,最重要的并不是对历史事实的复述,其所要传达给听众(读者)的主要还是他们根据自己的社会生活经验而得出的对历史、历史人物的一种认识和理解。这种认识和理解是基于现实的,即使是它所提供的历史现象亦多是"以今例古"的"文学想象",很难说是对历史事实的真实描写和把握①——文学与历史学在阐释历史方面从来就是有区别和差异的,现代的"历史小说"亦不例外,那种过分强调文学的历史真实性的说法在理论和实践上都是很难令人信服的。

虽然现存《三国志平话》最多不过是金元"讲史"艺人讲述三国故事的简略记录或粗略梗概,但仍然可以清楚看出这些创作者不过是将"三国"当作讲述故事的一个时间断限,或者说作为一种描述人物、事件的策略。比如既云"说三分",按理应叙述三国史实之大概,但《三国志平话》实际是以蜀汉兴废为故事中心,以刘、关、张、诸葛亮为主要人物,魏、吴两家及其他汉末人物和事件,只是为了和蜀汉有瓜葛才连带出现。论者多以为这种现象的产生是"封建正统"观念所致,并联系南宋朱熹等人强调正统、为南宋偏安局面制造历史依据加以论证。其实,早在北宋官方史学家司马光等人奉曹魏为正统时,民间讲唱三国故事就有了明显的向蜀背魏倾向。《东坡志林》记涂巷小儿"聚坐听古话,至说三国事,闻刘玄德败,频蹙眉,有出涕者;闻曹操败,

---

①　三国时期实际带有很强的"世族政治"、"世族经济"的特色,比如吴大帝孙权之所以用顾雍为相、陆逊为帅,除了他们个人的才能以外,主要是因为顾、陆为江东最大的"世族";而曹魏为司马氏所取代,很大程度上是因为司马氏代表了关陇世族,这与唐宋以后社会政治、经济情况有很大差别(参见拙著《孙吴政权与江南世族》,载《明清小说研究》1994 年增刊)。

即喜唱快"，当为其时的实录。到南宋，虽有民族矛盾加剧的背景，士大夫著书多以蜀汉正统相号召。但从《三国志平话》看，说书艺人以蜀汉为正统，却并未完全依正统标准臧否人物。曹操在《三国志平话》上卷中几乎完全以正面形象出现，直至下卷其当国专权，屡施暴虐，才被大加鞭挞。根据《三国志平话》和其他有关材料，可以肯定，当时的"讲史"艺人在讲述历史题材的故事时，其艺术活动的重点是根据自己的生活体验来复述或结撰故事，传达自己的认识和爱憎感情。

《三国志通俗演义》虽然较之《三国志平话》的故事（包括情节和人物）切近史实，但这里所说的"史实"仍然只不过是历史的大致轮廓、主要人物和事件。如核之《三国志》《资治通鉴》等史书，则《通俗演义》不仅有大量变更事件人物和情节上添枝加叶、踵事增华的现象，更有不少史传不载，实际上来源于民间说唱的故事情节（著名者如桃园结义、献帝认皇叔、过五关斩六将、七星坛祭风、华容道等）。更重要的是，《通俗演义》中的很多人物实际已迥异于史传人物的本来面貌，如诸葛亮、关羽等更是高度理想化、夸张的、超人式的英雄，以致被鲁迅先生批评为"欲显刘备之长厚而似伪，状诸葛亮之多智而近妖"。[1]因此，尽管我们可以认为《通俗演义》的编写者或整理者在素材上是兼取"史传"与"讲史"，但就其艺术思维方式来说，应是宗祧于"讲史"的。因为无论从继承还是本身来说，《通俗演义》都重在一种精神传达而非史实的复述。也就是说，《通俗演义》本质上不同于后代以写实为基础的历史小说——这正是《三国演义》具有"史诗性质"的原因——因为对史诗来说，历史从来只不过是一个叙事起点或故事框架，它所要表现的主要是一种时代的民族行为方式和思想精神——《伊利亚特》也有真实的历史事件作为依据，19世纪德国人谢里曼和考古学家伊文思等甚至依照荷马史诗的某些描写，在土耳其境内希萨里克山丘成功地挖掘出特洛亚城的遗址，并进一步通过对希腊本土迈锡尼、提任斯、皮洛亚和地中海克里特岛的发掘，揭示了在地下埋藏了数千年的"米诺斯—迈锡尼"文明[2]，但荷马史诗的文化史意义

---

① 鲁迅：《中国小说史略》，《鲁迅全集》第九卷，人民文学出版社1991年版，第129页。
② 参见兹拉特科夫卡雅：《欧洲文化的起源》，陈筠等译，三联书店1984年版；菲利普·李·拉尔夫《世界文明史》上卷，赵丰等译，商务印书馆1997年版，第134—137页。

显然并不主要在于对希腊古史的复述。

"史诗"以历史事件为结撰基础，其要义在于表现时代生活和民族的精神方式，而英雄、英雄业绩、英雄精神则是"史诗"的突出表征。《三国演义》在这方面与其他民族的"史诗"性质也非常相近。按毛宗岗的说法，《三国演义》有"三绝"：诸葛亮为"古今来贤相中第一奇人"；关羽为"古今来名将中第一奇人"；曹操为"古今来奸雄中第一奇人"（毛评本《三国演义·读三国志法》）。无疑，这正是《三国演义》描摹的重心所在，即使是号称"汉室之胄"体现正统的刘备，比起这三个人在书中的分量也轻得多。而且更重要的是，尽管《三国演义》有"拥刘反曹"的倾向，书中对于人物也有一定的褒贬原则，但全书的描写和意象又分明向读者宣示：刘、关、张、诸葛亮是英雄，曹操也是英雄，孙策、孙权也是英雄。其他一些主要甚至次要人物，如周瑜、司马懿、陆逊、赵云、黄忠、马超、典韦、许褚、张合、夏侯惇、吕蒙、黄盖、甘宁、太史慈等等，尽管处于不同的阵营，但或因智慧超群，或因勇武过人，亦都被描写得流光溢彩。古今阅读《三国演义》者，无不感受到书中对各种人物的道德情操以及种种智勇能力的普遍揄扬。[1]即使是一些书中贬抑的人物，比如被张飞骂为"三姓家奴"的吕布，也有可以被称为英雄的一面——所谓"人中吕布，马中赤兔"之谚不是至今广播于众口吗？最有趣的是《三国演义》描写战斗场面，常常是两军对阵，大将出马，大战若干回合，一将落败，则千军万马如鸟兽散，其实这并不符合中国古代战争的实际情况，说穿了不过是一种民间的"英雄崇拜情结"的表现——而这一点不亦正是史诗的特征之一吗？

当然，除了"英雄崇拜"，《三国演义》实际上有着更为丰富的精神蕴含，这种丰富的精神蕴含与其漫长的成书过程有关，亦是其作为"史诗性质"作品的重要依据。尤其是在《三国演义》的成书过程中，曾经有过讲唱者与听众、作者与读者的长期心灵交流，使其意识观念具有了相当的民众性，这就是鲁迅先生所说的"为市井细民写心"[2]，反映了下层民众反对暴政和战乱，拥护仁慈君主和爱民官吏的态度，以及对患难相扶、以"义"相交的人际关系

---

[1]　参见毛评本《三国演义》卷端《读三国志法》。

[2]　鲁迅：《中国小说史略》，《鲁迅全集》第九卷，人民文学出版社1991年版，第278页。

的理解。而由于一部分读书士子的介入，也渗入了"士"阶层的历史观念、政治理想和功利愿望，甚至不乏他们对社会人生的慨叹——诸葛亮的"出则为帝王师"以及"出师未捷身先死"的人生遭际，不正表达了相当多的中国古代读书士子的人生向往和这种愿望实际上不可能实现的悲剧况味吗？最后，经过清初毛氏父子改编整理过的《三国演义》，符合最高统治者利益的"天命"观念和"正统"、秩序思想在书中又得到了强调。

《三国演义》丰富的精神内容，正如何满子先生曾经说过的那样："凝聚着晋唐以来社会广大群众的历史观、伦理观和价值观，反映着社会各阶层意识的折衷。"[1]早几年，学术界曾热衷于研究《三国演义》的"主题"，有正统思想、拥刘反曹、宣传仁政、褒扬忠义、主张统一、赞颂英雄、讴歌贤才等种种说法。这些说法似乎都有道理，却又都不能概括《三国演义》的思想内容和精神意蕴，因为每一种被论者所强调的观念、倾向，都不过是《三国演义》思想精神的一部分，而《三国演义》实际上具有"史诗"般的巨大精神涵容，相当程度上集中、融会了中国古代，特别是中古以后我们民族的普遍思想意识、观念心理，表现了一种时代的意兴心绪——这正是《三国演义》数百年来为社会不同阶层、不同人群所广泛接受认同，亦为最高统治者所容纳和利用的原因。

约十年前，我曾在一本书的"前言"中说过："真正的中国文化其实并不全在孔孟程朱、庄老佛禅的典籍之中，不经的小说戏曲之类也常常凝聚、积淀着民族的文化精神——包括民族的性格和灵魂。"[2]具有"史诗性质"的《三国演义》更是在很大程度上凝聚、积淀了中古以来我们民族的各种观念意识、思想精神。而这些观念意识、思想精神与中国传统的"经典文化"——即依赖经典权威所确立的"原型文化"——是既有联系又有一定差异的。

世界文明史已经证明，许多古老的民族都有自己的"文化经典"，这些文化经典往往会影响着这一民族（包括相关文化区域）的过去、现在和将来。黑格尔早已有过类似的看法，比如他在谈到荷马史诗时就曾说过："作为这

---

① 何满子：《毛宗岗评改本〈三国演义〉前言》，《三国演义》卷首，上海古籍出版社1989年排印本。

② 李时人：《中国古代禁毁小说大全·前言》，黄山书社1992年版，第2页。

样一种原始整体,史诗就是一个民族的'传奇故事'、'书'或者'圣经'。每一
个伟大的民族都有这样绝对原始的书,来表达全民族的原始精神。"①中国古
代各种载籍中残存的神话遗蜕和传说断片,曾使不少人叹惋我们的祖先中
为什么没有荷马,为什么要放弃构筑《伊利亚特》那样宏伟史诗的机会。其
实,世界各民族及其文化本来就没有发展的固定模式,各民族发展的道路不
同,文化形态自然也不同。古希伯来文化没有创造史诗,古希腊文化没有产
生《圣经》,并不是他们各自的缺憾。对此,黑格尔看得很明白,他说:"并不
是所有的民族圣经都具有史诗所应有的诗形式,也不是把所有宗教和世俗
生活中最神圣的东西表现于雄伟的史诗作品的民族都有基本的宗教经
典。"②确实,许多古老民族的文化经典并不全是采用史诗的形式,比如古希
伯来人的《圣经》,古印度的《吠陀》本集及《梵书》、《奥义书》等。但是它们都
长期影响着这些民族的精神方式——包括信仰、道德观、价值观、思维方式
等的形成和延续,并因此成为至今制约和影响相关民族和文化圈文化发展
的"元经典"。我们的民族也不乏类似的"文化经典"。虽然我们的祖先没有
利用神话传说和现实材料创造史诗,也没有在文明的早期混沌中凝聚某种
"宗教精神"并将其典籍化,但是他们却在特定的文化基础上创造了《诗》、
《书》、《礼》、《易》、《春秋》以及《论语》、《孟子》、《老子》、《庄子》等一大批带有
"原创意义"或"次原创意义"的文化典籍。这些典籍都曾不同程度地被罩上
神圣的光圈,由于这些"经典权威"的确立,影响了中国文化走上一条与世界
各民族都不相同的发展道路,并且长期以来影响着中国人的思想心理、精神
方式,因此,它们也可以说是我们民族文化的"元经典"。

　　中国古代思想文化传统——特别是社会上层的思想文化传统,基本可
以说是一种"经典文化"传统——这种文化传统以伦理道德为本位,依赖经
典权威所确立的种种道德原则——忠孝节义及仁义礼智信等——界定人与
人、人与社会的关系和树立普遍的人格理想,不仅维系着一种既定的社会结
构和行为方式,也从根本上成为一切社会精神产品的母本。《三国演义》的
精神内容之所以与中国传统的"经典文化"既有联系又有差别,是因为它是

---

①②　黑格尔:《美学》(下册)第三卷,朱光潜译,商务印书馆 1984 年版,第 108 页。

中古以来历史推移、文化流变的产物,特别是其中较多地积淀了渐次发展起来的社会下层的思想文化——有一种学说过分强调了各民族文化中的"原始意识"或"文化原型"的作用,相对忽视了思想文化随着历史环境的变化而变化的事实,有如生物学中只重视遗传而忽视变异,是不能解释许多历史文化现象的——在中古以来的社会文化发展变化中累积形成的《三国演义》的精神内容实际上在很多方面表现了中古以来中国思想文化的变异。比如,《三国演义》也谈忠孝节义,也讲仁义礼智信,但它在继承这些传统观念的同时,又悄悄地借助形象描写对这些道德原则和规范作了某些新的界说和典范阐释。

　　比如,在所有的传统道德原则中,《三国演义》特别标举"义"。《三国志通俗演义》卷一第一则标目是《祭天地桃园结义》,后来毛评本将其与第二则合并为第一回《宴桃园豪杰三结义、斩黄巾英雄首立功》。所谓"桃园结义"故事先见于《三国志平话》,本是讲史艺人的创造,《三国志》及裴松之注所引野史稗乘中都没有这样的记载。《三国志平话》之所以虚构这个故事,《通俗演义》之所以将其列为开宗明义第一章,其目的都在于强调一个"义"字——与儒家经典中的"义"有一定差别的"义",一种虽然包含了"忠"却相对漠视了"忠"的"义"。在《三国演义》中,所谓"匡扶汉室"应是一种传统的"忠",但对割据群雄来说,这只是一种口号。"天下者,非一人之天下,乃天下之天下也。"一种古老的、在"家天下"观念流行以后几乎已经销声匿迹的政治理论(语出《吕氏春秋·贵公》)重新成为各派政治力量的思想武器。因此《三国演义》中的"忠"只有相对的意义——倒戈反水、择主而事,屡见不鲜,人们往往通过政治、伦理和功利的不同选择来确定自己的人生道路和实现自己的人生价值。而"义"在《三国演义》中却是绝对的。关羽放弃原则,释曹操于华容道,被誉为"义释",刘备不顾大局兴兵伐吴失败,也因是"为三人之义"而得到谅解。"义"在《三国演义》中成为最高的伦理道德概念,尽管其内涵相当复杂,若概而言之,则强调的主要是一种人与人之间的道德准则:君主之"义"重在爱民,臣下之"义"重在忠君,兄弟之"义"重在生死与共,朋友之"义"重在一诺千金、知恩必报,等等。刘、关、张之"义"之所以受到崇尚,是因为他们的"义"是所有这些"义"的集中表现,用关云长"挂印封金"前对张

辽说的话是："我与玄德,是朋友而兄弟,兄弟而又君臣也。"(毛评本《三国演义》第二十六回)

元明小说、戏曲最喜杜撰英雄"结义"的故事,津津乐道而不疲。不仅演"三国"、"水浒",其他故事亦多如此。元杂剧《关云长单刀劈四寇》中甚至还有刘、关、张与曹操"结为昆仲"的情节。所谓结为异姓兄弟,形式上是对中国长期以来以血缘为纽带的宗法关系的"模仿",但这种"亚关系"的被强调,无论在理论和实践上都有对传统异化的一面。因为中国古代从宗法社会关系体系派生出来的传统道德思想——特别是董仲舒、朱熹等人对儒学进行一次次改造以后的道德思想一直是以"忠孝"为首的。"孝"是基础,"忠"是"孝"的放大,而皇权至上又将"忠"推到绝对的高度。现在这种非血缘的"亚关系"的被强调,"义"的地位提高,尽管并没有否定"忠孝"的意思,却无形中贬抑了"忠孝",使思想和人性得到相对的舒展。所以清人章学诚批评《三国演义》:"最不可训者桃园结义,甚至忘其君臣而直称兄弟。"①

《三国演义》的思想内容、道德精神在不少方面表现为对传统经典文化的解构,而通过数百年的广泛传播——这种传播当然并不是仅指对《三国演义》的阅读,亦包括借助于戏曲、曲艺和其他艺术的和非艺术的形式对《三国演义》内容的传播——对数百年来我们民族的精神生活产生了巨大而深刻的影响。在这方面可举为"关帝崇拜"这一"造神运动"推波助澜为例。

所谓"关帝"指的是关羽。作为历史人物,他不过是三国蜀汉的一位大臣,生前最大官衔是"前将军",最高爵位是"汉寿亭侯"。虽然英勇善战,但也有傲慢自大、刚愎自用的毛病。打过败仗,关键时刻,连性命也未保住,落了个身首异处。迄晋至唐,关羽的名气并不大,一般读书士子最崇拜的三国人物是"为帝王师"的诸葛亮,所谓"诸葛大名垂宇宙"、"万古云霄一羽毛",所以"锦官城外柏森森"的武侯祠常为异代人所凭吊。虽然按照中国人祭祀"人鬼"的习惯,也有祀关羽的壮缪侯庙(关羽被杀后被追封为壮缪侯),但张飞、周瑜以及邓艾等三国人物都有庙祀,并不为特殊。逮至宋元,特别是明清以来,关庙发展之盛,则着实令人吃惊。中国人普遍缺乏真正意义的宗教

---

① 章学诚:《章氏遗书外编》卷三《丙辰札记》,吴兴刘氏嘉业堂刊本。

意识,也可以说是个"泛宗教信仰"的民族,佛教、道教等宗教偶像及祖先神、人鬼、各种杂神无不供奉,可谓"淫祀"遍天下,但近三四百年来,假若有人要问哪位神明的庙宇最多,可以说非"关帝"莫属。清代仅北京城内外的"关庙"就有200多座,全国各地,从通邑都市到穷乡僻壤,"关庙"亦是无所不在,不大的台湾岛"关庙"也有190多座。关羽的庙又被称为"关公庙"、"关王庙"、"关帝庙"。盖因宋徽宗崇宁元年(1102)曾追封关羽为"忠惠公",大观二年(1108)加封为"武安王";元文宗天历元年(1328)加封其为"显灵义勇武安英济王";明神宗万历四十二年(1614)又封其为"三界伏魔大帝神威远镇天尊关圣帝君";至清顺治九年(1652)更封其为"忠义神武关圣大帝",封号长至26个字。"关庙"又被称为"武庙",关羽被称为"武圣",俨然与"万世师表"的"文圣"孔子相对。不光道教横抬关羽,甚至"神统"严密的佛教也争着拉关羽入伙,以为"护法"。苏州西园罗汉堂里有关羽的塑像,北京最著名的喇嘛庙雍和宫里,更有座雄伟的关帝殿。可以说,近古以来关羽被作为"神"的地位被捧到极致,恰如旧时"关帝庙"一副楹联所写:"儒称圣,释称佛,道称天尊,三教尽皈依,式詹庙貌长新,无人不肃然起敬;汉封侯,宋封王,明封大帝,历朝加尊号,矧是神功卓著,真所谓荡乎难名。"[①]

　　"关帝崇拜"跨越时间和地域,甚至"圆融三教"。关羽作为"神"的职司和威力也被无限夸大,明清时除了官方庙祀,民间则普遍相信其具有司命禄、佑科举、治病除灾、驱邪避恶、纠察冥司,乃至招财进宝、庇护商贾等无上神通,似乎成了华夏"万能神"。近世以来更漂洋过海,成为异国他乡的华侨供奉最多的神。既非先王圣人,也非西来佛祖、道教宗师,以一介武夫出身的关羽受到如此特殊的崇拜,是很难用统治者的提倡来作简单解释的。作为一种精神现象,"关帝崇拜"无疑是民族各种社会力量交互作用的结果,寄寓了社会不同阶层、不同人群的种种观念、向往和祈愿。在这一"造神运动"中,《三国演义》虽不是始作俑者——晋唐人已经重视关羽作为历史人物的道德意义,所谓"义勇冠古今"(唐郎君胄《壮缪侯庙别友人》)。至宋元戏曲、讲史更突出关羽的"义勇"——但《三国演义》无疑起到了极为重要的作用,

―――――――――――

①　转引自王楚香:《古今楹联大观》,文明书局1921年印本。

或者说《三国演义》的成书是确立关羽形象及其精神内涵的里程碑,故清人王侃说:"《三国演义》可以通之妇孺,今天下无不知有'关忠义'者,《演义》之功也。"①

先哲鲁迅先生曾不无感慨地说:"中国确也还盛行着《三国志演义》和《水浒传》,但这是为了社会还有三国气和水浒气的缘故。"②这句话概括了《三国演义》成书、传播与影响的广泛社会基础,也点明了《三国演义》的文化史意义——《三国演义》的产生,基于中国社会中古以来经济、政治、文化生活的变化,基于社会道德伦理观念和价值观念的变化。也就是说,正因为社会有所谓的"三国气"——一种与传统文化既有联系又有差异、在某种程度上体现下层思想文化的观念意识、心理情绪——才会产生《三国演义》,才会接受《三国演义》,而《三国演义》的传播影响又使社会的"三国气"得到扩散,从而进一步影响了整个民族的文化精神和心灵历程。从这一点来看,《三国演义》似乎也可以被视为是代表一定历史时期我们民族精神文化的一部"文化经典"。相对于更古老的"经典",则可以说是一部我们民族文化的"次生经典"或"亚经典"。而《三国演义》的成书、传播及对民族精神文化所造成的巨大影响——虽然其对于社会文化的影响既有正面的、积极的,也有负面的和消极的——更形成了一种长期而复杂的社会精神现象。

16世纪《三国演义》各种刊本流行以来,"历史演义"小说成了中国古代小说之大宗,后来形形色色的小说家们甚至把二十四史统统"演义"了一番。但这些小说虽然竞相迭出、林林总总,却几乎都难免东施效颦之讥。这种"龙种"与"跳蚤"之间的差异,根本原因主要在于《三国演义》是一部史诗性质的作品,很大程度上类似于马克思所论及的荷马史诗——是藉于"必要历史条件"而产生的"高不可及的范本"。后来的小说作者不可能理解这一点,所以只能在如何"演史"——如何复述历史事实方面去追攀"规范":或者主张写实——"羽翼信史"。或者强调虚构——"传奇者贵幻"。或者取其折衷——"事事皆虚则过于诞妄,而无以服考古之心;事事皆实则失之平庸,而

---

① 王侃:《江州笔谈》,转引自鲁迅《小说旧闻钞》,济南齐鲁书社1997年版。

② 鲁迅:《且介亭杂文二集·叶紫作〈丰收〉序》,《鲁迅全集》第六卷,人民文学出版社1991年版,第220页。

无以动一时之听"。因而他们所创作出来的只能是与《三国演义》不具可比性的东西。

正因为《三国演义》不是一部一般意义的历史小说，所以我们今天仅仅将《三国演义》作为一部文学作品，或仅仅借用某些现成的文学理论，以文学批评的方式来研究、解读《三国演义》，显然是远远不够，甚至是不得要领的。如果我们能注意从历史文化的角度，从社会精神现象的角度来研究《三国演义》，则不仅能从学术层面上深化《三国演义》研究，对于整个中国古代小说研究、中国古代文化研究也都将会有积极的意义。

1990年在四川举行的《三国演义》学术研讨会上我曾经谈过以上的看法，1994年我又在《光明日报》上发表了一篇短文，扼要地阐述了这一观点。1996年，关四平考入上海师范大学攻读博士学位。入学以前，他已经是哈尔滨师范大学的副教授，于古代小说研究很有成绩，尤其是他曾经花了不少时间从事《三国演义》研究，发表过若干篇有关的论文。所以当四平提出要以《三国演义》的成书和传播为题作为学位论文时，我完全相信他能够作得好。在三年的时间里，我与四平进行过多次有关《三国演义》研究的讨论，而他在这段时间内更是全身心地投入这一课题，并最终完成了40余万字题为《〈三国志演义〉的成书、文本与传播研究》的博士学位论文。

四平的这篇论文是将《三国演义》的成书、文本与传播三者作为一个整体进行全方位的、系统的综合考察与研究的，规模十分宏大。其中特别注意了将《三国演义》的成书、文本内容与传播影响置于中国文化流变的大背景上，力图在具体考察分析的基础上，描述出这一社会精神现象发生发展的过程，揭示其文化史意义，并从一个侧面观照我们民族的心路历程。该文从选题到结构，从理论起点到论述方法，从材料的收罗到辨析，都能在前辈与当代研究者成果的基础上有所创新，因此，在某种程度上亦可以说不仅集同课题研究之大成，又有新的开拓进展。

四平的这篇论文完成以后，按我校当时的规定，有关主管部门聘请了朱一玄、陈美林、张俊、齐裕焜、张锦池、刘敬圻、李伟实、欧阳建、萧相恺、沈伯俊等十位教授对论文摘要进行了通讯评议，郭豫适、萧相恺、李梦生等三位教授对论文进行了评阅。参加评议和评阅的先生们均对四平的论文给予了很高的评价。1999 年 6 月 10 日，章培恒、郭豫适、齐森华、董乃斌、萧相恺、孙逊、李梦生七位教授参加了四平的论文答辩，答辩委员会作出了如下决议：

> 本文首次将《三国志演义》的成书、文本与传播作为一个逻辑与历史相统一的整体进行全方位的系统的考察与研究，梳理了该书由史实、传说、诗词、戏曲直至《三国志演义》的成书过程，描述了《三国志演义》经由文本、戏曲、说唱三个系统的传播过程及其巨大的影响，具有开拓性的意义。作者将《三国志演义》置于广阔的中国古代文化背景下加以考察，注重其文化意蕴、美学特征与不同时代文化背景下创作主体的思维方式及文化心理嬗变轨迹，论证精当，在前人研究成果的基础上多有创新，时有精辟之论。作者运用多种研究方法，视野开阔，高屋建瓴，构架恢宏，资料丰赡，是一篇高水平的、优秀的博士学位论文。

决议对四平的博士论文评价亦很高，我深以四平获得的成绩感到欣慰和骄傲。现在四平的这篇论文得到了出版的机会，我更是感到由衷的高兴。

当然，这并不是说四平的这本书已经把《三国演义》的成书、文本与传播影响一系列问题全部说清论透——如同我上面已经说到过的，《三国演义》的成书、传播及对中国文化的巨大影响已经成为一种绵延数百年的社会精神现象，因此对《三国演义》的研究绝不可能由某一个人毕其功于一役。如是，则尽管四平的这本书也许不可避免地有这样或那样的不足和缺陷，但对《三国演义》研究来说，也许可以说是一个新的起点。

2001 年 8 月 6 日于上海

【整理说明】

本文系先生为《〈三国演义〉源流研究》所撰《序言》，曾以《〈三国演义〉史诗性质和社会精神现象》为题刊载于《求是学刊》2002 年第 4 期（有删节），并同题收入《中国古代小说与文化论集》，中华书局 2013 年版。

　　《〈三国演义〉源流研究》，关四平著，黑龙江教育出版社 2001 年初版，2003 年修订再版，计 44 万字（修订版 44.3 万字），前有先生《序言》，后有作者《后记》，书名由何满子题写。该书将《三国演义》的成书、文本与传播作为一个逻辑与历史相统一的整体进行全方位、系统性地考察与研究。除《前言》外，全书正文共三编十三章，上编四章为成书研究，着重探讨三国题材演化史中史传、传说、讲史、诗歌、戏剧等各个环节所蕴含的文化内涵与美学特征。中编四章为文本研究，重点剖析《三国演义》的文化意蕴、人物的美学特质及其虚实艺术的独创模式，下编五章为传播研究，主要考索《三国演义》在文本系统、戏曲系统、说唱系统传播的途径、方式与范围，透视其在社会各层面所产生的广泛而巨大的影响。

　　关四平(1953—　)，男，汉族，山东平度人。1996 年师从先生主攻《三国演义》研究，获文学博士学位。现系哈尔滨师范大学文学院教授、博士生导师，曾任文学院院长，中国三国演义学会会长，中国红楼梦学会常务理事，《红楼梦学刊》《学术交流》编委。主要从事中国古代小说与古代戏曲的教学与研究，先后主持省部级课题多项，出版专著《〈三国演义〉源流研究》《唐代小说文化意蕴探微》《中国古代文学丛论》等 3 部，合作整理古籍《三国志通俗演义》《太平广记》等 3 部，曾获黑龙江省首届高校人文社会科学研究优秀成果专著一等奖、黑龙江省社会科学优秀科研成果专著二等奖等。

《冯梦龙研究》序言

冯梦龙(1574—1646)编撰的"三言"(《喻世明言》、《警世通言》、《醒世恒言》)已被公认为中国古代白话短篇小说的经典作品。数十年来,特别是近十几年,全国至少有数十家出版社出版了"三言",其影响更广播于一般读者。但这绝不是"三言"及冯梦龙命运的全部。虽然当"三言"于晚明天启年间先后刊行后曾被海内"奉为邺架珍玩",并传于域外,明末清初也有过几种翻刻本,但很快就在偌大中国泯没不彰。以至于清人禁毁"淫词小说",道光年间的书单上就只有"抱瓮老人"选有"三言"部分篇目的选本《今古奇观》了。1923 年鲁迅在北京大学等院校讲授中国小说史课程,并将其教材整理为《中国小说史略》出版,也还没有读过"三言"。所以他十分重视日本汉学家盐谷温在日本内阁文库中发现"三言"一事①,1930 年 10 月北新书局准备再版《中国小说史略》时,还特地在《题记》中提及,以为"在小说史上实为大事"。②

从 20 世纪 30 年代起,关于"三言"与冯梦龙的研究曾是中国古代文学,特别是古代小说研究的热点之一。郑振铎、孙楷第、叶德均、容肇祖、赵景深等学界前辈都曾撰文考证"三言"之源流,辨其体例,也研究冯梦龙的生平及其他著述,评价其在中国文学史上的贡献。新中国成立以后,仍有谭正璧、关德栋、范烟桥、胡士莹、陆树仑等学者努力对"三言"及冯梦龙的生平著述作进一步的考证、研究。许多文学史、小说史著作则将"三言"与冯梦龙列为重要章节加以论述,研究"三言"与冯梦龙的文章,在中国古代白话短篇小说及其作者研究的论文中占有很大的比例。1993 年上海古籍出版社和江苏古籍出版社还分别出版了《冯梦龙全集》,前者是影印,后者是标点。两本《全集》所收略有差别,合起来看,则所收除了"三言"以外,历来被确定为冯梦龙编撰,或疑为冯梦龙所编撰的《古今谭概》、《情史》、《山歌》、《挂枝儿》、《智

---

① 盐谷温:《关于明代的"三言"》,载《斯文》1924 年第八编第 6 号。
② 鲁迅:《鲁迅全集》第九卷,人民文学出版社 1989 年版,第 3 页。

囊》、《智囊补》、《笑府》、《广笑府》、《太霞新奏》、《新平妖传》、《新列国志》、
《墨憨斋定本传奇》、《折梅笺》、《牌经》、《太平广记钞》,以及《春秋衡库》、《四
书指月》、《麟经指月》、《春秋定旨参新》、《三教偶拈》、《中兴实录》、《甲申纪
事》、《纲鉴统一》等差不多已经全部收罗。

　　经过七八十年的努力,我们对冯梦龙这位四百年前的文学家的生平著
述可以说已经知道了不少,而冯梦龙似乎也以这么多的著述——尽管其中
不少是他编刊的——向我们敞开了他的心扉,但我们对冯梦龙的研究似乎
并不那么尽如人意。虽然在最近的二十多年的时间内,在前人研究的基础
上,我们又出版了若干本有关冯梦龙和“三言”的著作,但大多还停留在局部
研究或一般性介绍的层面上——至于有关文章,则以分析小说文本为
夥——对冯梦龙及其著述作综合的、整体的研究几乎没有。因此,要真正认
识冯梦龙,并从文学史、文化史角度正确评价冯梦龙,显然还需要做进一步
的努力。

　　不过,要真正解读冯梦龙,评价冯梦龙,也确实不容易。因为在中国文
学史上,冯梦龙实在是个极其复杂的存在。

　　首先,冯梦龙的著述,至今仍存在着许多不确定性。“三言”中哪些原来
是“宋元旧编”,哪些是经过冯梦龙改写的当代人作品,哪些是冯梦龙本人的
创作? 至今没有完全搞清楚。《新列国志》究竟是对《列国志传》的改编,还
是冯梦龙根据史书的创作? 四十回本《新平妖传》是否二十回本《三遂平妖
传》的改写本,是否与冯梦龙有关系? 都还有疑问。其次,冯梦龙身上及其
著述中,存在着很多矛盾。比如他既是一个“逍遥艳冶场,游戏烟花里”(王
挺《挽冯梦龙》)的风流浪子,市井文化与文学的代言人,又热心举业,58 岁时
还以老贡生身份赴丹徒儒学训导,61 岁时甚至不远千里到福建寿宁去任知
县;他既“酷嗜李(贽)之学,奉为蓍蔡”(许自昌《樗斋漫录》卷六),觉醒自我,
张扬个性,成为晚明主情、尚真、适俗文学思潮的代表人物,同时又以维护传
统伦理、社会秩序为己任,在其著述里不断进行道德说教。冯梦龙这种摆动
很大的人生行为和复杂的观念心理确实是对所有研究者的挑战。

　　不少有关冯梦龙研究的著述提醒我们,当我们较多地强调冯梦龙的某
一方面,往往会自觉不自觉地忽视了他的其他方面。其实,问题还不在于我

们强调了他的某些方面，或者忽视了他的某些方面，关键在于我们许多研究者并没有真正将冯梦龙的人生经历、观念心理与晚明社会的政治、经济状况以及社会思潮、文学潮流联系起来，没有注意到在晚明特定历史文化背景和个人生活背景下冯梦龙的心路历程。这样，我们看到的往往是某一种政治和文学批评模式下的冯梦龙，而不是一个既与时代脉搏相通同时又是独立生命个体的冯梦龙。

作为"中国16—17世纪文化与文学主潮"中的一位重要代表人物，冯梦龙曾引起过我的关注，只是因为各种原因，我始终无法将精力集中于这一课题。1998年聂付生考取上海师范大学的博士研究生，听到他愿意以冯梦龙作为博士学位论文的选题，我感到分外高兴。付生早年在辽宁大学攻读硕士学位，以后在湖南岳阳师范学院中文系从事古代文学教学与研究多年，入学前已经达到了相当高的学术水平，且取得了副教授的职称。正因为他有较为丰厚的积累，加上刻苦用功，所以通过三年的努力，终于完成了这篇题为《冯梦龙研究》的学位论文。其篇幅之大以及研究的深入都超过了我的预计。

付生的《冯梦龙研究》是在前人研究的基础上对冯梦龙的系统、全面研究。全文分上、下两编。下编《冯梦龙著述研究》对冯梦龙的著述进行了全面的考察，重点在对"三言"、《山歌》、《挂枝儿》的考述，《新列国志》与《列国志传》的比勘及《定本传奇》的考证等。上编《冯梦龙论》则以下编的著述考证为基础，从冯梦龙生活的时代环境切入，通过对冯梦龙人生经历的考察，比较全面地论述了冯梦龙的思想、文学观和文学成就，分析其种种思想观念的矛盾及这些矛盾产生的原因，引导人们正确地认识冯梦龙。

付生的《冯梦龙研究》第一个特点是考、论结合，对冯梦龙的论述建筑在坚实的材料基础上，尽可能地避免了无根之谈和泛泛而论。第二个特点是视野开阔，文史结合，即不是将"冯梦龙研究"仅仅限定在文学的范围，而是将其置于晚明整个大的社会背景下进行多方面、多视角的考察，深入分析其思想观念发展变化的原因，并以此更进一步地走近了冯梦龙，认识了冯梦龙。

2001年6月，付生的这篇学位论文通过答辩，由章培恒、郭豫适、齐森华、黄霖、萧相恺、董乃斌、李梦生和孙逊等教授组成的答辩委员会对论文作了较高的评价,并评定其为优秀博士学位论文。

　　当然,这并不是说付生的《冯梦龙研究》已经达到尽善尽美的程度。其中有些具体考证尚有继续深入的余地,论述亦不能说是特别深刻完美,但付生的《冯梦龙研究》确是我们目前所能见到的第一部对冯梦龙进行全面研究的著作,这对冯梦龙研究来说,既有一定的总结意义,也有一定的开拓意义。现在付生的论文得到出版的机会,我自然感到由衷的高兴。希望付生的《冯梦龙研究》能成为一个新的起点,促进有关研究的深入开展。

2002 年 9 月于上海

【整理说明】

　　本文系先生为《冯梦龙研究》所撰《序言》,曾以《一部有开拓意义的研究力作——聂付生〈冯梦龙研究〉序言》为题刊载于《浙江传媒学院学报》2003 年第一期,并以《关于冯梦龙研究》为题收入《中国古代小说与文化论集》(有删节),中华书局 2013 年版。

　　《冯梦龙研究》,聂付生著,上海学林出版社 2002 年 12 月出版,计 26.6 万字,前有先生《序言》,后有作者《后记》。该书将冯梦龙置于整个晚明的社会大背景中进行多方位、多视角的研究。除《前言》(《世纪回眸:冯梦龙研究的历史和现状》)外,全书正文共两编十章。上编《论冯梦龙》,共五章,从社会环境、人生经历、情教思想、文艺思想、文学成就等多个方面对冯梦龙进行了全面考察。下编《著述研究》,共五章,分别对"三言"《新列国志》《列国志传》《墨憨斋定本传奇》《桂枝儿》《山歌》以及其他作品作了极为详尽的考述。

　　聂付生(1962—　　),男,湖南洞口人。1998 年师从先生主攻冯梦龙研究,获文学博士学位。现系浙江工商大学人文与传播学院教授。主要从事中国古代文学、浙江戏剧史、冯梦龙研究等,出版专著《冯梦龙研究》、《浙江戏剧史》、《绍兴戏剧史》等 4 部。

《唐代女冠诗人研究》序言

　　唐王朝处于绵延数千年的中华帝国的上升时期。先哲鲁迅先生曾说："遥想汉人多么闳放……唐人亦还不弱。"①正表达了民族积弱之际人们对这一伟大历史时期的缅怀。一般认为,诗歌的繁荣是唐王朝国力强盛、思想开放、精神自由的重要表征。确实,在中国历史上,唐代可以说是一个诗的时代。不仅诗坛上群星闪耀,而且诗歌已经如此深刻地渗入于唐人的精神生活之中,甚至说唐代社会到处都流荡着诗歌的韵律、诗歌的精神亦不为过分。

　　据说有唐一代,朝野上下,男女老少皆能吟咏,以致明人胡应麟不无感慨地说："帝王、将相、朝士、布衣、童子、妇女、缁流、羽客,靡弗预矣"(《诗薮》外编卷三)。不过,至清人彭定求等人编《全唐诗》,收唐五代诗人2 200多位,诗作近5万首,其中所收女性作者实际上只有130余位,诗作660首(假托女仙、女鬼者尚有67人,诗作187首不计)。或许女性诗人的作品在千百年的流传中损失更多,但不管怎样说,唐代的女性创作在整个诗坛上所占的比重并不大,应是一个不争的事实——在一个男女不平等的社会中,这种不平等自然会反映在各个领域,此不待言。

　　数量不多的唐代女性诗人来自社会的各个阶层,上至皇后、公主、嫔妃、命妇,下至民女、女冠、娼妓,但大多数存诗都很少,惟李冶(李季兰)、鱼玄机、薛涛三位存诗较多——李冶存诗18首、鱼玄机存诗50首、薛涛存诗89首。②元人辛文房《唐才子传》是古人研究唐诗的一部重要著作,其于女诗人中最推重李冶、鱼玄机、薛涛三人:

　　　　历观唐以雅道奖士类,而闺阁英秀,亦能熏染,锦心绣口,蕙情兰性,足可尚矣。中间如李季兰、鱼玄机,皆跃出方外,修清静之教,陶写

---

　　①　鲁迅:《坟·看镜有感》,《鲁迅全集》第一卷,人民文学出版社1981年版,第197页。
　　②　陈文华:《唐女诗人集三种》,上海古籍出版社1984年版。

幽怀,留连光景,逍遥闲眼之功,无非云水之念,与名儒比隆,珠往琼复。
然浮艳委托之心,终不能尽,白璧微瑕,惟在此耳。薛涛流落歌舞,以灵
慧获名当时,此亦难矣。三者既不可略。(卷二"李季兰"条)

清人章学诚在《文史通议》中亦说:"声诗盛之于唐,而女子传篇亦寡。今就
一代计之,篇什最高,莫如李冶、薛涛、鱼玄机三人,其他莫能并焉。"这种评
价应该说大体符合实际。

在这三位女诗人中,李冶、鱼玄机都是女道士,薛涛虽是成都的官府艺
妓,但她似乎很喜欢作女道士的打扮,这有她的《试新服裁制初成》三首为证:

紫阳宫里赐红绡,仙客朦胧隔海遥。霜兔毳寒冰茧净,嫦娥笑指织
星桥。

九气分为九色霞,五灵仙驭五云车。春风因过东君舍,偷样人间染
百花。

长裾本是上清仪,曾逐群仙把玉芝。每到宫中歌舞会,折腰齐唱步
虚词。

薛涛新制的衣服竟是女道士所穿的长裾霞帔,不知道这是她个人对女道士
服饰的爱好,还是因为她实际是在家修行的道徒? 唐代女妓入道为常见之
事,薛涛是当时地位很高的艺妓,由于得到许多大官僚的赏识,经济来源不
错,即使入道也用不着托身道观,其终身未嫁,不能排除有在家修行的可能。
因为如果没有入道而要穿女道士的服装,似乎不太符合常理。清人熊斌(惺
生)因此认为薛涛:"晚年度为女冠,居碧鸡坊,创吟诗楼,偃息其上。"①《全唐
诗》的编者比较谨慎,仅据此谓其"暮年屏居浣花溪,著女冠服"(《全唐诗》卷
八〇三薛涛小传)。但不管怎样说,薛涛与女冠应该说有某种关系,不管是
在家奉道,还是其心向往之。

唐代三位成绩最突出的女性诗人,两位为女冠,另一位虽不能考定入

---

① 《鸿雪偶存》上册,转引自张逢舟:《薛涛诗笺》,人民文学出版社 1983 年版。

道,但却着女冠之服,这确是一个值得注意的现象。造成这一现象的历史文化背景,当然是唐代的"崇道"之风及"女冠热"。

唐王朝在思想文化上采取开放政策,儒释道三教并行,但在释道中更推崇道教。早在建国的过程中,高祖武德三年(620)就假借老君显灵助李唐,在羊角山建老君庙,将太上老君作为自己的先祖加以祭祀(《唐会要·尊崇道教》)。高祖又曾颁布《先老后释诏》,明确规定道教在儒、佛之上,所谓"老先,次孔,末后释"(《续高僧传·释慧乘传》)。太宗贞观十一年(637)则再次下诏规定道士、女冠在僧、尼之上(《唐大诏令》卷一一三),强调"朕之本采,起自柱下","尊祖之风,贻诸万叶"(《唐大诏令》卷一二三)。高宗时加封老君为"太上玄元皇帝"。玄宗开元二十九年(741)甚至制令两京及诸州各置崇玄学(馆),设博士,招生徒,令习《老子》、《庄子》、《列子》、《文子》,每年准明经例考试,将其列为科举选官的科目,称"道举"。

唐王朝的崇道,无疑有其政治上的原因和需要。但唐代不少皇帝也确实信道,甚至佞道,太宗、高宗、玄宗、宪宗、穆宗、敬宗、武宗、宣宗等都迷信炼丹服饵之术,玄宗和武宗甚至受法箓而成了道士皇帝。这些最高统治者经常动用权力,采用政府行为,对道教大力加以扶植。如高宗永淳二年(683)十二月下诏曰:"令天下诸州置道士观,上州三所,中州二所,下州一所,每观度道士七人。"(《全唐文》卷一三《改元宏道大赦诏》)高宗和玄宗时还曾先后规定:"道士、女冠宜隶宗正寺,僧、尼令祠部检校"(《佛祖统纪》卷三);凡道士女冠有犯法者,"望准道格处分,所由州县官不得擅行决罚"(《唐会要·尊崇道教》卷五〇)。朝廷还明令:"凡道士给田三十亩,女冠二十亩"(《大唐六典》卷三),并可以免除课役、赋税。

作为中国本土宗教,道教是个世俗化很强的宗教。其世俗化的特点首先在于其借彼岸的信仰证明一种制度、一种道德秩序超时空的永恒,公开为世俗政治服务。另一个世俗化特点表现在"主生"、"主乐"的宗教旨归,即为了取悦于世俗,既鼓吹现实的官能享受——恶劣到鼓吹采补术以及铅汞丹灶之说——又提供廉价的彼岸许诺——道教的此岸与彼岸没有绝对的界限——直接宣称无须旷世苦修,仅靠偶遇神仙,仙药采补,即可白日飞升。而同是长生不灭,道教的神仙世界也不废饮食男女之乐:"饮则玉醴金浆,食则翠芝瑰宝,行则逍遥太清……"(《抱朴子·对俗》)还有那些永远年轻美丽的仙女——董双成、许飞琼、杜兰香等相伴。这比起佛陀的西方净土,一个人冷冷清清地坐在八德池的莲花之上,无疑更为世俗所接受。不过,另一方面,道教奉强调精神自由的道家人物老子、庄子等为祖师,于是在道家思想里,对世俗官能享受的幻梦、追求就与对精神自由的企慕、向往交织在一起。所以在唐代,"崇道"实际上又是很复杂的一种社会现象,各色人等往往是带着自己对道教的理解和各种目的汇集在"崇道"的潮流中。对当时的"女冠热"似亦应作如是观。

唐代多女观。玄宗时官修的《唐六典》记载:"凡天下观,总一千六百八十七所,一千一百三十七所道士,五百五十所女道士。"(《尚书礼部》卷四)实际上可能数量更多。这些女观,除了州郡设置的以外,还有亲王贵主及公卿士族家所设。据《唐会要》载,仅长安著名的女观就有金仙观、玉真观、玄真观、玉晨观、新昌观、洞灵观、福唐观、太清观、三洞观、太真观、万安观、崇道观、玉德观等十余所。在入道的女性中,既有普通的民女民妇,也有妓女、宫女,还有贵家小姐、嫔妃和公主。入道的原因和动机则是五花八门——除了虔诚信道,追求羽化升仙者外,有托身道观以求衣食者;有为祛病攘灾者;有为追悼亡灵以幸冥福者;有家人坐罪,或遭丈夫遗弃,避于道观者;甚至还有只是为了不受礼法的束缚,追求自由享乐而选择入道的——如唐代有些入道的公主就是这样。[①]

唐代道士,包括女道士,在当时是一个寄生的特殊人群。女道士托身道观,享受着国家和社会的供给,既无冻馁之忧及劳作之苦——唐代女道士是可以拥有奴婢的——又无孝敬舅姑、相夫课子的家庭拖累。这种闲适的生活,不仅使女道士有条件学习文化、吟咏诗句,也使她们产生了与一般世俗妇女不同的情趣。除了少量写到宗教生活以外,唐代女冠诗人的诗作多方面表现了她们不同于世俗妇女、却与当时的读书士子们大致相同的闲情逸致,其中颇有一些所谓"陶写幽怀,留连光景"的作品。略举两首:

---

① 玉真、金仙公主入道,睿宗为两个女儿修造的道观规模宏大,陈设华丽,使她们既可享受奢侈生活,又可以自由地邀集门下清客宴会作乐,施蛰存认为她们俨然像十七八世纪主持文学"沙龙"的法国贵族夫人(《唐诗百话》,上海古籍出版社 1987 年版,第 419 页)。

　　心远浮云知不还,心云并在有无间。狂风何事相摇荡,吹向南山复北山。——李冶《偶居》

　　移得仙居此地来,花丛自遍不曾栽。庭前亚树张衣桁,坐上新泉泛酒杯。轩槛暗传深竹径,绮罗长拥乱书堆。闲乘画舫吟明月,信任轻风吹却回。——鱼玄机《夏日山居》

女冠诗人还有一些纪游诗,这亦是当时的世俗女性诗人很少涉及的题材,如:

　　柳拂兰桡花满枝,石城城下暮帆迟。折碑峰上三间墓,远火山头五马旗。白雪楼高题旧寺,阳春歌在换新词。莫愁魂逐清江去,空使行人万首诗。——鱼玄机《过鄂州》

　　值得注意的是,唐代女冠诗人的作品中,还有与当时的士子,特别是一些男性诗人的交游诗,即辛文房所谓“与名儒比隆,珠往琼复”的作品。这更是娼妓诗人以外的世俗女性诗人没有写到的、也不可能写到的内容。这类作品在唐代女冠诗人的作品中占有很大比重,亦举几例:

　　昔去繁霜月,今来苦雾时。相逢仍卧病,欲语泪先垂。强劝陶家酒,还吟谢客诗。偶然成一醉,此外更何之。——李冶《湖上卧病喜陆鸿渐至》

　　望水试登山,山高湖又阔。相思无晓夕,相望经年月。郁郁山木荣,绵绵野花发。别后无限情,相逢一时说。——李冶《寄朱放》

　　苦思搜诗灯下吟,不眠长夜怕寒衾。满庭木叶愁风起,透幌纱窗惜月沉。疏散未闲终遂愿,盛衰空见本来心。幽栖莫下梧桐处,暮雀啾啾空绕林。——鱼玄机《冬夜寄温飞卿》

陆鸿渐即作《茶经》的陆羽,隐于江南,当时以工古调歌诗著名;朱放亦工诗,时称风度清越,嗣曹王李皋镇江西时曾辟其为节度参谋;温飞卿则是晚唐时著名的诗人温庭筠——诸人都可称为当时的名士。

在中国古代,除了妓女以外,社会各个阶层的世俗妇女都隶属于家庭,没有与家庭成员以外男性自由交往的权利。唐代的女道士则不管出身如何,一旦入道,成了出家人,就不仅改变了原来的等级身份,而且宗教身份在一定程度上遮掩了性别身份,获得了与家庭以外的男性交往的自由——李冶与陆羽、朱放、僧皎然、阎伯均、韩揆、刘长卿、萧叔子等关系密切,鱼玄机与温庭筠、李郢等往来频繁——尽管这种自由可能有一定的限制,但自由的程度又似乎超过了后世的想象。更令人惊讶的是,不仅在女冠诗人与士子和诗人的交游诗中包含了一定的男女感情,而且唐代女冠诗人还写了不少诸如闺怨、相思,甚至直接写男女性爱的作品,如:

> 百尺井栏上,数株桃已红。念君辽海北,抛妾宋家东。——李冶《春闺怨》
>
> 人道海水深,不抵相思半。海水尚有涯,相思渺无畔。携琴上高楼,楼虚月华满。弹著相思曲,弦肠一时断。——李冶《相思怨》
>
> 流水阊门外,孤舟日复西。离情遍芳草,无处不萋萋。妾梦经吴苑,君形到剡溪。归来重相访,莫学阮郎迷。——李冶《送阎二十六赴剡溪》
>
> 秦楼几夜惬心期,不料仙郎有别离。睡觉莫言云去处,残灯一盏野蛾飞。水柔逐器知难定,云出无心肯再归?惆怅春风楚江暮,鸳鸯一只失群飞。——鱼玄机《送别二首》
>
> 恨寄朱弦上,含情意不任。早知云雨会,未起蕙兰心。灼灼桃兼李,无妨国士寻。苍苍松与桂,仍羡世人钦。月色苔阶净,歌声竹院深。门前红叶地,不扫待知音。——鱼玄机《感怀寄人》

女冠诗人的这类作品往往写得率真诚挚,少有造作之态,流露出作者的真实情感。这种情感有时甚至是炽热的,毫不掩饰的,最著名的当数鱼玄机的一首《赠邻女》:

> 羞日遮罗袖,愁春懒起妆。易求无价宝,难得有心郎。枕上潜垂

泪,花间暗断肠。自能窥宋玉,何必恨王昌。

　　所谓"易求无价宝,难得有心郎",可以说是经历过为人姬妾生活并最终寄身道门的鱼玄机对自己全部感情生活的总结,也可以说是她的爱情宣言。据说鱼玄机后来因事被杀,在狱中仍然吟咏这两句诗。说明其虽然入道,内心仍然有着强烈的女性意识和性爱心理。也即是辛文房所说的"浮艳委托之心,终不能尽"。辛文房以为女冠诗人"白璧微瑕,惟在此耳"。其实,早在其之前五代时的孙光宪就以"纵怀"贬斥鱼玄机,以为其"乃娼妓也"(《北梦琐言》),而后"唐代女冠似妓"似乎便成了流行的说法,直至 20 世纪二三十年代梁乙真的《中国妇女文学史纲》和谢无量的《中国妇女文学史》仍认为唐代李冶、鱼玄机等女冠诗人"异于娼优者鲜矣"。①

　　"唐代女冠似妓"的说法基于男性批评的立场,也不尽符合女冠诗人生活的实际。因为虽然唐代女道士与娼妓一样,是社会上"无主"的女性,但并不像娼妓那样社会地位低贱,仅仅用金钱或权势就可随心所欲获得的女性。鱼玄机有一首诗:

　　　　喧喧朱紫杂人寰,独自清吟月色间。何事玉郎搜藻思,忽将琼韵扣柴关?白花发咏惭称谢,僻巷深居谬学颜。不用多情欲相见,松萝高处是前山。

这首诗题为《和人次韵》。从诗意来看,这位被称为"败风俗之尤者"的女道士对于"修饰以求狎"的"风流之士"保持着一种人格的独立,敢于表示自己的高傲,甚至还有一点刻薄,这与妓女对狎客的态度不可同日而语。实际上,从保存下来的诗作和有关材料看,李冶、鱼玄机等女冠诗人与她们所交

---

　　①　梁乙真《中国妇女文学史纲》:"唐时重道,贵人名家,多出为女冠。至其末流,或尚佻达而衍礼法。故唐代女冠,恒与士人往来。所谓'投赠类于交游,殷勤通于燕婉'。女冠也而异于娼妓者鲜矣。此中若李冶、鱼玄机最负盛名。"(上海书店 1990 年《民国丛书》影印本,第 225 页)谢无量《中国妇女文学史》:"唐时重道,贵人名家,多出女冠。至其末流,或尚佻达而衍礼法。故唐之女冠,恒与士人往来酬答,失之流荡,盖异于娼优者鲜矣。"(上海书店,1990 年《民国丛书》影印本,第 27 页)

往的士子之间保持着一定程度的男女平等交往的关系,这种平等关系是由女冠的特殊身份地位决定的。而唐代士子喜欢与女冠交往则与唐代的士风不无关系。

唐代的社会风气,特别是士风表现为一种不同于往古的开放与自由。这主要在于当时实行的科举选官制度造就了一个不同于往古的读书士子人群,这些读书士子不同于汉魏六朝以来的以世族高门为背景的经生儒士,他们来自于社会各个阶层,在通过科考获得政治权利和经济利益以后,自然要在精神领域表现他们自己。唐代诗歌、小说对挟妓遨游以及男女情爱,甚至婚外恋等都毫不掩饰地加以张扬,对名门望族的"礼法"不以为意,正是这样一种精神活动自觉不自觉的体现——美学的新内容曲折反映的是当时社会关系的变化,表现的是创作主体的精神蠢动。以至于后世那些长期生活于极端文化专制氛围中,心灵扭曲,习惯以维护圣贤之道为标榜的士大夫要批评"唐士大夫多浮薄轻佻"(钱大昕《十驾斋养心录》卷一八)。

"浮薄轻佻"的唐代诗人不仅注意到女道士的宗教身份,当然也注意到了女道士的女性身份。于是,出现在他们笔下的女冠就不仅是"足下远游履,凌波生素尘。寻仙向南岳,应见魏夫人"(李白《江上送女道士褚三清游南岳》)的道姑,更是姿容美丽、风流艳冶、令人爱慕的仙子,或者说两者兼而有之。温庭筠等人带有香艳描写的那些[女冠子]词不论,以下几首诗亦可为显例:

> 绰约小天仙,生来十六年。姑山半峰雪,瑶水一枝莲。晚院花留立,春窗月伴眠。回眸虽欲语,阿母在旁边。——白居易《玉真张观主下小女冠阿容》
>
> 玄发新簪碧藕花,欲添肌雪饵红砂。世间风景那堪恋,长笑刘郎漫忆家。——施肩吾《赠女道士郑玉华二首其一》
>
> 不饵住云溪,休丹罢药畦。杏花虚结子,石髓任成泥。扫地青牛卧,栽松白鹤栖。共知仙女丽,莫是阮郎妻。——马戴《题女道士居》
>
> 家住涪江汉语娇,一声歌戛玉楼箫。睡融春日柔金缕,妆发秋霞战翠翘。两脸酒醺红杏妒,半胸酥嫩白云绕。若能携手随仙令,皎皎银河

渡鹊桥。——李洞《赠庞炼师》

"春罗翦字邀王母,共宴红楼最深处"(李贺《神仙曲》)。唐代女道士的特殊
身份,使不少读书士子得以与她们比较自由地交往,于是就有可能将她们作
为感情寄托甚至性爱的对象——尽管达到这种性爱关系就越出藩篱,为礼
法所不容。这方面最著名的当属晚唐诗人李商隐与怀州玉阳山女冠恋爱的
故事。不过,李商隐那些自道其经历情感的诗写得实在隐晦难懂,以致学者
们不得不花费大量的笔墨来诠解。①倒是晚唐新罗流寓诗人崔致远②,在其
回国后所编的诗文集中有一首《留别女道士》:

> 每恨尘中厄宦途,数年深喜识麻姑。临行与为真心说,海水何时得
> 尽枯?
>
> ——(古朝鲜刻本《桂苑笔耕集》卷二〇)

把这种士子与女冠的交往与情感写得很直白。

唐代士子与女冠的关系是特殊的历史文化条件造成的关系。这种关系
借助宗教,在一定程度上遮掩了男女的性别关系,使入道女性得以在一定程
度上摆脱了世俗礼法的束缚,有机会与读书士子交往,甚至达到两情相悦的
性爱关系。或者说,正是入道,使唐代女冠在男性为中心的社会生活和文化
环境中,进入了这样一种特殊的生存状态。人的本性是对自由的绝对追求,
所谓历史,"不过是追求着自己目的的人的活动而已"。在古代社会,交往的
平等、自由和性爱的平等、自由,对男性和女性来说,都是人性自由、个性解
放最初的一步。所以这样一种生存状态,不仅开阔了女冠诗人的视野,使她
们有了更丰富更深刻的人生和情感体验,而且使被她们被压抑的人性得到

---

① 陈贻焮:《李商隐恋爱事迹考辨》,中华书局《文史》第 6 辑;葛晓音:《李商隐江乡之游考
辨》,中华书局《文史》第 17 期。

② 崔致远(857—?),新罗庆州金城人,12 岁时渡海赴唐土留学,18 岁考中进士,20 岁获
委宣州溧水县尉,后入淮南节度使、诸道行营兵马都统高骈扬州幕,先后任馆驿巡官、都统巡官
职务,28 岁归新罗,拜侍读兼翰林学士、守兵部侍郎、知瑞书监,又任郡守、"阿湌"等职。后世朝
鲜半岛学人尊其为东国汉语文学之宗,著作有《桂苑笔耕集》《孤云先生集》《双女坟记》等。

一定程度的舒展,从而表现出了对个体精神自由的曲折追求,并因此构成了在特殊历史条件下一种令人深思的、特殊的文学和文化现象。总之,唐代的女冠诗人,不同于历代的宫闱诗人、闺阁诗人、青楼诗人,即使在女性文学中,也是一种特殊的现象,仅仅从文学的角度来研究女冠诗人,显然是不够的。

邱瑰华1997年来上海师范大学攻读硕士学位,在此之前,她已经在淮北煤炭师范学院中文系从事古代文学的教学与研究工作多年。我之所以赞同她选择"唐代女冠诗人研究"作为学位论文的题目,一方面是这个题目有一定意义,值得研究。另一方面也是因为她有较好的基础,相信她能够做好。2000年6月邱瑰华参加答辩的这篇学位论文确实做得不错,不仅篇幅上超过了一般的硕士论文,而且比较全面地对"唐代女冠诗人"这一文学和文化现象进行了研究,表达了作者比较深入的思考。

复旦大学陈允吉教授、张兵教授,华东师范大学陈大康教授、谭帆教授和上海师范大学孙逊教授参加了论文答辩。答辩委员会对这篇论文给予了较高的评价,认为"是一篇有一定学术价值的优秀学位论文"。我为邱瑰华所取得的成绩感到十分高兴。

取得硕士学位以后,邱瑰华重新回到淮北煤炭师范学院工作。日前她打电话来说,《唐代女冠诗人研究》准备出书,要我写一篇序言。近几年,我所指导的一些博士论文陆续出版,但硕士论文单独出书,这还是第一本,所以我很乐意写这篇序言。当然,邱瑰华原来的硕士论文应该说还有不少缺点和不足,回到淮北两年多,我想她一定根据各位先生的意见,进行了认真的补充、修改,所以我虽然未能看到最后的稿子,但相信她的这本书一定会比原来的论文有所提高,并必将有益于古代文学研究的深入发展。

2002年10月于上海

【整理说明】

本文系先生为《唐代女冠诗人研究》所撰《序言》,曾以《唐代女冠诗人:女性文学中的特殊现象》为题刊载于《淮北煤炭师范学院学报》2003年第四期。

　　《唐代女冠诗人研究》,邱瑰华著,中国文史出版社 2002 年 12 月出版,计18 万字,前有先生《序言》,后有作者《后记》。该书以李季兰、鱼玄机、薛涛及其诗歌创作为研究对象,全面考察唐代女冠诗人的生活状况、与文士名人的交往情况、文学创作活动的发生、诗歌的内容及风貌特点等诸多方面。除《导言》和《结论》外,全书正文共七章。前三章分别从崇道之风、妇女文化特质、士风三个方面考察唐代女冠诗人产生的社会思想文化环境,第四章着重论述女冠生活与诗歌创作的关系,第五章重点介绍李季兰、薛涛、鱼玄机等著名女冠诗人,第六章论析唐代女冠诗人的诗歌创作成就,第七章则从总体上对唐代女冠诗人进行述评。文末附有《唐代女冠诗人诗录》。

　　邱瑰华(1964—　),女,汉族,安徽宿州人。1997 年师从先生主攻唐代女冠诗人研究,获文学硕士学位。现系淮北师范大学文学院教授、硕士生导师,校图书馆副馆长(主持工作),安徽省高校优秀中青年骨干教师,中国历史文献学会会员、中国欧阳修研究会理事、安徽省桐城派文学研究会理事。主要从事中国古代文学、古典文献学研究,先后主持省部级项目多项,出版专著《唐代女冠诗人研究》。

《历代江西词人论稿》序言

20世纪90年代以来，古代文学研究逐渐突破原有的一些研究范式，研究视角和方法都有所拓展，在这其中，"地域研究"和"流派研究"似乎越来越引起人们的重视。

文学创作在一定程度上受到地域的影响，古今中外都是一个不争的事实。在中国，最早的一个显证就收集公元前11世纪至前6世纪诗歌的总集《诗经》首列"十五国风"。南宋郑樵曰："风土之音曰'风'。"（《六经奥论》）朱熹说："风者，民俗歌谣之诗也。"（《诗集传》）按照这种解释，"风"就是"土风"、"土乐"，也即地方乐调之谓也。因此这种按地域的编排方式，主要是出于音乐上的考虑，这与《诗经》最初的编者主要是周王室的乐工不无关系。尽管孔子一方面说："放郑声，远佞人。郑声淫，佞人殆。"（《论语·卫灵公》）"恶紫之夺朱也，恶郑声之乱雅乐也，恶利口之乱邦家也。"（《论语·阳货》）一方面又说："《诗》三百，一言以蔽之，曰'思无邪'。"（《论语·为政》）"不学诗，无以言。"（《论语·季氏》）将属于义类的"郑诗"与属于声类的"郑声"区别对待，因而表现为斥"郑声"却传"郑诗"——《论语》中所引《国风》全系郑、卫之诗。但实际上声、诗是不能割裂的。而尽管"十五国风"皆出自中国北方，产生的地域主要在黄河流域，不出今陕西、山西、河南、河北、山东五省，但不管音乐，还是歌诗，都确实存在着一定的差异。因为时代久远，"十五国风"音乐上的差异，我们已经无从追寻，但就歌诗的内容和风格而言，这种地域的差异应该说是存在的。

近年来大量考古发现已经证实，中国文化的发生和发展是多元的。远古渺远，略而不论，至少到春秋战国时代，中国就已经形成了秦文化、三晋文化、齐鲁文化、巴蜀文化、楚文化和吴越文化等大型的区域文化。其中秦文化、三晋文化、齐鲁文化处于黄河中、下游地区，巴蜀文化、楚文化、吴越文化处于长江中、下游地区，可以看出人文地理与自然地理紧密的依存关系。20世纪初，鲁迅在《汉文学史纲要》中就曾谈到春秋战国时人文学术以及文学创作与地域的关系，以为不仅当时产生的种种思想学说因地域而不同，即就文学创作而言,"形式文彩之所以异者",亦"因二因缘,曰时与地"。①其实,文学不仅因时而异,亦因地而异,古人已多有论述。比如唐初魏徵等人奉敕作《隋书》,其中《文学传序》已经谈到:"江左宫商发越,贵于清绮,河朔词义贞刚,重乎气质。气质则理胜其词,清绮则文过其意。理深者便于时用,文华者宜于咏歌,此则南北词人得失之大较也。"②后世文人从地域角度谈文论诗者似乎亦不在少数。

西方的学者也很早就注意到了文艺创作、文艺风格与地域的关系。19世纪法国历史学家和艺术史家丹纳(Hippolyte Adolphe Taine, 1828—1893)在他的《艺术哲学》中就曾提出物质文明与精神文明的性质面貌都取决于种族、环境和时代三大因素,其中更详细论述了欧洲各种文学艺术的产生与地域的关系。③丹纳的思想还可以上溯到 18 世纪的孟德斯鸠(Montesquieu,1689—1755)。而近世瑞士心理学家让·皮亚杰(Jean Piaget, 1896—1980)甚至提出了"地域文化场"的理论。不过欧洲人从地域的角度谈文艺,与我们还是有些不同的。因为欧洲分布着众多的国家和民族,各个国家和民族一般都有自己的语言文字和文学传统,因而欧洲文学的"地域性",往往表现为国家和民族的不同,在很多时候与国别文学、民族文学概念相重叠。中国幅员辽阔,但自古汉族人占绝大多数,特别是秦、汉大一统后,"车同轨,书同文,行同伦",南北文化、东西文化交融,不同区域的人,甚至中国境内汉民族以外的少数民族作家也都使用统一的汉语文字从事文学创作(使用本民族语言文字进行创作的却不多)。这种情况一脉相传几千年,使中国文学的地域性更多地表现为一种统一的大文化背景下的"地区性"。

20 世纪初,受西方社会思想和学术理论的影响,中国学术开始了从"古代"向"现代"的转化。王国维的《宋元戏曲史》、胡适以《红楼梦考证》为代表的古代小说考证和鲁迅的《中国小说史略》,把长期受到贬抑、轻视的文学提

---

①　鲁迅:《鲁迅全集》第九卷,人民文学出版社 1991 年版,第 372 页。

②　《隋书》卷七六,中华书局排印本第 6 册,第 1730 页。又见于李延寿《北史》卷八三《文苑传序》,中华书局排印本第 9 册,第 2781 页。《隋书》帝纪、列传完成于贞观十年(636),早于《北史》成书,但《北史》撰写实始于延寿之父李大师(卒于唐贞观二年),另外,延寿也曾参加过《隋书》撰写的工作。未详此段话原出于谁手。

③　丹纳:《艺术哲学》,傅雷译,人民文学出版社 1983 年版,第 8—9 页。

到与经学、史学等传统"学术研究主题"平等的地位,不但突破了历来学术研究的范围,也改变了传统学术的重心,推进了中国学术的"现代转型"。在这一过程中,西方的一些学术思想,比如"进化论"的思想,带有"泛科学主义"色彩的"实证主义",强调"史料即史学"的德国历史语文学派,马克思主义的唯物史观、阶级斗争观念以及苏联的文艺理论等,对中国的古代文学研究都产生过影响。大体而言,近百年来走在"现代学术"道路上的古代文学研究大致形成了两个重点:一是作家作品研究,一是"文学史"研究。前者是对历史上文学现象"点"的研究,后者则重在对中国古代文学发展的"线性"研究。这种点、线结合的研究,强调了古代文学的时间性发展,却在一定程度上忽视了古代文学的空间流变。强调了名家名作的研究,却在一定程度上忽视了对文学现象的整体观照。

其实,时间和空间是事物存在和运动的两种基本形式,文学也是在"时空"范围内发生的现象,因此不仅是一种时间现象,也应该是一种空间现象。古代文学研究中,只有既注意时间,又注意空间的多维研究,才能真正描绘出各个历史时代文学发展变化的立体的、流动的图象。更重要的是,通过这样一种多维的研究和对历史动态的揭示,我们可以更多地发现中国古代文学发展流变的内在机制,并从中得到一些实际的而不是概念意义的结论。

说起来,我们一直重视对古代文学"发展规律"的探讨,大多数文学史著作也将其作为研究的重要目的。那么什么是中国古代文学发展的规律呢?造成数千年,或某一历史时间段中国古代文学盛衰起伏的主要原因究竟是什么呢? 或者说究竟哪些因素能对文学的盛、衰起到关键作用呢? 以往,我们曾借助一些政治学或社会学的理论,如"经济基础决定上层建筑"、"阶级斗争是推动历史发展的动力"等等作为思想武器来解决这些问题。且不说这些理论命题本身就存在着问题——比如在民族精神文化体系中,文艺主要是以"及时表达民族感情心理为职能的"①,与所谓的"上层建筑"有一定的联系,但是否属于"上层建筑",本身就是值得讨论的——即使这些理论在一定范围内是有道理的,但也绝不是"放之四海而皆准",用其来解释文学现象

---

① 李时人:《"文化意义"的〈文心雕龙〉和对它的"文化"审视》,《学习与探索》1987 年第 1 期。

常常会捉襟见肘。许多研究者已经注意到用某一种或几种理论,教条地去解释文学现象已经不够了,于是不少文学史著作往往将政治、经济作为文学发展变化的背景,这些著作,往往先论述某一时代政治、经济的情况,再据此论证文学的兴衰,看似合理,但有的时候背景与文学现象似乎很难对接。因为政治、经济的发展变化与文学的发展变化在很多时候并不一定是同步的。另外,在庞大的中国,不同历史时期、不同地区的政治、经济发展都是不平衡的,文学的发展也是不平衡的,这种大而统之的论述,难免使人感到空疏,甚至不着边际。假若我们注意到不同时代文学与地域的关系,也许能够更好地认识政治、经济与文学的关系,并进而探讨文学兴衰的直接动因。

比如,我们一直强调政治对文学的作用,这在皇权大于一切的中国古代似乎是无需争论的问题。即使不去讨论以政治手段,包括思想钳制对文学的制约,仅从历代文学的重心所在和作家的地域分布也可以看出政治对文学的重要影响。西汉定都长安,关中地区,特别是京兆及扶风、冯翊三郡因此成为全国的学术及文学的中心。但至光武帝定都洛阳,学术及文学的中心很快就转到了中原地区。《后汉书·儒林传》载:"光武中兴,爱好经术。未及下车而先访儒雅……先是,四方学士,多怀挟图书,遁逃林薮,自是莫不抱负坟策,云会京师。"虽然西汉时中原地区经济比较发达,也有过文帝少子梁孝王"招延四方豪杰"之举(《史记·梁孝王世家》),但较之关东地区,学术、文学还是滞后很多。只有到了东汉时期,中原的河南、南阳、陈留、汝南、颍川五郡,才在学术和文学人才的数量上以及著述数量上超过了关中地区。以后汉末战乱,经两晋十六国及南北朝三百多年,至李唐再次定都长安,关中地区又成了全国文学的中心。唐代的诗人,似乎没有没到过长安的,许多著名诗人都在长安生活过相当长的时间,京兆籍的诗人,我们现在可以脱口而出的就有王昌龄、韦应物、柳宗元、元稹、杜牧等多人。关中地区的诗人在全国所占的比重,也大于其他地区。以上事实,只要翻阅一下中华书局《中国文学家大辞典·先秦两汉魏晋南北朝卷》和《唐五代卷》就很清楚。①但是,

---

①　曹道衡、沈玉成编撰:《中国文学家大辞典·先秦两汉魏晋南北朝卷》,中华书局1996年版;周祖譔主编:《中国文学家大辞典·唐五代卷》,中华书局1992年版。

历史上也不是没有特例或反证。比如西魏和北魏定都长安和洛阳时,关中
地区和中原地区却是文学的空旷地带,当时文学的重心明显是在东南地区。
如果说因为西魏和北魏享国时间太短,尚不足以说明问题,那么明、清两代
呢? 明代有 240 年定都于北京,但当时文学最发达的地区却是江、浙一带,
京师虽然汇集了不少文人,可大都是来京为官作宦的外籍人士,京师籍的作
家几乎寥若晨星。清人入关,继续定鼎北京 200 多年,可全国的文学格局较
之明代几乎没有多大变化,政治中心北京虽然仍是文人汇集的奥区,但本地
却并不盛产文学家。①

　　经济对文学发展的作用也是显而易见的。在中国古代,黄河流域的经
济发展在先,长江中下游的经济发展在后。所以中唐以前文学发达地区集
中在黄河中下游,中唐以后,文学发达地区则更多地集中于长江中下游,至
明清时珠江流域也开始出现文学的相对繁荣,因而总体表现出文学发达地
区和文学重心随经济重心南移的态势。但情况也并非是绝对的。比如明代
北方经济与南方已不可同日而语,文学家的数量也远远落后于南方。根据
我自己编写的《中国文学家大辞典·明代卷》(即出)统计,当时北方各省的
作家(包括诗文与小说戏曲作家)数量的总和甚至还赶不上江南苏州一府,
知名作家也不是很多。但也有特殊的情况,像山东的济南及其周边地区以
及陕西西安地区仍然产生了较多的作家,其中包括一些知名的作家,不仅超
过了北方其他地区,甚至与南方一些经济发达地区比较也不逊色。

　　因此,总的说来,政治中心和经济富庶有利于文学的发展,但并不说政
治中心和富庶地区文学就一定发展。因为政治优势和经济优势都不能直接
创造文学的繁荣,就中国古代而言,一个地区文学繁荣的沃土实际是"文
化"——或者说文学之树总是植根于"文化土壤"之上。一个地区的"文化土
壤"对于文学来说是极为重要的,这就是为什么不同地区的文学既在美学层
面上有一定差异,文学发展状况也不尽相同的原因。

　　什么是"文化"? 虽然是个众说纷纭的问题,但也并非无可说明。在中
国古代典籍中,"文"既指文字、文章、文采,又指礼乐制度、律法条文等,"化"

---

　　①　参见钱仲联主编:《中国文学家大辞典·清代卷》,中华书局 1996 年版。

是"教化"之意。《周易》有言:"观乎天文,以察时变;观乎人文,以化成天下。"故中国古代所谓"文化",首先指的是以礼乐制度教化百姓。汉代刘向《说苑》云:"凡武之兴,为不服也,文化不改,然后加诛。"此处之"文化"亦为文治教化之意。据有关工具书,在西方,"文化"一词源于拉丁文 cultura,原义是指农耕及对植物的培育。自 15 世纪以后,逐渐引申使用,把对人的品德和能力的培养也称之为"文化"。而自从英国人类学家泰勒(Tylor, Sir Edward Burnett, 1832—1917)1871 年在《原始文化》一书中提出"文化(culture)"的定义以后,据说全世界有关"文化"的定义已经超过 170 种。实际上现在所谓"文化"已经成为对人类在社会历史实践中所创造的所有物质与精神产品的一种泛称。在这个意义上,人类文化大体可分为"物理—物质文化"、"制度—行为文化"和"精神—心理文化"三个层面,但人们又往往是在各种不同的语境下使用"文化"一词的。在中国古代,对一个地区来说,相对于政治、经济而言的"文化",并不是指的是哪一个层面上的"文化",而是体现在各个层面上的:从物质层面说,应体现为精神文化活动(包括教育)的设施和传播精神文化的载体,如学校、书籍等;从行为层面说,应体现为人文艺术与自然科学的创造活动及对这些活动进行管理的制度以及教育制度,也包括因为价值取向而导致的人们的行为方式,甚至乡风民俗等;从精神层面说,则体现为各种思想观念(包括哲学思想、宗教思想、科学思想,伦理道德观念、审美观念、价值观念等)和社会心理。而这样一种"文化",对每个地区来说,既是一种传统,也是一种不断改变的现实。

值得注意的是,在整个社会文化体系中,行为的主体是人。因此,在中国古代,一个地区"文化"发达与否的标识,往往取决于这个地区"文化人群"(即中国古代所谓的"读书人")的数量和质量。对文学而言,读书识字者多,文学创作者和读者自然增多。"文学人口"增加,文学的兴盛、繁荣亦就在情理之中了。在中国历代王朝及地方的政治中心,经济富庶地区,往往更有条件使政治和经济优势转化为文化优势,使这些地区成为文学的发达地区。比如政治中心和富庶地区可以凭借政治和经济优势引揽人才,亦可以通过建立学校(官学或私学)培养更多的读书人,使"文化"得到发展。但与政治、经济不同,"文化"发展的机制更复杂,往往是一个"渐进"的过程。对于"文化"来说,"传统"的力量是十分巨大的,一种新的"文化传统"的建立则需要很长时间。"永嘉之乱"以后,司马氏政权的南迁带来当时北方大量劳动力和先进的生产技术,南方的土地因此得到开发,加上南方优越的自然条件,江南经济很快得到发展。而"中州士女避乱江左者十之六七"(《晋书·王导传》),也使江南一下子由原来的文化弱势地区变成人才荟萃之地。但当时江南的人才,主要是南迁的北方士人,南方本土人才的崛起,则要到东晋以后。以后唐代的"安史之乱"和宋代的"靖康之变",都在一定程度上促进了南方经济、文化的发展。南宋定都临安,杭州成为南方的政治中心,江南因此成为南北经济、文化最发达的地区。虽然随着蒙古人统一南北,中国的政治中心又回到北方,但六朝以来已经得到巨大发展的南方经济没有衰退,特别是经过漫长历史岁月形成了南方丰厚的文化积累和文化传统,致使在以后的数百年内,南方虽然已不是中国的政治中心,却始终保持着文化重心的地位,明、清时代南方文学的繁荣,无疑基于这种文化积累和传统。而明清时代北方经济虽然已经落后,但有一些地区,如上文提到的山东地区和西安一带,由于文化积累丰厚,也仍然可以保持着文学的相对发展。

　　文学发展状况与文化有着直接的关系,不仅在全国范围内是这样,对一个地区来说,也是这样。——不过,在古代文学的"地域研究"中怎样划分"区域",还是一个值得讨论的问题。上文谈到《诗经》中的"十五国风"主要是以周王朝的邦国来划分的,但"十五国风"的产地主要在黄河流域。至于将中国分为秦文化、三晋文化、齐鲁文化、巴蜀文化、楚文化和吴越文化等文化区域,则是今人根据春秋战国时的中国文化发展的情况而定的——这种划分也并不十分严格,比如鲁文化与齐文化、吴文化与越文化,细审一下,显然就是有区别的。而随着中国版图的扩大,各地的进一步开发,这种划分亦已经不能涵盖整个中国文化。如江西、福建、广东开发较晚,就很难纳入春秋战国时的六大文化区域。当然,古往今来,人文地理的界线还有其他划法。比如司马迁从物质生产角度将中国划分四个区域;唐代僧一行有区分

"华夏"与"蛮夷"的"天下山河两戒"说；20世纪30年代地理学家胡焕庸用一条"胡焕庸线"将中国分为东西两个部分。①对于今天的中国古代文学研究来说，这些人文地理的界线划分显然也是不太合适的。在中国古代，人们谈到文学的地域性时，多数比较笼统，有些则用一时一地的地名，也是我们很难借用的。近年来的古代文学地域研究，有人使用现行行政区划为地域范围，我觉得还是可取的。原因是：秦汉以来，中国在全国范围内实行郡县制2 000多年，本来上古氏族国家和西周以来的邦国多因山川地理而分，至秦汉时划郡设县（战国时各国已经开始设立郡、县，但只是局部的），也多以山川地理为依据，因此不少与这些邦国地域叠合，或者原来就是在原有的地域划分基础上划分的。秦汉以后，中国历代行政区划虽有变更，但总的说来很多地区得以在政治、经济和文化等方面保持连续性。特别是元、明、清三代，中国长期的大一统局面，行政区划相对稳定，更为我们今天古代文学的"区域研究"提供了基础。另一方面，以今天的行政区划为基础研究古代的文学，还有立足当代并联系古今的意义。

　　这里举江西为例。江西地区过去被称为"吴头楚尾"。以往，我们一直以为江西在古代是"荒蛮腹地"，近年来的考古发现已经证明，江西不仅有旧石器、新石器时代的遗址，商周时代青铜器的冶炼水平亦很高（此有瑞昌铜矿遗址和新干商代墓葬出土的大量青铜器证明）。赣江——鄱阳湖水系是古代江西文明的摇篮，早期文化遗址多在赣、鄱水系侧岸。但比起黄河流域

---

　　①　司马迁在《史记·货殖列传》中将中国分为四个地区，以崤山为界将黄河流域划为山东、山西，又称长江以南为"江南"。三区以外，又另划一区——从山西龙门到渤海边的碣石山以北——这条线实际上是当时一条农、牧业分界线（见《史记》中华书局标点本10册，第3253页）。唐代的僧一行（张遂）以为"天下山河之象存乎两戒"："北戒，自三危、积石，负终南地络之阴，东及太华，逾河，并雷首、底柱、王屋、太行，北抵常山之右，乃东循塞垣（长城），至濊貊、朝鲜，是谓北纪，所以限戎狄也。南戒，自岷山、嶓冢，负地络之阳，东及太华，连商山、熊耳、外方、桐柏，自上洛南逾江、汉，携武当、荆山，至于衡阳，乃东循岭徼，达东瓯、闽中，是为南纪，所以限蛮夷也。"《新唐书·天文志一》，中华书局标点本第3册，第816页）这是一种立足于"华夷之辨"，以华夏王朝为中心的地理划分。"胡焕庸线"是地理学家胡焕庸提出的一条关于我国人口分布疏密的对比线，他认为可以从黑龙江的黑河爱辉向西南延伸到云南的腾冲画一条线，把我国分为西北和东南两部分，这条线的东南侧，土地只占整个国土面积的36%，人口却是全国的96%，线的西北侧，情况恰恰相反。

和长江流域来说,江西的开发还是较晚的,所以至春秋后期战国初期才出现了少量城邑。始皇帝分天下为36郡①,江西地方主要属九江郡,其余属会稽、长沙两郡。汉高祖五年(前202)命颍阴侯灌婴率军南下筑南昌城(取昌大南疆之意),始设豫章郡(因赣江原称豫章江而得名)。当时豫章郡所辖范围与今天江西省已经大体相同。西晋元康元年(291)改设江州,仍以豫章郡原有郡县为主。唐贞观时划全国为10道监察区,玄宗时增为15道,于开元二十一年(733)设"江南西道"——此为"江西"之得名——辖区仍同于汉豫章郡。宋代在州之上改"道"为"路",江西地区置9州、4军、68县,大部分属于"江南西路",小部分隶于"江南东路"。元朝的"江西行省"辖区大于汉豫章郡,明朝虽然基本保留了元朝的省区建制,但"江西布政使司"所辖地域则又恢复到原汉豫章郡、唐江南西道大小。清之"江西省"辖区全同于明,民国和解放后之江西省范围又沿袭明、清(仅1934年从安徽省划入婺源县)。也就是说,从两汉开始,两千多年来,江西实际形成一个政治、经济和文化相对固定的区域。古代江西文学就是随着这一地区政治、经济、文化的历史发展而发展的。

现在我们一谈到古代的江西文学,多从东晋末年的陶渊明说起。因为在此以前江西确实鲜有作家见于著录,传世著作极少。②不过,陶渊明以后直至唐初数百年,江西本土的文人、作家仍然很少。③只有到盛唐时,殷璠编《河岳英灵集》,选开元、天宝时24位诗人的234首诗,才有刘眘虚、綦毋潜两位

---

①　关于秦王朝所置郡数,文献中有不同的说法:班固《汉书·地理志》列出36郡名称,但未及郡数;《晋书·地理志》定秦郡为40个;王国维《秦郡考》考定秦郡为48个;谭其骧主编《中国历史地图集》(地图出版社1982年版)定为46郡。

②　《古今图书集成》文学典卷二○记南昌李朝字伯丞,东汉恒帝时任魏郡监、黎阳营谒者,恒帝和平元年(150),立张公神道碑于黎阳,曾作歌九章颂之。又据载,东晋初年,陶侃有文集二卷,南昌熊远及其侄熊鸣鹄亦有集,现仅陶侃存文12篇(见《全上古三代秦汉三国六朝文》)。

③　谭正璧:《中国文学家大辞典》载东晋及南朝时浔阳有周顗、周舍、周弘正、周弘让、周弘直,豫章有熊远、谢尚、雷次宗。周顗为南朝宋、齐间人,祖籍汝南(今属河南),周舍为其子,而弘正、弘让、弘直为周舍之侄,也即周顗之孙。其中弘直陈武帝时曾任柴桑县令。谢尚(308—357)为谢鲲之子,鲲为陈郡阳夏(今河南太康)人,只不过尚与其父皆作过豫章太守,父子二人皆有传于《晋书》。雷次宗(386—448)确为南朝刘宋时豫章南昌人,少事沙门慧远,文帝时曾在鸡笼山开馆教授。

江西籍诗人进入人们的视野,入选诗 17 首。①虽然选本往往有编选者个人识见和爱好的因素,但反映江西诗人已经开始在唐代诗坛崭露头角。有人统计,《全唐诗》及《全唐诗外编》中有籍贯记录的作者共有 867 人,江西仅有 55 人,其中盛唐 5 人,中唐 8 人,尚落后于许多地区,但晚唐五代却激增至 42 人,从数量来看,仅次于浙江。②其中举会昌三年(843)进士第一的卢肇以及被为"郑鹧鸪"的郑谷等已颇有声名。③

到了两宋,江西在作家数量上跃居全国前列,其中不仅有许多独擅一体、技压群芳的名家高手,还出现了几位影响全国、执文坛牛耳的大家。比如被后人奉为古文模范的"唐宋八大家"中有宋人 6 人,江西就有欧阳修(吉州永丰人)、王安石(抚州临川人)和曾巩(建昌南丰人)。其中欧阳修更在宋六家中据核心地位,成为当时的文坛领袖和开一代文学风气的宗师。在诗歌方面,欧阳修首启宋诗之端,其影响通过苏轼和王安石,延至黄庭坚(洪州分宁人)。王安石学杜学韩,自成高格。黄庭坚的诗则更加突出地体现了宋诗的艺术特征,吕本中作《江西诗社宗派图》尊其为"江西诗派"之祖,影响深远。南宋时号称"中兴四大诗人"的"陆、范、杨、尤"中的杨万里也是江西吉州人。20 世纪钱钟书先生编选的《宋诗选注》,入选作者 80 人,江西籍作家竟达 26 人,近三分之一④。邱昌员《两宋江西词人论稿》据《全宋词》等统计,

---

① 殷璠,唐丹阳人,其自序《河岳英灵集》谓所选起于开元二年(714),终天宝十二载(753),共选 24 位诗人 234 首(今本实 228 首)。所选 24 位诗人是:常建、李白、王维、刘眘虚、张渭、王季友、陶翰、李颀、高适、岑参、崔颢、薛据、綦毋潜、孟浩然、崔国辅、储光羲、王昌龄、贺兰进明、崔署、王湾、祖咏、卢象、李嶷、阎防。綦毋潜,字孝通,虔州南康(今赣州)人,开元十四年进士,官终著作郎,与王维、孟浩然、高适等为友。有集未传,《河岳英灵集》选其诗 6 首,《全唐诗》存诗 26 首。刘眘虚:字全乙,新吴(今奉新)人,开元间进士及第,曾官弘文馆校书郎,与王昌龄、孟浩然、高适为友。有集,《奉新县志》谓其集名《鹡鸰集》,五卷,今佚,《河岳英灵集》选其诗 11 首,《全唐诗》存诗 15 首。

② 周文英等:《江西文化》第四章,辽宁教育出版社 1993 年版。

③ 卢肇,字子发,袁州宜春人。文宗时李德裕贬袁州,以文投献,由此见知,待德裕还朝为相,荐于主司,因得中会昌三年(843)进士第一,至咸通时历歙、宣、池、吉四州刺史,诗文赋皆精道,著述多种,《全唐诗》收其诗一卷,另有佚诗;《全唐文》收其文 15 篇。郑谷,字守愚,袁州宜春人。光启三年(887)登进士第,乾宁四年(897)任都官郎中,后归隐宜春仰山书堂。有诗名,曾受知于马戴、薛能诸人。咸通中与许棠、温宪、张乔、任涛、张摈、李栖远、喻坦之、周繇、李昌符唱答往还,号"芳林十哲"(又称"咸通十哲")。《全唐诗》编其诗四卷,又有诗文见于《唐诗补编》、《唐文拾遗》。

④ 钱钟书:《宋诗选》,人民文学出版社 1982 年版。

两宋有作品留存、占籍明确的词人 1 493 人,其中江西 188 人(仅次于浙江),作品 5 127 首,占全部宋词作品的四分之一强。①在所谓宋词"四大开祖"晏殊、晏几道父子(抚州临川人)和张先、欧阳修中,只有张先不是江西人。南宋词坛领袖辛弃疾虽然不是出生于江西,但一生中有很长时间是在江西度过的,最后还终老于江西,也基本可以算作江西流寓作家。南宋后期格律派词人活跃,姜夔(饶州鄱阳人)为代表人物之一,不仅影响了当时一大批词人,还下延直至清代的浙西词派。另外欧阳修、黄庭坚、王安石、刘过等亦都可以称得上是杰出的词人。对于两宋时期江西地区文学的迅猛发展,人们深感惊叹并倍加赞赏。故南宋江西人洪迈(饶州鄱阳人)不无自豪地说:"古者江南不能与中土等,宋受天命,然后七闽二浙与江之东西,冠带诗书,翕然大肆,人才之盛,遂甲于天下。"(《容斋四笔》卷五)

在中国古代,两宋是江西文学最鼎盛时期。元代江西文学继两宋之余绪,在传统诗文方面仍然保持蓬勃之势。所谓"元诗四大家"中,江西有虞集(抚州崇仁人)、范梈(临江清江人)、揭傒斯(龙兴富州,即今永丰人)三人。明代江西的诗文创作继续繁荣,特别是吉安府,作家的数量仅次于苏州府,而与常州、杭州府等持平。胡应麟在《诗薮》中谈到明初诗坛时说:"国初越诗派昉刘伯温,吴诗派昉高季迪,闽诗派昉林子羽,岭南诗派昉于孙蕡仲衍,江右诗派昉于刘崧子高。五家才力咸足雄踞一方,先驱当代。"浙江、江苏、福建、广东和江西正是元末明初诗人最集中的地区,江西仅次于江、浙。《四库全书》收刘崧《槎翁诗集》八卷,《总目提要》云:"史亦称崧善为诗,豫章人宗之为西江派。大抵以清和婉约之音,提导后进。迨杨士奇等嗣起,复变为台阁博大之体,久之遂浸成冗漫。北地信阳乃乘其弊而力排之,遂分正、嘉之门户。"(卷一六九集部别集二二)刘崧与后来领袖文坛的台阁诗人杨士奇都是泰和人。明中叶后中国文学出现了小说、戏曲、诗歌散文全面发展的局面。时江、浙为戏曲创作的中心,而临川汤显祖竟以一本《牡丹亭》成为戏曲

---

①　据唐圭璋:《宋词四考·两宋词人占籍考》(上海古籍出版社 1986 年版《词学论丛》)统计,两宋有词作流传、有明确籍贯可考的词人共有 871 人,其中江西 158 人,数量上仅次于浙江(216 人),居全国第二位。关于两宋词人总数和占籍江西的词人数量,有多种说法,参见邱昌员《两宋江西词人研究》。

作家之翘楚。晚明开始,特别是进入清代以后,江西文学虽然比起江、浙的繁盛略显落寂,但作家数量仍具全国前列,也有一些作家,如清初号称"散文三大家"之一的魏禧(宁都人),清中叶被称为"乾隆三大家"之一的蒋士铨(广信铅山人),以及"清季四大词人"之一的文廷式(袁州萍乡人)等在文学史上有一定的声名。

从古代江西文学的起伏消长、发展变化,确实可以从多方面寻绎出文学与政治、经济、文化的关系。陶渊明以前江西地方鲜有作家,与其地经济、文化的开发程度是相吻合的。陶渊明是江西籍的第一位诗人,也是东晋末年中国最优秀的诗人。其祖父陶侃,为东晋开国元勋之一,官至大司马、都督八州军事,封长沙郡公。不过,与当时东晋许多贵出身于南迁士族不同,陶侃本为鄱阳人,徙家浔阳柴桑(今江西星子),出身"孤贫",所以《晋书》称其"望非世族,俗异诸华"(卷六六)——从陶渊明的人生行为与诗作也多少可以看出其出身背景。但陶渊明的出现,也并非完全是其个人文学天才的原因,"永嘉"以后江西经济、文化开发无疑是陶渊明出现的"必要条件"。——自东晋王朝在南京建都后,大量黄河流域的移民向南迁移,江西人口也因之激增。西汉时,江西的县份只有18个,人口35万,东汉时也只有21个县,人口160万。但到东晋时期,江西境内县份扩大到57个,人口增至300万。北方移民的到来,带来先进的生产技术,推动了当地的经济,也使文化得到一定程度的发展。

不过,从东晋到南北朝,江西的经济远不及江、浙,在文化积累方面更显得薄弱。至隋唐统一全国,洛阳至长安一带又逐渐成为全国的政治中心,原来流寓南方的士族纷纷返回,北方的经济、文化因此得以重建和繁荣,南方就相对地落后了。所以从隋到初唐约130余年,政界和文坛上的重要人物,除少数出于江、浙一带外,其余几乎全被北方士人所垄断,江西连一个重要文人也未出过,正是这种形势的一个反映。但从初唐到盛唐,在安定和平的环境下,借助于地理气候的优势,江西经济在100多年的时间里得到一定的发展,文化也逐步积累,这才有了盛唐时文学的初兴。

唐代江西的经济一直处于稳步发展中,由于"安史之乱"以后北方经济衰落,其发展速度就更显得突出。"安史之乱"可以说是中国古代经济南盛北衰的一个转折点。中唐以后唐王朝的财政主要靠包括江西在内的江南8道的支持,所以韩愈贞元十八年(802)就曾谈到"今赋出于天下,江南居十九"(《全唐文》卷五五五《送陆歙州诗序》)。到了晚唐和五代十国时期,黄河流域军阀长期混战,加之契丹入侵,黄河决口,经济、文化因此受到极大的破坏。而这个时候的江西的经济却因避开战乱而仍然保持上升态势。五代时江西属南唐版图。南唐虽然享国不到40年,但由于统治者"生长兵间,知民厌乱",故"兵不妄动,境内赖以休息",且薄赋轻徭、奖励农桑,因而境内"比他国最为富饶,山泽之利,岁不入资"(《南唐书·烈祖本纪》)。进入宋代,江西经济更得到了全面的发展:首先是广泛使用龙骨水车等先进的生产工具,大幅度地提高了农业生产水平。其次是矿业和手工业增长。信州盛产铅铜,"常募集十余万人,昼夜采凿"(《宋会要辑稿·食货》)。吉州和虔州的造船业、景德镇的制瓷业亦都十分发达。交通方面,赣江成为中原通往岭南和海外的黄金水道,又"郡邑无不通水",境内水路畅通,十分方便。因此,当时的"江南西路"无论是人口,还是经济实力都在"江南九路"中处于上游。"靖康"以后,江西更成为南宋政权的后方腹地以及财政的主要支柱地区之一。据载,当时供应南宋军队及朝廷用的粮食至少有三分之一来自江西。

　　经济的发展为江西文化的发展提供了条件。各种历史资料表明,从中唐开始,江西文化有了较大的进步,这其中一个重要的标志便是通过科考获取功名的人数大幅度增加。从隋代开始的"科举选官制度"是以农业经济为主的中国古代社会"制度文化"高度发达的产物。科举制度在"制度"层面上制定了社会成员上、下层之间及精英层内部流动的"规则",使中国古代社会的精英层始终处于不断吐故纳新的过程之中,从而承负起整合社会关系体系和维系社会内部平衡的功能,成为保证社会政治、经济、思想、文化、教育以及其他种种社会活动正常运行的一种有效调节机制。虽然在中国实行科举制1 300多年的历史中,这一制度对中国历史的影响一直是双重的,特别是到了后期,科举制度愈来愈成为科学文化进步和人性解放的桎梏和障碍。但不可否认的是,从科举制度相对完善的唐代开始,通过科考获取功名的人数就成了衡量一个地区文化水平、教育水平的一个重要指数。据清徐松的《登科记考》,唐代江西的洪、袁、江、信、吉、虔六州共有70多名进士,但中唐以前只有一名,其余皆是中唐以后中式的。①应该说从一个重要方面说明了江西文化的发展情况。

值得注意的是,江西文化的发展是以文化教育、人才培养为先行的。本来,科举制度造成了整个社会获取文化知识的利益激励机制,扩大了文化知识与教育的覆盖面——在科举制度下,政治权利、社会地位与经济利益这些社会稀缺资源的取得,是需要社会成员以获取社会的主流知识文化为基础的,这就最大限度地调动了各种教育资源与发展教育的积极性。资料表明,从晚唐五代直至元、明、清三代,江西的"书院"教育在全国都是最突出的,在某种意义上也可以说"书院"教育的发达是江西文化持续发展的一个重要原因和标志。

本来,中国历代政权都设立官方的教育机构,亦有民间的私学,但"书院"这种比较完善的民间教育形式,却是实行科举制以后建立和发展起来的。"书院"原是唐代官方学术机构的名称,长安就有皇家的"丽正书院"、"集贤殿书院",其任务主要是帮助皇帝了解经史典籍,提供咨询和顾问。后来一些文人在致仕返乡后便将自己藏书治学之处亦称为"书院"。如开元间曾任集贤院学士的徐安贞回到浙江龙游原籍后就建立了"九峰书院"(《弘治衢州府志》卷四)。从唐中叶开始,"书院"开始兼具教学的职能,如江西永丰"皇寮书院",就系吉州通判刘庆霖"流寓永丰,建以讲学"(《古今图书集成》职方典卷八七五)。陈衮所建江西德安"东佳书院",也"聚书千卷,以资学者,子弟弱冠悉令就学"(《古今图书集成》职方典卷八九九)据今人考察,唐中唐以后建立的"书院"大约有 30 多所,其中江西有 5 所,数量高出多数地区。到了五代时,政局混乱,"书院"较唐代减少,全国新建的"书院"只有 4 所,其中就有两所在江西,即南唐时里人罗韬所建的泰和"匡山书院"(嘉庆《重修一统志》卷三二七)和罗靖、罗简兄弟所建的奉新"梧桐书院"(《古今图书集成》职方典卷八五〇)。北宋初开科取士,不断增加科举录取名额,虽然政府多次兴学,官学渐趋完备,但私立"书院"仍不断建立。当时全国新建"书院"71 所,江西一地就占了 23 所,又居全国首位。当时"书院"的教学职

---

① 参见徐松撰:《登科记考》,赵守俨标点,中华书局 1984 年版。

能已经加强,不少还建立了藏书机构,并有了自己的"学田"作为经济支持。南宋偏安江南,南方出现了"书院"高潮,私立"书院"甚至超过了官学,重修和新建的"书院"有442所,江西有147所,其次是浙江82所、福建57所,而当时整个北方竟然没有"书院"。南宋"书院"多以教学为主,有些"书院"还兼搞学术研究,从而超过官学成为一方的学术中心,并因而在思想界和政界产生巨大的影响。比如江西就有李觏主讲的盱江书院,朱熹主持重建的白鹿洞书院,陆九渊创建的象山书院,还有朱熹、吕祖谦、陆九渊等一代重要思想家聚集讲学的鹅湖书院等。至元、明、清三代,江西开设的"书院"数量一直领先于全国。①

两宋以来,由于"书院"的发达,造就了江西一代一代庞大的"文化人群",不仅科举中式者的数量巨大——其中如吉安地区在唐、宋、元、明、清千余年科考中产生了近3 000名进士,还有16名状元,就州府一级而言,为全国之最。再比如抚州(临川)地区进士及第者亦有二千余人——而且同时造就了大批其他方面的人才。在中国古代,科举中式者绝大多数为官作宦,或任职中央政府,或担任地方州、县官吏,不仅个人会获得各种利益,也会给乡梓带来各种有利于地方经济、文化发展的资源。"书院"不仅培养了官吏,亦培养了大批其他方面的人才,思想家、文学家亦有很多出自"书院"。也许有些人不一定通过"书院"学习而成才,但由于"书院"的长期发达,实际上造成了江西一种持之久远的重视文化教育的风气和习俗,以致形成一种以"书院"教育为标志的"文化传统"。

江西文学在两宋的鼎盛及以后元、明、清三代的持续发展,正是建筑在这样的"文化传统"之上的。庞大的"文化人群"是古代江西文学发展的基础。黄庭坚被称为"江西诗派"之祖,而"江西诗派"中江西籍诗人最多。两宋江西词人中出现了晏殊、晏几道、欧阳修、辛弃疾、姜夔等名家,其基础也是庞大的江西词人群体。一代一代庞大的"文化人群"同时造成了"文学传统"的薪火相传。比如两宋江西词的繁盛最早是以临川为中心的,晏殊被称为"北宋倚声家初祖",其创作影响了他的儿子晏几道和学生欧阳修(其家乡

---

① 以上统计数字据白新良《中国古代书院发展史》,天津大学出版社1995年版。

庐陵永丰是临川的邻县），稍后的王安石及谢逸兄弟又都是临川人。而从晏殊又可上溯到南唐时在抚州任节度使三年之久的著名五代词人冯延巳。由此使人想到丹纳那段著名的话："艺术家本身，连同他所产生的全部作品，也不是孤立的。有一个包括艺术家在内的总体，比艺术家更广大，就是他所隶属的同时同地的艺术宗派或艺术家家族。例如莎士比亚，初看似乎是从天上掉下来的奇迹，从别个星球上来的陨石，但在他的周围，我们发现十来个优秀的剧作家……都用同样的风格、同样的思想感情写作……到了今日，他们同时代的大宗师的荣名似乎把他们湮没了，但要了解那位大师，仍然需要把这些有才能的作家集中在他的周围，因为他只是其中最高的一根枝条，只是这个艺术家庭中最显赫的一个代表。"①对我们来说，开展古代文学的"地域研究"和"流派研究"，似乎可以更全面地、更细致地了解古代的文学现象，使我们的研究进一步走向深入。

所以，邱昌员 1997 年来到上海师范大学攻读硕士学位，对他选择"两宋江西词人研究"作为硕士学位论文的题目，我是很赞成的。昌员籍属江西，本科毕业于南昌大学中文系，后又在赣南师范学院中文系从事古代文学教学和研究工作多年，我相信他有能力完成这一课题。果然，他的这篇近 15 万字的硕士学位论文《两宋江西词人论稿》得到了答辩委员会的一致赞赏。这篇论文根据生活年代、词作风格等因素，大致把两宋江西词人分为七个群体，即"晏、欧词人群体"、"江西诗派中的江西词人群体"、"南渡词人群体"、"辛派词人群体"、"淳雅派词人群体"、"风格闲逸的词人群体"和南宋末年的"凤林书院词人群体"，试图通过对两宋江西词人的全面考察与观照，揭示两宋江西词坛的风貌。从硕士论文的要求看，昌员的这篇《两宋江西词人论稿》应该说是优秀的，虽然这一课题本身还有继续深入的余地。其中我个人最赞赏的则是文章中对两宋是否存在"江西词派"的论证。

文学的"流派研究"对古今中外的文学研究来说，都是很重要的。因为对某一历史时期而言，"流派"的出现往往是文学发达和繁荣的标志。比如明代文学"流派"众多，以往我们的研究大多将注意力集中在对这些文学流

---

① 丹纳:《艺术哲学》，傅雷译，人民文学出版社 1983 年版，第 5—6 页。

派进行某种定性的批评,却没有注意到这一现象本身对我们理解明代文学就是很有意义的。最近几年,在编纂《中国文学家大辞典·明代卷》的过程中,我对这个问题有了进一步的认识:明代文学流派众多,标明了其时创作与理论探讨齐头并进、相互影响,在更大程度上表现出文学的独立与自觉;明代文学流派的此起彼伏,又在一定程度上表现出文学与当代社会思潮、社会心理同步的态势,说明文学开始更多地在社会精神活动中发挥作用——这些都比较突出地表现了明代文学的特点。

中国古代文学中有些"流派"是以地域命名的,如宋代的"江西诗派",明代的"公安派"、"竟陵派"等。但"江西诗派"并不都是江西人,"公安派"、"竟陵派"更不全是公安、竟陵人。①这本是学界都很清楚的事情,不过不少人对"流派"的概念并不是十分清晰,所以有时也会将"流派"与地域作家群体,甚至与文人结社、诗会等混为一谈。比如上文引用的胡应麟《诗薮》提到元末明初之诗坛有"越诗派"、"吴诗派"、"闽诗派"、"岭南诗派"、"江右诗派"实际上指的都是"地域作家群",这些"地域作家群"是否形成了"诗派",是需要研究的。两宋时期江西集中了大量词人,不少人不仅成就大,而且影响深远,有人因此提出了"江西词派"一说。其说从清人厉鹗(《论词绝句十二首》)到近人冯煦(《蒿庵论词·论欧阳修词》)、刘毓盘(《词史》)、朱祖谋(《夏敬观映盦词序》)似乎已成定谳,于是就有今人的一些词史和论文,据此分析探讨两宋"江西词派"的成就与特色。昌员在《两宋江西词人论稿》中通过对两宋江西词人的全面考察,认为这是一个值得商榷的问题。

按照昌员的看法,一个文学流派得以成立,仅仅以人数多和包括杰出的作家还远远不够,还必须具备成员之间相同或相近,且有别于其他的富有自

---

① "江西诗派"之称源于宋人吕本中所作《江西诗社宗派图》,其自黄庭坚以下,列陈师道、潘大临、潘大观等25人。虽然"江西诗派"中江西人较多,但成员并不全是江西人,比如陈师道为彭城(今江苏徐州)人,潘大临、潘大观为黄冈(今属湖北)人,韩驹为陵阳仙井(今四川井研)人,吕本中本人则为寿州(今安徽寿县)人。明代的"公安派"除湖广公安(今属湖北)的"三袁"以外,其他成员几乎没有公安人,如江盈科为湖广桃源(今属湖南)人,黄辉为四川南充人,陶望龄为浙江会稽(今绍兴)人,丘坦为湖广麻城(今属湖北)人,雷思霈为湖广夷陵(今湖北宜昌)人,潘之恒为徽州歙县(今属安徽)人,侨寓金陵。稍后的"竟陵派"也是这样,除钟惺、谭元春是竟陵(今湖北天门)人,其他如蔡复一是福建同安人,商家梅是福建闽县(今福州)人,于奕正为顺天府宛平(今属北京)人,刘侗为湖广麻城(今属湖北)人。

我特色的文学主张、创作风格和拥有自己的领袖人物。而就两宋江西词人的情况来看,还不具备这些条件。因此,他明确地提出:两宋不存在所谓"江西词派",两宋江西词人基本上是以群体的形式出现在词坛上的——他们或者是大群体中的小群体,或者是全国性词派中的地域群体。如晏、欧词人群体,实际上是北宋初年以上层士大夫、达官显贵为主体构成的一个大的词人群体,江西词人在其中只占一部分,南渡词人、宋末遗民词人也属于这种情况;江西诗派中的江西词人、辛派中的江西词人、淳雅派中的江西词人则属于流派中的小群体,小群体可以是构成大群体或流派的因素,但不一定能构成流派。

我以为昌员的论辩是有力的,所以同意他的看法。前人仅仅以两宋江西词人众多和有杰出的词人而得出有一个"江西词派"的结论,大概主要是源于一种感觉,却忽视了学理性。这就提醒我们,在从事古代文学"地域研究"与"流派研究"时,除了要注意实事求是,避免对自己研究对象的偏爱以致判断上有失公正,同时也要准确把握两者的关系,以免走向误区。昌员的《两宋江西词人论稿》较好地处理了两者之间的关系,是值得称道的。

2003 年月 12 月于上海

【整理说明】

本文系先生为《历代江西词人论稿》所撰《序言》,曾以《古代文学的"地域研究"与"流派研究"》为题刊载于《赣南师范学院学报》2005 年第一期。

《历代江西词人论稿》,邱昌员著,百花洲文艺出版社 2004 年 12 月出版,计 20 万字,前有先生《序言》、作者《自序》,后有作者《后记》。该书对宋以降江西地区的词人及其创作进行通代梳理,尤重宋代词人的群体性研究。除《导言》外,全书正文共两编十一章。上编《两宋江西词人论稿》,共七章,作者根据生活年代、词作风格等因素,大致把两宋江西词人分为"晏、欧词人群体"、"江西诗派中的江西词人"、"江西南渡词人"、"辛派中的江西词人"、"淳雅派中的江西词人"、"风格闲逸的江西词人"和南宋末年的"'凤林书院'词人群体"七个群体进行论述。下编《元明清代江西词人论稿》,共四章,前三章为元、明、清三代江西词人述录,第四章探讨清代江西词人文廷式的词学思想及创作。

　　邱昌员(1966—　　),男,江西南康人。1997年师从先生主攻两宋江西词人研究,获文学硕士学位;2001年再次师从先生主攻唐代文言小说研究,获文学博士学位。现系赣南师范学院新闻与传播学院教授、副院长,江西省"新世纪百千万人才工程"人选,江西省高等学校中青年学科带头人,江西省"十二五"重点学科带头人。主要从事中国古代文学、地域文学与文化、影视文学与文化研究等,主持完成省级课题10余项,出版专著《历代江西词人论稿》、《诗与唐代文言小说研究》、《晋唐两宋江西小说史话》3部,其中前2部分获江西省第十一次、第十三次社会科学优秀成果奖二等奖。

《唐代文言小说与科举制度》序言

从隋王朝开科取士,至清光绪三十一年(1905)发布上谕停罢科举止,"科举选官制度"在中国历史上整整延续了 1 300 年。"科举制度"是以农业经济为主的中国古代社会"制度文化"高度发达的产物。其在"制度"层面上制定了社会成员上、下层之间及"知识精英层"内部流动的"规则",又使中国古代社会的"精英层"始终处于不断吐故纳新的过程之中,从而在一定程度上承负起整合社会关系体系和维系社会内部平衡的功能,成为保证社会政治、经济、思想、文化、教育以及其他社会活动正常运行的一种调节机制。16世纪西方传教士来华之始,就注意到了中国的科举制度,从 1615 年耶稣会士金尼阁(Nicolaus Trigault,1577—1628)根据利玛窦(Matteo Ricci,1552—1610)日记等材料编纂的《基督教远征中国史》出版开始[1],到 19 世纪中叶,欧洲出版的介绍中国科举制度的书籍达一百多种。19 世纪西方各国纷纷建立"文官考试制度",当然首先是西方社会发展进步的结果,但与中国科举制度对西方的影响肯定不无关系。[2]

由于中国古代科举制度优于欧洲中世纪的贵族世袭制、君主恩赐制,在相当程度上体现了"机会均等",契合了西方近世以来所提倡的"平等"原则,所以一些欧洲的思想家,如伏尔泰、孟德斯鸠、狄德罗、卢梭等都曾对这一"中国的文官制度"表示赞扬。但科举制度对中国历史的作用实际上是双重的:既是中国长期稳定发展的一种保证,也是中国逐步走向衰弱的根源之一;既有利于古代政治的清明,也在很大程度上引发了"体制性腐败";既促进了学校教育的发展,也使教育走向僵化;既选拔了大量才智之士,也虚耗了无数古代学子的光阴,从而从整体上削弱了中国古代"知识分子"的创造

---

[1]　《基督教远征中国记》,中译本名《利玛窦中国札记》,署利玛窦、金尼阁著,何高济等译,中华书局 1983 年版。其第一卷第五章介绍了当时中国科举考试制度的全过程。

[2]　1791 年法国首先举行文官考试,至 1875 年文官系统形成。1855 年英国在本土开始推行文官考试,1870 年使其制度化,欧美国家及日本等纷纷效法。1883 年至 1893 年美国的文官考试制度完成。

力。特别是科举制实行的后期,愈来愈成为科学文化进步的障碍和人性解放的桎梏,在中国尚未建立起适应社会发展需要的"现代文官考试制度"以前,就不得不仓卒退出了历史舞台。

作为一种"制度文化",科举制度是中国古代社会一个巨大的"历史存在"。以往我们在审视中国历史文化时较多注意对科举制度的批判,却往往自觉不自觉地忽视了对科举制度在整个社会文化体系中所起重要作用的研究。假若我们尝试一下从制度文化的角度来关照中国古代的历史文化——包括文学现象,也许会有一些新的发现。十多年前,我在编校《全唐五代小说》时,就感觉到了从科举制度的角度来研究唐代文言小说是一个有意义的选择。唐代文言小说与科举恐怕绝不仅仅是人们所常提到的"举子以小说行卷"之类的简单关系。

公元7世纪出现并在8世纪末达到相当繁荣的唐代文言短篇小说,不仅标志着中国古代散文体小说的成熟。①也是世界范围内最早出现的、符合散文体小说艺术格范的短篇小说。值得注意的是,中国古代散文体小说的成熟与西方散文体小说的成熟,道路是不同的。西方学者在追述小说的形成沿革时,无不把古希腊史诗(epic)——以神话传说、部落战争为内容的长篇叙事诗《伊利亚特》《奥德赛》认作小说的始源。这种说法也许是"文艺复兴"以后西方人的"寻根"。"蛮族"的入侵,"基督教文化"对"希腊罗马文化"的覆盖,使西方近代小说与古希腊史诗之间的联系实际很模糊。能够确证是西方小说直接渊源的,实际是12世纪以来在西方发展起来的 romance(罗

---

① 历来人们谈中国小说史,总是从先秦或者汉代讲起。有人认为先秦已有小说,至少汉代已有"小说",因为班固《汉书·艺文志》中已经列有"小说家",还开出了一个包含15种"小说"的书单。实际上这些"小说"都不是作为叙事文学的散文体小说。散文体小说是叙事文学的最高形式,有一定的形式和美学的要求,因而是一个国家或民族叙事艺术达到一定高度的产物——这是世界范围内文学发展的规律。那种认为小说在中国古已有之,将中国古代小说上溯到汉魏六朝,甚至先秦战国的作法,至少混淆了作为叙事文学文体的"小说"概念与中国古代班固《汉书·艺文志》以来的图书分类学中的"小说"的界线。当代治中国古代小说的学者,已经有一些人对这个问题有所认识。尽管大家认识的程度不一样,表达上也有差别,但大体都同意唐代文言短篇小说的大量出现标志着中国古代散文体小说的成熟或文体的独立。参见何满子、李时人:《中国古代短篇小说杰作评注·前记》,安徽文艺出版社1988年版;李剑国:《唐五代志怪传奇叙录·代前言》,南开大学出版社1993年版;石昌渝:《中国小说源流论》,三联书店1994年版,第12页;董乃斌:《中国古典小说的文体独立》,中国社会科学出版社1994年,第168页。

曼斯）——一种叙述骑士荒诞不经的冒险生涯和古怪迷人爱情的长篇叙事诗（或称为骑士叙事诗、骑士传奇）。在此之前，则有欧洲各民族的"英雄传奇"（或称为"民族史诗"）。①当 romance 逐渐向韵散相间转化，散文体小说才初见端倪。后来欧洲不少语言（如法语和德语）的"长篇小说"一词在语源上可以追溯到 romance，正是语言对这一文学演进事实的记录。

与西方不同，中国由于没有规制宏大的"神话——史诗"传统，叙事诗远远落后于抒情诗的发达，因此，书面语言叙事的经验只能主要在古代的史书及其衍流——杂史、杂传、志怪和志人短札中分散地积累，词赋等"美文学"在叙事经验方面的积累则十分有限。这些积累叙事艺术经验的载体篇幅都不大，因此绝非偶然地使中国叙事文学之最高形式的散文体小说只能由短篇小说跨出第一步。于是，中国的史书以其在中国文化中的崇高地位，成为中国叙事文学的主源，但同时也造成了"小说"对史书的依恋，使中国古代小说和小说批评，长期与史书和史传文体纠缠不清。中国的史书，特别是《史记》中的传记篇目，为中国叙事文学，特别是短篇小说提供了最基本的叙事模式。而史传的衍流，如杂史、杂传、志怪书等，汉魏六朝以来积累逐渐丰厚——它们由正统的史书派生而成，由于在一定程度上可以不受史传传统的束缚，所以发展出一种溢出史书的叙事态度和叙事风格，特别是在叙事内容上不断摆脱史书尽可能忠实于史事的要求，记以怪异之事和不同程度的虚构，表现出来"小说化"的倾向——在这个意义上，汉魏六朝以来大量的杂史、杂传、志怪书，也可以说是唐代文言短篇小说的直接渊源。②

大体而言，不管希腊史诗、欧洲各民族的"英雄传奇"和骑士叙事诗是否实际上一脉相传，西方文艺复兴以后出现的散文体小说确实是由长篇叙事诗孕育的，这其中尽管有从韵文到散文的转化，但总的说来仍然是文学内部发展的结果。而从史传、杂史、杂传、志怪书，再到小说，中国古代散文体小说需要完成一个从历史到文学的转变。在中国古代，这一转变的时间是漫

---

①　如 8 世纪英国的《贝奥武甫》，9 世纪日耳曼的《希尔德布兰特之歌》，12 世纪法国的《罗兰之歌》、西班牙的《熙德之歌》、德国的《尼伯龙根之歌》之类。

②　程毅中已经提到这个观点："唐代小说主要是从史部的传记演进而来，无论志怪还是传奇，最初都归在杂传类。"（《唐代小说史话》，文化艺术出版社 1990 年版，第 12 页）

长的。而要完成这一转变,使中国古代散文体小说蜕尽史传的茧壳,必须等待历史提供的"必要条件",有了这个必要条件,散文体小说才会真正成熟并成批的产生。正是唐代社会的制度与文化,为中国古代散文体短篇小说的大量出现提供了"必要条件"。一个最显明的事实是唐代实行的科举选官制度造就了一个人数众多且不同于往古的新型读书士子人群,并因此造就了新的时代风习、思想精神,从而无意中造就了"小说"的作者与读者群体。使散文体小说从创作到接受成为一种"历史必然"。

中国古代选官制度,从两汉的辟除征召,到魏晋南北朝的九品中正制,实行的都是察举制。隋朝开始实行科举制,但隋代时间不长,因此科举制作为完备的选官制度,是在唐朝确立的。唐代设科取士,途径有生徒、乡贡、制举三种,科目则很繁多①,高宗时,本为临时举行的"制举"成为"常科"②,与"常选"中的"进士"、"明经"成为唐代读书士子跻身仕宦,特别是取得高位的主要途径,对当时的社会影响也最大。③三科中,制举在某种程度上可视为是进士、明经考试的延续,或仕途的转扬站,名宦多有明经、进士中试后又举制科的经历,在这种情况下,进士、明经更被视为科考的必由之路。当时即使中了制举,但不由进士、明经出身,甚至会遭人讥讽。在"常举"各科中,明经虽往往与进士并称,但因所考内容比较容易,且录取的人数较多,特别是高宗、武后时,进士科受到特别推崇,明经就很难与进士争衡了。明经出身的人要想取得高位,只能再通过制举。因此在中唐以后的记载中,明经往往大

---

① 《新唐书·选举志》:"唐制,取士各科,多因隋旧。然其大要有三:由学馆者曰生徒,由州县者曰乡贡,皆升于有司而进退之。其科之目,有秀才,有明经,有俊士,有明法,有明字,有明算,有一史,有三史,有开元礼,有道举,有童子。而明经之别,有五经,有三经,有二经,有学究一经,有三礼,有三传,有史科。此岁举之常选也。其天子自诏者曰制举,所以待非常之才焉。"

② 唐代设"制举"的目的本是为朝廷的临时需要,以待非常之才的,其考试科目与时间都不固定。唐初的制举还类似于汉代的"诏举",大概到高宗时,就与进士、明经一样,被"例为定科"(《新唐书·选举志》)。但与进士、明经不同,制举考试的科目(内容)与时间仍然是不固定的。唐代制举科目,载籍所列不一。但其中许多科目,只是名称小有变化,实质上没有什么不同。如"辞标文苑"、"文艺优长"、"藻思清华"、"文辞雅丽"、"文辞秀逸"、"辞藻宏丽"、"文辞清丽"等,一看皆知是试文艺词藻的。其实,制举虽然名目繁多,但除试词藻外,其他主要是试经学、试吏制、试军事、试品行,故《新唐书·选举志》以为其中比较重要的也就是"贤良方正直言极谏"、"博通坟典达于教化"、"等谋宏远堪任将率"、"详明政术可以理人"等几种。

③ 参见傅璇琮:《唐代科举与文学》,陕西人民出版社1986年版,第23—40页。

逊于进士。有唐一代科举,以进士科最负盛名,也可以说是当时全部科举的重心,故欧阳修修《新唐书》时说:"众科之目,进士犹为贵。其得人亦最盛焉。"(《新唐书》卷四四《选举志》)

当然,唐人入仕当官的途径,并不全在科举。据《旧唐书·职官志》,除科考外,尚有"流外入流"和"门资入仕"等。以其他途径入仕者在数量上甚至远远大于科举。但所谓"流外入流",当时被称为"杂色",在官场受到轻视,很少有人能做到中高级官员;以门荫入仕,所授官最初往往高于科举中式者,但因被看作是袭父祖余绪,反倒因各种原因很难一路升迁——这种情况在中唐以后尤其明显。至于靠战功取得官职和勋赏的,或由藩镇幕府出身者,多集中在一些特殊的历史时间段内;因荐举或进献所著之书得官者属于特例,数量不是很大。因此,对唐代的读书人来说,要争取高官令名,科举,特别是中进士,是最重要的途径。这种情况从高宗、武后时开始,越来越明显。至德宗贞元时,进士大量进入高级官员的行列,宪宗以后,进士开始在宰相和高级官僚中占据绝对优势,以致以其他途径入仕者,"虽有化俗之方,安边之画,不由是而稍进,万不有一得焉"(《韩昌黎集》卷四《上宰相书》)。到了唐末,百分之九十的宰相已都是进士出身了。

唐代把登进士第喻为"登龙门",称一个读书人一旦登科后,"十数年间",就能"拟迹庙堂","台阁清选,莫不由兹"。这无疑激发了许多读书人的梦想。同时科举制在当时,对社会各阶层来说,具有很大的开放性。汉魏以来的察选制,其对象不外世家贵族,以致形成"上品无寒族、下品无高门"的现象。在唐代,则读书人几乎不分门第高下,不问世族寒门,都可以按照一定条件参加科举。也就是说,科考在一定程度上为几乎全社会的读书人提供了竞争机会,似乎每个人都可以通过自己的努力使美梦成真。实际情况当然不可能如想象的那样美好。每年千余名举子集于长安,所谓"麻衣如雪,满于九衢"(牛希济《荐士论》),但考取进士者不过二三十人,绝大多数人只有承受落第的痛苦。①故唐代诗文、笔记、小说中多有反映落第举子悲惨命

---

① 唐代实行进士试的 275 间,平均每年取进士 20 余人,最多的一年是高宗咸亨四年(673)79 人,中唐以后每年录取在 30 人左右。

运的。

不过,在唐代确实有不少出身寒门的读书人通过科考改变了自己的命运。考中进士的甚至有出身于工商市井之家者。如《北梦琐言》卷三所记:盐商之子毕诚,中进士第始"落盐籍",后位至台辅①;成都人陈会,本酒家子,曾因不扫街,遭到官吏的殴打,后矢志修进,中进士,官至彭、汉二州刺史。甚至还有贾岛、刘柯以僧人还俗中进士,"大历十才子"之一的吉中孚、晚唐诗人曹唐则以道士出身中进士。这些人在唐代擢进士第的人中间虽为特例,但在一定程度上说明当时参加科考者确实出身广泛,而其中出身寒素者不在少数。五代王定保说:"三百年来,科第之设,草泽望之起家,簪缨望之继世。孤寒失之,其族馁矣;世禄失之,其族绝矣。"(《唐摭言》卷九)唐代实行的科举取士制度,特别是高宗、武后以后的进士考试,使不少出身较低的读书人得以改变自己的地位,进入统治阶层,也使不少世族高门门庭衰落,从而造成社会各阶层力量对比的变化和统治集团内部新的结构格局。关于这个问题,陈寅恪已经注意到:

> 盖进士之科虽创于隋代,然当日人民致身通显之涂径并不必由此。及武后柄权,大崇文章之选,破格用人,于是进士之科为全国干进者竞趋之鹄的。当时山东、江左人民之中,有虽工于为文,但以不预关中团体之故,致遭屏抑者,亦因此政治变革之际会,得以上升朝列,而西魏、北周、杨隋及唐初将相旧家之政权尊位遂不得不为此新兴阶级所攘夺替代。②

与此相联系的是,科举考试制度,作为新的价值取向,刺激了唐代社会各阶层读书作文的热情,不仅较之往古读书人大大增加,而且造就了一个人数众多的、以科举为轴心的新型读书士子人群——或可称为"科举士子人群"。

---

① 毕诚,两《唐书》有传。《新唐书》卷一八三本传谓其"世失官为盐估","大和中举进士,书判拔萃连中",后官至"礼部尚书同中书门下平章事,称疾,改兵部尚书,罢,旋兼平章事节度河中"。

② 陈寅恪:《唐代政治史述论稿》,上海古籍出版社1997年版,第18页。

他们来自社会的各个阶层①,却共同生活于科举制度所形成的引力场中,有着大致相同的价值取向和观念心理,并围绕科举演绎着他们各自的人生。

唐代科举制所形成的科举士子人群,是一个迥异于前代的知识人群。他们不同于以往主要出身于世族家庭的经生儒士——这类经生儒士是以汉魏六朝以来的世族政治、世族经济、世族文化为基础的。科举士子是科举制度的产物,在很大程度上是世族政治、世族经济、世族文化的对立面和破坏者。武后专政以后,唐代的政治、经济、文化都发生了重大变化,世族门阀的力量逐渐削弱。科举制度,特别是进士考试的被强调,进士在社会政治生活中地位越来越重要,从而严重破坏了原有的政治权力格局,无疑是重要的原因之一。当因科举制度而形成的科举士子人群冲破魏晋以来世族门阀的坚壁,通过科举取得了政治、经济利益以后,必然会在社会精神领域来表现自己。唐代文学的兴盛与演进,应该与此有很大的关系。

我在编校《全唐五代小说》的时候,特别注意到了这样一个现象,那就是在唐代文言短篇小说的作者中,科举中式和参加过科举考试的人占了相当大的比例,其中尤以进士及第和参加过进士考试的人为最多。另外,还有一些人,或由方镇幕府入仕,或因荐举得官,或亦有科举的经历。再考虑到唐人小说不少作者生平无考,不能排除其中也会有科举士子。如是,则唐代文言小说的作者的中坚力量,应该就是这批科举士子。

唐代实行的科举选官制度,不仅造就了一个不同于往古的读书士子人群,同时也造成了新的士风——科举士子所共同体现出来的行为方式、价值观念、精神心理、文学风习等,而这正是中国散文体短篇小说在以往叙事艺术积累的基础上得以成熟的"精神气候"②,或者说是中国古代短篇小说得以

---

① 唐代实行科举制,扩大了出身于高门大族以外的其他阶层读书士子的进取之路,相对限制了高门大族在权力竞争中的优势。可是一些高门大族,依然能通过政治、经济等各种关系,插手科场,把持选拔,力求使自己的子弟通过进士试,在中央和地方上取得要职。但即使是出身于魏晋六朝以来世族豪门的读书人科考中式,这些人也已经经过科举的"洗礼",身不由己地融入了"科举士子"的行列。

② 法国艺术史家兼批评家丹纳(Hippolyte Adolphe Taine,1828—1893)在《艺术哲学》中曾说:"自然界有它的气候,气候的变化决定这种(或)那种植物的出现;精神方面也有它的气候,它的变化决定这种(或)那种艺术的出现。""有一种'精神的'气候,就是风俗习惯与时代精神,和自然界的气候起着同样的作用。"见丹纳:《艺术哲学》,傅雷译,人民文学出版社1983年版,第9、34页。

成熟的历史"必要条件"。

先从唐代科举士子的狎妓行为说起。前人所谓唐人"好文尚狎",无非说的是一种读书士子的风习。这种时代风习不仅是当时科举士子的一种行为方式,在很大程度上也是当时社会关系的反映。所以陈寅恪说:"唐代新兴之进士词科阶级异于山东之礼法旧门者,尤在其放浪不羁之风习。故唐之进士一科与娼妓文学有密切关系。"①行为放浪,不为礼法所羁,实为唐代科举士子有别于汉晋以来世族文化背景下经生儒士的重要标志。

唐代娼妓业十分发达。除隶属教坊、梨园的宫妓外,还有营妓和地方上的官妓。此外还有买卖蓄养家妓的风习,白居易诗所谓"黄金不惜买蛾眉,拣得如花三四枝"即指此。市妓的发展亦很快,首都长安、东都洛阳市妓人数、妓院规模当时已经颇为可观,而且形成了居馆迎客和应召出局两种服务方式,暗娼亦很多。其他大城市,如扬州、益州等,也有不少市妓。②娼妓的繁荣,是古代都市经济繁荣的一个标志,但对唐代科举士子来说,挟妓冶游在相当程度上却另有其意义。

有唐一代的首都长安,是娼妓最集中的地方。《开元天宝遗事》卷上记云:"长安有平康坊,妓女所居之地。京都侠少萃集于此,兼每年新进士以红笺名纸游谒其中,时人谓此坊为风流薮泽。"孙棨《北里志序》所记则更为详细。唐代的科举士子来自四面八方,远至交阯(今越南地方)、新罗(今朝鲜半岛)。为求科举,这些读书人远别家庭,不远千里、万里来到京都,有的甚至长期在京师滞留,希望通过狎妓得到某种羁旅生活的慰藉,在当时的社会背景下,本不足怪。值得注意的是,在唐代,狎妓冶游已经不是科举士子个人的行为,实际上已经成为与科考联系在一起的科举士子的一种"风习"。

唐代进士放榜后有许多次宴集,其中尤以曲江宴最为著名。这类宴集无不邀请妓女参加,其相聚追欢的场景,萦绕进士的一生,使之永难忘怀,唐

---

① 陈寅恪:《唐代政治史述论稿》,上海古籍出版社 1997 年版,第 90 页。
② 于邺《扬州梦记》:"扬州,胜地也。每重城向夕,娼楼之上,常有绛纱灯万数,辉耀列空中……九里三十步街中,珠翠填咽,邈若仙境。"故张祜《纵游淮南》有"十里长街市井连,月明楼上看神仙"之句,杜牧有"十年一觉扬州梦,留取青楼薄幸名"的感慨。

人诗歌与笔记多有记载。①特别是挟妓宴游已经形成唐代进士登第后固定的
活动,成为新进士体现自身价值和显示荣耀的一种形式,也对科举士子生活
方式起到某种示范作用。而科举士子对这类放浪不羁活动的张扬,自觉不
自觉地表现了他们在精神上对"礼法旧门"的挑战。唐代文人小说中描写科
举士子冶游生活和婚外恋的名篇《游仙窟》《李章武传》《非烟传》(《全唐五代
小说》卷六、卷二四、卷七〇)等,所表现出来的对名门望族礼法的不以为意,
也是这样一种精神活动自觉不自觉的体现。这种美学的新内容正是曲折地
反映了当时社会关系的变化,表现了一种创作主体的精神蠢动。

　　唐代文言小说大量描写科举士子与妓女性爱关系或感情纠葛作品的出
现,无疑与作者冶游生活的经历有关。其中不少小说都能在逶迤曲折的情
节中,铺陈出生活的细节,把握住情感的微妙,将男女主角的行为心理刻画
得真切自然,正是这种现实生活为他们的创作提供了描绘的基础。其中的
名篇如《任氏传》《李娃传》《霍小玉传》(《全唐五代小说》卷一九、卷二三、卷
二六)等都直接以长安妓女为主角。其他不少小说亦写到入京举子或调选
官员到长安后的种种艳遇,其现实基础无疑是作者所熟悉的长安狎妓生活。
作者对长安环境的描写甚至可为我们今天研究当时长安城市的布局和街巷
分布提供根据。②

　　其次,谈一下唐代科举士子的交游活动和征奇记异的普遍爱好。因为
科考,各地举子得以聚会长安。于是或以兴趣爱好,或以家庭门第,或以籍
里乡亲,或三三两两,或四五成群,宿游与共,形成非常亲密的交往关系。而
为了科考的目的,举子们又会广为交游,甚或有结成"朋党"的。特别是要设
法交通名公贵人,以求举荐。刘肃《唐语林》记载:"贞元中,李元宾、韩愈、李
绛、崔群同年进士。先是四君子定交久矣,共游梁补阙之门。"韩愈等正是在
梁氏知贡举号称"龙虎榜"那一科上第的(卷七《知己》)。薛用弱的小说《王

　　① 也有进士直接写自己平康买笑的经历,如《唐摭言》卷三记裴思谦、郑合敬进士及第后
去逛平康里,留宿以后,还写诗夸耀。郑合敬诗云:"春来无处不闲行,楚闺相看别有情。好是五
更残梦醒,时时闻唤状头声。"欢快得意之情溢于言表。
　　② 参见妹尾达彦:《唐代后期的长安与传奇小说——以〈李娃传〉的分析为中心》,《日本中
青年学者论中国史六朝隋唐卷》,宋金文译,上海古籍出版社1995年版,第509页。

维》(《全唐五代小说》卷二八)则是小说对这类故事的传神写照。进士放榜后,还须共同参加一系列礼仪活动,拜谢座主和参谒宰相,之后又有宴集。同年进士则交游机会更多,有时就会形成以座主相区别的文人小团体。

唐代的科举士子因为科考不得不远离家乡,长途跋涉,不少举子为了增加令誉取得地方长官的推荐或为了取得经济上的资助,还免不了要奔波于各地,这其实是科举士子诗文中常常美言为"壮游"、"浪游"的底里。即使科举中式,或在朝或外放,也免不了要异地为官,此即所谓"游宦"。至于升迁贬谪,奔走颠簸,更是我家生活。在这样一种特殊的生活方式中,科举士子获得了广泛交游的机会,而诗酒唱和和宴集聚谈在相当意义上就成为他们生活中的重要内容。

贞元末元和初,唐代文人小说创作出现了一个高潮,就与元稹、白行简、陈鸿、白居易、李绅等后来文名籍籍的科举士子的交游和诗文唱和活动有很大的关系。元稹作了小说《莺莺传》(《全唐五代小说》卷二四),白行简作了小说《李娃传》(《全唐五代小说》卷二三),陈鸿作小说《长恨歌传》(《全唐五代小说》卷二四),相应地,李绅、元稹、白居易则分别作了长歌《莺莺歌》、《李娃行》、《长恨歌》。陈鸿《长恨歌传》末有一段文字记其小说创作始末:

> 元和元年冬十二月,太原白乐天自校书郎尉于盩厔。鸿与琅琊王质夫家于是邑,暇日相携游仙游寺,话及此事,相与感叹。质夫举酒于乐天前曰:"夫希代之事,非遇出世之才润色之,则与时消没,不闻于世。乐天深于诗,多于情者也。试为歌之,如何?"乐天因为《长恨歌》。意者不但感其事,亦欲惩尤物,窒乱阶,垂于将来者也。歌既成,使鸿传焉。

由此,我们可以清楚看到唐时士子交游进而形成的诗文唱和风气对小说创作的影响。《李娃传》中也有一段文字提到其创作的始因:

> 贞元中,予与陇西公佐话妇人操烈之品格,因遂述汧国之事。公佐附掌竦听,命予为传。乃握管濡翰,疏而存之。时乙亥岁秋八月,太原白行简云。

其中所提到的李公佐,也是唐代小说名家,著有《南柯太守传》《庐江冯媪传》《古岳渎经》《谢小娥传》(《全唐五代小说》卷二三)。李公佐在《庐江冯媪传》中写道:

> 元和六年夏五月,江淮从事李公佐使至京,回次汉南,与渤海高钺、天水赵儹、河南宇文鼎会于传舍。宵话征异,各尽见闻。钺具道其事,公佐因为之传。

创作时间稍早一些的沈既济《任氏传》篇末也有创作时间和过程的交代:

> 建中二年,既济自左拾遗于金吾将军裴冀,京兆少尹孙成,户部郎中崔需,右拾遗陆淳,皆谪居东南,自秦徂吴,水陆同道。时前拾遗朱放因旅游而随焉。浮颍涉淮,方舟沿流,昼宴夜话,各征其异说。众君子闻任氏之事,共深叹骇,因请既济传之,以志异云。

沈既济曾举进士,试太常寺协律郎。大历十四年(779)德宗即位,以杨炎为相。炎荐既济“才堪史任”,召拜左拾遗、史馆修撰。建中二年(781)炎遭贬赐死,既济坐贬处州司户参军,《任氏传》即其贬谪途中所作。文中提到的一些官员如裴冀、孙成、崔需(儒)、陆淳等,都实有其人,并都是因受杨炎案牵连,与作者同时遭贬的。

唐代不少文言小说都提到其创作经历了“昼宴夜话,各征其异说”到“握管濡翰,疏而存之”的过程。证明唐代士子宴聚交游,除诗酒唱和,还有“征奇话异”的内容,这种“昼宴夜话”显然与汉代“清谈”主要是议论朝政、魏晋六朝“剧谈”之品评人物、畅谈玄理不同,往往造成了大量奇异故事的产生、流传、扩散,有些则被写成小说。在唐代文言小说中,同一内容的题材常常被许多位小说作者竞相述写。如崔少玄成仙之事,王建曾因与“殿中侍御史郭固、左拾遗齐推、司马韦宗卿”等“诗酒夜话,论及神仙之事”而耳闻,于是作《崔少玄传》(《全唐五代小说》卷二二)。长孙巨泽闻此事于九疑道士王元师,亦作《卢陲妻传》(《全唐五代小说》卷二二)记载这个故事。《新唐书·

艺文志》则著录王元师本人早有《谪仙崔少玄传》(佚)写此事。另外,有关狄仁杰、李勣、李敏求、刘幽求、娄师德、叶净能、叶法善、裴度、萧颖士等人的故事也出现在不同作者的小说和笔记之中。

　　鲁迅曾轻信了南宋赵彦卫的一段话,在谈及唐人小说时说:"文人往往有作,投谒时或用之行卷。"[1]后来论者多沿之以为以小说"行卷"是唐人小说兴起之原因之一,这可能与实际情况是有些距离的。根据目前所能掌握的材料,唐代举子行卷一般不用小说,笔记中仅有的一次以小说行卷的记载恰恰是一个反证[2]。而赵彦卫说牛僧孺《玄怪录》、裴铏《传奇》都是为行卷之作,更是揣想之词。牛僧孺《玄怪录》中的多数篇章标明的时间都在其通籍以后;裴铏《传奇》则很可能作于其在西川节度使高骈幕府任职时。材料证明,唐代幕府也常常是读书士子比较集中的地方,幕友之间,甚至座主与幕僚之间也会有因"征奇话异"而导致小说的创作。流寓中国的新罗人崔致远的小说《双女坟记》作于其入淮南节度使幕府时[3],座主恰巧也是高骈,当时高骈幕中的从事还有作《阙史》的高彦休。对这种情况描写得最具体的是沈亚之的《异梦录》:

　　　　元和十年,亚之以记事从陇西公军泾州,而长安中贤士皆来客之。五月十八日,陇西公与客期,宴于东池便馆。既坐,陇西公曰:"余少从邢凤游,得记其异,请语之。"客曰:"愿备听。"陇西公曰:"凤,帅家子……"是日,监军使与宾客郡佐,及宴客陇西独孤铉、范阳卢简辞、常山张又新、武功萧涤,皆叹息曰:"可记。"故亚之退而著录。明日客有后至者,渤海高允中、京兆韦谅,晋昌唐炎、广汉李瑀、吴兴姚合,泊亚之复

---

　　① 鲁迅:《中国小说史略》,《鲁迅全集》第九卷,人民文学出版社 1991 年版,第 70 页。赵彦卫原话是:"唐之举人,先藉当世显人以姓名达之主司,然后以所业投献,愈数日又投,谓之'温卷',如《幽怪录》、《传奇》等皆是也。盖此等文备众体,可见史才、诗笔、议论。至进士则多以诗为贽,今有唐诗数百种行于世者,是也。"(《云麓漫钞》卷八)

　　② 钱易《南部新书》甲卷:"李景让典贡举,有李复言者,纳省卷,有《纂异》一部十卷,榜出曰:'学非经济,动涉虚妄,其所纳仰贡院驱使官却还。'复言因此罢举。"疑李复言所作《纂异》,即所传《续玄怪录》,参见《全唐五代小说》卷四〇李复言小传。

　　③ 李时人:《新罗崔致远生平著述及其汉文小说〈双女坟记〉的创作流传》,中华书局《文史》57 辑。

集于明玉泉，因出所著以示之。于是姚合曰："吾友王炎者，元和初，夕梦游吴……"（《全唐五代小说》卷二五）

这里不仅记述了《异梦录》小说创作的过程，还提到了读者以及读者介入创作。中外文学史已经证明，读者群体对小说的发展十分重要。在以科举士子为代表的这种文人群体的"征奇记异"活动中既产生了作者，也产生了读者，应该说这正是唐代文言短篇小说兴起的契机。唐代虽然已经有了印刷术，但主要用来印制经典（包括佛经），后来也印制少量其他书籍（如《白氏长庆集》），但没有印小说的记载。因此唐人小说主要是靠抄写来传播的。种种事实证明，唐代文言短篇小说不光作者主要是科举士子，读者也主要是当时的这类科举士人。这对唐人小说的兴盛与特质，在很大程度上是有决定意义的。因为唐代文言短篇小说的作者和读者都是当时的文人，所以我们甚至可以将其称为"文人小说"——从小说的精神内容似乎也可以这样说。

下面，我们再看一下唐代科举所造成的读书士子重文尚辞的倾向。在唐代，科举登第成为对读书人价值最重要的社会认同形式。科举考试，特别是进士考试因之成为对科举士子读书作文的导向，并因而对当时的风气产生影响。首先，唐代的进士考试提高了文学的地位，导致了整个社会普遍重视文学的倾向，科举士子更以研习诗赋文章为要务。

自汉武帝罢黜百家、独尊儒术以后，"经学"成为读书人最主要的学业，大量的读书士子将毕生精力用于法古崇圣，以致皓首一经，陷于儒家经典而不能自拔，文学则被视为弄臣之事。经汉末战乱，经典权威有所动摇，进入建安时代，士人尚通脱，出现了不少非功利而重在抒写情怀的文学作品，重情感、重个性，同时也重辞采的华美，在一定程度上表现出了文学的自觉。建安以降，虽然有过短暂的统一，但相当长的时间内中国处于分裂割据的局面，战争频仍、政权更迭。而恰恰是这样一个动荡的历史时期，由于文化环境较为宽松，思想活跃，精神空间开放，文学却得到很大的发展。两晋六朝时期，中国特有的美文学骈体文普遍流行，古代最有代表性的诗歌体式格律诗也逐渐成形，各种诗歌表现手段和技巧纷纷出现，作为文言小说先的杂史、杂传、志怪书等叙事作品也大量出现，从而为唐代文学的空前繁荣作了多方面的准备。不过,当我们给魏晋六朝文学以充分肯定的同时,也必须注意到从建安到六朝,尽管不少上层统治者喜欢文学,但在整个精神文化领域,文学的地位并不高,与政教游离的文学风气还是不断遭到一些人的否定。其实,即使在魏晋六朝,经、史仍是读书士子的主要功课,特别是许多世族高门世代传习经学,并以之在意识形态和文化领域占据强势,载籍俱在,不烦举例。

　　唐代明经与进士考试的主要区别就在于"明经"以记诵经典注疏为事,而"进士"则讲求文辞。唐初,进士科只是试策一场,且考的是时务策。到高宗永隆二年(681),改为试帖经、杂文、策文三场,遂成定制。不过即使唐初进士试考时务策,主要也是考究文辞。傅璇琮在谈到唐初进士试时,曾例举贞观元年(627)上官仪登第的两道策问答卷(《文苑英华》卷四九九、五〇二,前者是关于评审案件的,后者是关于选拔人才的),以为:"完全是堆砌辞藻,内容上除了对于当今圣朝的颂扬以外,再也找不出联系实际、除当务之急的任何一点现实的影子。"充其量不过是两篇"精致工丽的骈文",甚至称其为"策赋"。①永隆中加试帖经与杂文,表面上是增加了考试儒家经典的内容,但实际上是加大了文艺的比例。因为所谓"帖经"只要背诵经传及其注释即可以应付,且仅帖一经及《尔雅》,试十条,四条以上即可入选。而第二场试杂文,则考试文章、诗赋(开始时杂文尚包括箴、铭、论、表之类,玄宗天宝时开始规定用诗赋)②,显然成为重点。最后试时务策,按惯例,也主要考的是文辞。进士三场考试,历来每场定去留。中唐以后,三场顺序又有所改变,成为第一场杂文(诗赋),第二场帖经,第三场策问。这样诗赋就更显得重要了。故沈亚之《贤良方正能言极谏科对策》说:"今礼部之得进士,最为清选,而以绮言声律之赋诗而择之。"(《全唐文》卷七十三)在三场考试中,如果第一场诗赋不能过关,实际就已宣布落第。不仅如此,登第进士名次之高下,一般亦以诗赋来衡量。故赵匡《举选议》说:

---

①　参见傅璇琮:《唐代科举与文学》,陕西人民出版社 1986 年版,第 166—168 页。
②　徐松《登科记考》卷一"永隆二年"条:"按杂文两首,谓箴铭论表之类,开元间始以赋居其一,或以诗居其一,亦有全用诗赋者,非定制也。杂文之专用诗赋,当在天宝之间。"

　　进士者，时共贵之。主司褒贬，实在诗赋。务求巧丽，以此为贤。
不惟无益于用，实亦妨其正习，不惟挠其淳和，实又长其佻薄。(《全唐
文》卷三五五)

　　正因为诗赋在有唐一代的进士考试中的重要，所以唐人干脆称进士试为"词
科"，又称之为"文学之科"。颜真卿则称进士及第为"以词学登科"(《颜鲁公
文集》卷十二《孙逖文公集序》)。

　　唐代科考，重文轻儒，这从"明经"低于"进士"可见。进士试中，轻帖经、
重诗赋也是明证。世人多以功利为上，自古如斯，文人也多不能免。在科考
的指挥棒下，重文学而轻经术因此成为唐代读书士子读书作文的普遍倾向，
以至于成为他们的一种人格特征。这对唐代文人小说也是有重要意义的。

　　因为"重文"而"尚辞"，成为科举读书士子中普遍的风气。元人虞集说：

　　唐之才人，于经义道学有见者少，徒知好为文辞。闲暇无可用心，
辄想象幽怪遇合、才情恍惚之事，作为诗章答问之意，傅会以为说。盖
簪之次，各出行卷，以相娱玩，非必有其事，谓之传奇。元稹、白居易犹
或为之，而况他乎？(《道园学古录》卷三八)

这里的"行卷"之语沿赵彦卫之旧说，自可不论。但所言读书士子轻经义而
好为文辞是小说创作的兴起的背景、原因，则大体得当。而重文尚辞表现在
唐代文人小说的创作上，就是杰出的唐代文人小说几乎都使用相对藻丽的
"文学语言"，或者说优秀的唐代文人小说皆为"美文"。

　　虽然唐代文人小说的内容不少可称为"传奇"、"志怪"，主要以散文叙事
为重，但很多作品确实十分讲求文辞。其中最甚者，是小说中大量使用骈俪
华艳之辞。宋陈师道《后山诗话》记云："范文正公为《岳阳楼记》，用对语说
时景，世以为奇。尹师鲁读之，曰：'《传奇》体尔。'"尹洙站在韩、柳以来的古
文家立场来批评范仲淹的《岳阳楼记》，以为其"用对语说时景"，类似裴铏的
小说集《传奇》中作品手法，说明宋人已经注意到裴铏《传奇》之写景有骈俪
的特点。其实，《传奇》不光以偶句写景，如《元柳二公》(《全唐五代小说》卷

六三)写海上风光,甚至用骈语写人物及人物的行为言语,如《封陟传》:

> 时将夜午,忽间异香酷烈,渐布于庭际。俄有辎軿自空而降,画轮轧轧,直凑檐楹。见一仙姝,侍从华丽。玉佩敲磬,罗裙曳云,体欺皓雪之容光,脸夺芙蓉之艳冶。正容敛衽而揖封陟曰:"某籍本上仙,谪居下界。或游人间五岳,或止海面三峰。月到瑶阶,愁莫听其凤管;虫吟粉壁,恨不寐于鸳衾。燕浪语而徘徊,莺虚歌而缥缈。宝瑟休泛,虬觥懒斟。红杏艳枝,激含顿于绮殿;碧桃芳萼,引凝睇于琼楼。既厌晓妆,渐融春思。伏见郎君坤仪濬洁,襟量端明。学聚流萤,文含隐豹。所以慕其真朴,爱以孤标,特谒光容,愿持箕帚。又不知郎君雅旨如何?"(《全唐五代小说》卷六三)

这种骈俪化的语言,在与裴铏同时代的文人小说中也可以看到,如袁郊《甘泽谣》中的《红线》(《全唐五代小说》卷六二)。事实上,以骈俪的句式,铺采摛文,非晚唐小说专有。中唐时张荐《灵怪集》中的《郭翰》(《全唐五代小说》卷二〇)及李朝威《洞庭灵姻传》(即《柳毅传》,《全唐五代小说》卷二一)等,都间或使用一些排偶之句。至于往上推到武后时张文成的《游仙窟》,则完全采用的是骈散相间而以俪语为主的叙事语言,以至于出现排比故事、堆砌典实的毛病。

不少唐代文人短篇小说中出现的这种骈俪文辞,说明了中国古代带有叙事成分的赋体文学作品对小说创作的影响。在唐以前中国叙事艺术积累的过程中,赋是"纯文学"中叙事成分最强的一种文体。从宋玉的《高唐赋》到曹植的《洛神赋》,都有不同程度的"小说化"倾向。民间的俗赋亦有叙事的传统,如近年在江苏东海尹湾汉墓出土的《神乌傅(赋)》,以拟人手法讲述了一个完整的禽鸟故事,证明敦煌藏卷中的民间"故事赋"如《燕子赋》等由来有自。①在中国古代小说由史传及其衍流向文学蜕变的过程中,诗赋韵文

---

① 参见裘锡圭《〈神乌傅(赋)〉初探》(原载《文物》1997年第1期),《尹湾汉墓简牍综论》,科学出版社1999年版,第1页。

经验的介入本应是题内之事。当然最直接的影响还是当时因科考而形成的风气。在唐代,进士试的第一场试杂文即要考命题赋①,策文与制举应试也需使用骈体。进士登第后释褐试所谓"身、言、书、判"的考试,起决定性作用的同样是以骈文撰写的"判词"。在"三十老明经,五十少进士"的科考中,张文成18岁就考中了进士,以后多次应制举,皆入甲科,骈文做得好,应是重要的原因。他的《龙筋凤髓判》甚至作为科考的教科书广为流传。白居易和元稹为了应付考试,作了大量的骈体判文,正是当时许多科举士子共同的经历。应付科考需要掌握骈体,流行的应用文体也是骈文,因此对科举士子来说,骈俪之辞实际上正是这批科举士子最为得心应手的语言工具,其施用于小说,自然是不足为怪了。

当然,唐代文人小说并非全部重骈俪,还有很多作品援诗入小说,或者在小说描写中突出诗意;也有不少小说,如被称为名篇的《任氏传》《霍小玉传》《李娃传》等,采用的则是史传的纪实、白描手法,但并非如大多数史传文字质木无文,而是注意调动各种文学描写的手段。故大体而言,唐代文人小说中的名篇,或取史传传神之笔,文字明练而略施藻丽;或文中插入诗词和借助诗词描写的方法,表现出深邃的意境和盎然的诗意;或取骈俪之词,表现出繁缛华艳的风格。总体而言,所追求的不外沈既济在《任氏传》中所说的"著文章之美",而这正是当时科举士子普遍重文尚辞的表现。②

唐代科举士子"重文尚辞"的风气,对"小说"脱离史传及其衍流杂史、杂传和志怪的束缚而走向文体的自觉是极其重要的。或者说,正因为唐代科举士子把重文尚辞的作风带入了人物传记以及杂史、杂传、志怪等记叙文的

---

① 唐代进士试的赋题很宽泛,大多数以主考官己意为之,很随意。有出于经史的,如《籍田赋》(开元元年)、《性习相远近赋》(贞元十六年)、《尧仁如天赋》(大中三年)。也有不少题目文学意味很强,如《北斗城赋》(开元七年)、《珠还合浦赋》(贞元七年)、《明水赋》(贞元八年)、《西掖瑞柳赋》(贞元十三年)、《东郊朝日赋》(大历八年)、《通天台赋》(大历十一年)等。

② 郑振铎曾以为唐代的"传奇文运动"是"古文运动的一个别支"(《插图本中国文学史》第二十九章)陈寅恪也认为:"(唐传奇)本与唐代古文同一原起及体制也。"(《元白诗笺证稿》第一章)后世因成定说,甚至流行"古文运动"哺育了唐人小说的说法。这一说法与实际情况有较大的距离。这不仅在于不少唐代"传奇文"有骈俪色彩,也不仅在于标志着唐人小说进入成熟和繁盛阶段的《任氏传》、《枕中记》等实际产生于"古文运动"以前,主要是唐代文言短篇小说的文风,从总体上来说是不同于"古文"的,且许多名篇风格各异,与韩、柳倡导的古文风格相去甚远。

写作,才使中国古代的散文体小说得以冲决史传及其衍流杂史、杂传和志怪的茧壳展翅腾飞——而这对唐人来说,甚至很可能是不自觉的。

要而言之,唐代实行的科举选官制度不仅造就了一个不同于往古的读书士子人群,也造就了文言短篇小说的作者和读者群体;而在“科举制度”下形成的唐代士风——科举士子所共同体现出来的行为方式、价值观念、精神心理、文学风习等,则不仅是中国散文体短篇小说在以往叙事艺术积累的基础上得以成熟的“必要条件”,同时也决定了唐代文人短篇小说的精神内容和美学风貌。因此有关科举与唐代文人小说的研究实在是一个值得深入探讨的研究课题。

我与何满子先生编校的《全唐五代小说》出版以后,不少研究生选择了唐五代小说作为研究题目,我自己指导的研究生所作的有关博士学位论文就有《道教与唐五代文言小说》、《诗与唐五代文言小说》、《佛教与唐五代白话小说》等好几种。俞钢在平时的学习讨论中就对“科举制度与唐代文言小说”的论题特别感兴趣,并最终选择其作为博士学位论文的题目。虽然这个题目难度很大,但俞钢在攻读博士学位以前就已经是学有成就的中青年学者了,而且他原来就读于古典文献专业,又以唐史研究的论文获得历史学硕士学位,在学术积累和知识结构上都有相当的优势,所以我对他完成这篇论文很有信心。

果然,经过几年艰苦的努力,俞钢拿出的这篇规制宏大的学位论文得到了评审专家的一致好评,并顺利地通过了答辩。答辩委员会的决议称俞钢的论文为“实证与思辨并重的优秀博士学位论文”,我以为这篇论文确实当得起这一评价。论文在详细考析文献和前说的基础上,对唐代的科举制度进行了全面的考察;对科举制度与唐五代文言小说关系的诸多方面作了深入的探讨;进而从唐五代文言小说作者的身份出发,从创作主体的角度对唐五代文言小说的创作作了比较全面的论述。我个人认为,不论在材料和观点上,本文都很有新意。特别是这篇学位论文不仅仅是一般意义上的“课题成果”,在思想方法上对中国古代文学与社会制度文化之间关系的研究还有一定程度上的示范意义。现在论文得到出版的机会,我自然感到由衷的高兴,希望本文的出版能对有关研究起到积极的促进作用,其中的一些缺点和不足也能因此得到更多学界同仁的指正。

2004 年 7 月 25 日于上海寓所

【整理说明】

本文系先生为《唐代文言小说与科举制度》所撰《序言》，曾以《唐代文言小说与科举制度论略》为题刊载于《上海师范大学学报》2004 年第六期（摘要），并以《唐代文言短篇小说与科举选官制度论略》为题收入《中国古代小说与文化论集》（有删节），中华书局 2013 年版。

《唐代文言小说与科举制度》，俞钢著，上海古籍出版社 2004 年 7 月出版，计 34.8 万字，前有先生《序言》，后有作者《后记》。该书在对唐代科举制度进行深入考察的基础上，从创作主体的角度对唐五代文言小说与科举制度的关系作了全面系统的研究。除《导论》外，全书正文共八章。第一章从宏观上阐述唐代文言小说兴衰与科举制度的关系，第二、三章考察唐代科举取士的途径，第四章考察唐代进士科的地位与进士群体的形成，第五章对唐代文言小说作者的身份进行考析，第六至第八章分别从文言小说兴盛与进士行卷的关系、科举士子的文学活动与文言小说创作、文言小说折射出的科举士子的人生追求三个方面具体探讨科举制度与唐代文言小说的关系。

俞钢（1958—　），男，汉族，上海人。1999 年师从先生主攻隋唐五代文学与制度文化研究，获文学博士学位。现系上海师范大学人文与传播学院教授、博士生导师，任校研究生院常务副院长、研究生工作部部长，中国唐史学会副会长。主要从事中国古代文献与制度文化研究，先后主持完成国家重点、省部级项目等 7 项，出版各类著作《唐代文言小说与科举制度》《唐代制度文化研究论集》《中华大典·历史典·编年分典（隋唐五代宋辽金西夏部分）》《华夏五千年——隋唐五代卷》《中国历史之谜》《历史文献整理研究与史学方法论》《中华民族文化》《上海师范大学图书馆馆藏精品图录》等数十种，以及校著《北梦琐言》等十余种，曾获上海市第八届哲学社会科学优秀成果著作类三等奖、全国教学成果三等奖、上海市育才奖等。

《〈水浒传〉源流考论》序言

就像西方人会将"荷马史诗"划归"文学",有时也会将《伊利亚特》、《奥德赛》称作"长篇叙事诗"一样,我们也会比照通行的文学分类,将中国古代几部篇幅宏大、通过长期"集体累积"而成书的叙事文学作品——如《三国志演义》、《水浒传》——称作"古代长篇白话小说"。

不过,对西方文学和文化略有些了解的人都知道,仅仅从"文学"的角度,或者从"叙事诗"的角度来研究和解读"荷马史诗",显然是不够的。马克思就将"荷马史诗"主要作为"希腊神话"来看待,并将其视为一种"艺术形式"——即用想象和借助想象,用一种不自觉的艺术方式将自然和社会加以形象化的一种"艺术形式"。指出"希腊神话不只是希腊艺术的武库,而且是它的土壤"。①马克思以前的黑格尔则早已指出,"荷马史诗"描写的虽然是神和人(英雄)的事迹,其要义却在于表现特定历史时期民族的生活情景、行为方式和精神方式。②在这个意义上,"荷马史诗"虽然有真实的历史事件为基础③,但它并不是史学著作,其伟大意义也不主要在于对希腊古史的复述。对"荷马史诗"而言,它既是以"叙事诗"为外在形式的"史诗",又是以"神话传说"为基本内容,并对后世不断产生影响的"文化经典"。

确实,像"荷马史诗"这样通过"集体累积"创造的"叙事诗",在精神蕴涵上,是不同于后世作家个人创作的"叙事诗"的——不管后世如何对它进行模仿。西方学者对"荷马史诗"的研究和看法,对我们研究带有"集体累积"成书特点的《三国志演义》和《水浒传》等应该是有启发的。我曾经在一篇论《三国

---

① 马克思:《经济学手稿上》,《马克思恩格斯全集》第四十六卷,人民出版社 1979 年版,第 48—50 页。

② 黑格尔:《美学》第三卷,朱光潜译,商务印书馆 1984 年版,第 170 页。

③ "荷马史诗"是有真实的历史事件基础的。19 世纪德国人谢里曼和考古学家伊文思等人甚至根据《伊利亚特》的某些描写,在土耳其境内希萨里克山丘成功地挖掘出特洛亚城的遗址,并进一步通过对希腊迈锡尼、提任斯、皮洛亚和地中海克里特岛的发掘,揭示了在地下埋藏了数千年的"米诺斯—迈锡尼文明"。参见兹拉特科夫卡雅:《欧洲文化的起源》,陈筠等译,三联书店 1984 年版;菲利普·李·拉尔夫:《世界文明史(第八版)》上卷,赵丰等译,商务印书馆 1997 年版,第 134—137 页。

志演义》的文章中谈到过，正是在长达数百年的成书过程中，《三国志演义》积淀、凝聚了中古以来中国广大民众的历史观、伦理观和道德观，反映着社会不同阶层、不同人群观念意识的折中，尤其是在继承传统"经典文化"的同时，又对其道德伦理观念等进行了"解构"和新的阐释，体现了时代的特征；《三国志演义》不是一般意义的古代"历史小说"，而是一部"史诗"性质的作品，在某种程度上，甚至可以说是一部代表我们民族一定历史时期"文化精神"的"文化经典"；《三国志演义》的成书、传播及其巨大的影响已经形成了一种"社会精神现象"，仅仅将《三国志演义》作为一部文学作品，或仅以文学批评的方式来解读《三国志演义》是远远不够、甚至是不得要领的。①对《水浒传》，我也有一些类似的想法，虽然由于《水浒传》与《三国志演义》在成书过程、题材类型、精神意象和对社会文化的影响等方面有很大不同，并不能将两者等同起来。

一

关于《水浒传》是经过长期"集体累积"才最后成书的作品，中国现代的研究者，胡适、鲁迅以来，一般是没有疑义的。虽然有人从文学的角度更愿意强调"最后写定者"的"创造性劳动"，但也无法否认《水浒传》有一个"集体累积"的过程。不过，《水浒传》与《三国志演义》的成书虽然同为"集体累积"，两者的差异还是很明显的，这亦是《水浒传》在形式内容、文学风格和精神意蕴上不同于《三国志演义》的原因。

中国古代白话长篇小说的"史前积累"可以远溯到史书，前源则主要是宋、元时代的民间说唱技艺，特别"说话四家"中的"讲史"。以致鲁迅《中国小说史略》中谈到《三国志演义》、《水浒传》的第十四、十五篇，标题就设为"元明传来之讲史"。②"讲史"又称"讲史书"，主要"讲说《通鉴》汉唐历代书史文传兴废争战之事"（南宋吴自牧《梦粱录》）。由现存有关资料可以知道，从商周之际的武王伐纣直到唐五代的历史，当时似乎都有人在文艺市场上演

---

① 李时人：《〈三国志演义〉：史诗性质和社会精神现象》（所写的序言），《求是学刊》2002年第4期。

② 鲁迅：《中国小说史略》，《鲁迅全集》第九卷，人民文学出版社1991年版，第127—149页。

述,其中最著名的当数南宋孟元老《东京梦华录》等书所记的"说三分"和"说五代史"。"讲史"所创造的是一种"口头文学",后来有人据口头演述写成文字,就成了一种书面文学作品。现存的这一类作品多刻于元代,刊本多标为"平话"。如确信为元刊的"全相平话五种"等。当然,也不能排除有人摹拟"讲史"的口吻,或模仿大体确定的"平话"形式写作书面作品——这两类作品实际很难分辨,都可以被称为"平话"——这就使"平话"成为中国古代长篇小说发展过程中一种特殊的体式,或者说是古代白话长篇小说的一种"雏型"。

《三国志演义》源出"讲史"中的"说三分",又有"平话"传世,故鲁迅将《三国志演义》的文体定为"元明传来之讲史",自然是合理的。接下来他又将《水浒传》归入"讲史",也不能说完全没有根据。因为就现存的文献而言,相对完整的宋江和梁山好汉故事,确实最早出现在元刊"平话体"《宣和遗事》一书中。①不过,《宣和遗事》所述主要为宋徽宗一朝20余年次第发生的大大小小的事件,最后还写到了高宗南渡、岳飞抗金,结于秦桧议和,士大夫耽于湖山歌舞之乐而忘却国恨家仇之事,从而构成了一个比较完整的王朝兴废故事,而宋江等从啸聚山林到受朝廷招安,始末不过一两年,只是这一历史过程一个很短时间段中发生的事件,故在《宣和遗事》中只占了一个不长的段落。其主要内容有:

> 杨志、孙立等十二位押运花石纲指使结义为兄弟,杨志阻雪违限,途穷卖刀杀人刺配卫州,孙立等杀防送军人,同往太行山落草为寇。晁盖等八人劫生辰纲,宋江夜走石碣村通信晁盖等脱逃,晁盖等前往太行山梁山泺落草。宋江杀阎婆惜题诗于壁,避于九天玄女庙得天书,上列三十六将姓名。宋江领九人奔梁山泺,晁盖已死,众人推宋江为大首领。宋江集三十六人数足,朝东岳赛神以还心愿。元帅张叔夜招降宋

---

① 说《宣和遗事》是一种"平话体"的作品,并非没有根据。"宣和"是宋徽宗的年号,《宣和遗事》所记也主要是徽宗一朝之事,所叙正是正宗"讲史"科的王朝兴废故事。其次,《宣和遗事》开篇以历代君王荒淫之失切入话题,叙事夹有诗词赞语及"话说"、"正是"等"说话人"口吻,完全是"讲史"的格范和路数。因此,不管《宣和遗事》是否是据"讲史"的口头讲述所作,都可以被视为是一种"平话体"的作品。清人修绠山房刊本《宣和遗事》尾题为"新镌平话宣和遗事终",或有所据,至少说明清人已经认同这部作品是"平话",可为佐证。

江等，后宋江收方腊有功封节度使。（据《士礼居丛书》本《宣和遗事》）

这些内容比较起后来的《水浒传》自然显得十分简略，但它不仅包含了后来《水浒传》中一些重要的情节，而且所述宋江出身及"天书"所载36将姓名、绰号与后来《水浒传》的"三十六天罡"竟然相差不大，应该说已经大体具备了早期"水浒故事"的框架。而按照惯例，"讲史"不做无根之谈，"平话"所述人物事件也均在一定程度上有"历代书史文传"的根据。那么《宣和遗事》所叙宋江等人的故事有哪些"历代书史文传"的根据呢？

其实，明人读《水浒传》时就已经注意到了历史上实有宋江其人，近世学者们更是尽力从有关载籍中收罗资料，但所得有限。主要是南宋人所作杂史、编年史中的一些简单记载（元人又据以收入《宋史》有关纪传），宋人文集所收碑记中也保存了少量有关资料。①这些文献不仅证明宋江实有其人，而且确曾有过聚众为寇、流动剽掠、受招安、参与征讨方腊等事。只是记载过于简略，所记事件时间、过程上又互有牴牾，令学者们在一些问题上难以形成一致意见，以致引起争论。特别是1939年陕西府谷县出土的一方墓志，提到墓主在参加破方腊后，"班师过国门，奉御笔捕草寇宋江"②，更引发了一些人对宋江曾受招安的怀疑。直到1981年马泰来在《四库全书》北宋末年李若水的《忠愍集》中发现了一篇题为《捕盗偶成》的诗，其中明确写道：

去年宋江起山东，白昼横戈犯城郭。杀人纷纷翦草如，九重闻之惨不乐。大书黄纸飞敕来，三十六人同拜爵。狞卒肥骖意气骄，士女骈观犹惊愕。③

---

① 记载宋江事迹的南宋杂史、编年史主要有王偁《东都事略》卷一〇三侯蒙传、卷一〇八张叔夜传，徐梦莘《三朝北盟会编》卷五二引《中兴姓氏奸邪录》、卷二一二引《林泉野记》，李焘《续宋编年资治通鉴》卷一八，杨仲良《通鉴长编纪事本末》卷一四一及《皇宋十朝纲要》卷一八等。碑记材料较重要的有张守《秘阁修撰蒋园墓志铭》（《毗陵集》卷一三），汪应辰《显谟阁学士王公墓志铭》（《文定集》卷二三）。参见马蹄疾《水浒资料汇编》，中华书局1980年版；朱一玄、刘毓忱《水浒传资料汇编》，天津百花文艺出版社1981年版。
② 范圭：《宋故武功大夫河东第二将折公墓志铭》，转引自马蹄疾《水浒资料汇编》，中华书局1980年版，第449页。
③ 马泰来：《从李若水的〈捕盗偶成〉诗论历史上的宋江》，《中华文史论丛》1981年第1辑。

这才打消了人们的怀疑,连坚决否认宋江曾受招安的史学家邓广铭也不再坚持。①近年来又有人提出新资料证实宋江确实打过方腊②,虽然材料的确实性尚有待认定,但似乎已经没有人再出面反对宋江曾参与征讨方腊之说了。

不过,根据有关史料的记载,大致可以肯定北宋宣和初年"以三十六人横行河朔京东","剽掠山东一路","犯淮阳军,又犯京东、河北路"的宋江一伙,实在不过是一股流动的武装力量,来源和性质都不甚明了,规模不大,活动的时间也很短。这些史料记载不仅与后来《水浒传》的丰富内容形成了巨大的反差,甚至《宣和遗事》中所写到的杨志押花石纲途穷卖刀,晁盖等人劫蔡太师生辰礼物,宋江报信、杀阎婆惜、得天书、上"梁山泺"以及36人的名单等等,也都在史料中完全没有踪影。那么,《宣和遗事》中这些历史文献中没有的内容源于何处呢?能解释这一问题的是周密《癸辛杂识续集》卷上所引的龚开《宋江三十六(人)赞》。

龚《赞》前有序说:

> 宋江事见于街谈巷语,不足采著。虽有高如李嵩辈传写,士大夫亦不见黜。余年少壮时,慕其人,欲存之画赞,以未见信书载事实,不敢轻为。及异时见《东都事略》载侍郎侯蒙传,有书一篇,陈制贼之计云……余然后知江辈真有闻于时者。于是即三十六人,人为一赞,而箴体在焉。(《学津讨原》本《癸辛杂识续集》)

由序知道龚《赞》是为李嵩画宋江等36人画像所写的赞词。令人惊讶的是,拿龚《赞》所写的宋江36人姓名、绰号与《宣和遗事》中的36将名单以及后来《水浒传》"三十六天罡"名单相比较,相互之间只有三四个人的差异。周密(1232—1298)和龚开(1222—1307)都是入元的南宋遗民,但龚开比周密要

---

① 邓广铭:《关于宋江投降与征方腊问题》,《中华文史论丛》1982 年第 4 辑。

② 李灵年、陈新发现民国丙寅(1926)《五云赵氏宗谱》和民国戊辰(1928)《蒙城赵氏宗谱》中都载有宋李纲《赵忠简公言引录》,其文云:"赵忠简公讳期,字友约,毫人也……会泊寇扰攘郡邑,睦寇占据江左,皇上以兵政属中官,王师失利,曾为张叔夜设计擒宋江",又献"以寇贼攻寇贼"之计,"表宋江为先锋,师未旬月,贼以俘献"云云。见李灵年、陈新《宋江征方腊新证》,《文学遗产》1994 年第 3 期。

大 10 岁。李嵩(1166—1243)为南宋时光宗、宁宗、理宗三朝画院待诏,比龚开要大 46 岁。由此可以推断,至少在李嵩生活的时代,也即南宋后期,就已经有了比较完整的宋江等 36 人故事,而这个故事在数十年后的龚开生活的宋末元初仍"见于街头巷语"。因此,《宣和遗事》中那一段不见于载籍的宋江与 36 人的故事,与李嵩摹写宋江 36 人画像的素材,以及龚《赞》赞语的根据,都应该源于这一长期流传的"街谈巷语"。从时间来看,龚《赞》所据故事似为早出,《宣和遗事》中的名单则因更接近《水浒传》,显然要晚一点。①这种差异的产生,除了时间的先后,也有一定地域上的原因,龚《赞》所据故事似乎主要流传于南方南宋统治地区,而《宣和遗事》中的故事则可能稍晚时候流传于北方——这正与南宋灭亡后,元大都等北方城市文艺市场繁盛的情况相符合。

稍晚于龚《赞》的《宣和遗事》所记宋江及 36 将故事也只有四千来字,除了大的故事线索和简单的情节,几乎没有人物外貌和性格的刻画,看起来很像是一个故事的提纲。这就又提出一个疑问,龚《赞》赞词中所写的人物形体外貌和品格特征,以及不见于《宣和遗事》书中的事迹,是以什么为根据的呢? 一个合理的推测就是,当时的"街头巷语"中一定有关于"水浒人物"的详细叙述。于是人们注意到了宋元"说话四家"中的另一种技艺,即与"讲史"同在"瓦舍勾栏"中讲唱的"小说"。

南宋"灌园耐得翁"《都城纪胜》中曾谈到:"'讲史书'讲说前代书史文传兴废争战之事。最畏'小说'人,盖'小说'者,能以一朝一代故事,顷刻间提破。"从有关记载和资料看,与"讲史"的粗陈历史梗概不同,"小说"所讲多为

---

① 《宣和遗事》中"天书"上所载的 36 将名单不包括开拆天书的宋江,故连宋江实为 37 人,而后来《水浒传》"三十六天罡"则排除了早亡的晁盖。将《学津讨原》本龚开《宋江三十六(人)赞》与《士礼居丛书》本《宣和遗事》中的 37 人、明容与堂百回本《水浒传》"三十六天罡"名单相比较,除了少数姓名、绰号属文字错讹不论外,可以发现:《宣和遗事》较之龚《赞》多出"入云龙公孙胜"、"豹子头林冲"、"摸着云杜千"三人,而少了"两头蛇解珍"、"双尾蝎解宝"二人。《水浒传》较之龚《赞》多出"入云龙公孙胜"、"豹子头林冲"二人,少了"病尉迟孙立"(晁盖不在名单);较之《宣和遗事》多出"两头蛇解珍"、"双尾蝎解宝"二人,少了"病尉迟孙立"、"摸着云杜千"二人(晁盖不在名单)。从各方面考察,《宣和遗事》应晚于龚《赞》。比如林冲、公孙胜都是《水浒传》"三十六天罡"中重要的人物,但两人是较晚才被吸收入水浒故事中的。所以龚《赞》中没有两人,到《宣和遗事》才出现这两人的名字。至于"病尉迟孙立"和"摸着云杜千"(《水浒传》中作"摸着天杜迁")也并没有在《水浒传》中消失,不过被降为"地煞"而已。

情节比较紧凑、叙述比较细致宛曲的短篇故事。宋末元初罗烨的《醉翁谈
录》记载的当时"小说"故事目录,不少以人物或人物的"绰号"来命名,因知
"小说"演述的故事很多是以人物为中心的。而恰在这个故事目录中,人们
发现"朴刀类"有"青面兽","杆棒类"有"花和尚"和"武行者"(《舌耕序引·
小说开辟》)。而青面兽杨志、花和尚鲁智深、行者武松,正是龚《赞》、《宣和
遗事》及后来《水浒传》一以贯之的好汉名号。由此推测,这正是南宋以来
"小说"技艺所讲的单个"梁山好汉"的故事。而描述人物的出身经历,刻画
人物的形体外貌、品行性格,恰是"小说"艺术的长处。这就使人相信,正是
"小说"艺人所讲述的单个人物故事被"讲史"或"平话"所吸纳,为历史上简
单的宋江事迹增添了大量生动的故事情节和血肉丰满的人物,极大地促进
了早期"水浒故事"的形成与发展。

　　就大的结构而言,比较完整的"水浒故事"大概在元代已经基本成型,当
然这并排除一些情节、人物的增补和调整、改变。①而种种情况表明,后来在
《水浒传》中被定型的"水浒故事"不可能是一次性完成的,在《水浒传》之前,
甚至还可能不止一次被形诸于文字。

　　龚开说"宋江事见于街谈巷语"和现存《宣和遗事》提醒我们,在《宣和遗
事》以前,很可能就已经有了描写宋江36人故事的书面作品。因为在中国
古代,"街谈巷语"除了字面上的意思外,还有一个特殊的涵义,就是指"小
说"文本。这是因为班固《汉书·艺文志》于诸子九家之外,曾另列"小说家"
一门,论曰:"小说家者流,盖出于稗官,街谈巷语、道听途说者之所造也。"后

---

　　① 除了现在所能见到的《宣和遗事》所载故事梗概外,元杂剧中的"水浒戏"似也可以说明
这一点。见于记载的元杂剧"水浒戏"有30余种,存世约10种。现存剧本如高文秀《黑旋风双
献功》、李文蔚《同乐院燕青博鱼》、康进之《梁山泊黑旋风负荆》、李致远《大妇小妻还牢末》等宋
江出场的道白基本相同。说明水浒故事在当时已经有了一个为不同剧作家所共知共守的一个
基本轮廓。而宋江出场白中"某聚三十六大伙、七十二小伙……寨名水浒,泊号梁山。纵横河港
一千条,四下方圆八百里"的说法,已经与龚《赞》、《宣和遗事》有所不同。另外,康进之《梁山泊黑
旋风负荆》所写明显是后来容与堂百回本《水浒传》第七十三回故事。佚名《梁山七虎闹铜台》所写
卢俊义被赚上梁山故事与百回本《水浒传》第六十一回至六十回故事略同。佚名《宋公明排九功八
卦阵》已经写到百回本《水浒传》八十八、八十九回所写的征辽故事。已佚剧目中《王矮虎大闹东平
府》还出现了"七十二地煞"中的王矮虎故事。这些都是《宣和遗事》中没有的故事情节,说明流行
于元代的"水浒故事"较之宋末元初的《宣和遗事》为代表的"水浒故事"已经有了进一步的发展。

来，"街谈巷语"就成了"小说"的代名词。中国古代思维有"名词共通性"和"概念一般化"的特点，因此后来宋元时的民间讲唱故事，以讲唱故事为基础、甚至模拟讲唱技艺形式和口吻所撰写的书面作品，都可以被称为"街谈巷语"。而《宣和遗事》虽被视为"平话体"，但鲁迅早已提出其"掇拾故书，益以小说，补缀联属，勉成一书"的说法，且谓"其剽取之书当有十种"，即《续宋编年资治通鉴》、《九朝编年备要》、《钱塘遗事》、《宾退录》、《建炎中兴记》、《皇朝大事记讲义》、《南烬纪闻》、《窃愤录》、《窃愤续录》、《林灵素传》。①这10 种书中都没有讲宋江及 36 将之事者，因此，《宣和遗事》中有关宋江及 36将这一段文字很可能是据一种专门讲述宋江及 36 将故事的书摘编的，而这本书肯定要比《宣和遗事》的文字要详尽得多，其比《宣和遗事》更有资格被称为《水浒传》的原始"底本"。

二

20 世纪 20 年代初胡适作《水浒传考证》时就曾经说过："《水浒传》乃是从南宋初年(西历 12 世纪初年)到明中叶(15 世纪末年)这四百年的'梁山泊故事'的结晶。"②数十年来，尽管不少学者致力于《水浒传》成书的研究，但人们对《水浒传》成书的具体过程并未形成统一的看法，也没有人能勾勒出特别清晰的线索，诸家之说都难免有推想的成分，甚至《水浒传》最后成书的时间和编写者迄今为止仍然是争论不已的问题。③不过，通过众人的研究，至少使我

---

①　鲁迅：《中国小说史略》，《鲁迅全集》第九卷，人民文学出版社 1991 年版，第 122 页。鲁迅所言的 10 种书书目见同书 125 页注释〔6〕。

②　胡适：《水浒传考证》(1920)，《中国章回小说考证》，安徽教育出版社 1999 年版。

③　学界关于《水浒传》的成书时间有元代、元末明初、明中叶等不同说法，以"元末明初"说最为流行。根据明刻诸本"罗贯中编辑"，"施耐庵集撰、罗贯中纂修"，"施耐庵撰"等不同署名，今人对《水浒传》编纂者又有三种意见：罗贯中撰；施耐庵、罗贯中合撰；施耐庵撰。说《水浒传》成书于元代或元末明初并没有直接的证据。据目前所能掌握的资料，大约在 15 世纪后期至 16世纪初，才开始有《水浒传》刊本面世，《水浒传》大约也应该是在这个时间内最后写定的。传世各种《水浒传》刊本所署"施耐庵"之名或许是对一种更为古老的叙述"水浒故事"的文本上署名的承继，明高儒《百川书志》著录《水浒传》时所记"钱塘施耐庵的本，罗贯中编次"，隐约透露出这一信息；"罗贯中"之名可能出于明中叶书商的假托，也可能和施耐庵一样是《水浒传》形成过程中某一阶段性文本的编写者，因为材料的缺乏，已无从揣测。

们确信,同是"集体累积"成书,《水浒传》与《三国志演义》是有所不同的。

这其中最主要的区别是,"三国故事"有更多历史事实的依凭,主要是在"讲史"范围内渐次丰富、有序累积,并最后形成定本的,而"水浒故事"由于只有一个模糊的历史事件和历史人物作为起点,无论是故事情节,还是场景人物,都是在吸纳"小说"技艺的创造中累积的。即使到了《水浒传》成书,经过了数百年艺人和文人的增删、弥缝、润饰,其缀合拼凑的痕迹也未能完全抹平蚀光。《水浒传》中的鲁智深、林冲、宋江、武松、石秀等人的故事,使我们不仅可以看出其缩结短篇故事的痕迹,甚至还可以约略看出有哪些故事、人物是较早被吸纳入"水浒故事"中,哪些故事、人物是较晚被吸纳入"水浒故事"中的,也可为明证。

准是而言,《三国志演义》可视为标准的以"讲史"为基础的小说,在一定意义上甚至可以称为"历史小说"。"历史小说"的要义是用艺术的、或者说用美学的方法描述历史,并藉此突出作者对历史的认识和评价。比较《三国志演义》,《水浒传》的"历史成分"极其稀薄。以百回本而言,不仅七十一回以前演述众英雄好汉的出身经历故事主要源于"小说"艺人的创造——"小说者,但随意据事演说云云"(罗烨《醉翁谈录》),甚至七十一回以后受招安、征方腊,也只是根据模糊的"历史记忆"和满足"讲史"、"平话"的需要敷衍而成的,征辽则完全是没有历史根据的虚构。至于有的版本写到的平田虎、王庆,或许是更晚一些时候才添加的。因此,就总的说来,《水浒传》的成书虽然与"讲史"、"平话"不无关系,也含有一些"历史"的因素,却不能说是"历史小说",相对于"讲史"和"平话",只能是一种"变体"。

毫无疑问,《水浒传》的主体部分,也是最精彩的部分应是前面众多英雄好汉的出身经历和聚义故事,而这一部分主要源于"随意据事演说"的"小说"技艺。正是这些故事塑造出一大批出身不同而又性格各异的英雄好汉及其他有关人物形象,从而使《水浒传》有别于"得其兴废,总按史书;夸此功名,总依故事"(罗烨《醉翁谈录》)的"讲史类"小说,更具有郑振铎所说的"英雄传奇"性质①。

---

① 郑振铎:《水浒传的演化》(1929),《中国文学研究》上册,作家出版社 1957 年版,第 101 页。

绾结短篇而最终成为巨帙的《水浒传》成书的特点,不仅决定了它的文体,或者说艺术形式,也在很大程度上决定了它内容上前后的比重和艺术表现上的差别。虽然"水浒故事"曾被列入讲史、平话,后来参与其增删改编及《水浒传》的最后写定者也有向《三国志演义》一类以描摹重大政治、军事斗争为主的"历史演义小说"靠拢的或明或暗的心理。致使仅有一点历史或历史传说影子的宋江参预征讨方腊之事在《水浒传》中被大肆铺张,基本没有历史事实根据的征辽、平田虎、平王庆的章回也被杜撰出来。但这些出于不同历史时期参预创作者的心理愿望和为了满足接受者"阅读期待"的部分,在艺术表现上与描写英雄好汉出身经历和聚义的故事实际有着较大距离,古今所谓《水浒传》"结末不振"之叹,甚至金圣叹"腰斩《水浒》",皆因此而发生。值得注意的是,《水浒传》最吸引读者的部分所描写的草莽英雄的传奇故事,基本上谈不上是关系国家、民族命运的军国大事或重大历史事件。这是因为,宋、元时代"说话"艺人创作的素材,不少来自民间的传闻,不过是城乡生活中出现的奇人异事,艺人们以此为出发点"随意据事演说",也只能是根据当时城乡社会生活加以艺术创造。因此,"说话"艺人们的创造首先是对时代社会生活的描摹和对现实生活中的人物的形象刻画,并在《水浒传》中得到了较多的保留。

确实,打开《水浒传》,首先呈现在我们面前的是一幅幅中国两宋以来城乡各地,特别是从京都到大小城镇的"社会风情画"。东京浮浪子弟"圆社高二"的发迹史,牵涉到开生药铺的董将士以及小苏学士、驸马王晋卿、端王赵佶。从市井到宫廷,一系列的人际关系和大大小小人物的性格心性都因此得到了真切的展示。因打死人出家为僧,辗转来到东京大相国寺里看菜园子的鲁智深,凑巧碰上了八十万禁军教头林冲遭遇上官假子高衙内欺辱的窝囊事。在故事的进程中,不仅林冲和鲁智深的人生经历和性格得到生动的刻画,也描画了包括以大相国寺菜园子为"衣食饭碗"的一伙城市贫民在内的京师各色人等的众生相。而故事发生的场景,东京的街道、酒楼以及东岳庙的状貌也疏疏落落地给了读者以印象。由此,北宋都城的城市风貌、人情风习被依稀描画展开,宛然如在目前。后来"宋江杀惜"和"武松报仇"故事的丰富委曲的描写,更把郓城、阳谷这样小县城中的市井生活、邻里关系、人际往来和矛盾纠葛等世相民风刻写无遗。连阎婆、唐牛儿、王婆、郓哥、何九叔一类社会下层人物,也写得声口毕肖、栩栩如生。

正是通过这样一幅幅社会生活图景的描画,《水浒传》不仅描写了城乡民众的日常生活,种种生活中的矛盾纠葛——财贿追逐,婚外奸情,以及人际关系中的弱肉强食、机巧攘夺等等——从而真切地展现了城乡民众的生存状态和人性的善恶情伪。而且因这些矛盾纠葛,不可避免地涉及各种社会关系,从而进一步展开了对社会不同阶层、不同人群的生活和行为的描写。在《水浒传》所描写的社会中,地分城乡,人有等差,上至帝王将相,下至贩夫走卒,芸芸众生,或因富贵而骄奢,或因贫困而挣挫。各色人等,或者为了功名利禄,或者为了生存温饱,或者出于主动,或者迫于无奈,都无可逃避地在人生的竞技场里摸爬滚打,演绎着各自的人生。这种描写本来就是宋元说唱艺人,特别是“小说”讲唱者基于当时社会生活的口头创作,即使经过后来不止一次的改编、加工,但仍然在相当程度上保留着大量对社会生活“原生态”的描写。

比如,水浒故事突出表现了对社会现实的种种不满,作为这种态度的反拨,是对“侠义”的梁山众好汉的同情和赞赏。但在描写这些“伟大的强盗们”传奇性的行侠仗义行为的同时,也没有违背生活的原貌任意将其拔高。既写了他们杀人放火,为达到自己的目的不惜祸及妇孺的种种暴力行径,甚至连张青、孙二娘在孟州十字坡开黑店、卖人肉馒头也不加遮掩,也在很多地方写了他们对金钱物欲(大到“功名富贵”,小至“大碗喝酒、大块吃肉”)的渴求以及种种人性中的弱点。“梁山好汉”不少都有着行为委琐、性格残暴的一面,连“顶天立地”的好汉武二郎,在地方小官张都监对其表示宠信,假以颜色时,也会恩相长、恩相短地做小伏低,口称“枉自折武松的草料”,暴露出出身卑微的小人物的某种性格、心理(第三十回,容与堂刊百回,下同)。

散文体小说是叙事文学的最高形式,人类生活、社会文化几乎所有方面都可以在小说中得到反映,在这个意义上,小说可以说是用美学方法写成的历史。19世纪西方杰出的小说家巴尔扎克在谈到他的《人间喜剧》时说:“法国社会将要作历史家,我只能当它的书记,编制恶习和德行的清单,搜集情欲的主要事实,刻画性格,选择社会主要事件,结合几个性格相同人的性格的特点,揉成典型人物,这样我也许可以写出许多历史学家忘记写的那部历史,就是社会风俗史。"①所谓"社会风俗史"是小说艺术的高境界,强调的是用美学方法对社会生活和人们心灵的真实揭示。而无论在西方,还是在东方,长篇小说一般都表现为从"故事型"向"生活型"的发展,"故事型"的小说因为所描写的"生活密度"不够,所以也许其文化史意义无比巨大,但在小说艺术上却很难达到"社会风俗史"的高度。中国古代较早出现的长篇小说如《三国志演义》《水浒传》《西游记》等,总体上说都是"故事型"的,带有某种程度上的"史诗"性质,只有到了作家独立创作的《金瓶梅》,才开始了从"故事型"向"生活型"小说的蜕变,所以我曾经将《金瓶梅》比拟为"中国16世纪后期社会风俗史"。②由于《水浒传》在很大程度上是缀结短篇而成的长篇小说,这些短篇虽然有着较强的"传奇"色彩,并被编织进了一个大的传奇故事的体系,但因其主要构成部分本来自取材于现实生活、以对生活和人物精雕细刻为特点的"小说"技艺,于是缀结这些短篇的《水浒传》也就引领读者进入了当时社会生活的真实,从而使《水浒传》在一定程度上具有了"社会风俗史"的意义。《金瓶梅》的作者之所以能将他带有"风俗史"性质的小说嫁接于《水浒传》故事之上,不就是因为其题材内容和描写与《水浒传》可以相接吗?

三

　　《水浒传》的特殊的成书过程不仅影响了它的形式、内容,也极大地影响了它的思想精神。因为《水浒传》"累积成书"的数百年,正是中国社会进入一个新的历史阶段,社会结构、社会关系、社会生活以及民众的观念心理较之往古发生重大变化的时代,同时又是社会矛盾和民族矛盾交织的时代。正是在漫长和复杂的成书过程中,"集体累积"成书的《水浒传》积淀、凝聚了宋代以来中国社会广大民众——特别是"市井细民"一些比较普遍的观念意

---

　　①　巴尔扎克:《〈人间喜剧〉前言》,转引自《西方文论选》(下),上海译文出版社1979年版,第168页。

　　②　李时人:《〈金瓶梅〉:中国16世纪后期社会风俗史》,《文学遗产》1987年第5期。

识和情绪心理。

中国古代社会自唐中叶开始，各方面都发生了重大的变化，至两宋可以说进入了一个新的历史阶段。首先是国有土地制度被土地私有制全面取代，不仅中唐以前尚居主导地位的"均田制"消失，即使中唐以后实行的"屯田"、"营田"等制度也很快衰落。据史学家漆侠估计，"北宋土地占有制中，国有地不过 5％，而私有地则占 95％，自北宋以来，土地私有制一直居于压倒的优势地位。这是唐中叶以来土地占有制中一个具有关键意义的变化。"①土地私有制的结果是南北朝以来直接控制大量"部曲"、"佃客"的"门阀士族"至宋代完全退出了历史舞台，代之而起的是通过租佃制对"客户"进行剥削的"官户"和"乡户"地主。②而宋代的佃农"客户"和地主、自耕农一样，有自己独立的户籍，成为"国家"的"编户齐民"，他们与地主的关系，已经不是私属徒附，主要是一种土地租佃关系，因而有了更大的人身自由。由于土地所有制关系的变化，农耕技术的进步，宋代的生产力得到很大的提高，从而使经济得到了更大的发展。这种新的土地所有制造成了新的社会关系，而由于土地私有，导致了土地的商品化和买卖的频繁，国家难以控制土地兼并，也在很大程度上造成了社会关系的不断变动。

两宋时期农业的发展，对商品流通和城市的发展变化也有很大的促进作用。中国古代的城市一般具有政治统治中心和工商业中心的双重职能，但中唐以前的城市由于实行"坊市制"③，工商业受到了很大限制。经过晚唐割据和五代战乱，"坊市制"遭到极大破坏。北宋太宗和真宗虽曾两次试图恢复"坊市制"，都以失败告终。至仁宗时都市里的坊墙和市墙已经统统被推倒，"坊"与"市"的界限完全打破，城里"侵街"开店，城外新商业区不断开拓、扩大，从而形成了新的城市格局。从北宋中期开始，不仅首都东京及南北许多城市出现了规模很大的商业区，大中城市之外的"镇市"和"草市"（农

---

①　漆侠：《宋学的发展和演变》，河北人民出版社 2002 年版，第 62 页。

②　宋代"客户"一般指租种地主土地的佃农。石介《徂徕先生集》卷八："不占田之民，借人之牛，受人之土，庸而耕者，谓之客户。"

③　"坊市制"指城市中"坊"（城市居民居住区）与"市"（商品交易区）分隔的一种制度。如中唐以前的长安居民区有 108 坊，而东、西两市仅占 4 坊，且有"宵禁"制度，城市里的商贸活动在空间和时间上都受到限制。

村的定期集市)也发展得很快,商品经济得到了前所未有的发展。两宋以来工商业分工越来越细,同业组织"行会"发达,也是这种形势的反映。①

由于城乡结构的变化和商品经济的发展,统治者不得不在制度、政策方面有所调整。北宋开始,工商业者的子弟被允许参加科考,大小工商业者、其他各种城市职业劳动者以及城市贫民等更被正式列入户籍。至真宗时,全国户籍主要被分为三类,即官户、乡村户(农村中的地主、自耕农、佃农)和"坊廓户"(城市里皇室、军队、僧道以外的居民住户)。"乡村户"以财产状况分为上、中、下户计五等,"坊郭户"则被分为上、中、下户计十等。②当时不仅京师等大城市。其他州、监、县等中小城市也均有数目不等的"坊廓户"。据估算,北宋中后期全国大约共有"坊廓户"98万户,人口达五百多万,其中东京等大城市属"坊廓户"户籍的人口都在几十万人以上,南宋"行在"临安又有了更大的发展。③说明工商业者及其他各种城市职业劳动者、贫民在城市人口中所占的比重已经很大,而他们正是中国古代城市中的"市民"的主要组成部分。④

要而言之,在生产关系变化的基础上,北宋以来,中国社会较之往古发生了很大的变化:一方面是各种形式的劳役制和人身控制削弱,地主、自耕农、佃农和城市工商业者因获得了新的社会身份,生产积极性得到调动,促

---

① 据专门研究,北宋城市里的工商业(包括服务业及其他一些城市职业)已经有220"行"之多——《西湖老人繁盛录》谓南宋有440行,显然分得太细,但无疑应该比北宋要多一些;两宋"行会"组织都十分发达。参见魏天安:《宋代行会制度史》,东方出版社1997年版。

② 宋制,"每县定民籍为五等"(《续资治通鉴长编》卷二"建隆二年"),五等之划分的根据是"量户力高低"(《宋会要·方域》十四之一)。"坊廓户"分上、中、下户计10等。上户为1—3等人户,包括居住在城里的大地主、大商人、高利贷者、有一定规模的手工业业主等;中户为4—6等人户,包括一般中产商人、小业主、独立手工业者等;下户为7等以下的人户,包括小商、小贩、工匠、雇工、贫民等。但"乡户"和"坊廓户"等级的划分并没有绝对的标准,各地有较大差别。参见周宝珠等主编:《简明宋史》,人民出版社1985年版,第124—137页。

③ 参见王曾瑜:《宋朝的坊廓户》,《宋辽金史论丛》第1辑,中华书局1985年版;周宝珠:《宋代东京研究》,河南大学出版1992年版;林正秋:《南宋都城临安》,西泠印社1986年版。

④ "坊廓户"户籍的正式出现,标志着在中国,因商品经济的发展,已经在一定程度上产生了城乡分离。但同属于"坊廓户",这些中国"中世纪""市民"的贫富实际上悬殊很大,以至于欧阳修因州县下等人户仅能维持最低生活水平,上疏建议免去这些人的"差配"(《乞免浮客及下等人户差科札子》)。

进了社会生产,推动了城乡分离和商品经济的发展。另一方面,由于地主
(包括"官户地主"和"乡户地主")、农民及城市工商业者等广大民众的种种
利益在更大程度上要靠"国家"的政策调控,皇权被强调,从而使中央集权的
专制统治得到了进一步加强。在新的社会结构、社会关系的基础之上,不仅
社会心理发生了变化,思想文化也出现了新的态势:一是提倡"通经致用"的
"宋学"逐渐向强化专制统治的"理学"转化,并使后者在以后数百年间在官
方意识形态中占据了统治地位;二是由于城市的发展和城市生活的变化,服
务于广大民众,特别是"城市市民"娱乐消费的"文艺市场"开始繁盛,大量的
小说、戏曲等"通俗文艺作品"因此成为反映广大民众思想观念,宣泄广大民
众心理情绪的载体,成为广大民众的精神寄托和思想渊薮。从而为中国古
代社会下层的思想文化找到了集中表达的形式。我曾经在一般文章中提
过:"中国文化其实并不全在孔孟程朱、庄老佛禅的典籍之中,不经的小说戏
曲之类也常常凝聚、积淀着民族的精神文化。"①说的也是这个意思。

　　《水浒传》就是在这样不同于往古的历史文化背景下通过不断累积,至
15 世纪后期至 16 世纪初最后写定刊印的。最初孕育它的温床是宋元都市
中的"勾栏瓦肆",其最后写定刊印的背景则是都市经济、文化再次开始走向
的繁盛的明代中叶。19 世纪法国艺术史家丹纳(Hippolyte Adolphe Taine,
1828—1893)在其《艺术哲学》中曾提出物质文明和精神文明的性质面貌都
取决于种族、环境和时代三大因素,其中甚至提到:"自然界有它的气候,气
候的变化决定这种那种植物的出现;精神方面也有它的气候,它的变化决定
这种或那种艺术的出现。"②无论是从创作的环境、背景来说,还是从"创作主
体"来说,早期的"水浒故事"都带有宋、元以来的市井气息,并不可避免地成
了后来《水浒传》精神气韵的基调。

四

　　我曾在一篇文章中谈过:"小说除了'形象体系'外,还应该有'意象体

　　①　李时人:《中国禁毁小说大全·前言》,黄山书社 1992 年版。
　　②　丹纳:《艺术哲学》,傅雷译,人民文学出版社 1983 年版,第 8—9 页。

系'，小说的形象描写之中应该蕴含某种对社会人生的理解、爱憎和评价，作家在以作品的形象吸引和感染读者的同时，也以蕴含在形象中作家自己的思想感情影响读者，从而形成一种内容与艺术形式的统一。"①应该说，宋元"说话"艺人最初讲述"梁山好汉"的故事，就已经包含了他们对社会人生的理解、爱憎和评价，体现了他们的道德伦理观念、价值取向和审美情趣。而经历了数百年的累积，《水浒传》实际积淀、凝聚了两宋以来中国社会广大民众一些比较普遍的观念意识和情绪心理，形成了带有时代特征的精神意象。

比如，《水浒传》以"结义"、"聚义"为全书的结构线索，又特别标举一个"义"字为全书的精神核心。宋元以来的小说、戏曲最喜杜撰所谓"结义"的故事，津津乐道而不疲。不仅《三国》《水浒》，其他故事亦多如此。所谓结为"异姓兄弟"，形式上是对中国长期以来以血缘为纽带的宗法关系的"模拟"，但这种"亚关系"的被强调，无论在理论和实践上都有对传统思想"解构"的一面，这正是中国古代社会结构和社会关系体系变化在人们观念心理上的一种表现。因为中国古代从宗法社会关系体系派生出来的传统道德思想——特别是董仲舒、朱熹等人对儒学进行一次次改造以后的道德思想一直是以"忠孝"为首的。"孝"是基础，"忠"是"孝"的放大，而皇权至上又将"忠"推到绝对的高度。现在这种非血缘的"亚关系"被强调，"义"的地位被提高，尽管没有否定"忠孝"的意思，却无形中贬抑了"忠孝"，所以清人章学诚批评《三国志演义》："最不可训者桃园结义，甚至忘其君臣而直称兄弟。"

从标举"义"这一点上看，《水浒传》与《三国志演义》等许多同时代的"通俗文学"作品基本是一致的。这些通俗文学作品中的"义"与中国儒家经典中作为意识形态范畴的"义"既有一定的联系，也有很大的差别，说明了中国古代思想文化在新的社会条件下发生了异于往古的变异。不过，《水浒传》中所强调的"义"与《三国志演义》的"义"也并不是完全相同的。"义"在《三国志演义》中是最高的道德概念，尽管其内涵相当复杂，若概而言之，则强调的主要是一种人与人之间的道德准则：君主之"义"重在爱民，臣下之"义"重

---

① 李时人：《小说概念与〈全唐五代小说〉的编纂》(《〈全唐五代小说〉前言》，《文学评论》1999年第3期。

在忠君,兄弟之"义"重在生死与共,朋友之"义"重在一诺千金、知恩必报,等等。刘、关、张之"义"之所以受到崇尚,是因为他们的"义"是所有这些"义"的集中表现。"义"在《三国演义》中是绝对的。关羽放弃原则,释曹操于华容道,被誉为"义释",刘备不顾大局兴兵伐吴失败,也因是"为三人之义"而得到谅解。而"忠"却只有相对的意义——倒戈反水、择主而事,屡见不鲜,人们往往通过政治、伦理和功利的不同选择来确定自己的人生道路和实现自己的人生价值。因此,《三国志演义》中的"义"是一种相对漠视了"忠"的"义"。《水浒传》讲的不是帝王将相,而是草莽间英雄好汉的传奇故事。梁山好汉打的旗号是"替天行道",这个"道"只能理解为"公道",所以"替天行道"大概只能理解为为人间打抱不平。朝廷、官府所不能解决的人间不平之事,由梁山好汉来伸理,诛残除暴,这就是"替天行道"的含义。因此"替天行道"不过是"行侠仗义"的另一种说法而已。也就是说,《水浒传》特别强调的是"侠义"。

所谓"侠",自古有之,然而在各个不同的历史时期,"侠"的含义实际上是不同的。西汉司马迁在《史记》中专列《游侠列传》,其对"侠"的解释是:

> 今游侠,其行虽不轨于正义,然其言必信,其行必果,已诺必诚,不爱其躯,赴士之阨困,既已存亡死生矣,而不矜其能,羞伐其德,盖亦有足多矣。

"侠"的本义是救人急难而不拘礼法,重承诺而不顾个人生死,所强调的是一种人生准则和行为方式,"侠"也因此形成了一个与"士"相对的特殊人群。除了其他区别外,"侠"与"士"的区别主要在于"侠"不以功利为目的。《史记》所记秦汉之际的大侠朱家,受其救援之人不计其数,然"家无余财,衣不完采,食不重味,乘不过轺车。专趋人之急,甚己之私"。曾脱季布之厄,"及布尊贵,终身不见也"。也因为这一点,司马迁在《史记》中是将"侠"与"盗"做严格区别的。另外,"侠"虽然不免"以武犯禁",但又与"刺客"不同,并不特别强调武勇击技。司马迁见过的汉初大侠郭解"状貌不及中人","执恭敬,不敢乘车入其县廷。之旁郡国,为人请求事,事可出,出之;不可出,各厌其意,然后乃敢尝酒食"。汉初不少知名大侠也皆"虽为侠而逡逡有退让君子之风"。因而古侠所强调的主要是一种信念和行为方式。唐时侠风已有变异,所谓"新丰美酒斗十千,咸阳游侠多少年。相逢意气为君饮,系马高楼垂柳边。"(唐王维《少年行》)赞扬的实际是一种放浪形骸、不拘细行的人生态度和狂放行为。而且唐人任侠与尚武相联系,已经与建功立业的个人追求有关了。至晚唐小说中的聂隐娘、红线,则又有将剑客、刺客与"侠"合流的倾向。

《水浒传》所写的"侠义"不仅与"盗"有关,更无处不与财货有关。其中最被推崇的品德是"仗义疏财",吴用动员阮氏三雄参加晁盖组织的打劫"生辰纲"行动,赞赏晁盖的第一句话就是"这等一个仗义疏财的好男子"(第十五回)。宋江一出场有一段介绍的文字,首先也是"于家大孝,为人仗义疏财,人皆称他作孝义黑三郎"(十八回)。宋江被发配到江州,遇到小牢子李逵要强借酒店主人的银子,马上送了李逵十两银子:

> 李逵得了这银子,寻思道:"难得宋江哥哥,又不曾和我深交,便借我十两银子,果然仗义疏财,名不虚传。如今来到这里,却恨我这几日赌输了,没一文做好汉请他。如今得他这十两银子,且将去赌一赌,倘或赢得几贯钱来,请他一请也好看。"

将银子与人,就被称为"仗义疏财",没有银子"仗义疏财",也就做不得好汉,因此《水浒传》中好汉的"仗义疏财"首先是与银子有关的。不仅如此,在《水浒传》的描写中,世间之事似乎无不与金钱有直接或间接的关系。那些贪赃枉法的官吏和为了衣食温饱不得不奔走逐利的世俗民众姑且不论,连那些本来有"仗义疏财"美德的英雄好汉,也免不了在金钱上做点不尴不尬的事。比如刚刚"仗义疏财"解救了被恶霸欺凌的金氏父女的鲁智深,就在桃花山山寨中偷拿了李忠、周通的金银酒器,为此不得不从后山滚下去。《论语·里仁》早就说过:"君子喻于义,小人喻于利。"在传统的儒家经典中,义、利是对立的,是分别君子与小人的硬性标准。但在《水浒传》中,即使是英雄好汉也离不开银子:朋友相交要银子做赠礼,行侠仗义要银子救人,摊上官司要银子上下打点,亡命天涯要银子作盘缠。《水浒传》的很多描写,都基于当时现实的社会生活,同时也表达了作者对生活的理解和认识。那些在宋元时代讲述这些英雄好汉故事的艺人们和后来那些将这些故事写成书面文学作品的作者们,一方面对金钱在社会生活中的作用表示感慨,极力推崇重义轻利的美德,另一方面又表现出对追逐金钱和利益的宽容和肯定,所反映的正是宋元以来由于社会经济生活变化、商品经济发展,金钱更深入地渗透到社会生活的各个方面以后民众普遍的观念心理。

《水浒传》中的"义"不仅与金钱利益有关,也与追求个人的"功名富贵"有关,进而与"忠"相联系,有的时候甚至给人以这本书过分强调"忠"的感觉。不仅现存《水浒传》的多数明刊本的题名都冠以"忠义"二字①,可为明证,《水浒传》的种种描写亦说明了这一点。刀笔小吏出身的宋江因为伤了人命不得不亡命江湖,却一而再再而三地不肯上山落草。即使后来坐了梁山的第一把交椅,嘴里仍然总是念叨着不敢反叛朝廷,时刻想着要接受"招安"。本来,《水浒传》的描写,已经揭露了这是一个君嬉臣恬、奸佞当道、吏治黑暗、盗贼蜂起的社会,证明了一伙侠义英雄聚集在一起做行侠义之事的合理性,甚至反叛朝廷的合理性。但《水浒传》中的英雄好汉们"只反贪官,不反皇帝",还要"受招安",这当然要使"辛亥革命"以来受"革命"思想熏陶已深的读者扼腕叹息,乃至大为不解。但如果从成书的角度来看,这一点却是再自然不过的了。

首先,在梁山好汉身上实际上多少寄寓了那个时代一般民众对"变泰发迹"的希冀。在当时的社会体制下,当官是富贵的主要途径,因而也成为比较普遍的对人生的认同形式,这正是一般民众所能达到的认识。其次,不要说南宋年间在"行在"杭州的勾栏瓦肆中讲"梁山好汉"故事的说书艺人不大可能有宣传造反的思想,即使对赵宋王朝深怀不满,头脑里有将其推翻的念头,辇下之地,众目睽睽之下,又有谁敢于公开宣扬呢? 所以人们只能谴责

---

① 现存《水浒传》的早期刊本题名中多冠有"忠义"二字,如嘉靖刊本《京本忠义水浒传》(上海图书馆藏残页),万历间刊大涤余人序《忠义水浒传》、天都外臣序《忠义水浒传》、容与堂刻《李卓吾批评忠义水浒传》、积庆堂刻《钟伯敬评忠义水浒传》、袁无涯刻《出像评点忠义水浒全书》及双峰堂《京本增补校正全像忠义水浒传》、《新刊京本全像插增田虎王庆忠义水浒全传》等。

那些已经被朝廷所诛伐了的蔡京、高俅、童贯等前朝的奸佞，连身死异邦、应该对北宋亡国负有责任的宋徽宗也不敢指责的。虽然从皇帝左右及各级官吏的腐败引申，必然触及王朝的腐败，要想解决问题必须推翻这个王朝。但这只是我们今天"以理推之"，并非艺术形象的实现。更何况两宋以来，汉民族政权始终与北方少数民族处于对峙的局面，民族矛盾异常紧张，赵宋皇帝可以说是民族的标志和象征，所以艺人们和当时听众们的愿望，大概只能限于去奸邪、清吏治了。

宋、元以来首先由说唱艺人创造的"梁山好汉"故事，表明了当时人们对社会的种种认识。这一认识的基本点是社会存在着种种不合理，特别是在贫富差别的社会现实中，弱肉强食，人欺侮人，人压迫人，处于弱势者积郁难平而又无可奈何。人们只是憎恶这一社会的不公平，抒发一种平民的愤懑，而无意于彻底推翻一种社会体制，或者砸烂这部国家机器。所以尽管人们对"替天行道"的"伟大强盗们"表现出一种同情、赞赏而又叹惋的情怀，却无法说出他们除了"受招安"和为国家出力以求富贵以外还有更好的出路，这正是当时一般民众的心态。而梁山好汉的"受招安"不正是南宋民谣"若要官，杀人放火受招安"的真实写照吗？

五

鲁迅曾认为《水浒传》的要旨是"为市井细民写心"，以后的《三侠五义》一类所谓写"侠盗"的小说则"仅其外貌，而非精神"。[①]所谓"为市井细民写心"，应该说是对《水浒传》内容及精神意象的比较准确的概括。本来，宋元以来勾栏瓦肆中的民间艺人在讲述"水浒故事"时就不仅是以"市井细民"的眼光描摹当时的世态人情，而且也以"市井细民"的态度评价社会人生——"仗义疏财"主要是"市井细民"心目中的"仗义疏财"，"义"也主要是"市井细民"心目中的"义"。而在以后漫长的成书过程中，由于不断有人参预加工改

① 鲁迅：《中国小说史略》第二十七篇："《三侠五义》为市井细民写心，乃似较有《水浒传》余韵，然亦仅其外貌，而非精神。"见《鲁迅全集》第九卷，人民文学出版社1991年版，第278页。

造和文本写作，又使《水浒传》在更大范围内积淀、凝聚了两宋以来中国社会广大民众的观念意识和情绪心理①，包括对社会、人生的认识，道德观、价值观、伦理观以及社会理想和生活态度，从而形成了《水浒传》带有时代特征的丰富精神蕴含。在这其中，既有对被压迫者的同情，对世道不公的愤懑，对社会平等的憧憬，对扬善惩恶"侠义"行为的赞许，也有对财货的渴求，对功名富贵的希冀；既有对皇权的迷信，对权势的畏惧，也有对暴力的崇尚和性观念、性道德的偏执，等等。

《水浒传》所含蕴观念意识、情绪心理是在中国历史上一个特殊的时代，由其漫长复杂的成书方式、成书过程造成的。其中主要体现了那个时代广大民众基于社会生活变化、异于往古的道德观、价值观、伦理观，也包含了"市井细民"观念心理中一些落后、褊狭的东西。也就是说，《水浒传》的精神意象实际是非常复杂的，说其是中国宋元明时期广大民众，特别是下层民众观念意识、情绪心理的一种融会，似乎也并不过分。其思想精神与中国传统的"经典文化"既有联系，也有相当的差异，在一定程度上表现出对中国传统的"经典文化"的"解构"，亦可以说是一种中国古代思想文化的"次生形态"，突出展示了中国宋元以来社会下层思想文化的实际。

从小说艺术的角度看，《水浒传》前后两部分是有很大落差的。前面描写众多英雄好汉的出身经历故事不仅基于社会现实生活，而且曾经过"小说"艺人和后世书面作者的反复锤炼，故事曲折生动，形象鲜明突出，在叙事艺术上达到了很高的水平；而后面的征辽、征方腊等，则因为没有历史依凭和现实生活的基础，虽经反复加工，也只能在铺排想象上下功夫，不少地方徒具形貌而缺乏艺术感染力。但是作为"集体累积"成书的作品，《水浒传》在漫长的成书过程中实际上已经形成一个无法分割的整体。其不仅成为我们民族历史上"不可重复"——既无法复制，也无法模仿的文学经典，又因广泛的传播，成了长期影响民众思想行为的精神渊薮。

---

①　鲁迅所说的"市井细民"主要指的是宋代以来中国城市中的广大民众。中国古代城市中的"市民"是由种种不同身份、不同利益的群体构成的，在政治、经济上不同于西方"中世纪"城市里的"市民"。因此所谓中国古代城市里的"市民"，应该是"城市居民"或"城市民众"的代名词。有人将之比附西方"中世纪"的"市民"，称其为"市民阶层"、"市民阶级"，是有问题的。

    15世纪后期16世纪初《水浒传》以刊本形式问世以后，很快形成了一个
"水浒热"。从中晚明到清初的百余年，《水浒传》是刊刻次数最多，版本最为
繁富的小说，也应是发行量最大的小说。所谓"今人耽嗜《水浒》"（钱希言
《桐薪》卷三），肯定不是当时个别人的感觉。①而作为一种历来被视为"稗官
野史"的"通俗小说"，《水浒传》竟然受到不少属于士大夫阶层的文人的推
崇。如著名作家李开先在《一笑散》中记云："崔后渠（崔铣）、熊南沙（熊过）、
唐荆川（唐顺之）、王遵岩（王慎中）、陈后冈（陈束）谓《水浒传》委屈详尽，血
脉贯通，《史记》而下，便是此书。"李开先与熊过、唐顺之、王慎中、陈束等皆
曾被列入"嘉靖八才子"，唐顺之、王慎中更是稍后文坛"唐宋派"的翘楚。当
时思想界的"异端之尤"李贽则称《水浒传》为"绝世奇文"，将其与《史记》、
《杜子美集》、《苏子瞻集》、《李献吉集》并称为"宇宙内五大部文章"（周晖《金
陵琐事》卷一）。为此影响了袁宏道、冯梦龙等不少著名文人。

    李贽不仅盛赞《水浒传》，还曾亲自评点《水浒传》，公开宣称《水浒传》
批点得甚快活人"（《续焚书》卷一《与焦弱侯》）。虽然晚明出现的各种标署
"李卓吾先生批评"的《水浒传》中的评点尚不能肯定有哪些出自李贽之手②，
但其中确实反映了晚明知识阶层中一些人对《水浒传》的接受态度和理解。
其中包含了他们从文学角度对《水浒传》艺术得失的一些分析③，但更多的评

———————

    ① 胡应麟也说："今世人耽嗜《水浒传》，至缙绅文士亦间有好之者……嘉靖间，一巨公案
头无他书，仅左置《南华经》，右置《水浒传》各一部。"（《少室山房笔丛》卷四一《庄岳委谈》下）
    ② 李贽万历二十八年（1600）致其友人信中曾谈到自己批点《水浒》之事（见《续焚书》卷一
《与焦弱侯》）。袁中道（小修）《游居柿录》记云："万历壬辰（二十年，1592）夏中，李龙湖方居武昌
朱邸。予往访之，正命僧常志抄写此书，逐字批点。"因知李贽确曾批点过《水浒传》。但明季标
署李贽评点的《水浒传》刊本有多种，而钱希言《戏瑕》等书又记有无锡叶昼托名李贽评点《水浒
传》并刊刻于世的说法，故研究者多怀疑万历三十八年（1610）容与堂刻《李卓吾先生批评忠义水
浒传》一百回之评点，万历四十二年（1614）袁无涯刊本《李卓吾评忠义水浒全传》百二十回之评
点为叶昼、袁无涯等人的托名，但我总疑心其中有些评语可能出自李贽。
    ③ 兹举容与堂本《水浒传》所刊回评数则如下："《水浒传》文字，原是假的。只为他描写得
真情出，所以便可与天地相终始。即此回中李小二夫妻两人情事，咄咄如画。若到后来混天阵
处，都假了，费尽苦心，亦不好看。"（第十回）"此回文字逼真，化工肖物。摩写宋江、阎婆惜并阎
婆处，不惟能画眼前，且画心上，不惟能画心上，且并画意外，"（第二十一回）"这回文字，种种逼
真。第画王婆易，画武大难；画武大易，画郓哥难。今试着眼看郓哥处，有一语不传神写照乎？"
（第二十五回）"《水浒传》文字不好处，只在说梦、说怪、说阵处，其妙处都在人情物理上。"（第九
十七回）

语实际上是"借他人之酒杯,浇自己之块垒",即借《水浒传》中的故事情节、人物等抒发评点者的感慨,甚至借题发挥,表示对现实的不满或对"忠义"思想的发挥。①甚至以此张扬"狂禅"和表达追求个性自由的愿望——这与当时兴起的社会新思潮有很大的关系。

但可以肯定的是,当时厌恶《水浒》,或对《水浒传》持批评态度的士大夫肯定不少,特别是那些坚持传统思想观念的官吏和文人。如万历时任湖广参议的王圻就说:"《水浒传》叙宋江事。奸盗脱骗机械甚详,然变诈百端,坏人心术,说者谓子孙三代皆哑,天道好还之报如此!"(《续文献通考》卷一七七)崇祯时任应天巡抚的郑瑄也说:"《水浒》一编,倡市井萑苻之首,《会真》诸集,导闺房桑濮之尤。安得罄付祖龙,永塞愚民祸本。"(《昨非庵日纂三集》卷一二)

其实,"水浒故事"长期流传,并通过各种形式的传播,早已深入民间。如明中叶以后城乡盛行的"叶子戏"(一种纸牌游戏),"上至士夫,下至僮竖,皆能之",牌面上所绘即为"水浒人物"图像,这种"水浒叶子"很可能产生于传世《水浒传》刊本以前。②明清之际的张岱还曾记其家乡以 36 人扮成"梁山好汉"游行祷雨(《陶庵梦忆》卷七)。这些民间行为与晚明士人比拟"水浒人物"作《东林点将录》(文秉《先拨志始》卷上)一样,说明《水浒》故事、人物已为当时社会各阶层所熟悉。这正是明末不少暴动的饥民和盗贼首领借用《水浒传》中英雄好汉名字以为号召的基础。崇祯十五年(1642),有一位李

①   容与堂本卷首怀林《批评水浒传述语》:"盖和尚(指李贽)一肚皮不合时宜,而独《水浒传》足以发抒其愤懑,故评之为尤详。据和尚所评《水浒传》玩世之词十七,持世之语十三,然玩世处亦俱持世心肠也。但以戏言出之耳,高明者自能得之语言文字之外。"容与堂本的评语多次抨击"假道学",反对理教的虚伪:"算来外面模样,看不得人,济不得事,此假道学之所以可恶也与! 此假道学之所以可恶也与!"(第四回评)"模样要他做怎? 假道学之所以可恶、可恨、可杀、可剐,正为忒似圣人模样耳。"(第六回评)对贪官、奸臣则表示出极大的愤恨。如第五十七回评语:"一僧读до此处,见桃花山、二龙山、白虎山都是强盗,叹曰:'当时强盗直恁地多。'余曰:'当时在朝强盗还多些。'"而袁无涯本第一回评点就强调:"忠良二字,是此一部书根本",称赞《水浒传》是"一腔血性,满纸忠义"云云。
②   明清关于"水浒叶子"的记载很多,据目前掌握的资料,首见陆容《菽园杂记》卷十四。陆容,字文量,号式斋,太仓州(今江苏太仓)人,官至浙江参政,卒于弘治七年(1494)。参见李伟实《从水浒戏和水浒叶子看〈水浒传〉的成书年代》,《社会科学战线》1988 年第 1 期。

青山聚众于梁山，攻城破邑，断绝漕运，因引起刑科给事中左懋第上疏，以为李青山所为，都是模仿宋江，并以此推断《水浒传》是贻害民心、教唆犯上作乱的贼书，请严禁《水浒》。兵部的奏书也持同样的看法。明思宗因此下诏各地"大张榜示，凡坊间家藏《浒传》并原板，速令尽行烧毁，不许隐匿"。①此为《水浒》为官方禁止之始。

　　清王朝建立以后，通过对理学的强化，以及从大兴文字狱到纂修《四库全书》，成功地完成了文化专制的重建。明代建立之初，统治者对思想的整肃主要还是针对士大夫的，清王朝则明显加强了文化专制的深度和广度，其中包括对通俗小说也采取了严禁的方针。禁毁小说作为既定政策，贯穿于清王朝的始终。根据目前所能发现的清代历次禁毁小说的书单，有清一代被点名禁毁的百余种小说中，除了《定鼎奇闻》、《说岳全传》等八、九种被禁的原因是直接有碍于清政府建立和巩固外，其余被禁毁的原因，主要是因为主政者认为这些小说"以荡佚为风流，以强梁为雄杰"，污染风俗人心，诱导"奸盗"犯罪"。所谓"《水浒》《金瓶梅》诲盗诲淫，久干例禁"，两书因而在每一次禁书中都首当其冲，尤其是单为《水浒传》所发的禁令就有四次。②但实际上，有清一代并未禁绝《水浒传》的刊刻和广泛传播。金圣叹删改的七十回本《水浒传》清代最为流行，除了清初顺、康、雍时的多种刻本，乾隆、嘉庆、道光、同治、光绪各朝皆有翻印或重刻。

　　值得特别提出的是，像《三国志演义》一样，《水浒传》在中国民众中的传播影响，其实并不全在于小说文本的阅读，甚至主要不在于小说文本的阅读。元、明以来，搬演"水浒故事"的戏曲可谓层出不穷。明中叶至清前期取材或依托于《水浒传》的杂剧、传奇剧本已经有数十种③；清中后各种地方剧种兴起，《水浒传》故事更为京剧和各种地方戏竞相演出——如演宋江故事的《坐楼杀惜》，除京剧外，还有汉剧、晋剧、滇剧、楚剧、豫剧及各种梆子等十

---

①　朱一玄、刘毓忱：《水浒传资料汇编》，百花文艺出版社 1981 年版，第 512—513 页，转载自《明清史料乙编》、《明清内阁大库史料》。

②　参见王利器：《元明清三代禁毁小说戏曲史料》，上海古籍出版社 1981 年版。

③　参见傅惜华：《水浒戏曲集》1—2 辑，上海古籍出版社 1985 年版。

余个剧种演出。据有关研究,以"水浒故事"为题材的京剧剧目有六七十种①,各种地方剧种不仅改编京剧剧本,还另创剧本,如秦腔就有十几种"水浒戏"不见于京剧。《水浒传》中除了征辽,平田虎、王庆等部分少见于戏曲外,其余精彩部分几乎全被戏曲所扮演,以至连缀起来,可以构成一部舞台上的《水浒传》。

除了戏曲外,其余普及民众的艺术,如说唱技艺,也对《水浒传》的传播起到很大的作用。晚明袁宏道曾写诗记其听朱生说《水浒传》的感受,张岱等人也都描摹过柳敬亭说"水浒故事"的情况。②清代各曲□□□有专以说《水浒传》有名者。据说同治、光绪年间扬州说《三国》《水浒》□艺人□□□□人。扬州评话艺人,乾隆间的王德山,嘉庆间的□宋洪、咸丰间的邓光斗,皆□□□□□□□□□□□□□□□□□□□□□□□□□□《水浒》有

大鼓、胶东大鼓、东北大鼓、河洛大鼓、太原大鼓,以及由鼓词改□□旗"子弟书"。其他各种曲艺形式,如山东快书、河南坠子以及流行于鲁□苏北地区的琴书等,亦无不广取《水浒》为素材。

正是在戏曲、曲艺和其他艺术的和非艺术的传播形式的簇拥下,通过数百年的广泛传播,《水浒传》渗入到了中国社会的各个层次和精神文化生活的各个角落——明清以来,《水浒传》的故事和人物,进入了民间赛会,编入各种山歌时调,嵌入酒令,画成年画……木刻、砖刻、剪纸,甚至捏泥人、捏面人的民间艺人也无不以水浒故事人物为题材。也就是说,《水浒传》对中国数百年来精神文化的影响绝不仅限于文学④,也不仅反映在明清以来不少民

① 参见陶君起:《京剧剧目初探》,中国戏剧出版社1963年版。
② 《袁中郎集》卷四《五古·听朱生说〈水浒传〉》:"少年工谐谑,颇溺滑稽传。后来读〈水浒〉,文字益奇变。六经非至文,马迁失祖练。一雨快西风,听君醉舌战。"张岱《陶庵梦忆》卷五"柳敬亭说书":"余听其说《景阳冈武松打虎》白文,与本传大异。其描写刻画,微入毫发。然又找截干净,并不唠叨……"
③ 参见陈汝衡:《陈汝衡曲艺文选》,中国曲艺出版社1985年版;韦人等:《扬州曲艺史话》,中国曲艺出版社1985年版。
④ 晚明带有"风俗史"性质的长篇小说《金瓶梅》是以《水浒传》为砧木嫁接成书的,清初曾出现《水浒传》的续书《水浒后传》、《后水浒传》,甚至到咸丰三年(1853)还出现了《结水浒传》(《荡寇志》)。至于明清以来大量小说创作受《水浒传》之影响亦为小说史家们多所论述。

间各种民间秘密社团、帮会在某些方面对《水浒传》的推崇和种种行为上的模仿①,其数百年来对中国民众的精神熏染应该说是普遍而深刻的。在中国历史上,能对中国民族精神文化产生如此深刻而久远影响的,除了"六经"以外,大概只有"小说"中的《三国志演义》《西游记》以及戏曲中的《西厢记》等极少数作品可与《水浒传》相埒。在这个意义上,《水浒传》从成书到传播影响,就不仅仅是一种文学现象,更应该是一种"社会精神现象"。

19 世纪末"西学东渐"以后,严复、梁启超等人基于小说戏曲化民成俗、影响世道人心的认识,竭力肯定小说的社会价值和功用②,特别是 1902 年梁启超提倡"小说界革命"的以后,人们开始从社会政治角度来谈《水浒传》。或将《水浒传》说成是"社会小说"、"政治小说",或谓《水浒传》寓民族独立思想,或谓《水浒传》倡民主、民权。光绪三十四年(1908)燕南尚生出版的《新评水浒传》,封面上就直接标署"祖国第一政治小说"字样,卷首的《传述》等文则竭力强调《水浒传》表达的是反对专制制度的思想,甚至是"谈宪政(立宪政治)之滥觞也"。③当时的这一类评论与其说是对《水浒传》意义的评介和阐发,实不如说表达的是作者的政见,因而尚谈不上是一种文学研究或文学批评。

但这类主要从社会、政治角度来看待《水浒传》等古代小说的思想方法,却成了以后中国古代小说研究中的一种占主导地位的思维定式。本来,在王国维、鲁迅、胡适等先驱的引导下,中国古代小说研究已经逐渐走上了"现代学术"的道路,但由于 20 世纪前期中国特殊的历史背景,使人们更愿意主

---

① 参见朱一玄、刘毓忱:《水浒传资料汇编》,转载自《洪门志》、《天地会文献录》等,南开大学 2002 年版,第 548—555 页。

② 1897 年 10 月天津《国闻报》刊载《本馆附印说部缘起》谓:"夫说部之兴,其入人之深,行世之远,几几出于经史之上,而天下之人心风俗,遂不免为说部之所持。"梁启超在 1903 年《新小说》第 3 号《小说丛话》中说此文"实成于几道(严复)、别士(夏曾佑)之手"。1898 年 8 月"戊戌变法"失败后流亡日本的梁启超于 1902 年在横滨创刊《新小说》(第一号 11 月 14 日出版),在其所撰写的该刊纲领性文章《论小说与群治之关系》中强调"小说有不可思议之力支配人道"。在此之前 1895 年 6 月上海《万国公报》第 77 册所刊英国传教士傅兰雅(John Fryer)署名的《求著时事小说启》已有"窃以感动人心,变异风俗,莫如小说推行广速"之语。

③ 清光绪三十四年保定直隶官书局排印本《新评水浒传》。见朱一玄、刘毓忱:《〈水浒传〉资料汇编》第 391—403 页有关引文,南开大学 2002 年版。

要从社会政治、思想的角度来理解和评价《水浒传》。如有人使用从西方刚学到的阶级理论和革命思想,以为《水浒传》反映了"平民阶级"的革命思想,"赞同平民阶级和中等阶级联合起来办革命"。①有人对梁山好汉做了详细的阶段分析②;有人论述"梁山好汉"的"阶级基础"是"流氓无产者"。③甚至有人论断:"梁山泊的失败,是由于没有社会运动的中心,没有革命的政纲政策与坚强的政党来作有组织有力量的领导,结果梁山泊的暴动,也与过去历来所有的农民暴动一样地宣告惨败了。"④

20世纪50年代开始,中国大陆对《水浒传》的批评则不仅被纳入"意识形态",而且话语逐渐统一。这一话语较早的经典表述是:"《水浒》主要描写了农民起义;在农民起义的具体历史背景上面、在农民阶级和地主阶级之间的阶级矛盾的基础上面去描写人物;是在这样的背景和基础上面去描写故事和人物性格的发展。"⑤以后,"《水浒传》反映了农民起义的全过程"、"《水浒传》是中国农民革命的伟大史诗"等,皆由此发展而来,成为长期以来评论《水浒传》的主流观点,以致有关《水浒传》的评论大都以此为基础,或以此为出发点。至1975年始有人对《水浒传》反映"农民起义"的说法提出质疑⑥,80年代又有人将其概括为"市民说",以为《水浒传》是表现"市民阶级的生活、命运和思想感情的长篇小说"。⑦近年来,中国学术呈现出多元化的形态,人们开始注意从不同层面、不同角度来观照《水浒传》,或在"农民起义说"或"市民说"的基础上进一步加以分析解说。或提出一些新的看法。比如,有人将《水浒传》归入"绿林文化"、"江湖文化",并称其为"游民文学",以为《水浒传》所反映的完全是"游民"的思想意识。等等。

就小说艺术而言,决定一部作品精神意象的主要应是其形象体系,意象不能产生于形象所不蕴含的内容。可以肯定地说,所谓"农民起义说"、"市

---

① 谢无量:《平民文学之两大文豪》,商务印书馆1925年版《国学小丛书》之一。
② 姚慈惠:《〈水浒传〉之社会学分析》,载济南齐鲁大学《社会科学杂志》4卷12号。
③ 萨孟武:《〈水浒传〉与中国社会》,南京正中书局1934年版。
④ 刘毓松:《〈水浒传〉的社会思想研究》,《历史社会季刊》1947年第1期。
⑤ 《回答关于〈水浒〉的几个问题》,《文艺报》1954年第5期。
⑥ 《水浒传是反映市民阶层利益的作品》,《天津师院学报》1975年第4期。
⑦ 《水浒"为市井细民写心"说》,《〈水浒〉新议》,重庆出版社1983年版,第23页。

民说"以及"游民说",都不能完全概括《水浒传》的形象体系所提供的丰富和复杂的精神蕴含。在长达数百年的时间内,不同历史时期、不同人群对《水浒传》的不同态度和在不同层面上对《水浒传》的接受与阐释也可以充分说明这一点。而所有这些说法——"农民起义说"、"市民说"、"游民说"——都不过是试图以某种社会的、政治的概念来界定或图解这样一部经过数百年"集体累积成书"、精神蕴含丰富复杂的作品,这不仅在实践上是不可能的,在理论方法上也是有问题的。

说起来,各种庸俗社会学的以及教条主义的理论方法曾经严重束缚和影响过我们的古代文学研究,比如曾经流行过的以"主题思想"为中心的研究理论和方法就曾经严重束缚和影响过我们的古代小说研究。虽然早在20年前,就已经有人对这一研究理论和方法提出过质疑①,现在也很少再有人在古代小说研究中使用"主题思想"的概念和研究方法了,但不仅现在仍为一些人坚持的"农民起义说"、"市民说"实际上是过去以"主题"为中心的研究理论和研究方法的产物,所谓新兴的"游民说"亦未能超出这一思想方法的旧套。而这些对"集体累积"成书的《水浒传》来说,实际上都是一种先验的、形而上的主观索解,不仅不能概括《水浒传》的全部精神意象,也暴露了我们古代小说研究中仍然有许多基础理论问题还有待于解决。因为这个问题牵涉面太广,此不深议。

我觉得,数十年来我们所以摆脱不了对《水浒传》的主观索解,除了研究的基础理论存在问题以外,还有很重要的一点是对《水浒传》是"集体累积型"的作品认识不足。作品的意象取决于作品的形象,而《水浒传》不是作家的一次性创作,其形象创造、形式内容和精神意象无不与其成书过程有密切的关系,更何况数百年来《水浒传》的传播影响实际上已经形成一种社会精神现象。所以我一直认为,研究《水浒传》必须重视研究其成书与传播。我的一位朋友吉林省社会科学院研究员李君伟实先生长期研究《水浒传》的成书,写过好几篇实证性很强的文章。他曾向我介绍过几位《水浒》研究者,其

---

① 何满子:《"主题"问题献疑》,《光明日报》1984年;李时人:《关于古典长篇小说主题的概念和研究方法》,《光明日报》1985年1月25日。

中就有陈松柏君,我也注意过松柏写的文章,其中有一篇谈"聚义不是起义",给我的印象较深。1998年,松柏考取了上海师范大学的博士研究生,和我一起从事"中国古代小说与文化"的研究。不过,对松柏选择"《水浒传》的成书"作为博士学位论文,我却很是犹豫。因为为了保险起见,一般研究生往往选择能做出来四平八稳的题目,有关《水浒传》的成书则不仅资料欠缺,而且很多问题众说纷纭,争议很大,想得到大家的普遍认可肯定是十分困难,甚至是不可能的。但松柏是个喜欢做事勇往直前的人,又对这个题目特别感兴趣,所以我最终还是同意了他的选择,只是建议他将成书和传播影响一起来做,希望他能够比较完整地对这样一个"社会精神现象"做出描述和揭示。

松柏的这篇博士学位论文做得很艰苦。他不像有些年纪较大的博士生在家时间多,在校时间少,而是几年一直坚持在校苦读苦钻。暑期放假,当时他还没有手提电脑,竟然把笨重的台式机背回湖南老家,开学了又背回来,令我很是感动。正是因为通过艰苦的努力,松柏最后拿出来的论文《〈水浒传〉的成书与传播研究》不仅篇幅弘大,而且其中颇有一些大胆的想法。学术重在独立思考,虽然我对松柏的论文表示理解,但对论文答辩则多少有些担心。因为聘请的答辩委员会成员都是学有专长的学者,更有几位对《水浒传》,包括《水浒传》的成书深有研究,而松柏文章所提出的观点恰恰有不少是与他们的观点有很大不同的。好在参加答辩的几位专家表现出了令人敬佩的大家风范,松柏的论文不仅顺利得到通过,而且得到了专家们的鼓励和不少具体的指导。现在松柏的论文得到了在人民文学出版社出版的机会,我自然为之高兴,希望这部著作能为大家的深入研究提供一些参考,也希望因此能够得到更多专家的指正。

2005 年 4 月 18 日于上海寓所

【整理说明】

本文系先生为《〈水浒传〉源流考论》所撰《序言》,曾以《〈水浒传〉的"社会风俗史"意义及"精神意象"》为题刊载于《求是学刊》2007 年第一期(有删节），并同题收入《中国古代小说与文化论集》，中华书局 2013 年版。

《〈水浒传〉源流考论》，陈松柏著，人民文学出版社 2006 年 5 月出版，计 39.3 万字，前有先生《序言》，后有作者《后记》。该书对《水浒传》的成书和传播进行系统研究。除《前言》和附录外，全书正文共两编十三章。上编《〈水浒传〉的成书》，共八章，从"宋代理学的发展与'说话'的兴盛"、"南宋时期宋江三十六人故事考"、"宋江三十六人故事的历史性变革"、"元代水浒戏和元代《宋江》"、"《宋江》的最后形态与水浒英雄单篇传奇"、"一部拼凑起来的巨著"、"'罗贯中编次'别解"、"《水浒传》作者研究"等八个方面，对《水浒传》的成书过程作了详尽揭示。下编《〈水浒传〉的传播》，共五章，从"明代中后期的思想解放思潮与'水浒热'"、"《水浒传》的批评与禁毁"、"《水浒传》的续书"、"《水浒传》其他艺术形式的传播"五个方面，对《水浒传》的传播进行考察。书末附录文章三篇:《朴刀、杆棒、子母炮辨疑》、《论梁山泊的"替天行道"》、《再论聚义不是起义》。

陈松柏(1954—)，男，汉族，湖南东安人。1998 年师从先生主攻《水浒传》研究，获文学博士学位。现系广东技术师范学院教授，先后在院科研处、学报编辑部任职。主要从事《水浒传》、柳宗元研究，出版专著《〈水浒传〉源流考论》。

《佛教与唐五代白话小说》序言

"小说"是中外古今公认的一种"文学体裁"（或称之为"文学样式"），中国古代小说又基本上可分为文言和白话两类，所以研究中国古代小说，在学理上，应以对中国古代小说"一种体裁两种语体"的认知为前提。所谓"一种体裁"，就是承认作为"文学体裁"（"文学样式"）的"小说"只有一种，古代小说研究首先要用一个符合学理的概念来界定"小说"——作为一种独立的"文学体裁"，"小说"应该有基本的文体要求，那种将汉魏六朝以来缀缉琐语、记录异闻、叙述杂事之丛残小语、杂俎笔记以及各种博物志怪之书、志人记言之短札谈片统统纳入"小说"的做法，显然是不符合学理的。所谓"两种语体"，就是要承认中国古代小说分为"文言"与"白话"两大类这一事实，而这两种不同"语体"的小说，实际上是同源异流，从而构成了中国古代小说产生发展特殊的总体格局和历史景观。这里所谓"同源"指的是两者同基于中国的历史文化；所谓"异流"指的是两者有各自不同的艺术表现形式和形成发展道路——虽然同处于中国文化发展变化的大背景下，"二水分流"中难免互相交流和影响。

中国小说的产生、发展之所以与欧洲小说的产生、发展不同。最突出的一个原因就是中国文学没有在自己的历史进程中形成类似于欧洲的"神话—史诗"传统，即叙事诗传统，因此，书面叙事艺术的经验首先是在中国古代层出不穷的各类散文体史书——"史传"及其衍流杂史、杂传、志怪书中分散累积的。所以中国最早成批出现的散文体小说——"唐代文言短篇小说"，无论是表述语言，还是文体形式都保留着从"史传"及其衍流杂史、杂传、志怪书等"蜕变"而来的痕迹。相对于"文言小说"，中国古代"白话小说"形成发展的情况则更为复杂，特别是在历史过程中信息载体大量流失，难免使之显得扑朔迷离。这种情况的改变，应该归功于敦煌石室藏卷的突然重现。正是敦煌石室所藏一定数量的唐五代到宋初的"叙事文学作品"，为我们探讨中国白话小说的形成提供了可靠的文献资料。

清光绪二十六年（1900）敦煌石室藏卷惊现于世，虽然因为特殊的历史原因，这些无比珍贵的文献资料大量流落外邦，但还是逐渐引起了国人的注意。1920 年王国维发表《伦敦发见唐朝之通俗诗及通俗小说》，提出："伦敦博物馆又藏唐人小说一种，全用俗语，为宋以后通俗小说之祖。"①1920 年起，鲁迅在北京大学讲授"中国小说史"课程时也言及敦煌藏卷中的"俗文体之故事"是宋代市井"平话"的初始。②郑振铎在 1928 年写成的《敦煌的俗文学》一文中将敦煌藏卷中的"俗语小说"放在文学史和小说史发展的流程中进行考察，并阐述了两点看法：一、敦煌藏卷中的"俗语小说"是中国小说的起源；二、藏卷中的"俗语小说"的体式是受"佛教文学"影响的。③1930 年，陈寅恪在《敦煌本〈维摩诘经文殊师利问疾品〉演义跋》中进一步谈到敦煌藏卷中部分作品所采取的"韵散相间"体式是由佛典"长行"与"偈颂"相间的体式转化而来，且直接影响了后世章回小说的体式。④

　　诸位中国现代学术的先行者对敦煌藏卷中一些"叙事作品"可视为中国早期"白话小说"的判断，以及对这部分作品与后世白话小说关系的考察，是极富开创性的意见。以此为先导，后来有些学者就将敦煌藏卷中的一些作品直接视为中国白话小说的早期作品，并将其纳入小说史中加以研究。⑤但因敦煌藏卷涉及面很广，其中有关"讲唱文学"的材料也很丰富，以致形成了专门的"敦煌学"，所以这部分作品在学界更多地被放在"敦煌学"中加以研究，其作为早期白话小说的意义被相对忽视。20 世纪 60 年代以来两种通行的《文学史》，一种认为敦煌藏卷中的《庐山远公话》《韩擒虎画本》（拟名）《叶净能诗》等是不同于"变文"的唐代"话本小说"，另一种则将这一类作品全部

　　① 民国九年(1920)四月《东方杂志》第 7 卷 8 期，见周绍良、白化文编：《敦煌变文论文录》，上海古籍出版社 1982 年版，第 1 页。按：王国维文中所言"唐人小说一种"指的是敦煌写卷 S.2630，后鲁迅题名为《唐太宗入冥记》。
　　② 鲁迅：《中国小说史略》，1923 年北京大学新潮出版社，见《鲁迅全集》第九卷，人民文学出版社 1991 年版，第 110 页。
　　③ 郑振铎：《敦煌的俗文学》，《小说月报》1929 年第 12 卷第 3 号。
　　④ 陈寅恪：《敦煌本〈维摩诘经文殊师利问疾品〉演义跋》，《历史语言研究所集刊》第 2 本 1930 年版。
　　⑤ 孙楷第：《论中国白话短篇小说》，棠棣出版社 1953 年版。李骞：《唐"话本"初探》，载《辽宁大学学报》1959 年第 2 期。

列入"变文"中加以论述,不提"变文"中有"小说"。①20 世纪 90 年代末新出的两本《中国文学史》,又分别承袭了前两本《文学史》的论述格局和观点。②至于已出的各种《小说史》,虽然多数是抽出其中的一些作品视为唐代的"话本"加以论述③,但也有人在写唐代小说史时对这类作品只字不提,或讲到白话小说干脆直接从宋元"说话"谈起。④凡此,说明学界对这一问题尚未形成比较一致的认识。

我在编校《全唐五代小说》时,将 30 余种"叙事性"较强的敦煌写卷都编了进去,并在这一断代小说总集的《前言》中谈到,这些作品未尝不可被视为中国古代白话小说的滥觞。⑤也就是说,我是将这些作品都作为一种"早期形态"的白话小说来看待的。因为《前言》篇幅的限制,我没有对这一做法作出说明。其实,这种做法反映了我对这个问题的一些基本认识:一是"变文"并非通行意义上的"文学体裁"概念,而是一种"泛文体"概念,是在特殊历史情况下产生的作品类别("文类")称谓;既不能将其与作为"文学体裁"的"小说"等同起来,也不能排除敦煌写卷中,包括历来被称为"变文"的作品中有基本符合"小说"文体要求的作品。二是不能用是不是"说话底本"的"话本"来确定这些作品是不是"小说",我们所见到的所有这些作品都应被视为"写本",即书面作品,是不是"小说",应该从其是否符合"小说"文体要求来判断,而不能根据讲唱形式或门类来确定。这种想法在很大程度上继承了一些前辈的说法,也从若干同仁的研究、包括从有关论辩中得到启发,但与先哲和时贤的观点又有不同,其实是应该加以说明的。

---

① 游国恩等主编:《中国文学史》第二册,人民文学出版社 1962 年版,第 214 页;中国科学院文学研究所中国文学史编写组编:《中国文学史》第二册,人民文学出版社 1962 年版,第 518 页。

② 章培恒等主编:《中国文学史》中册,复旦大学出版社 1996 年版,第 226 页;袁行霈主编:《中国文学史》第二卷,高等教育出版社 1999 年版,第 329 页。

③ 北京大学中文系编:《中国小说史》,人民文学出版社 1978 年版;程毅中:《唐代小说史话》,文化艺术出版社 1990 年版。

④ 齐裕焜主编:《中国古代小说演变史》,敦煌文艺出版社 1990 年版。

⑤ 李时人编校:《全唐五代小说》第一册卷首,陕西人民出版社 1998 年版。

一

为什么说"变文"并非通行意义上的"文学体裁"概念,而是一种"泛文体"概念,是在特殊历史情况下产生的作品类别("文类")称谓呢? 这必须从"变"、"变文"的名称由来及其实际使用情况谈起。

敦煌藏卷发现之初,学人对其中以叙事为主的"俗语文学作品"称谓不一,有称为"七字唱本"、"唐人小说"、"通俗小说"者,有称为"佛曲"、"因缘曲"者,亦有称其为"俗文"、"故事"、"演义"者。自胡适、郑振铎在 20 世纪 20 年代末至 30 年代初开始使用"变文"概念①,特别是 1957 年向达、王重民等人合编的《敦煌变文集》出版以来②,在相当一段时间内,不少学人将"变文"视为敦煌藏卷中叙事故事类(或称"讲唱故事类")作品之"公名",而将"讲经文"、"缘起"、"话本"、"词文"等统归于其下。如《敦煌变文集》的编者之一王重民就明确说过:"只有用'变文'这一名词来代表敦煌所出这一类文学作品,为比较适宜、比较正确。"③不过,对这个问题也一直有不同的看法,如同为《敦煌变文集》编者的向达就认为"词文"、"缘起"等"体裁与变文迥殊","今统以变文名之,以偏概全,其不合理可知也。"④如果说像王重民那样认为"变文"是敦煌藏卷"俗文学"中叙事类文学作品的"公名"可称为"公名说",那么,强调这些作品体裁有别,似可称为"分体说"。这两种说法都有人支持。如后来编纂《敦煌变文集新书》的潘重规就持"公名说"的立场,以为"变文是这一时代文体的通俗名称"⑤,晚近出版的《敦煌变文校注》亦执大体相

① 胡适:《白话文学史》上卷,上海新月书店 1928 年版;郑振铎:《敦煌的俗文学》,《小说月报》1929 年第 12 卷第 3 号;郑振铎:《插图本中国文学史》,北京朴社 1932 年版;郑振铎:《中国俗文学史》,商务印书馆 1938 年版。

② 向达、王重民等编:《敦煌变文集》,人民文学出版社 1957 年版。

③ 王重民:《敦煌变文研究》,引自周绍良、白化文编:《敦煌变文论文录》上册,上海古籍出版社 1982 年版,第 273、283 页。

④ 向达:《唐代俗讲考》,引自周绍良、白化文编:《敦煌变文论文录》上册,上海古籍出版社 1982 年版,第 52 页。

⑤ 潘重规:《敦煌变文集新书》,台北中国文化大学中文研究所刊 1983 年版。

近的观点。①同样,"分体说"亦得到不少学者的响应,并引起了人们对敦煌"讲唱文学作品"分类的讨论。②这也是上述 20 世纪 60 年代以来通行的几种《文学史》及其他有关著述产生分歧的原因。

其实,这两种说法都不是没有破绽的。如果说将敦煌藏卷中的"叙事作品"统称为"变文"是有问题的,那么强调"变文"与"讲经文"、"押座文"、"缘起"、"词文"、"话本"等在作品"体裁"上的区分,也是有问题的。

在被论者定义为不同的"体裁"中,"押座文"和"解座文"实际是"俗讲"开场的唱词和结束时的致语,并非独立的"文学体裁",自不待言。其他几种,至少"讲经文"、"缘起"与那些标明"变"、"变文"的写卷在体式上实际上是很难区分的。比如敦煌写卷中的"讲经文"题目多标有"经"名(如《维摩诘经讲经文》、《妙法莲华经讲经文》),而"因缘"本为佛教"十二分教"之一(佛经中有"因缘经"),故而敦煌写卷中标名"因缘"者,并非标明"体裁",而是一种题材内容的标识,说明其演述的故事出于佛经中的"因缘"类,自然亦应归于"讲经"。如《欢喜国王缘》开头云:"谨案藏经,说西天有国名欢喜,有王欢喜王。"这里的"藏经"即指的是《杂宝藏经》卷一〇"优陀羡王缘"。而题名中带有"变"、"变文"的写卷中,行文也经常自称是据经文敷衍的。如《破魔变》甲卷(P.2187)篇末云:"小僧愿讲经功德,更祝仆射万万年。"也自称是"讲经"。又,写卷中有《八相变》(卷背题,原北图藏云字 24 号,现编为北图 8437)、《太子成道经》(卷末题,P.2999)、《悉达太子修道因缘》(标题原有,日本龙谷大学藏本),三种皆演绎《佛本行集经》故事,虽然在情节、场面描写以及语言韵散成分和口语化程度等方面有所差别,但开头皆有据经文演叙如来本生故事的一段(《八相变》和《悉达太子修道因缘》两者甚至只有个别字句不同),我们如何仅凭题名来判别它们是不同的"题材"呢?

确实,在敦煌写卷中,"缘起"与"变"、"变文"也是难于区别的。如被列

———————

①　黄征、张涌泉:《敦煌变文校注》,中华书局 1997 年版。

②　周绍良:《谈唐代民间文学》,《新建设》1963 年 1 月号;程毅中:《关于变文的几点探索》,《文学遗产增刊》1963 年第十辑;张锡厚:《敦煌文学》,上海古籍出版社 1980 年版;白化文:《什么是变文》,载周绍良、白化文编《敦煌变文论文集》上册(原载《古典文学论丛》二辑,人民文学出版社 1982 年版);周绍良:《敦煌文学刍议》,《(甘肃)社会科学》1988 年 1 期。

入"缘起"的《金钢丑女缘起》写卷（S.4511）卷末有"上来所说丑变"语，说明"缘起"实际上也可称"变文"。再如，敦煌藏卷中演绎目连救母故事的写卷共有 12 个，其中 P.2193 卷端题"目连缘起"，卷背题"大目连缘起"，另有 S.2614 号等 9 件写卷，原题则分别作"大目干连冥间救母变文"、"大目犍连变文"、"目连变"等，而这 10 件写卷虽互有详略，文句出入较大，但情节大致相同，韵散相间的形式体制也一样，我们有什么理由一定要将"缘起"说成是一种有别于"变文"的"体裁"呢？①

造成两说的矛盾和无法自圆其说的原因，主要是我们自觉不自觉地将"变文"和"讲经文"、"缘起"、"话本"等都看成是一种"文学体裁"②，实际上被认为导致这些不同"体裁"分类的所谓"讲经"、"缘起"、"转变"、"说话"等原来指的都应是说唱的门类，这种门类有些可能是据说唱的形式来命名的，有些则可能是据说唱的内容来划分的。一旦这些口头说唱的内容被写成文本，就成为一种书面作品，而书面作品的"体裁"是不能完全据口头说唱门类和形式简单区分的。

其实，"变文"之得名，主要强调的是一个"变"字，但这个"变"指的并不一定是"文学体裁"（"文体"）的改变。关于这一点，并非于史无征。"变"是汉语中的一个常用语汇，其最基本的义项是指和原来不同，变化、改变。而在中国的文化和文学传统中，"变"是相对于"正"而言的，没有"正"则无所谓"变"，但这种"变"所指则是多方面的，并非全部是，或者说主要不是就"文体"而言的。如古人认为，《诗》三百有"正"有"变"，故"大雅"、"小雅"、"正风"、"变风"、"变大雅"、"变小雅"合称"六诗"。"雅"就是"正"的意思，由"雅"而生变化则为"变"。《诗大序》云："至于王道衰，礼义废，政教失，国异政，家殊俗，而变风、变雅作矣。"唐孔颖达疏曰："王道衰，诸侯有'变风'；王道盛，诸侯有'正风'"。清马瑞辰《毛诗传笺通释·风雅正变说》说："盖'雅'

---

① 唐孟棨《本事诗·嘲戏第七》曾记诗人张祜与白居易嘲戏，谓白诗"上穷碧落下黄泉，两处茫茫皆不见""非《目连变》何邪？"敦煌写卷 P.2193 号《目连缘起》中恰有"何期慈母下黄泉"、"哀哀慈母黄泉下"等语，亦可证此名《目连缘起》者，或即张祜所言《目连变》。

② 《敦煌学大辞典》："变文，俗文学讲唱故事类作品体裁之一。""讲经文……俗文学讲唱故事类作品体裁之一。""缘起，又称因缘、缘，敦煌俗文学讲唱故事类作品体裁之一"等。上海辞书出版社 1998 年版。

以述其政之美者为'正',以刺其恶者为'变'也。"显然古之所谓《诗》之"正"、"变"主要指的都是诗的内容而非诗的"体式",因为无论"正"、"变",诗的"体式"并没有变化。再如,"汉赋"因其典雅堂皇、肃穆凝重而被古人视为'赋'之正宗,至魏晋南北朝时的大量赋作征引俳词、施以四六,称"骈赋",历来被视为是古赋之"变"。又,初唐杨炯《王勃集序》云:"尝以龙朔初载,文场变体,争购纤微,竞为雕刻……骨气都尽,刚健不闻。"中唐白居易"制从长庆辞高古,诗到元和体变新"(《余思未尽加为六韵重寄微之》)。所言之"变",主要指的都不是作品"体制形式"的变化,而是内容、语言修辞或者是美学风貌的变化。

要而言之,由于"传统和惯性",唐五代时人一般应该是在以上的意义上来使用"变"、"变文"一类语汇的。就佛教而言,自然应该是释典(即"一切经")为"正",讲说佛经、敷衍佛经故事者,都可以被称为"变",若被记录下来,成为写本,其被标为"变"、"变文"应是顺理成章之事。不过,敦煌写卷中并不是只有与佛经内容有关的才被称为"变"、"变文",特别是现存敦煌写卷中明确以"变"、"变文"标题的只有几种①,其中还有《汉将王陵变》、《舜子变》、《刘家太子变》三种内容与佛经是无关的。这种情况证明了人们的一个合理推测:那就是当时寺庙里的佛教宣讲,从僧讲发展到"俗讲",当始于"讲经"(包括"说缘起"),后来又出现了配合"变相",特别铺陈佛经中能吸引听众的神异故事的讲唱,形成"转变",最后发展为同时讲唱中国的历史故事、民间故事,甚至于时事故事。

实际上,我们通过对现存敦煌写卷文本的考察,也可以发现"变文"并不是一种严格意义上的"文学体裁"概念。上举数种以"变"、"变文"题名的敦煌写卷,互相之间不仅内容并非全取佛经故事生发,体制形式上也有一定差别,如《大目乾连冥间救母变文》、《降魔变文》等叙事皆为"韵散相间"之形

____

① 敦煌写卷中标明"变"、"变文"者主要有:1.《破魔变》(P.2187后题);2.《降魔变文》(S.5511首题)、《降魔变》(S.4398首题);3.《大目乾连冥间救母变文》(S.2614、P.3107、P.2319首题)、《目连变文》(P.3485首题);4.《八相变》(原北京图书馆藏云字24号,现编为北图8437);5.《频婆娑罗王后宫彩女功德意供养增生天因缘变》(S.3491首题);6.《汉将王陵变》(S.5437首题)、《汉八年楚灭汉兴王陵变》(P.3627尾题);7.《舜子变》(S.4654首题)、《舜子至孝变文》(P.2721尾题);8.《刘家太子变》(P.3654尾题,首题《前汉刘家太子传》)。

式,《舜子变》则大体是六言韵语,《刘家太子变》又通篇散说,并无韵文。相反,现存敦煌写卷中不少没有以"变"、"变文"冠名的"讲经文"、"缘起"、"词文"、"话(本)"等的体制形式却与这几种以"变"、"变文"冠名的写卷有很大程度上的相同性(载籍俱在,且已为不少学人论及,故不烦举例)。这一切说明我们既不能用"变文"来"统称"敦煌藏卷中所有带"叙事性质"的作品,也无法将"变文"与"讲经文"、"缘起"、"话本"等在"体裁"上区分开来。

要而言之,唐五代寺庙"俗讲",最初肇始于"讲经",其内容自然应被视为是"变更"佛经,被写成文本所以被标题为"讲经文",主要是强调其"讲经"的性质,这就是"讲经文"写本何以未被冠以"变文"题名的原因①;至配合"变相",铺陈佛经中的神奇怪异之故事,"变"、"变更"佛经之意更被强调,故有些此类写本径以"变"、"变文"为题名,但这并不是说那些未标以"变"、"变文"的同类作品不能被称为"变"或"变文";逮至寺庙讲唱发展到讲唱中国历史故事、民间故事等,仍然称"变",有些写本也被题名为"变"、"变文",则是因为从寺庙之"俗讲"中已经演化出了形式和内容都相对固定、被称之为"转变"的演唱形式——"转"通"啭",本指婉转发音,引申为歌唱或说唱;这里的"变"则特指长期的寺庙"俗讲"逐渐形成的一批相对定型的故事(包括佛教故事和中国的历史故事、民间故事等)。这一切说明,所谓"变"、"变文"实际上是一种"泛文体"概念,是在特殊历史情况下产生的作品类别("文类")称谓,并非通行意义的"文学体裁"概念。

二

《太平广记》卷二六九引《谈宾录》曾记天宝年间杨国忠"设诡计,诈令僧设斋,或于要路转变",诱人观看,乘间捉"单贫者"充兵役以征南诏。又唐郭

---

①　"讲经文"按理可以称为"变",但在敦煌写卷中没有实例。《大唐大慈恩寺三藏法师传》卷九:"(显庆元年十二月五日)(三藏)法师又重庆佛光王满月,并进法服等,奏曰:辄敢进金字《般若心经》一卷并函,《报恩经变》一部。"这里的《报恩经变》自然不是指《报恩经》,而应是"变更"或"敷演"、"讲解"《报恩经》的文字。俄藏敦煌写卷有讲经文(Φ.96)《双恩记》残卷,系据《大方便佛报恩经》铺写而成,未知是否即《三藏法师传》提到的《报恩经变》。参见潘重规《敦煌变文集新书》所附《敦煌变文新论》,台北中国文化大学中文研究所刊,1983年版。

湜《高力士传》(见明顾元庆刊《顾氏文房小说》)记安、史乱后玄宗被"移仗西内安置,每日与高公亲看扫除庭院、芟薙草木,或讲经、议论、转变、说话,虽不近文律,终冀悦圣情。"均说明"转变"已经成为一种相对固定的演唱形式。尤其值得注意的是当时已经出现了寺庙以外的艺人"转变"演出。中唐王建《观蛮伎》诗及李贺《许公子郑姬歌》已经提到这类演出,至晚唐吉师老《看蜀女转昭君变》诗:"妖姬未著石榴裙,自道家连锦水滨。檀口解知千载事,清词堪叹九秋文。翠眉颦处楚边月,画卷时开塞外云。说尽绮罗当日恨,昭君转意向文君。"(《全唐诗》卷七七四)更具体描写了"转变"艺人的演唱情况和演唱的内容。而敦煌藏卷恰有一个写卷 P.2553(原卷无题,启功拟题为《王昭君变文》)敷衍昭君故事,内有"边云忽开闻此曲,令君愁肠每意(忆)归"、"莫怪适下(来)频落泪,都为残云度岭西"等句,为作为固定艺术形式的"转变"提供了实证。

上引《高力士外传》将"讲经、议论、转变、说话"并列,似乎说明唐代已经产生了一种与"转变"并称的说唱技艺"说话"。不少学人因此推断敦煌藏卷中的《庐山远公话》(S.2073)、《韩擒虎画本》(S.2144,原卷无标题,拟题)、《叶净能诗》(S.6836,原卷无标题,依卷末题)等几篇作品是唐五代的"话本",并断言只有被认定为"说话"之"话本"的作品才可以被认定为唐代之白话小说,敦煌藏卷中其他一些叙事类作品则不属于"小说"的范围。这种说法看起来有理有据,但实际上却是值得考虑的。

首先,我们对唐代"说话"知之甚少。虽然《高力士外传》提到了"说话",但被学者们经常引用来说明唐代"说话"的一些文献资料几乎无一例外都是含混和没有具体内容的,所以我们不仅不了解"唐代说话"的演出情况,甚至对于唐代是不是有一种演出形式相对固定的"说话"技艺也不得不产生疑问①。正因为如此,我们对敦煌藏卷中所谓"话本"的界定实际上是很困难的,甚至不得不借助于推想,有些则是属于想当然。

比如我们肯定《庐山远公话》、《韩擒虎画本》、《叶净能诗》是"话本",首

---

① 参见马幼垣:《中国职业说书的起源》,载《中国小说史论集》,台北时报文化出版企业有限公司1980年版。

先是假定《庐山远公话》中的"话"、《韩擒虎画本》中的"画（话）本"、《叶净能诗》中的"诗"（有人疑为"话"字之误）就是"说话"的"话"或"话本"的意思，但"话"可作"故事"解，"话本"也有"故事本"的意思，为什么说它们一定是"说话"的"底本"呢？更何况连主张"话本"说的人也不得不承认："我们在敦煌文献中所看到的《刘家太子变》与《韩擒虎画本》，二者在体制形式确实看不出有什么明显的不同，而拟题的《唐太宗入冥记》应当归于前者（变文）还是归于后者（话本），则更是一个难题。"①再如，论者从"说话"之"说"字出发，推想当时的"说话"技艺应以"散说"为主，进而推断"说话"之"话本"应该不同于"变文"的"韵散相间"，于是敦煌写卷中没有韵文偈语，或韵文偈语较少的《唐太宗入冥记》、《祇园图记》(《祇园因由记》)等就被定为"话本"。②且不说敦煌藏卷中还有并无韵文的《前汉刘家太子传》(P.3654)尾题《刘家太子变》，仅就这两篇作品本身，说它们是"话本"也是有疑问的。如《唐太宗入冥记》所写虽然是一个传说故事（又见于唐张文成《朝野佥载》等书），却几乎没有源于"说话"的证据，至于其文末强调抄写《大云经》以做功德，则与敦煌写卷中另一篇同样写入冥故事的《黄仕强传》反复强调做功德只有抄写《普贤菩萨说证明经》如出一辙③，使人有理由怀疑其很可能原是附于为武则天上台而造的伪经《大云经》之后的一篇为佛教张目的"感应记"。④《祇园图记》(P.2344、P.3784)的情况则更能更复杂一些，因为这篇作品叙述的实际是《贤愚经》卷一〇《须达起经舍品第四十一》中的故事，敦煌写卷中的《降魔变文》敷衍的也是这一故事。只不过《降魔变文》韵散相间，铺陈描写，篇幅很长，而本篇仅述经文之梗概，既乏文采，又纯系散体，并无韵文唱词。对这样一

---

① 萧欣桥、刘福元：《话本小说史》，浙江古籍出版社 2003 年版，第 40 页。

② 《敦煌学大辞典》："祇园因由记：唐代话本。"上海辞书出版社 1998 年版，第 581 页。《中国古代小说百科全书》："《祇园图记》：演说佛经故事的话本。"中国大百科全书出版社 1993 年版，第 386 页。

③ 《黄仕强传》已知抄件有 P.2136、P.2186 及上海图书馆藏 134 号等 8 种，均与《普贤菩萨说证明经》抄在一起，其中 P.2136、P.2186 等抄于经前，上图 134 号则抄于经后。《敦煌变文集》未收本篇，参见李时人编校《全唐五代小说》卷九〇《黄仕强传》笺，陕西人民出版社 1998 年版。

④ 参见《中国古代小说百科全书》之《唐太宗入冥记》条，中国大百科全书出版社 1993 年版，第 524 页。

篇作品,连认定其为"话本"的学者自己也拿不太准,疑其是"'说因缘'所用的底本"①,另一位则怀疑其可能是"配合图卷之说明文字"。②

敦煌藏卷有不少叙事类文学作品都带有明显的"小说"性质,仅仅从这些作品是否以散文叙事来判断其是否属于"话本",并以此来判断其是否是"小说",显然是不符合实际情况的。于是程毅中将以往公认为"变文"的《伍子胥变文》(存4卷皆残,王重民拟题)径定为"讲史话本"。③对此,程先生的解释是:"从广义说,说唱故事的变文、词文和俗讲经文等都可以看作话本。"④近年出版的萧欣桥《话本小说史》亦取广义的"话本"说,以为"对照宋代说话四家数包括说经、讲史、小说等门类,唐代的俗讲、转变和说话就都属于宋代说话的范畴",并因此将敦煌藏卷中大量被归于"讲唱文学类"的作品通称为"话本",如称"讲经文"为"俗讲话本"、"变文"为"转变话本",然后按"宗教话本"、"世俗话本"的分类来论述这些作品。⑤按照有关的"话本"的理论承认《伍子胥变文》是"话本"就等于承认其是一篇小说;将敦煌藏卷中包括"讲经义"、"缘起"、"变文"等都看成是"话本",并将其列入《话本小说史》中论述,也是在一定程度上承认这些作品至少是"话本小说"的早期作品。这些虽然都是对仅承认敦煌藏卷中的"说话""话本"是"小说"的一种突破,但仍未摆脱只有"话本"才是"白话小说"的思想方法。

这种思想方法或许可称为"话本理论",其理论基点是鲁迅研究宋元白话小说时所提出关于"话本"的定义。自从鲁迅在《中国小说史略》中将"话本"定义为"说话人的底本"⑥,并将《小说史略》的第十二篇题名为《宋之话本》,第十三篇题名为《宋元之拟话本》。"话本"、"拟话本"就成了中国古代小说固定的类别概念,后来的各种小说史、文学史和各种研究著作中又出现

---

① 《中国古代小说百科全书》,中国大百科全书出版社1993年版,第386页。

② 《敦煌学大辞典》,上海辞书出版社1998年版,第581页。

③ 《中国古代小说百科全书》,中国大百科全书出版社1993年版,第580页。

④ 《敦煌学大辞典》"话本"条,上海辞书出版社1998年版,第524页。

⑤ 萧欣桥、刘福元:《话本小说史》,浙江古籍出版社2003年版。

⑥ 鲁迅《中国小说史略》:"说话之事,虽在说话人各运匠心,随时生发,而仍有底本以作凭依,是为'话本'。"《中国小说的历史变迁》:"(说话人)也编有一种书,以作说书时之凭依发挥,这书名叫'话本'。"见《鲁迅全集》第九卷,人民文学出版社1981年版,第111、320页。

了"话本小说"、"拟话本小说"的说法,从而形成了一整套有关古代"话本"的理论。现在看来,这套理论是有问题的,虽然有些质疑者断言"说话"人不可能有"底本",有些绝对化①,但我们似乎也很难证明大量被称为"话本"的作品是"说话人的底本"。因为"话本"理论几十年的通行,又因为敦煌藏卷中叙事类文学作品很多都与说唱有关,所以人们自然而然地将这套理论施之于有关研究。将敦煌藏卷中的叙事类文学作品说成是唐五代以来各种讲唱的"底本"②,并据此来判断它们的"体裁",便是因此而来。实际上我们所见的敦煌藏卷中的叙事类文学作品,虽然多与讲唱有关,但我们很难从"底本"的角度去看待这些作品。敦煌写卷,包括被称为"变文"和"话本"写卷中的众多书写者"题记",已经说明了这个问题。③即使仅凭这些"题记"亦可以看出,说这些写卷是讲唱的"底本"似乎很难说得通。王重民、周一良、路工等曾称它们是"记录本"④,而从同一篇目往往有多种抄本,可知这些写卷中不仅有"记录本",更多的应该是"抄录本"。尽管这些写卷被标以"讲经文"、"缘起"、"变文"、"话"、"传"等不同名目,但它们的反复被抄录,除了其他原

---

　　①　日人增田涉 1965 年在日本《人文杂志》16 卷第 5 期发表《论"话本"的定义》一文,首先对鲁迅关于"话本"的定义表示质疑,后日本和欧美一些学者开始接受其观点。1980 年增田涉文章的中译在台北《中国古典小说研究专集》第二集刊出,江苏古籍出版社《古典文学知识》1988年 2 期刊出台北译本的摘要,于是陆续有中国学者发表文章,或支持,或反对,引起争论,其中涉及的问题很多,此不拟讨论。

　　②　白化文《什么是变文》:"变文配合变相'转变'……是这种演唱的底本。"原载《古典文学论丛》第 2 辑,《敦煌变文论文录》上册,上海古籍出版社 1982 年版,第 442 页。高国藩《敦煌民间文学》:"变文原是唐代民间盛行的一种叫'转变'的民间文艺体裁的蓝本。"台北联经出版社1983 年版,第 19 页。

　　③　兹举数则题记《汉将王陵变》丁卷(P.3867):"《汉八年楚灭汉兴王陵变一铺》,天福四年八月十六日孔目官阎物成写记。"《捉季布传文》辛卷(S.5441):"太平兴国三年戊寅岁四月十日记,泛孔目学仕郎阴奴儿手自写《季布》一卷。"《舜子变》甲卷(S.4654):"天福十五年岁当己酉,朱明蕤宾之日(月),冀生拾肆叶,写毕记。"《庐山远公话》(S.2073):"开宝五年张长继书记。"《孔子项讬相问书》壬卷(S.395):"天福八年癸卯岁十一月十日净土寺学郎张延保记。"《破魔变》甲卷(P.2187):"天福九年甲辰祀,黄钟之月,冀生十叶,冷凝呵笔而写记。居净土寺释门法律沙门愿荣写。"

　　④　王重民、周一良《敦煌变文集·出版说明》:"早在公元六世纪以前,我国寺院中盛行着一种'俗讲',记录这种俗讲的文字,名叫变文。"人民文学出版社 1957 年版。路工《唐代的说话与变文》:"俗讲的记录本,称为'变文'。""变文是僧徒——职业的倡导者宣唱的记录本。"原载《民间文学》1962 年 6 期,《敦煌变文论文录》,上海古籍出版社 1982 年版。

因外,可能有不少是出于发愿祈福和做功德的目的的。①

根据"小说"的基本文体要求,敦煌藏卷中的叙事类作品有不少可以看作是中国早期"白话小说",这应是一个不争的事实。只是人们摆脱不了通行的"话本理论"制约,于是只好采用了一些比较含混的说法。如程毅中提出:"敦煌通俗文学形式多样……虽然形式各有不同,但主要是叙事体,都可以算作广义的小说。"②萧欣桥等则以孙楷第"转变、说话细分则各有名称,笼统则不加分别"为根据来写《话本小说史》。③其实,敦煌藏卷中的叙事类文学作品是很复杂的。有一些可能根本与讲唱无关,完全是一种书面创作④,更多的虽与讲唱有关,但主要是"记录本"、"抄录本",也已成为书面作品。一种书面文学作品是不是应该被视为"小说",应该从其是否符合"小说"文体要求来判断,如果一定要根据其是否是某种说唱的"底本"来判断,则未免有些过于拘泥了。

三

毫无疑问,敦煌藏卷中叙事类作品的成分和来源都是十分复杂的。其中许多作品都与当时的讲唱有关,对于研究中国讲唱技艺的历史有重要意义。比如因敦煌写卷的发现,使我们找到了后世"词话"、"宝卷"等讲唱技艺

---

① 佛徒以为抄写经书是消解业障、累积功德的一大法门,《法苑珠林》、《续高僧传》及史书中多有僧侣及信徒抄写经书,甚至血写经书之记载。敦煌写卷《大目干连冥间救母变文》有9个写卷,两卷有题记,一是S.2614卷末题记:"《大目犍连变文一卷》,贞明柒年辛巳岁四月十六日净土寺学郎薛安俊写,张保达文书。"二是己卷(北京盈字76号)末题记:"太平兴国二年,岁在丁丑闰六月五日,显德寺学仕郎杨愿受一人恩微,发愿作福,写尽此《目连变》一卷。后同释迦牟尼佛壹会弥勒生佛为定。后有众生同发信心,写尽《目连变》者,同池(持)愿力,莫堕三途。"后一条题记即可证明其抄写实出于发愿祈福之目的。
② 程毅中:《唐代小说史话》,文化艺术出版社1990年版,第68页。
③ 萧欣桥、刘福元:《话本小说史》,浙江古籍出版社2003年版,第40页。
④ 《唐太宗入冥记》、《黄仕强传》等很可能与讲唱无关。唐代有不少写冥报感应的作品,如唐临《冥报记》,不过这两篇作品更多"口语",与用文言写的同类作品在语体上有所不同罢了。甚至《叶净能话》、《韩擒虎画》、《秋胡变文》(S133,《敦煌变文集》王重民拟名)、《祇园因由记》、《前汉刘家太子变》等都有可能是书面创作。限于篇幅,此处不论。

形式的来源。①另一方面，敦煌藏卷中的叙事类作品，除了一些直接的书面创作外，多数可以确定是"讲唱"的记录本、抄录本，虽然这种记录、抄录是否每篇都忠实于讲唱，或在多大程度上再现了讲唱，都很难说清，但这种记录、抄录，完成了从口头讲唱到书面创作、案头阅读的转换②，使我们不仅得到了可供案头阅读的中国早期白话小说的作品，也为我们研究中国古代白话小说的最初形成提供了可靠的文献。所以，敦煌藏卷的出现对中国古代小说研究来说，实在是有划时代意义的。

当然，敦煌藏卷中的小说作品并非仅有"早期白话小说"，这一点我在编校《全唐五代小说》时已经注意到，并在其中收录了一些敦煌藏卷中可视为"文言小说"的作品。在我的思想中，"白话小说"与"文言小说"的区别主要是"语体"的区别，而无所谓"通俗"与"高雅"的差别。③至于所谓"中国早期白话小说"概念中的"白话"，不是指的现代"白话"语体，而仅是相对"文言"而言，指的是一种以当时的"口语"为基础的书面语言。

一般认为，中国所谓"文言"，指的是在先秦"口语"基础上形成的一种书面语言，只是这种书面语言逐渐与"口语"脱节，才产生了以新的"口语"为基础的"白话"，形成一种新的书面语言，中国的书面语言因此产生了"文言"与"白话"的区别。尽管人们对"早期白话"产生时代有不同认识，或认为其产生于六朝，或认为其产生于隋末唐初，或认为其产生于晚唐五代，但很多敦煌写卷可视为是这种"早期白话"的重要文献资料已为绝大多数学者所认同④——尽管由于

---

① 李时人：《"词话"新证》,《文学遗产》1986 年第 1 期。

② 可以肯定，敦煌写卷中即使是源于讲唱的作品，也不可避免地有记录者的整理加工成分，甚至有一定程度的再创作。还有一些文字，如《王昭君变文》(拟题)结尾的祭文，显然不适合口头演述，则很可能是整理者添加的。另外，从《本事诗·嘲戏第七》所记诗人张祜举《目连变》嘲戏白居易故事，可知《目连变》已经成为供案头阅读的作品。

③ 长期以来，在中国古代小说研究中，一直存在着"白话小说"与"通俗小说"交混使用的现象，也有一些学者强调"通俗小说"概念而不太愿意使用"白话小说"一词。"通俗文学"、"通俗小说"等是近世以来在特殊历史背景下被强调的概念，有其合理性，也带有某种程度的先验性，是一个需要谨慎使用的概念。这个问题很复杂，此不拟讨论。

④ 参见吕叔湘：《近代汉语读本序》,见刘坚：《近代汉语读本》,上海教育出版社 1985 年版；江蓝生：《八卷本〈搜神记〉语言的时代》,《近代汉语探源》,商务印书馆 2001 年版，第 322—337 页。

传统的作用,这种作为书面语言的"白话"不能完全排除"文言"成分,甚至在某种程度上可以被视为是一种混合语体。

敦煌藏卷中的不少叙事类文学作品,不仅语体上可确定为"早期白话",而且初步具备了"小说"的基本文体要求,这对中国小说史来说,意义是重大的。因为这些作品的成批出现,标志着一种不同于"文言"语体的"白话小说"已经开始形成——从小说艺术来说,这些"白话小说"还相对稚拙,只能说是中国古代"白话小说"的"早期形态"。

敦煌藏卷中的这批中国"早期白话小说"不仅在语体上表现出与"文言小说"的不同,而且在叙事的体制形式上亦与"文言小说"有很大不同。中国古代"文言小说"的语言表述,主要仿效的是"史传"及其衍流杂史、杂传、志怪书等以散文叙事为主的形式,而这批"早期白话小说"的叙事体制形式,虽然从表面看可分为全篇韵文、全篇散文和韵散相间三种,但无疑以"韵散相间"最为大宗,或者说"韵散相间"是其中的主流体式。所谓"韵散相间",指的是在散文形式的叙事进程中加入韵文,散文部分和韵文部分不断交替出现,全篇因而形成"韵散相间"的格局。"韵散相间"不仅是敦煌藏卷中多数"早期白话小说"基本的体制形式,也是中国古代白话小说体式上最基本的特征——宋、元、明不同时期的"白话小说"体式皆与其有一定程度上的沿袭关系,从而显示出这批"早期白话小说"对中国"白话小说"体式的开创意义。①

敦煌藏卷中这批以"韵散相间"为体式的作品中,韵文有如下几种职能或作用:一是与散文一样担当叙事故事、展示情节的职能,或重复散文叙事内容,加强叙事效果;二是作为人物对话出现,参与叙事的进程,使之成为情节发展的一部分;三是对环境、场面、人物加以描写,起渲染、烘托的作用。在这种"韵散相间"的体式中,韵文在相当程度上是"叙事"的组成部分。这

---

① 在叙事体式上,宋、元白话小说承袭唐五代白话小说是十分明显的。《也是园书目》和《述古堂书目》等记载的宋、元白话短篇小说作品,如《勘靴儿》、《错斩崔宁》、《简帖和尚》等,虽然其传世本或经过后人的改动,但仍然可以明显看出其"韵散相间"的叙事体式,以散文叙事为主,中间穿插着诗词韵文。"韵散相间"在一定程度上也是中国古代白话长篇小说的特征,不管是"集体累积型"的创作,还是作家创作,都不同程度上表现出"韵散相间"的特征。这种以"白话"为基础的"韵散相间"体式,宋、元以前的叙事文学作品中,除敦煌写卷外未见成批出现。

种情况和以后宋、元、明不同时期的多数白话小说作品有所不同——这些小说作品虽然总体上也为"韵散相间"之体式,但少有使用韵文叙事和以韵文对话的情况。有人因此断言这种以"韵散相间"形式叙事的作品只是后世"宝卷"、"弹词"等保持"韵散相间"形式且以韵文叙事为主的"说唱文学"的渊源,否定其与后来以散文叙事为主的"白话小说"的关系。以为只有写卷中以散文叙事为主的"话本"才是后世"话本小说"("白话小说")的先导,甚至认为这是两个不同的传承体系。其实,如果讲传承和影响,敦煌藏卷已经证明,不仅"弹词"、"宝卷"、"词话"等后世主要以韵文为主的"说唱"技艺与唐五代的寺院演唱"一脉相承",甚至诸宫调、鼓子词以及戏曲都在一定程度上对唐五代寺院演唱有所承袭。但这并不是说,这些源于当时寺庙"说唱",包含一定韵文叙事和韵文对话的作品与后世"白话小说"没有承袭关系。首先,敦煌藏卷中这批以"韵散相间"为体式的叙事作品,基本上还是以散文叙事为主,后世"白话小说"与其是一脉相承的。其次,在这些"韵散相间"体式的作品中,韵文与散文的比例以及韵文在各篇作品中所起的作用并非固定不变,而作为当时"讲唱"的"记录本"和"传抄本",这种情况反映了唐五代到宋初这一漫长时间内,这种又说又唱的演唱对韵、散的运用,实际上是有所变化的。

比如,在比较典型的"韵散相间"体式的作品中,比较起一些佛教题材的作品(如《八相变》、《丑女缘起》、《破魔变文》),以中国的历史故事、民间故事和当代人物事件为题材的作品,如《李陵变文》、《王昭君》、《张议潮》、《张淮深》中韵文叙事、韵文对话的比例已经有所减少,更多的是以韵文渲染环境、场面。这种情况的发生既与题材有关——取材于佛典故事者,因佛典本来就有以韵文叙事和韵文对话的形式——演唱形式的变化有关。即使是同一题材内容的作品,在韵、散的运用上也是有变化的。如上举敦煌写卷《八相变》、《太子成道经》、《悉达太子修道因缘》均为演述佛本生故事,敷衍悉达太子从出生到出家成道的过程,但《太子成道经》、《修道因缘》较之《八相变》不仅增加了情节(如增加了净饭王、摩耶夫人祀神求子一节),叙述更为丰满、生动,还大量省简韵文,加强了散文叙事,甚至出现了将韵文直接转为散文的现象,从而使这三篇作品不仅在韵、散比例上发生了变化,散文程度逐渐加强①，语言风格方面也有所变化——较之《八相变》，《太子成道经》已经趋于通俗，而《悉达太子修道因缘》则更加口语化。

从各方面的情况看，从唐五代至宋初的寺庙"说唱"，不仅题材上逐渐突破宗教内容，而且在其自身的发展中是沿着故事情节的曲折化、语言的通俗化、韵文叙事的散文化方向发展的，这种变化无疑是为了满足听众的需要，但同时也表现出一种指向未来的张力。这一点在现存的敦煌藏卷中有清楚的反映。至于继承这种"韵散相间"体式的宋、元、明的"白话小说"，在韵散关系方面与敦煌所保存下来的这批"早期白话小说"有所不同，则是因为寺庙"讲唱"入宋以后逐渐消歇，新的"讲唱"演出主要在城市文艺市场"瓦肆勾栏"中进行，不可避免地要作出适应听众的调整，在这一基础上产生的"白话小说"理应更加成熟。这也是敦煌藏卷中的这些作品只能属于中国"白话小说"的"早期形态"的原因。

四

一般认为，敦煌藏卷中源于"讲唱"的叙事作品，其"韵散相间"体式的形成与"俗讲"，特别是由"俗讲"演化出来的"转变"有直接的关系。正是"俗讲"、"转变"有"说"有"唱"的形式，决定了主要作为"记录本"或"抄录本"的这批敦煌写卷的形式。最能说明这个问题的是，这些作品中保留了相当多的讲唱时由散文叙述转入诗偈韵文吟唱时的"引导语"，以致形成书面上的"入韵套语"（包括其简化语、缩略语）或"标识语"，如："当尔之时，道何言语"、"……处，若为陈说"、"偈曰"、"诗曰"等。

---

① 这三篇作品篇幅相差无几，《八相变》中计有 34 处韵文，韵文字数约占全部文字的三分之一；《太子成道经》有 16 处韵文（内"发愿诗"三首），韵文约占全部文字的五分之一；《悉达太子修道因缘》除前有较长的韵文《悉达太子押座文》外，另有韵文 9 处（包括三处"发愿诗"和篇末的韵文致语四句），韵文约占全部文字的十分之一。其中韵文叙事、对话已经逐渐转为散文表述。如《八相变》中有"拔剑平四海，横戈敌万夫。一朝床枕上，起卧要人扶"一诗（据项楚《敦煌文学丛考》，上海古籍出版社 1991 年版，第 2 页，诗句出唐释道宣《广弘明集》卷三〇释无名《五苦诗》之《病苦》）。《太子成道经》后两句作："一朝床上卧，还要两［人］扶。"至《悉达太子修道因缘》变成："拔剑敌兵万众，平得四海之人。一朝病卧在床枕上，转动犹须要两人扶。"句子因增字而散化。

"转变"出自"俗讲",是由"俗讲"演化出来的一种说唱形式,在这个意义上说,"俗讲"可以包括"转变",但"俗讲"并非全是"转变","转变"也并不完全等同于"俗讲",如果将"转变"与"俗讲"完全混为一谈是不合适的。本来,"俗讲"名称的提出,仅仅是为了强调"讲经"宣讲的对象是一般的"俗众",与寺庙内部"讲经"之对象为"僧众"不同①,但在形式上,最初的"俗讲"与"僧经"应该并无太大的差别。如敦煌藏卷 S.4417 和 P.3849 都曾记载"俗讲"的仪式,参考敦煌藏卷《庐山远公话》所写道安于福光寺对众宣讲《涅槃经》的情况,可知较早的"俗讲"仪式实际上是十分繁缛的,大致有如下程序:作梵(唱梵呗)——念佛——说(唱)押座文——唱经——法师释经题——念佛——开经——念佛——说经题——说经文——说"波罗蜜"——发愿(乞求福佑)——念佛——(念解座文)散座。这一程序与日僧圆仁《入唐求法巡礼行纪》所记开成四年(839)在山东文登县清宁乡赤崇山院主要面对僧众的"讲经"程序相比较,除了多出调摄俗众的"说(唱)押座文"外,其他都大致相同。②而早期"俗讲"中,除了担当"司仪"的"维那"、负责上香的"香火"和专职颂佛歌赞的"梵呗"等辅助人员外,与"僧讲"一样,整个活动必须有"法师"和"都讲"二人配合完成——"都讲"唱经申问,"法师"释经解疑。但随着宣讲对象和目的的改变,"俗讲"的形式自然也发生了改变。

本来,中国六朝以来"讲经"的兴起与"三教论衡"活动有关,因此"讲经"本身就带有说理和辩论的成分,故产生了"法师"与"都讲"二人通过申问解疑,甚至通过辩难以讲解佛经的形式。《艺文类聚》卷六四引刘宋谢灵运《山居赋》叙讲经之事曰:"法鼓朗响,颂偈清发。""启善趣于南倡,归清畅于北机。"文下自注:"南倡者都讲,北机者法师。"可知当时的"讲经"活动就已经是"都讲"和"法师"共同进行。但到唐五代之"俗讲",这种形式显然已经有所变化。因为为了吸引世俗听众,"俗讲"已经逐渐由讲解佛经、申论辩难向

———————————

①　日本僧人圆珍《佛说观普贤菩萨行法经记》卷上:"言讲者,唐土两讲:一、俗讲。即年三月就缘修之,只会男女,劝之输物,充造寺资,故言俗讲(僧不集也云云)。二、僧讲。安居月传法讲是(不集俗人类,若集之,僧被官责)。"《大正藏》第 56 册,台北佛光教育基金会 1990 年影印,第 227 页。

②　圆仁:《入唐求法巡礼行纪》,上海古籍出版社 1986 年版,第 73 页。

讲唱故事发展,传统的"都经"与"法师"唱经申问、解经答疑的形式显然不利于故事的叙述,于是"都讲"的作用被弱化,由原来的申问、唱经的一方变成了只负责吟唱的辅助人员,进而完全消失,使讲唱变成"法师"("俗讲僧")一个人既讲述故事又吟唱诗偈韵文的独立表演。而由于演唱的内容由讲解佛经过渡到演述佛经中的神异故事,再发展为讲述世俗的历史故事、民间故事乃至现实生活事件,逐渐脱离经文,原来"讲经"程序中的作梵开赞、发愿、念佛、说波罗蜜等宗教性程序也自然被省略①,相对固定的演唱技艺"转变"大概正是在这样的情况下形成的,且越行越远,并最终走出寺庙,完成了从宗教到世俗的超越。

"转变"出于"俗讲",而唐五代之"俗讲"实为佛教传统的"讲经"活动的一种变异,因此作为"俗讲"、"转变"及有关讲唱"记录本"、"抄录本"呈现出来的这种"韵散相间"体式,在相当程度上可以上溯到僧徒的"讲经"。而"讲经"之所以会出现散说与韵文诗偈吟唱交替的情况,首要原因则是因为佛经本身就有歌咏的成分,在相当程度上也是一种"韵散相间"的体式。正因为如此,郑振铎、陈寅恪等在谈到敦煌写卷"韵散相间"体式时都认为其与佛教西来有关。如郑振铎认为"变文"的来源绝对不能在本土的文籍里找到,而"印度的文籍,很早的便已使用到韵文、散文合组的文体……一部分受印度佛教的陶冶的僧侣大约曾经竭力的在讲经的时候,模拟过这种新的文体,以吸引听众的注意……从唐以后,中国的新兴的许多文体,便永远的烙印了这种韵文、散文合组的格局。"②不过,如果我们要具体探讨这个问题,则不得不注意其中一个重要环节,那就是"译经"。因为对"讲经"形式产生直接影响的主要应是"汉译佛经","译经"过程不仅是一种语言翻译的过程,也是对外来文化吸收和改铸的过程。

印度佛教是一个成熟的宗教,其所形成的梵文佛经是一个异于中国传

---

① 　这种变化在现存敦煌藏卷中可以找到很多证据。如敦煌藏卷《佛说阿弥陀经讲经文》有:"都讲阇梨道德高,韵律清泠能宛转,好韵宫商申雅调。"《父母恩重讲经文》有:"都讲阇梨着力气,加擎重担唱看看。"说明此时"都讲"已经仅以"唱"作为演出的辅助人员。虽然在演述佛经中的神异故事的篇什中还能见到传统"讲经"程序的零碎遗存,但以世俗历史故事、民间故事乃至现实生活事件为内容的篇什中,已经完全没有传统"讲经"的痕迹了。

② 　郑振铎:《中国俗文学史》上册,商务印书馆 1938 年版,第 191 页。

统思想文化的庞大体系,其中也包含了大量中国语言、文学不曾有的内容。由于历史文化和语言文字的隔膜,译经本是一种十分困难的事。所以自汉末佛教传入中土,在以后相当长的时间内,翻译佛经成了佛教徒的重要事业。经过数百年无数人的努力,至唐代,终于译出近6 000卷的佛经,从而构成了比较完整的"汉译佛经"体系。毫无疑问,佛经传译对中国的宗教哲学、伦理道德、价值取向、审美观念、思维方式及感情心理等方面的影响都是巨大的,对中国的语言文学的影响也不可低估。佛教西来之所以能对中国思想文化产生如此巨大的影响,长达数百年的佛经传译无疑是重要的原因之一。

据《大智度论》卷三三,梵文佛典有"十二部经",或称"十二分教"的说法。"十二部经"根据经文的内容,将佛经分为九类:"授记",佛对弟子说生死因果、对菩萨预言将来成佛的经文;"无问自说",无人请问,佛自宣说的经文;"因缘",记述佛陀说法教化之事;"譬喻",经文中的譬喻部分;"本事",佛说弟子过去世因缘的经文;"本生",佛说自己过去世因缘的经文;"方广",佛说方正广大道理的经文;"未曾有",记佛显现种种神通和不可思议之事的经文;"论议",佛与弟子相互问答和论议诸法意义的经文。佛经的这九种类别中,多数有很强的叙事性,特别是"因缘"、"譬喻"、"本事"、"本生",多由各种故事和神话传说、寓言等组成,带有很浓厚的文学色彩。另外"十二部经"又将佛经的语言表达概括为三种"语式":"长行",音译为"阿多罗",又称"契经",即经典中的散文;"重颂",音译为"祇夜",又称"应颂",是重复散文内容的诗歌韵文;"伽陀",又叫"偈颂"、"孤起颂",指佛典中不依长行直叙事义的诗歌韵文。由于长期的努力,"汉译佛经"体系最大限度地吸纳了梵文佛典"十二部经"的内容,包括其"韵散相间"的表述方式在"汉译佛经"中也得到了很好的处理——在长期的实践中,"汉译佛经"实际上形成了一种"华梵结合"的"译经体",其体式虽是"韵散相间",但其散文部分运用的基本是四字句,或是以四字为基础的八字句、十二字句,所以并非严格意义上的汉语"散文";"偈颂"部分则主要为五言和七言,不太讲究韵脚,但明显是以整齐的汉语诗歌的习惯句式来对应梵文佛经中的诗歌韵文。虽然作为中国"早期白话小说"的敦煌写卷中的散文和韵文较之"汉译佛典"又略有变化:如"汉译佛经"中的"偈颂"一般不太讲究押韵,但敦煌写卷中的诗歌偈颂基本都是押韵的;韵文中还出现了"对仗",有些诗歌已经接近"近体诗"或基本符合"近体诗"的要求。不过,这只能说是一种随着时代变化而发生的变化,并不能改变其沿袭"汉译佛经"事实。

另外值得注意的是,作为主要源出于"俗讲"、"转变"的中国"早期白话小说",其"白话"语体实际上也在一定程度上承继了"汉译佛经"的传统。本来,梵文佛典本身就带有相当程度的"口传性"——释迦牟尼生前传教布法全靠口传身受、耳提面命,并未留下文字记录。直至佛陀逝后 500 年,大月氏国王迦腻色迦召集 500 比丘,在迦湿弥罗举行"第四次结集",才出现了抄写在贝多罗树叶上的佛经,故佛经在其本土,就经历了一个从口传到笔录的漫长过程,带有"口语"的特点。佛典传入中国,最初也采用口传的方式。虽然佛经翻译有一个从"口述笔受"到建立译场的过程,但即使是译场译经,口译也仍然是一个不可或缺的环节。而为了准确翻译佛经中的语汇和表达文意,译经者在书面上也不得不借助于"口语",这就使"汉译佛经"不可避免地带上了一定程度的"口语"色彩,并因此为"讲经"、"俗讲"、"转变"运用口语提供了一定基础。

按照通行的文学分类,敦煌藏经洞中保留下来的"叙事文学作品",包括不少历来被称为"变文"的作品,有不少篇什实可被视为中国"早期白话小说"。通过对敦煌藏卷中这批"中国早期白话"小说的初步考察,我们完全可以肯定,佛教东传,特别是"译经"、"讲经"和"俗讲"对中国古代小说的影响,不仅仅在于题材内容、观念精神方面,而且对"白话小说"的语体及体制形式的形成都具有十分重要的意义。这对中国古代小说研究来说,也许是一个值得深入探讨的问题。

我自己虽然对这个问题有所考虑,但因问题实在很复杂,涉及面很宽,要对其进行深入的论述绝非短时间所能完成,所以一直未敢措手,实际上也多少对这个问题"望而却步"。2001 年俞晓红到上海师范大学攻读博士学位,当我知道她打算选择"佛教与唐五代白话小说研究"作为博士论文的选题时,应该说是颇有一些担心的。担心的并不是她的能力,因为在来上海攻读博士学位以前,俞晓红已经是安徽师范大学文学院古代文学的教授,以往的成绩说明她有足够的能力完成这一课题。我担心的是她是否有足够的耐心和毅力来完成这项工作。因为这一课题不仅需要思辨,也需要实证。其前提则是对有关文献的掌握,甚至需要阅读大量佛经,可想而知的庞大的工作量,对任何要从事这一课题研究的人来说都是一个严峻的考验。令我吃惊的是俞晓红竟然在学制规定的时间内独立完成了这一课题研究,写出了篇幅十分宏大的论文。

俞晓红的这篇博士学位论文,全面探讨了佛教西来与敦煌藏经洞保存下来的中国"早期白话小说"作品的关系。论文从佛教西来对中国文化产生巨大影响的大背景谈起,在对"译经"、"讲经"、"俗讲"等具体考察的基础上,详细论述了这批中国"早期白话小说"的形成过程,进而对这批小说的形式体制、题材内容、精神意象及其小说史意义进行了比较深入的考察和分析。特别令人满意的是论文对所涉及的资料,包括大量的佛经,都进行了认真的研读,并对一系列有关问题提出了自己的看法。这些看法有的与我的暗合,有的则是我没有想到的。这样一篇考论结合,资料与思辨并重的学位论文,显然在很多方面都超出了那些因袭旧说、泛泛而论的同类论著,所以该论文得到了由多位著名学者组成的答辩委员会的首肯,并被评为"优秀"。现在俞晓红的这篇学位论文得到出版的机会,可以说是对今后有关研究提供了一个新的起点,论文的不足之处也会因此得到更多专家学者的指教。

2006 年 8 月 12 日于上海寓所

【整理说明】

本文系先生为《佛教与唐五代白话小说》所撰《序言》,曾以《译经、讲经、俗讲与中国早期白话小说》为题刊载于《复旦学报》2015 年第一期(有删节),并同题收入《中国古代小说与文化论集》,中华书局 2013 年版。

《佛教与唐五代白话小说》,俞晓红著,人民出版社 2006 年 9 月出版,计 40 万字,前有先生《序言》,后有作者《后记》、《补记》。该书以佛教文化与唐五代白话小说的形成之间的关系为研究对象,将"佛教与唐五代白话小说"作为一个专门的课题予以全面研究。除《绪言》外,全书正文共七章,分别对

"佛典的传译、流播和佛教的本土化"、"'变'、'变文'与'变相'疏证"、"俗讲、变文与白话小说的形成"、"唐五代白话小说的题材来源"、"唐五代白话小说的观念世界"以及"佛典的传译与流播对中国文学世界的影响"等方面作了探讨,试图通过这些探讨能够建立起清晰的白话小说的概念,力求展示一种链环完整、因果备具的中国古代白话小说形成史。

俞晓红(1962—　),女,安徽歙县人。2001年师从先生主攻唐五代白话小说研究,获文学博士学位。现系安徽师范大学文学院教授、博士生导师、副院长,中国红学会常务理事。主要从事中国古代文学、敦煌文献研究,先后主持国家社科重大项目子课题1项、省部级课题多项,出版专著《王国维〈红楼梦评论〉笺说》、《佛教与唐五代白话小说研究》、《古代白话小说研究》等5部。

《清代前期白话小说与实学思潮》序言

"现代"意义上的中国古代小说研究与百年来中国社会及其思想文化的剧烈动荡和频繁变革联系密切,其发展受到各种观念意识、社会思潮,甚至政治运动的影响,并在不同的文学观念、文学理论和学术思想的背景下,形成了各种研究范式、研究方法。这些研究范式、研究方法作为"传统和惯性",至今仍然从各方面影响着古代小说研究。学界喜欢以"多元化"来赞誉当今的古代小说研究,但"多元"的冠冕,也许不能完全遮掩古代小说研究多少有些"杂乱无章"的现状——看似繁荣而实际上进步不大。而造成当今中国古代小说研究"杂乱无章"的主要原因则是研究理论的混乱或缺失。因此,只有对这些研究范式、研究方法从理论上进行总结、整合,并在研究实践中既有所继承,有所建树,亦有所批判和扬弃,才能更好地推动古代小说研究合理的发展。

比如,1949年以后,由于种种复杂的原因,学界形成了从"思想内容"、"艺术成就"两个方面评价古代文学的研究"范式"。这一范式在古代小说研究范围内则体现为以"主题思想"为核心的研究"模式"。这一古代文学研究范式的思想基础是当时占绝对统治地位的文学观念——单纯强调文学是社会生活的反映,是阶级斗争的产物的文学观念。这样就必然导致过多注意从认识论和阶级斗争角度研究文学,而忽视了从哲学、美学、心理学、文化学等角度对文学现象的把握。这种建筑在对文学片面理解基础上的带有庸俗社会学色彩和艺术两元论特征的研究理论曾经长期统治中国古代小说的研究。在经历了"文化大革命运动"以后,中国进入了"科学的春天",人文学术也重新启动。当时有一个口号叫"拨乱反正",所谓"拨乱"是指"拨"文化大革命运动之"乱",所谓"返正"则主要是"返"文化大革命运动前十七年之"正"。故在"改革开放"的最初几年,古代小说研究虽然热烈展开,成为当时古代文学研究中最红火的一个领域,但在理论方法上却仍然囿于这种研究理论的藩篱。特别是人们对《三国演义》、《水浒传》、《红楼梦》等几部著名小说的研究中,很多文章只是一而再、再而三地按照某些规定的命题——主题思想、创作方法等进行反复的论述和争论。或是对作品、对人物的单纯的社会学图解,或是政治、道德的思想评判加上几条技术诠释,人为地将研究限定在划定的圈子里,陷入一种公式化的研究而不能自拔。

1984 年牡丹盛开的季节,在河南洛阳召开的"第二届全国《三国演义》学术讨论会"上,不少学界同仁对当时古代小说研究的状况表示了不满,特别是对流行的研究理论、研究方法提出质疑。过后不久,何满子先生在《光明日报》发表了《"主题"问题献疑》一文①,我亦在《光明日报》上发表了《关于古典长篇小说主题的概念和研究方法》。②在文章中,我主要谈了四点:

一、长期以来被认为是作品"核心"和"灵魂"的"主题",实际上是一个没有存在界说,也难于把握的概念。纵观我们对古代小说"主题"研究的实践,人们也往往是根据自己立论的需要,把作家总体的世界观和具体的创作意图、作品的全部思想内容和主要的思想倾向混为一谈,有时则把论者的认识强加于作品。

二、在我们的文艺理论中,"主题"这一概念本身内涵就不严密。"主题"被规定为一种"思想",但是是什么样的一种思想,哲学、宗教、政治还是伦理道德,能统帅一部长篇小说的全部思想内容、艺术形式、美学风貌呢? 大家从不同的思想范畴、角度、层次看问题,怎么能得出一个为大多数人接受的结论呢?

三、我们所谓探求古代小说的"主题",往往追求的是用一种抽象的、简单的政治、哲学、伦理道德的概念或"逻辑表述"来概括作品,这实际上能做得到吗?

四、"主题"问题不仅仅是一个概念问题,实际上在我们的古代小说研究中已经形成以"主题"为中心的研究模式:"先从作品中抽象出一个主题,然后依照这个主题对作品的其他艺术构成成分进行分析,作出价值判断,而人物形象、情节结构和语言艺术等方面的分析大多用来作印证主题思想的材料或注脚。"把本来规定的研究结果当成研究前提,变成循环论证,又把艺术

---

① 何满子:《"主题"问题献疑》,《光明日报》1984 年 11 月 27 日。
② 李时人:《关于古典长篇小说主题的概念和研究方法》,《光明日报》1985 年 1 月 22 日。

分析当成思想的图解，这种"主题先行"的研究方法和以"主题"为中心的研究模式，必然导致我们研究的僵化。

这种以"主题思想"为核心的古代小说研究理论所以盛行一时，除了其他原因以外，最主要的是被贴上"马克思主义"的标签。这实在是一个很大的误解，所以 1985 年初，我在另一篇文章中谈到，马克思和恩格斯在他们有关文艺的论著中，从来没有认为在作品中有一个可以凌驾于一切之上、统帅和决定作品一切的"主题思想"。他们在使用"主题"这一词时，赋予它的概念意义一般是指作品的"题材内容"。①马克思、恩格斯在评价大型叙事文学作品时，从来没有简单地抽象出一个或几个思想概念去说明它们，总是从历史和美学的两个方面去认识作品。在谈到作品"社会历史内容"时，他们的视野很开阔，并不是仅限于作品的"思想"内容，更没有只注意某种"思想"，从"道德的、党派的观点"出发去衡量某一部作品或某一个作家。②他们对于作品的"思想内容"强调的仅是"思想深度"和"倾向性"。所有这些思想，同我们关于"主题思想"的研究，在方向和方法论上是有很大不同的。③

在中国，这样一套文学理论之所以被奉为马克思主义的正宗，主要是因为马克思主义文艺理论在中国的传播，是通过苏联的渠道，或者说接受的基本上是苏联文艺理论家的诠释。而在苏联，马克思主义的文艺理论实际上曾受到极左的"拉普"和其他一些文艺理论家极大的歪曲。特别是新中国建国初期，当中国急需建立自己的文艺理论体系时，毕达可夫作为马克思主义

---

① 如马克思所说："你所选择的主题是否适合于表现这种冲突。"（马克思《1869 年 4 月 4 日致裴迪南·拉萨尔》，《马克思恩格斯全集》第 29 卷 572 页，人民出版社。）恩格斯所说："而我们的老沃尔弗拉姆·冯·埃申巴赫也以这种挑逗性的主题留下了三首美妙的诗歌，我觉得这些诗歌比他的三篇很长的英雄诗更好。"（恩格斯《家庭私有制和国家的起源》，《马克思恩格斯全集》第 21 卷 88 页，人民出版社版。）"我们在这里发现了一些非常有趣的主题。他们歌颂春天有三四次之多……"（恩格斯：《真正的社会主义者》，《马克思恩格斯全集》第三卷，人民出版社版，第 684 页。）

② 如 1844 年 4 月恩格斯致玛·哈克奈斯的信中对巴尔扎克《人间喜剧》的评价："他在《人间喜剧》里给我们提供了一部法国'社会'，特别是'上流社会'的卓越的现实主义历史……"（《马克思恩格斯全集》第三十七卷，人民出版社版，第 41—42 页。）

③ 李时人：《关于中国古典长篇小说"主题研究"的思考》，《中国社会科学院研究生院学报》1985 年第 1 期。

文艺理论专家到中国传道,带来了季摩菲耶夫的文艺理论,对中国的文艺理论体系建设产生了巨大的影响。①在长达数十年时间内,我们通行的几种文艺理论教科书,几乎全带有季摩菲耶夫、毕达可夫的印记。其实在苏联,不仅"拉普"的一套并没有行世几年,季摩菲耶夫的理论也从未被奉为圭臬,甚至从未流行、从未被作为理论武器被应用过。这一套教条主义的所谓马克思主义文艺理论所以能在中国得到广泛接受,不仅与当时的政治形势有关,亦与中国的文学传统以及我们自己在长期革命斗争中所形成的文艺观念有关。

这样一套在特殊历史条件下形成的文艺理论及建立在这一理论基础上的古代小说研究理论、研究方法,虽然已经被理论和实践证明是有很大问题的——从 20 世纪 80 年代末开始,我们已经很少再看到从"主题思想"角度来研究中国古代小说的文章——但直到今天,在旧的研究理论基础上形成的一些有关古代小说的论断和评价仍然在各种教科书、研究著作和互联网上流行。比如,《三国演义》是一部"集体累积成书"的小说,有"史诗"般的巨大精神涵容,"相当程度上集中、融会了中国古代,特别是中古以后我们民族的普遍思想意识、观念心理,表现了一种时代的意兴心绪——这正是《三国演义》数百年来为社会不同阶层、不同人群所广泛接受认同,亦为最高统治者所容纳和利用的原因。"②但是今天仍然有人不厌其烦地介绍其三四十种主题的说法。实际上不仅这些所谓《三国演义》的"主题"——正统思想、拥刘反曹、宣传仁政、褒扬忠义、主张统一、赞颂英雄、讴歌贤才等等,哪一个也不能概括《三国演义》丰富的历史内容和精神意蕴,还暴露了人们在理论方法上的守旧。再比如,同样是"集体累积成书"的《水浒传》,"积淀、凝聚了两宋以来中国社会广大民众的观念意识和情绪心理,包括对社会、人生的认识,道德观、价值观、伦理观以及社会理想和生活态度,从而形成了《水浒传》带有时代特征的丰富精神蕴含。在这其中,既有对被压迫者的同情,对世道不公的愤懑,对社会平等的憧憬,对扬善惩恶'侠义'行为的赞许,也有对财货

① 季摩菲耶夫:《文学概论》、《怎样分析文学作品》,平明出版社 1953 年版,《文学发展过程》(平明出版社 1954 年版)。[苏联]毕达可夫《文艺学引论》(北京大学出版社,1956 年版)。

② 李时人:《〈三国演义〉:史诗性质和社会精神现象》,《求是学刊》2002 年第 4 期。

的渴求,对功名富贵的希冀;既有对皇权的迷信,对权势的畏惧,也有对暴力的崇尚和性观念、性道德的偏执,等等。"①但是仍有人坚持 20 世纪 50 年代以来最主流的观点,认为强调《水浒传》"艺术地、真实地描写了封建社会农民起义发生发展和失败的全过程。这是历史学、社会学上的一个伟大贡献。"

历史的"传统和惯性"常常是很强大的,所以当前古代小说研究中出现的一些受"传统和惯性"影响的现象似乎是不可避免的,就是今天仍然坚持这些研究理论和研究方法,坚持某些片面的看法也是可以理解的。最令人感到遗憾的是,许多貌似新的观点在思想方法上仍未脱离这种"传统和惯性"。比如,20 世纪 90 年代以来,从"文化"角度研究古代小说成为热点,于是就有人将《水浒传》简单地归入"绿林文化"、"江湖文化"、"侠文化",并称其为"游民文学",以为《水浒传》所反映的完全是中国古代社会"游民"的思想意识。也有人用"某某文化"、"某文化"等来概括一些小说作品。表面看来,这些被视为"新说"的观点与以往人们对小说的索解角度是不同的,实际上仍然是以某种社会的、政治的或者含混的"文化"概念来界定或图解这些精神蕴含丰富复杂的作品,这些"定性判断"说到底都不过是一种先验的、形而上的主观索解,未能超出思想方法的旧套。至于有人从清代《西游证道书》、《西游真诠》、《新说西游记》、《西游原旨》等书的序、评中抄出一些文字,硬说《西游记》"发明金丹大道",有人将《红楼梦》原著打乱,无端将这部伟大的小说定性为"太极图解",看起来近乎"恶搞",其实质上还是文学观念和思想方法的问题。

发展到今天的古代小说研究在理论、方法仍然存在很多问题,应该是一个不争的事实。这个问题仍然阻碍古代小说研究的发展,亦是一个不争的事实。其实,不仅古代小说研究是如此,古代文学研究的其他领域也或多或少地存在这个问题。四年前,我在《光明日报》上写过一篇《古代文学研究的现代道路与理论建设》也谈到这一问题:"为什么我们的古代文学研究总是表现出量的增长而少有质的提高? 原因固然很多,如果仅仅从学术本身来

---

① 李时人:《〈水浒传〉:社会风俗史意义及其精神内容》,《求是学刊》2007 年第 1 期。

说，主要问题之一大概就是我们在基础理论、观念方法上没有超越前人。"
"古代文学研究要想在 21 世纪得到更大的发展提高，首要任务之一就是要
解决学科的理论建设问题。"我觉得，这不仅是一个理论问题，更是一个实践
问题，所以我在文章中提出："古代文学的研究的基础理论、学科理论，可以
是多元的、开放的、允许探索的，但绝不能从理论到理论，或者再套用某种现
成的理论，而是应该通过研究实践形成和发展的。"①

　　比如，研究古代小说的历史发展以及从"历史与美学"的角度来认识古
代小说作品，都不可避免地要涉及历史文化及其变迁，根据 20 世纪五六十
年代占主流的那一套文艺理论，以往的研究大多是直接从政治、经济情况着
眼的。但我个人一直认为，"在经济、政治与文学之间实际还存在着一个重
要的'中介'，那就是因政治、经济等作用而产生的'思想文化'"。而思想文
化是有着多层次结构的，那些在特定经济、政治条件下群众精神生活中自发
形成的不稳定的情绪、感情、愿望、要求、风俗习惯、道德风尚、价值观念和审
美情趣等，是它的低级形态；系统的哲学理论、学术观念、政治思想、宗教义
理等则是它的高级形态。"如果我们从历史思想文化状况及其发展变化来
考察文学，将会得到一些更深入的认识"。②从 20 世纪 80 年代后期开始，已
经有不少学人开始从思想文化角度来研究古代文学。我自己在论及《金瓶
梅》时，就曾强调了这部作家独立创作的小说与晚明社会思潮的关系，以为
正是在新的社会思潮的影响下，晚明蓬勃兴起一个文学新潮，《金瓶梅》则是
这一文学新潮的代表性作品之一，只有从社会新思潮的角度才能正确地认
识《金瓶梅》。③

　　我总觉得，从社会思想文化的角度，包括从社会思潮的角度研究古代小
说，不仅有利于古代小说研究的深入，对古代小说研究的理论建设来说，也
是有一定意义的。正是因为这个原因，我对聂春艳选择《清代前期白话小说
与实学思潮》为博士学位论文的题目表示赞同。

　　一般地说，社会思潮是在某一特定的历史时期和社会领域中出现的，在

---

①　李时人：《古代文学研究的现代道路与理论建设》，《光明日报》2003 年 3 月 26 日。
②　李时人：《元代社会思想文化状况与杂剧的繁盛》，《光明日报》1985 年 12 月 31 日。
③　李时人：《〈金瓶梅〉：中国 16 世纪后期社会风俗史》，《文学遗产》1987 年第 5 期。

相当大的范围内具有普遍影响的一种社会思想倾向和感情心理。除了少数受政治、宗教力量掌控的"社会思潮"以外,古今中外在不同国度、不同历史时期产生的大大小小的无数社会思潮,对文学的影响和作用,一般都不带有政治或宗教的威慑性、强制性,而是以思想观念、情绪感情潮水般地冲击、浸染、裹挟文学的创作者和接受者。也就是说,社会思潮是以强烈的"心理共振"和"精神磁场"的特殊性能作用于文学,对于文学,它不仅有强大的吸引力,实际上亦是一种内驱力。这就是为什么在很多时候,文学不仅是社会思潮的受动者,也往往是社会思潮重要的组成部分和重要的表现形式。

清初社会思想文化虽然有承袭晚明思想文化的一面,但在更大程度上是对晚明思想文化的反拨。清初一些思想家黄宗羲(1610—1695)、顾炎武(1613—1682)、王夫之(1619—1692)等人虽然在具体学术观点上有很多不同,但在批评晚明"空疏无本"的学风,提倡"经世致用"的"实学"方面却很一致。批评明季"士无实学"(陈子龙《皇明经世文编序》),主张"论学以世为体"(黄宗羲《明儒学案》卷五八),明末时已经开始,在这方面,尤以东林党人态度最为激越。至清初,由于明清易代这一历史事变的特殊性极大地刺激了中国的知识界乃至普通民众,终于在这样的背景下产生了一个由学术思想倡导而形成的新的社会思潮。这一新的社会思潮,以其强大的精神力量影响了清初直至清代前期的文学思想和文学创作,清代前期文学思想的优点和缺点,清代前期文学创作的成就和不足,都与这一社会思潮有着密切的关系。

聂春艳的论文认为,清代前期的"实学思潮",作为一种时代思想文化潮流,对白话小说创作影响巨大。清代前期白话小说富有时代精神的思想文化意蕴,现实功利性的创作倾向,崇实的审美趣味,及其与此相关的强调社会性和道德性的创作意图,反映和干预社会现实的题材内容,模式化的情节结构,观念化的人物形象,议论说教,皆与"实学思潮"社会本位、道德本位和崇实黜虚的思想观念与思维方式密切有关。论文篇幅宏大,论题明确,论述细致,许多观点都能予人以启发。这一研究成果,不仅对于推进清代前期白话小说的研究是有意义的,对于开拓古代小说研究的视野,建设古代小说的研究理论和研究方法也是有意义。正因为如此,本文才被论文答辩委员会评为"优秀博士学位论文"。

本论文是聂春艳独立完成的博士学位论文。在来上海攻读博士学位以前,聂春艳已在高校从事古代文学教学与研究工作多年,有比较深厚的知识积累和较高的学术水平,因此,本文既是她三年读博期间刻苦努力的结果,也是其多年积累的升华。现在论文即将出版,我理应向其表示祝贺。

2007 年 8 月 6 日于上海寓所

【整理说明】

本文系先生为《清代前期白话小说与实学思潮》所撰《序言》,曾以《关于古代小说研究的一点思考》为题刊载于《北方论丛》2009 年第三期(有删改),并同题收入《中国古代小说与文化论集》,中华书局 2013 年版。

《清代前期白话小说与实学思潮》,聂春艳著,高等教育出版社 2007 年 8 月出版,计 37 万字,前有先生《序言》,后有作者《后记》。该书对清代前期实学思潮对白话小说的影响进行全面研究。全书正文共八章,第一章对实学的概念以及清代前期实学思潮的特征、内涵、思想与思维方式等加以界定和阐释。第二章论述清代前期实学思潮与白话小说在文化与文学、学术与文学,尤其是在社会本位和道德本位思想和思维方式之间的关联。第三章至第七章,分别论述清代前期实学思潮经世致用精神和征实求真的思想,对不同题材的白话长篇小说的影响,包括世情小说、才子佳人小说、历史演义小说、英雄传奇小说、神怪小说。第八章专论实学思潮影响下的白话短篇小说所呈现出的现实功利性和道德化创作倾向。

聂春艳(1958—   ),女,汉族,河北辛集人。2003 年师从先生主攻明清白话小说研究,获文学博士学位。现系天津师范大学文学院教授,中国三国演义学会理事,中国金瓶梅学会理事,天津红楼梦文化研究会常务理事。主要从事明清文学、中国古代小说的教学与研究,先后主持国家重大招标项目子课题 1 项、省部级项目多项,出版专著《探索与突破》、《清代前期白话小说与实学思潮》2 部,独立校注《西游记》1 部,参编学术专著 3 部,曾获天津市社会科学界第七届学术年会优秀论文奖。

《诗与唐代文言小说研究》序言

"文学"是一种"艺术"。作为精神产品,"艺术"必须实现在特定的可感知的物化形态和具体形式中。由于传达审美意识的物质材料和表现手段不同,古今中外的艺术作品呈现出多姿多彩的形态和风貌。对作为语言艺术的书面文学作品来说,则首先表现为不同的"样式"。所谓"文学样式"指一定的话语秩序所形成的文本形式,折射出作者体验生活的方式、思维的方式和审美的方式;同时,一种"文学样式"在其发展的过程中必定会形成一定的语言表达方式及其他形式方面的特征。文学源于生活,但又不等同于生活,"文学样式"就是生活转化为"文学"的中介机制。"书不尽言,言不尽意"(《周易·系辞》),文学要传达思想感情和审美感受,相当程度上要借助于文体形式,这应是不言而喻的。

作为叙事文学的最高形式和"人类成年"的艺术,"散文体小说"是一个国家或民族叙事艺术达到一定高度的产物,无论是东方和西方,概莫能外。世界上不同国家或民族文学发展的历程不可能一样,中国小说的产生、发展基于中国文化的土壤,小说现象和发展过程无不表现出中国文化的特点,西方小说的产生、发展基于西方文化的土壤,小说现象和发展过程无不表现出西方文化的特点。也就是说,虽然"文学"有不同的"样式",对古今中外来说,是一个毋庸置疑的经验事实,但另一方面,不同国家或民族,或者同一个国家和民族的不同历史时期,即使是同样的"文学样式",在艺术形式和美学内容上也都有各自的特点。

公元7世纪兴起至8世纪达到相当繁荣的"唐代文言小说",是世界上最早成批出现的散文体短篇小说。比西方出现于14世纪的散文体小说要早六七百年。西方古代,直到中世纪的叙事文学,包括古希腊、罗马的"史诗",中世纪的"骑士传奇",都不是散文体的,东方如印度的散文叙事虽然出现得较早,但大抵还属于"故事"性质,相对"小说"的文体要求还有一定的距离,而唐代文言小说则无论内容和形式都已符合散文体小说的艺术格范和美学要求了。中国古代小说的发生,无疑与华夏民族历史演进和文化发展不同于世界其他各民族有很大的关系。而由于这样的历史文化背景以及在此基础上形成的种种文化和文学传统,中国古代小说不仅在渊源形成和发展过程上与其他国家或民族的小说有很大不同,内容和形式上也产生了自己的一些特点——"诗入小说"便是这样一个值得关注的显著特点。

"诗入小说"之所以值得重视,在于其不仅是中国古代文学一种特有的文学现象,在一个重要方面彰显出中国古代小说的民族文化特征,更重要的是,它发生于中国叙事艺术积累形成的过程中,显著表现于最早成熟的唐代文言小说中,不仅与中国古代小说文体的成熟同步,而且是中国古代小说文体成熟并迅速形成创作高潮的催化剂,有着重要的文学史意义。

一

唐代"诗入小说"最为人感知的现象是,在散文叙事中掺有相当数量的诗歌。这一点古人早已注意到,甚至清人彭定求等编纂《全唐诗》也收了不少唐代文言小说中的诗。近世以来更有不少学人在他们的著述中论及此事。我在编纂断代小说总集《全唐五代小说》的时候①,由于接触到的作品较多,对这一现象的印象也特别深刻,只是对现存唐代文言小说到底收了多少诗歌,并没有算过。邱昌员的博士学位论文《诗与唐代文言小说研究》通过统计,得出的结果是《全唐五代小说》所收 91 篇单篇文言小说作品中 37 篇有诗歌,总数约 200 首;所收 78 部文言小说集 56 部小说集中 244 篇作品有诗歌,数量达 480 首。这一数字放在传世数万首之巨的唐诗中也许微不足道,但这一现象对于文学史来说却有着特殊的意义。

虽然唐代文言小说中的不少诗歌,如许尧佐《柳氏传》(《全唐五代小说》卷二二)中的"章台柳"、"杨柳枝"二首,元稹《莺莺传》(《全唐五代小说》卷二四)中的《明月三五夜》等在后世的著名,主要是因为附丽于小说故事而为人们所乐道,但其中有不少诗,本身也确实写得很出色,这也是唐代文言小说中的诗为人们所瞩目的原因之一。如"章台柳"、"杨柳枝"二首,诗意、文辞、

---

① 李时人:《全唐五代小说》,陕西人民出版社 1998 年版。

韵律俱佳,影响后世竟形成一种"词牌"。有的诗,连被称为宋代诗人翘楚的东坡先生,读了也会感佩不已。《东坡志林》卷九载,东坡看到这样一首诗:"湖中老人读黄老,手援紫藟坐碧草。春至不知湘水深,日暮忘却巴陵道。"竟惊称其诗"辞气殆是李谪仙"。实际上这首诗出自郑还古小说集《博异志》中的《吕乡筠》(《全唐五代小说》卷三六)。中国古代,除苏轼外,对唐代文言小说中的诗执赞赏态度的代不乏人,如明人杨慎在《升庵诗话》中说:"诗盛于唐,其作者往往托于传奇小说,神仙幽怪,以传于后,而其诗大有妙绝古今,一字千金者。"

　　唐代文言小说中的诗歌,不仅很多写得很出色,而且包含了各种诗体、各种诗歌内容和各种风格。明人胡应麟在谈到唐诗时曾说:"甚矣,诗之盛于唐也! 其体则三、四、五言,六、七、杂言,乐府、歌行,近体,绝句,靡弗备也;其格则高卑、远近、浓淡、浅深、巨细、精粗、巧拙、强弱,靡弗具也;其调则飘逸、浑雄、沈深、博大、绮丽、幽闲、新奇、猥琐,靡弗诣也。"(《诗薮》外编卷三)移借这段话来概括唐代文言小说中的诗歌,似乎也不算太过。

　　首先,大凡唐代所有的诗歌体式似乎都可以在文言小说掺入的诗歌中找到,包括当时已经式微的四言诗、唐代诗人写的并不太多的骚体诗以及新兴的词。比如晚唐有一位苦心文华而厄于一第的小说家李玫,在他的一篇不足四千字的小说《嵩岳嫁女》(《全唐五代小说》卷四九)中,就同时插入了四言、骚体、七绝、七律和杂言诗十余首。当然,小说中出现最多的还是五、七言诗,尤其是五、七言近体的律、绝,这也是与当时诗坛的情况相对应的。

　　其次,唐代文言小说中的诗,或言志抒怀,或表情达意,或酬答唱和,或游仙咏史,或咏物自寓,不仅涉及多方面的内容,诗歌之格调、意境亦多种多样,这一点与唐诗的总体情况也大略相似。比如,唐代文言小说有不少描写男女性爱婚恋的作品,这些作品中的诗歌,就有不少与唐诗中的伤春、闺怨、男女赠答之类题材的作品非常相似。沈亚之《异梦录》(《全唐五代小说》卷二五)写梦中少女所咏的《春阳曲》:"长安少女踏春阳,何处春阳不断肠。舞袖弓弯浑忘却,罗衣空换九秋霜。"其意在伤春,唐诗中同类诗并不少见。黄璞《欧阳詹》(《全唐五代小说》卷八一)写太原妓临终赠欧阳詹诗:"自从别后减容光,半是思郎半恨郎。欲识旧时云髻样,为奴开取缕金箱。"则大体同于唐诗中的闺怨诗。另外,像曹邺《梅妃传》(《全唐五代小说》卷五一)写到梅妃所作的诗:"柳叶双眉久不描,残妆和泪湿红绡。长门自是无梳洗,何必珍珠慰寂寥。"亦可被视为宫怨诗。至于小说中的男女赠答诗,更与唐诗中的同类作品大为相似,有些甚至可称典范。

唐代文言小说散文叙述中掺入诗歌的情况虽然很普遍,但其在小说中的表现形态不外乎两类:一类是托言小说中的人物(包括鬼神异物)在小说的故事展开过程中,或特定的场景中所作的诗;一类是非小说中人物所作的诗,包括虽然是小说中"人物"所作的诗,但并非是在小说故事、场景中所作的诗。虽然这两种情况都很复杂,或者说在表现上是多种多样的。

托言小说中人物在小说的情节进程、特定的场景中所作的诗,在唐代文言小说中最为大宗。之所以说这方面情况很复杂,是因为这些诗虽然从表现形式上大略可以分为小说中人物的独立吟咏、相互赠答和聚会赋诗等,从内容上大略可以分为言志诗、言情诗、咏史诗、咏物诗等,但在许多小说中,这些诗无论内容和表现形式都很难清楚划分。比如性爱故事中的男女赠答诗,所咏多为情事,但有些小说中的男女赠答诗也并非全是言情说爱,而是有其他方面的内容。如佚名《独孤穆》(《全唐五代小说》卷七一)叙隋将独孤胜的后人独孤穆夜遇隋炀帝已故孙女六娘之鬼魂,二人作诗唱和,并约定冥婚,酬答中所作之两首长歌("江都昔丧乱"和"皇天昔降祸"),内容则为追忆大业遗事,表达对历史兴亡的感慨,完全是咏史诗的格范。再如唐代文言小说有多篇写到众多人物聚会赋诗,如佚名《周秦行纪》(《全唐五代小说》卷三四)写薄太后、王昭君、戚夫人、杨贵妃、潘淑妃和绿珠等人鬼宴集作诗;李玫《蒋琛》(《全唐五代小说》卷四九)写诸水神与范蠡、屈原亡魂聚会,各有赋诗。这些诗既可理解为是饮宴唱和之作,亦可以理解为是小说人物个人的自寓抒怀。再如,唐人不少小说托言异物作诗,如王洙《东阳夜怪录》(《全唐五代小说》卷二六)、牛僧孺《元无有》(《全唐五代小说》卷三〇)所写各种精怪所吟之诗,这些诗即可以理解为是小说人物的自寓诗,很大程度上又与咏物诗有相近之处。

唐代文言小说中插入非小说中人物所作的诗,亦有多种情况:首先是作品中录入作者或其他人题咏作品中人物、事件的诗歌,如《莺莺传》中元稹的

《会真诗》、杨巨源的《崔娘诗》。再如李景亮《李章武传》(《全唐五代小说》卷
二四)中李助在听了李章武的故事后所赋之诗。其次是作品中录入历来诗
歌的名篇佳制,或全诗,或散句。像《诗经》《古诗十九首》中的名篇,谢朓、张
载的诗。当然也有引唐人所作的诗。如裴铏小说《崔炜》(《全唐五代小说》
卷六三)引了崔子向的《题越王台》诗:"越井岗头松柏老,越王台上生秋草。
古墓多年无子孙,野人践踏成官道。"更有一种情况是,虽然是小说中人物所
作的诗,但并非是在小说故事、场景中所作的诗。这是因为唐代文言小说创
作有一特殊的情况,那就是不少小说所设定的角色并非虚构人物,而是现实
中实有之人,特别是一些名人更易成为小说中的主角。虽然他们进入小说
就变成了小说中的人物,不能将其与现实人物画等号,但不论是作者和读者
都会自觉不自觉地将两者联系起来。于是这些人所作的诗也会被引入小
说。著名者可举薛用弱《集异记》中的《王涣之》(《全唐五代小说》卷二八)。
小说写诗人王涣之(即王之涣)与高适、王昌龄于旗亭贳酒会饮,听梨园乐妓
唱诗赌胜之事①,其中就写到乐妓连续唱了王昌龄的七绝《芙蓉楼送辛渐》、
高适的五古《哭单父梁九少府》、王昌龄的《长信秋词》和王之涣的《凉州词》。
虽然唐代诗人诗酒聚会属于常事,王之涣也曾与高适、王昌龄有过交往,但
实际上这三个人在一起饮酒聚会是不可能的事。②因此本篇并非记录佚事,
而是创作的小说,其中的人物只能是小说中的人物,但篇中所引的四首诗确
是现实中这三位诗人的作品。

　　在小说的散文叙事中夹有相当数量的诗歌,这种情况在其他国家或民
族的散文体小说中是很难看到的。③值得注意的是,唐代文言小说中散文叙
事中夹杂的诗歌,虽然绝大多数是抒情诗,但这些抒情诗往往能与小说的散
文叙事很好地融和。也就是说,唐代文言小说中的诗,多数不是孤立的诗歌

　　① 按:《凉州词》("黄沙远上白云间,一片孤城万仞山。羌笛何须怨杨柳,春风不度玉门
关。")的作者,唐人《国秀集》及《唐诗纪事》、《唐才子传》等皆作"王之涣"。本篇小说中王昌龄、
高适皆实有其人,"王涣之"似亦不能例外,如是,则"王涣之"似应为"王之涣"之误抄。
　　② 请参见胡应麟《少室山房笔丛》卷三六《二酉缀遗中》、卷四一《庄岳委谈下》,上海书店
出版社2001年版,第366、424页。
　　③ 按:东方的小说,如"东亚汉字文化圈"越南、朝鲜半岛、日本的古代小说虽然有这种情
况,但这些国家和地区的小说本身就深受中国小说的影响,有些本身就是汉文小说,自当别论。

作品,或者说不应该被视为是孤立的诗歌作品。特别是小说中人物在小说的情节进程中和特定场景中所作的诗,大多不能离开小说的情节和场景,如果将其从小说中抽出而又不加以说明,往往会极大地减弱其审美价值,有的甚至不知所云。有些诗歌,不仅是作品的有机组成部分,甚至成为小说构思的起点,或者小说故事的核心,或者情节转换的关折,或者表现人物性格的手段。这样的例子很多,如裴铏小说《郑德璘传》(《全唐五代小说》卷六四)的曲折故事就是围绕小说人物偶然听到并记下来的一首诗展开的。上举裴铏的另一篇小说《崔炜》中的主人公崔炜之所以有种种奇遇,起因竟是其亡父多年以前所题的一首诗,或者说这首诗就是作者结撰故事的由头。《莺莺传》中莺莺给张生的《明日三五夜》诗:"待月西厢下,迎风户半开。拂墙花影动,疑是玉人来。"则对小说情节的推进及人物形象的刻画有重要作用。有些小说完全是以诗歌为中心构思的,甚至说这些小说的结撰只是因为作者要逞自己的诗才也不过分。如沈亚之的《秦梦录》(《全唐五代小说》卷二五)、王洙的《东阳夜怪录》、牛僧孺的《元无有》等,在一定程度上都可以说是这样的小说。

<h1 style="text-align:center">二</h1>

　　唐代文言小说中之所以出现这样多的诗歌,显然与小说创作的背景有关,亦与小说反映的社会生活内容有关,更与唐代文言小说的作者与接受者的身份有直接的关系。

　　宋人洪迈《容斋随笔》说:"大率唐人多工诗,虽小说戏剧,鬼物假托,莫不宛转有思致,不必颛门家而后可称也。"(卷一五)明人胡应麟也认为:"小说唐人以前纪述多虚而藻绘可观,宋人以后多实而彩艳殊乏。盖唐以前出文人才士之手,而宋以后率多俚儒野老之谈故也。"(《少室山房笔丛·九流绪论》)似乎他们都已经看出唐代文言小说之所以出现大量的诗歌,不仅与唐代诗歌繁盛的背景有关,更与许多小说作者本身就是出色的诗人,或者深受诗歌濡染有关。

　　唐代是诗歌艺术高度发达的时代,诗歌渗入到社会生活的各个方面,创作十分普遍,此即胡麟所说:"其人则帝王、将相、朝士、布衣、童子、妇人、缁流、羽客,靡弗预矣。"(《诗薮》外编卷三)这在唐代不仅是一种文学现象,而且是一种文化现象。这一现象产生的一个基本的原因是中国古代源远流长的抒情诗传统在唐代得到了使其发扬光大的"精神气候"。

在中国,社会"制度文化"往往直接影响文学发展的"精神气候"。唐代实行的"科举选官制度"造就了一个人数众多、以科举为人生轴心的新型读书士子人群,而这批读书士子就是当时绝大多数文学作品的创作者和读者。这些科举士子来自社会的各个阶层,因科举制度而产生,因而有着大致相同的价值取向和观念心理,成为一个迥异于前代的读书士子人群。他们不同于往古主要出身于世族家庭的经生儒士——这类经生儒士是以汉魏六朝的世族政治、世族经济、世族文化为基础的。唐代新型读书士子人群的出现,造成了整整一个时代的新的"士风"——唐代科举士子所共同体现出来的行为方式、价值观念、精神心理、文学风习。其中突出的一个方面就是陈寅恪所说的"重词赋而不重经学,尚才华而不尚礼法"。①也即元人虞集所说的:"唐之才人,于经义道学有见者少,徒知好为文辞。"(《道园学古录》卷三八)唐代科考,重"进士"、轻"明经"。进士试中,又轻"帖经"、重诗赋,"主司褒贬,实在诗赋,务求巧丽,以此为贤"(赵匡《举选议》),所以有人干脆称进士试为"词科"。在唐代,科举登第,特别是考中进士,不仅是获得种种现实利益的直接途径,更是对读书士子人生价值最重要的社会认同方式。故在科考的指挥棒下,读书士子普遍以研习诗赋文章为要务,"重文轻儒"、"重才尚辞"因成一时之风气,也因此成了唐代士子读书作文的普遍倾向。中国古代,读书士子向来是精神文化的主要承载者,"士风"必然影响"世风",正是在这种"士风"的影响下,整个社会都对诗赋高度推崇,从而形成了有利于唐代诗歌繁荣的一种"精神气候"。

唐代文言小说不仅是在诗歌高度繁荣的背景下发生的,小说作者中的不少人本身就是杰出的诗人,至少也是深受当时诗歌环境濡染者,而这些人又绝大多数都是当时的科举士子,此为灼然可考之事实。②唐代文言小说的

---

① 陈寅恪:《元白诗笺证稿》,上海古籍出版社 1978 年版,第 86 页。

② 参见俞钢:《唐代文言小说与科举制度》第五章《唐代文言小说作者身份分析》,上海古籍出版社 2004 年版。

创作,就是在这样一批读书士子的生活中自然而然,甚至是在不自觉的情况下发生的,或者说唐代文言小说的创作与创作主体的生活方式有着重要的关系。比如,唐代士子因为科考、游宦获得了广泛交游的机会,宴集聚谈因此成为他们生活中的重要组成部分,这种广泛的交流活动就是唐代小说创作的一个重要机缘。因为唐代士子宴集交游,除了诗酒唱和,还常有"征奇话异"的活动,这种"征奇话异"与汉代"清谈"主要是议论朝政,魏晋六朝"剧谈"之畅谈玄理、品评人物不同,往往会造成了奇异故事的产生、流传、扩散,有些则被写成小说。唐代不少小说,如沈既济《任氏传》(《全唐五代小说》卷一九)、白行简《李娃传》、李公佐《庐江冯媪传》(《全唐五代小说》卷二三)都提到其创作经历了"昼宴夜话,各征其异说"到"握管濡翰,疏而存之"的过程。①有的小说,如沈亚之的《异梦录》,不仅交代了小说创作的过程,还具体提到了读者。②

　　各方面的情况说明,唐代文言小说不仅大多是当时的科举士子的作品,其接受对象也是这样一个读书士子群体——限于当时的条件,这些小说实际上只能靠传抄在侪辈之间传播。至其内容,反映的也主要是这些读书士子的生活,并充分揭示了他们的精神世界。

　　与唐代文言小说作者大多是读书士子相应的是,小说中的主角也往往是读书士子,或中举,或落第,或有诗名。如张文成《游仙窟》(《全唐五代小说》卷六)中的张文成自诩:"前被宾贡,已入甲科;后属搜扬,又蒙高第。"李

---

①　沈既济《任氏传》:"建中二年,既济自左拾遗于金吾将军裴冀,京兆少尹孙成,户部郎中崔需,右拾遗陆淳,皆谪居东南,自秦徂吴,水陆同道。时前拾遗朱放因旅游而随焉。浮颍涉淮,方舟沿流,昼宴夜话,各征其异说。众君子闻任氏之事,共深叹骇,因请既济传之,以志异云。"白行简《李娃传》:"贞元中,予与陇西公佐话妇人操烈之品格,因遂述汧国之事。公佐附掌竦听,命予为传。乃握管濡翰,疏而存之。"李公佐《庐江冯媪传》:"元和六年夏五月,江淮从事李公佐使至京,回次汉南,与渤海高铖、天水赵儹、河南宇文鼎会于传舍。宵话征异,各尽见闻。铖具道其事,公佐因为之传。"

②　沈亚之《异梦录》:"元和十年,亚之以记事从陇西公军泾州,而长安中贤士皆来客之。五月十八日,陇西公与客期,宴于东池便馆。既坐,陇西公曰:'余少从邢凤游,得记其异,请语之。'客曰:'愿备听。'陇西公曰:'凤,帅家子⋯⋯'是日,监军使与宾客郡佐,及宴客陇西独孤铉、范阳卢简辞、常山张又新、武功萧涤,皆叹息曰:'可记。'故亚之退而著录。明日客有后至者,渤海高允中、京兆韦谅、晋昌唐炎、广汉李瑀、吴兴姚合,泊亚之复集于明玉泉,因出所著以示之。于是姚合曰:'吾友王炎者,元和初,夕梦游吴⋯⋯'"

朝威《洞庭灵姻传》(又名《柳毅传》,《全唐五代小说》卷二一):"有儒生柳毅者,应举下第。"《李娃传》中的荥阳生经历一番挫折后"一举登甲科,声振礼闱","应能言极谏科,名第一"。蒋防《霍小玉传》(《全唐五代小说》卷二六)中的李益则少年得志:"年二十,以进士擢第。"《李章武传》中的李章武"工文学,皆得极致"。许尧佐《柳氏传》中的韩翊"有诗名"。

唐代文言小说正是以这些科举士子为主角,并基于这些科举士子的生活构筑各种故事,展开描写的。不少小说直接写到科举,或写由科考引发的种种世态人情,包括科考士子所经历的种种艰辛和落第举子命运的悲惨凄凉。如薛用弱的《王维》(《全唐五代小说》卷二八)写诗人王维为了科考,竟穿上伶人的衣裳,怀抱琵琶和揣着诗稿到权贵府上去通关节。李复言《李岳州》(《全唐五代小说》卷四〇)写李俊"苦心笔砚三十年","心破魂断,以望斯举",然迟迟不得中式,后贿赂阴使,才打破宿命,又不得不受追劾贬降之苦。李玫的《陈季卿》(《全唐五代小说》卷四九)叙江南落第举子羁栖长安十年,鬻书判给衣食,只有魂灵得以乘竹叶小舟夤夜归家探视妻小。柳详的《安凤》(《全唐五代小说》卷五五)写寿春人李侃在长安遇到离家十年的举子安凤,凤自言"誓不达不归",托其带一封家书回乡,后来才知道安凤早已在外物故多年。科考是这批科举士子的我家生活,关系他们一生的命运,所以这类小说不仅写出了他们的经历、期冀和感受,也写出了他们对因科举引发的人生遭际的种种思考。

再如,唐代文言小说中有大量描写男女情爱婚恋的作品,不仅有现实生活中的男女两情相悦,还有人神之恋,人鬼之恋,人与异物之恋。这些小说中的男女情爱,有不少能在受到历史背景限制的情爱过程描写中展现一种灵肉相契的人性之美,不仅表现出对基于人类天性的性爱的礼赞,同时也展现了性爱中应有的伦理精神、道德观念,一些杰构还能通过对男女情爱过程的描写,展现人物的人格风采。值得注意的是,在这些描写男女情爱的小说中,不少小说都将士林华选与风尘娇娃作为主角,如《游仙窟》、《李娃传》等都公开写到士子的冶游,描写男女情爱的名篇《莺莺传》、《霍小玉传》所写也以冶游为基础。另有李景亮《李章武传》、皇甫枚《非烟传》(《全唐五代小说》卷七〇)等甚至将婚外恋写得悲切动人。而这些小说并非没有现实生活的基础,或者说,这些小说实际上真实地描写了唐代科举士子生活的一个重要侧面。行为放浪,不为礼法所羁,本来就是唐代科举士子有别于汉晋以来世族文化背景下经生儒士的重要标志。在唐代,狎妓冶游在一定程度上已经不是科举士子个人的行为,实际上已经成为与科举联系在一起的唐代读书士子的一种"风习"。所以陈寅恪说:"唐代新兴之进士词科阶级异于山东之礼法旧门者,尤在其放浪不羁之风习。故唐之进士一科与娼妓文学有密切关系。"①这种对男女情爱的大胆藻绘,不仅曲折地反映了当时社会关系的变化,同时也表现了创作主体不以礼法为然的精神上的蠢动。

　　唐代文言小说数量可观,内容十分丰富,题材当然不止男女情爱与科考,历史、政治、梦幻、神仙、豪侠、伦理、宿命、报应及兴趣等,都是唐代文言小说的题材②,而且很多唐代文言小说的内容实际上并不能简单归属于单一的题材。不过,值得注意的是,虽然唐代文言小说所写到的题材内容十分丰富,但大多数作品仍然基于唐代读书士子的现实生活,特别是他们的精神生活,描写和表现的主要还是读书士子个人的理想愿望、观念心理、感情情绪、审美趣味和对社会人生的种种理解。即使像梦幻、神仙等超现实的描写,在很大程度上也还是现实的折光。正因为如此,唐代科举士子普遍的中进士举、做清要官、娶五姓女、成神仙梦的人生理想,漠视经典权威,追求个性抒放的人生态度,以及他们作为科举士子的文学修养、精神气质、兴趣爱好在小说中都得到了充分的表现。

三

　　唐代文言小说的作者,大多是当时的科举士子,他们的小说创作亦与后世的"书会才人"和为书坊服务的"职业小说家"有很大的不同。其中最重要的一点是,他们不是为了谋生而写作,"其目的是为了发抒生活的感触,只是为了自己抒发感情,或只提供同一个社会阶层的文人欣赏"。③能诗并喜爱作

---

① 陈寅恪:《唐代政治史述论稿》,上海古籍出版社1997年版,第90页。
② 李剑国:《唐五代志怪传奇叙录》,南开大学出版社1994年版,第51页。
③ 何满子:《古代小说艺术漫话》,辽宁教育出版社2001年版,第14—15页。

诗,是唐代大多数读书士子的共同特质,因此许多读书士子本身就是诗人。正因为唐代文言小说的作者主要是这样一批崇尚诗歌的读书士子,甚至本身就是诗人,所以往往自觉不自觉地把诗带入了小说。

首先,唐代文言小说中的人物,不分男女,有不少被设定为"好文能诗",许多现实中的诗人也被直接写入小说,有的甚至成为小说中的主角,如上举《柳氏传》中的韩翃(韩翊),《霍小玉传》中的李益。其他如王维、王涣之(王之涣)、王昌龄、高适、王勃、杜牧、许浑、李白、骆宾王、李贺、曹唐、韩愈、柳宗元、张祜、徐凝、朱庆余、张籍、元稹、贾岛、罗隐、皮日休等诗人,也都进入小说,成为许多作品中的角色。在张文成的《游仙窟》和沈亚之的《秦梦记》等作品中,作者干脆以诗人的身份直接进入小说,使作者既是小说的叙事人,也成了作品的主人公。小说中的女性角色,如《莺莺传》中的崔莺莺"善属文,往往沉吟章句",《柳氏传》中的柳氏"喜谈谑,善讴咏",《非烟传》中的步非烟"善秦声,好文笔,尤工击瓯,其韵与丝竹合"等,也皆可以说是女诗人。其他作为小说角色的女性,如歌妓、侍婢、帝王后妃、宫女,亦多有能诗者。

不仅现实生活的男女多能作诗,唐代文言小说写到的男仙女仙、人鬼异物亦无不能诗。如上举佚名《周秦行纪》中的薄太后、王昭君、戚夫人、杨贵妃、潘淑妃、绿珠等人鬼与落第士子邂逅相聚,各自赋诗;《嵩岳嫁女》中写西王母、周穆王、汉武帝、唐玄宗等诸鬼神于婚宴吟咏;《蒋琛》写太湖神、松江神、雪溪神、湘江王及屈原、伍子胥、范蠡等亡灵于风雨之夜聚会太湖吟诗歌舞。张荐《郭翰》(《全唐五代小说》卷二〇)、沈亚之《感异记》(《全唐五代小说》卷二五)、裴铏《封陟传》(《全唐五代小说》卷六三)等作品中的仙女,唐暄《唐暄手记》(《全唐五代小说》卷一一)、李景亮《李章武传》等作品中的女鬼,所作诗亦皆婉转流畅。大量异物精怪,如上举王洙《东阳夜怪录》中的橐驼、乌驴、老鸡、驳猫、刺猬、瘠牛,薛渔思《申屠澄》(《全唐五代小说》卷三八)之虎女,牛僧孺《滕庭俊》(《全唐五代小说》卷三一)中的苍蝇、秃帚,以及其他小说中所写到的盟器、土偶等,或作诗自寓,或咏物抒情,所作诗亦多可诵。

正因为小说中的不少人物被定位于"诗人",所以唐代文言小说中所描写的生活,不少都被写成与诗有关,特别是男女情爱故事中,无论是故事的发生,还是双方感情的传达,都常常借助于诗歌,并因此把情爱生活渲染得缠绵悱恻,充满诗意。如沈亚之《感异记》中的沈警所以得到仙女的垂青,起因是其所吟二曲《凤将雏含娇曲》。裴铏《裴航》(《全唐五代小说》卷六三)中的书生裴航欲结仙缘,亦是通过传诗而达到目的。《莺莺传》中,张生迷恋莺莺而难通情愫,正是因为红娘献策,建议其针对莺莺爱诗的特点,"试为喻情诗以乱之,不然,则无由也"。张生"立缀《春词》二首以授之",事情果然有了进展。中经波折,又是在"张生赋《会真诗》三十韵"之后才达到目的。皇甫枚《非烟传》中的赵象钟情非烟,发狂心荡,不知所持,也是有意识地投献诗歌表达爱慕之情,后非烟回诗:"绿惨双娥不自持,只缘幽恨在新诗。郎心应似琴心怨,脉脉春情更拟谁。"明确告诉赵象他的诗感动了她,才使两人关系有了进一步的发展。

其实,不仅男女情爱,唐代文言小说所写内容很多都与诗有关,这实际上并不全是小说作者的有意造作。因为诗贯穿于唐代读书士子的生活,无论科考、游宦、冶游、交友都离不开诗,所以这些活动在一定程度上都可被视为诗歌活动,也自然成了唐代文言小说描绘的内容。何光远《贾忤旨》、《钱塘秀》(《全唐五代小说》卷八五)两篇写诗人贾岛、罗隐的故事,所叙两位诗人的人生遭际就是围绕其诗歌创作展开的。至于唐代文人的诗酒唱和更成为小说常见的描写内容。上举《嵩岳嫁女》《蒋琛》《周秦行纪》《东阳夜怪录》等所写神仙人鬼以及精怪异物聚会赋诗,显然是唐代文人吟咏唱和活动的投影。其他可举者甚多,如郑还古《崔玄微》(《全唐五代小说》卷三五)写到园中"众花之精"饮酒赋诗。牛僧孺《刘讽》(《全唐五代小说》卷三一)写一群仪质温丽的绝国女郎于夷陵空馆夤夜谈谑歌咏,歌词非常优美,次旦拾得翠钿数只,竟不知是鬼神还是异物。佚名《灯下闲谈》中之《榕树精灵》、《桃花障子》、《湘妃神会》(《全唐五代小说》卷八四)诸篇,或写精灵聚会,或写仙凡交通,或写梦中遇仙,无不有饮宴赋诗的描写。张读《梁璟》(《全唐五代小说》卷五九)写梁璟于中秋月夜于商山馆亭遇三古丈夫自称萧中郎、王步兵、诸葛长史,王步兵倡曰:"值此好风月,况佳宾在席,不可无诗也。"因举题联句,以咏秋物。南卓《烟中怨解》(《全唐五代小说》卷二五)等也都有联句而咏的描写。

唐代文言小说不仅写到种种诗酒唱和的内容,甚至还有评诗、论诗的描写。如李玫《韦鲍生妓》(《全唐五代小说》卷五〇)所叙两位紫衣人月下论诗,并论科举弊端。其中谈到了科举诗赋之试的要求,谓诗赋必须合于声律,不合于声律,"赋有蜂腰鹤膝之病,诗有重头重尾之犯",而这两位仙人竟是南北朝时著名的诗人谢庄、江淹。牛僧孺《顾总》(《全唐五代小说》卷三一)托言汉末刘桢作诗,记述了建安时期文坛的繁荣景象,对曹操父子延揽文人、促进文学发展的贡献大为赞美。牛僧孺《柳归舜》(《全唐五代小说》卷三〇)叙隋开皇年间吴兴士子柳归舜因风泊洞庭君山,遇到一群鹦鹉与其谈诗,归舜言及是时文宗为薛道衡、江总,因诵二人诗,鹦鹉中有名"凤花台"者竟言:"近代非不靡丽,殊少骨气。"《独孤穆》中隋炀帝女孙之鬼魂说道:"当时薛道衡名高海内,妾每见其文,心颇鄙之。"独孤穆曰:"县主才自天授,乃邺中七子之流,道衡安足比拟?"两篇皆批评隋代诗人薛道衡等人,表达唐时崇尚建安诗风的倾向,所以钱钟书在《管锥编》中说:"薛道衡每遭唐人小说中鬼神嗤薄……齐谐志怪,臧否作者,掎摭利病,时复谈言微中。"①

　　所有这些,充分表现了唐代文言小说作者作为那个时代的读书士子普遍的"诗人情结",这正是唐代"诗人小说"的动因。正因为这些作者将他们对诗的高度推崇和全部热情带入了小说创作,特别是他们以诗人的气质,将诗歌的审美特征和创作意识、创作经验带入了小说创作,使他们的小说作品在相当程度上被"诗化"。在这个意义上,所谓小说的"诗化",就不仅指的是小说在散文叙事中掺入诗歌——小说在散文叙事中掺入各种类型的诗歌,不过是"诗人小说"是最易为人感知的表象罢了。实际上,并非所有的唐代文言小说中都有诗,有些名篇,如沈既济《任氏传》《南柯太守传》、白行简《李娃传》、蒋防《霍小玉传》、薛调《无双传》(《全唐五代小说》卷五七)等,甚至连一首诗都没有,但"诗化"却是唐代文言小说杰构的共同特征,并因此表现出唐代文言小说与各种传统史传叙事文在文体上的区别。

四

　　文学作品与"史书"的基本区别在于,史书以记录社会历史进程、历史事

---

① 钱钟书:《管锥编》第二册,中华书局 1979 年版,第 656 页。

实为宗旨(不管其实际上是否符合历史实际,是否有虚构和想象),而文学作品则以表达一定历史时期人们的感情情绪和心理为职能。《毛诗序》说:"情动于中而形于言。"宋人严羽《沧浪诗话》说:"诗者,吟咏情性也。"作为人类最早文学样式的诗歌就是以情感化为标识的,或者说"情感化"是文学的最基本特征。所以唐代文言小说的"诗化",首先是大多数小说,无论是内容,还是叙事,都像诗一样,具有文学作品的"情感化"特征,即像诗歌一样使用文学性质的"感性表达方式"抒发作者的感情情绪,使读者感受到作品中不仅有清晰可见的形象,还有一种感情情绪的流动。

唐代文言小说中大量描写男女情爱的作品,自然是对唐代文言小说情感化特征的最好说明。大约贞元、元和时唐代文言小说创作的第一个高潮,也即单篇小说创作的高潮中,从陈玄祐《离魂记》(《全唐五代小说》卷一九)开始,然后是《任氏传》、《枕中记》(《全唐五代小说》卷一九)、李朝威《洞庭灵姻传》、《柳氏传》、《李娃传》、《南柯太守传》、《莺莺传》、《李章武传》、《长恨歌传》(《全唐五代小说》卷二四),十篇杰构中竟有八篇写到男女情爱。不仅是单篇小说,唐代文言小说集中也有大量作品写到男女情爱。比如晚唐代杰出的小说家裴铏喜欢神仙之说,他的小说集《传奇》34 篇作品中写得最多的是神仙精怪故事,但即使是这些神仙精怪故事,也多数涉及情爱内容,注重对小说人物"人情化"的描写,与传统的神仙传记及志怪书判然有别。①清人章学诚《文史通义》之所以说唐人小说"大抵情钟男女,不外离合悲欢"(《文史通义·内篇》),就是因为唐人小说中不少著名的作品往往以男女情事为题材,主要表现的是男女之间的感情纠葛。胡应麟谓唐人小说所写"闺阁事咸绰有情致"(《少室山房笔丛》卷三六),前人所谓唐人小说"小小情事,悽惋欲绝"(《唐人说荟·凡例》),也是用情感性来概括这些小说的。唐人情爱小说中的杰作即使不穿插诗歌,也往往表现出浓郁的情思。如《霍小玉传》中没有一首诗,但女主人公悲剧命运的展开过程实际上就是其情绪心理的变化,并在人物从忧虑怅惘到哀怨愤恨的情感活动中完成其性格的塑造。唐

---

①   按:裴铏生活于晚唐藩镇割据的时代,官至节度使,所以他的小说《虬须客传》、《聂隐娘》(《全唐五代小说》卷六四)明显的政治倾向,前者认同李唐王朝的正统地位,后者对藩镇割据执否定态度,但作品中更多的是仙道题材。

代文言小说对男女情爱描写的特殊关注,是史传及其衍出的各种史书之属的叙事作品中都不曾有过的现象,也是不可能出现的现象,表现了小说创作把生活结构深化为情感结构的审美自觉。

与史书重在叙写历史事件、历史人物不同,唐代文言小说大多取材于作者所能感知和体验的现实生活,即使涉及政治人物、历史人物,也往往着眼其感情生活,表现其情感历程。比如陈鸿的《长恨歌传》写到唐玄宗和杨贵妃,作者并没有花费笔墨去陈述和评价玄宗的历史功过,"安史之乱"这样重要的历史事件,在小说中也仅仅是作为背景来交代,突出描写的只是李、杨二人之间的感情,特别是生死离别、仙凡远隔后的思念之情。陈鸿的散文叙事配以白居易的长歌,流淌于其中的完全是一个"情"字,不管人们对李、杨之情作如何评价,都无法否定这篇小说是以"情"字为核心的。晚唐李玫的《许生》(《全唐五代小说》卷五〇)有着明显的政治倾向,对文宗朝"甘露四相"的遭遇表示深切的同情,但并没有叙述"甘露之变",亦没有对这一事件发表"议论",仅仅是通过对鬼魂吟诗的描写,表达作者"六合茫茫悲汉土,此身何处哭田横"的悲愤情怀。

再如,仙道、妖鬼、梦幻也是唐代文言小说常见的题材,但此类作品除了少数有宣传宗教神秘主义的倾向外,多数均植根于当时的现实,突出情感方面的内容。于是我们在唐代文言小说神人仙子、牛鬼蛇神、飞禽走兽的非人形象中往往看到了人,感受到人的社会关系,体会到了人的欲念情感。如《任氏传》所展现的完全是唐代中上层社会男性成员冶游生活的风俗画,活跃于其中的纯然是现实中的人物,而小说作者所谓"异物之情也有人道焉",则说的是作为小说主角的狐精任氏实际有着人的情感、人的操守和高出常人的人格力量。唐人描写的梦境以及种种神鬼世界的小说,诸如《南柯太守传》、《庐江冯媪传》(《全唐五代小说》卷二三)等也无不是现实社会生活的投影,充溢着与现实人生无异的种种悲欢离合的情感内容。鲁迅曾说《聊斋志异》不像明末志怪之书"诞而不情",而是"花妖狐魅,多具人情,和易可亲,忘为异类"[1],其实唐代文言小说早已做到这一点。

---

[1]　鲁迅:《中国小说史略》,人民文学出版社 1973 年版,第 179 页。

其次,史书以资鉴诫、敦教化为目的,而唐代文言小说也像诗一样,以
"审美"为旨归,因而不回避征异话奇,公开为愉悦性情而创作。中国的史书
历来强调功利。孔子因鲁史修《春秋》,微言大义,褒贬世事,使"乱臣贼子
惧"(《孟子·滕文公下》),成为后世史家追慕向往的典范。故唐代史学家刘
知幾认为"盖史之为用也,记功司过,彰善瘅恶,得失一朝,荣辱千载"(《史
通·曲笔》),"史之为务,申以劝诫,树之风声"(《史通·直书》)。唐代文言
小说虽然因为受到史传传统的影响,有些作品篇末,也会有作者的一些议
论,以表惩劝。但正如鲁迅所说,唐代小说虽然也有讽喻和惩劝,但大多不
能影响其"大归则究在文采与意想"。①也就是说唐代文言小说的创作主要是
为了审美愉悦,无论是创作的出发点还是作品本身都可以证明这一点。

前已谈到不少唐代文言小说创作的缘起于"昼宴夜话,各征其异说"(沈
既济《任氏传》),"宵话征异,各尽见闻"(李公佐《庐江冯媪传》),"淹留佛寺,征
异话奇"(李公佐《古岳渎经》),说明这些小说本来就有佐助谈笑、愉悦宾朋的
功能。另外还有不少小说创作更是完全是出自个人的兴趣,如牛僧孺以将相
之尊创作小说,他的《玄怪录》40 来篇小说却多写求仙问道、仙凡偶遇,甚至有
好几篇假托异物吟咏歌唱来结撰故事,极尽想象之能事,施以藻思而不寄寓规
诫,多方面表现其个人的种种兴趣,特别是文字表现的兴致和个人的审美趣
味,完全是一种文人情怀,与史书的资鉴诫、敦教化的功利目的大不相同。

第三是唐代文言小说亦如诗一样,充分发挥文学的想象力,使作品既不
脱离现实,脱离生活,又体现出不同于大多数史书类叙事作品的文学性。史
书向来以"信史"为上,故班固《汉书·司马迁传》高度赞扬《史记》"其文直,
其事核,不虚美,不隐恶。"尽管史传之衍流杂史、杂传及志怪书等,已经出现
种种荒诞不经之描写,但其产生的基础是作者持"神道不诬"之认识,相信鬼
神的存在,并以"鬼之董狐"自任,将超自然之事当成事实加以记录,故仍以
"实录"相标榜。②明人胡应麟曾说:"至唐人乃作意好奇,假小说以寄笔端。"

---

① 鲁迅:《中国小说史略》,人民文学出版社 1973 年版,第 55 页。
② 鲁迅:《中国小说的历史变迁》:"六朝人并非有意作小说,因为他们看鬼事和人事,是一
样的,统当作事实;所以《旧唐书·艺文志》把那种志怪的书,并不放在小说里,而归在历史的传
记一类。"(见《鲁迅全集》第九卷,人民文学出版社 1991 年版,第 311 页)

（《少室山房笔丛》卷三六）鲁迅解释说："其云'作意'，云'幻设'者，则即意识之创造也。"①所谓"意识之创造"，就是说唐代文言小说已经突破了以往史传等叙事文"实录"的桎梏，更多地体现了创作主体的意识，即从审美需要出发来结撰作品，注意突出创作中有意识的想象与虚构。

比如陈玄祐的《离魂记》写灵魂脱离肉体的故事。"离魂"之事早见于刘宋时刘义庆《幽明录》中之《庞阿》（《太平广记》卷三五八），但《庞阿》只是"粗陈梗概"的志怪之文，而《离魂记》的"离魂"则已经被组织进一个"因果毕具"的故事，并成为小说完整艺术逻辑的一环。小说情节并不复杂，但作者已经注意到了对情节进程的把握和人物行动感情心理的描写，最后灵魂与肉体"翕然而合为一体，其衣裳皆重"的细节，则使怪异不经之事与现实生活巧妙榫接，产生了一种艺术合理性。也就是说，《离魂记》创造了一种特定的生活情境，并使这一包含超自然情节的故事成为某种社会生活现象的艺术概括，我们既能从中体会到故事的某些寓意，同时也感觉到了作者的"蓄意经营"。唐代文言小说中数量不少写人神艳遇的作品，也是借助于有意识的想象和虚构，使之大不同于魏晋六朝之遇仙故事。至于上举《嵩岳嫁女》、《蒋琛》、《周秦行纪》、《东阳夜怪录》、《元无有》等所写神仙人鬼以及精怪异物聚会赋诗，无疑都是作者有意的"幻设为文"。

唐人不少描写梦幻的小说也是典型的"幻设为文"。虽然古人多写梦，所谓"春秋、子、史，言梦者多"（白行简《三梦记》）。然而唐代文言小说之写梦与古人记梦已经大不同。《枕中记》的故事构思很可能也受到刘义庆志怪书《幽明录》中焦湖庙柏枕故事（《北堂书钞》卷一三四引）的影响。不过，《幽明录》仅为百余字之叙事短札，而《枕中记》将主角漫长的一生凝缩在连一锅黄米饭都没有煮熟的短暂时间内，通过一个梦境概括了现实政治生活中带有典型性的情境，给社会统治集团上层人物间的政治倾轧和升迁无定的宦海风波作了有特征的描写，因而虽然宣泄的是人生如梦的思想，却有针砭和讽刺现实的意义。《南柯太守传》、《秦梦记》等记梦的作品也都基于作者有意识的想象与虚构，从而超越简单的记异志怪，创造出一个有着真切情境的

---

① 鲁迅：《中国小说史略》，人民文学出版社 1973 年版，第 54 页。

独立自足的艺术世界。

　　第四,中国史书以叙述史实为目的,刘知幾说"夫国史之美者,以叙事为工,而叙事之工者,以简要为主",至于"简要"的标准则是"文约而事丰"(《史通·叙事》)。与史书叙事强调"简要"不同,诗歌是十分注意文辞的,故梁简文帝萧纲说删沈约《宋书》为《宋略》的史学家裴子野"乃是良史之才,了无篇什之美"(《与湘东王绎书》)。唐代文言小说以审美为目的,因而重视种种文学的表现方法,包括叙事的铺陈描绘及使用文学语言,使小说具有了诗歌的"篇什之美"。所以鲁迅说唐人小说"叙事宛转,文辞华艳,与六朝之粗陈梗概者较,演进之迹甚明。"①又说唐人小说中的杰构大多"文章很长,并能描写得曲折,和以前简古的文体,大不一样"。②

　　比如8世纪初张文成的《游仙窟》就是较早一篇尽蜕史传及其衍流记述文体的旧套,从而表现出作为叙事艺术的小说美学品格的作品。小说所写为男主角的一夜艳遇,情节在男主角的挑逗和女主角的半推半就中急速展开,人物活动细节的细腻描写,则使三言两语便可以概括的简单情节充满了戏剧内容,其所铺染出来的生活密度及其雕镂的细密,都令人叹为观止,从而创造性地提供了一个在短促时间内展示完整生活断面的短篇小说艺术范例。至于唐代文言小说中的其他名篇《洞庭灵姻传》、《霍小玉传》等也大多篇幅漫长、叙事婉曲。

　　唐代文言小说的叙事婉曲当然与注重文辞有很大的关系。就总的说来,唐代文言小说在语言上曾广泛从史传、古文、骈文、诗赋中吸取营养,故或取史传白描传神之笔,文字洗练而略施藻绘,或杂以骈俪之词,表现出繁缛华艳的风格,但其中最突出的是在表达人物情感和场景描写中借鉴诗歌的语言和表达方式,使作品表现出强烈的抒怀氛围和形象的可感性,甚至在小说中创造出一种本来只有抒情诗才能达到的"诗歌意境"。因此,许多优秀的唐代文言小说所使用的完全是一种文学的叙事语言,既不同于以往志怪书等叙

---

　　① 鲁迅:《中国小说史略》,人民文学出版社1973年版,第54页。
　　② 鲁迅:《中国小说的历史变迁》,见《鲁迅全集》第九卷,人民文学出版社1991年版,第313页。

事作品的质木无文,亦与韩愈、柳宗元所倡导的古文有很大的不同。①

　　要而言之,唐代文言小说的"诗化",就是将历来主要属于史书范畴的散文叙事"文学化"。唐代文言小说的创作也许并非是理论的自觉,而是一种实践的创造。不过,沈既济《任氏传》中所说的"著文章之美,传要妙之情"实际上已经认识到了"文学性"对小说创作的意义并加以强调。其中"传要妙之情"说的是小说内容的文学性,即小说主要表现的是故事中人物丰富细致的情感活动;"著文章之美",则强调的是小说形式上的文学性——无论结构、语言以及气韵等方面都应该有"篇什之美",符合"美文学"的要求。因此,沈既济所理解的"小说",已经不是传统的史书之属的记叙文,而是以审美为目的的文学作品了。小说是叙事文学,以塑造人物形象为核心,而塑造人物的前提则是通过对情节、人物、环境的描写构筑一个具象化的艺术世界,只有在这样的艺术世界中才能创造出真正文学意义上的人物形象,从而达到小说的美学要求。正是"诗化",也即各方面的"文学化",使许多唐代文言小说得以接近或实现这一目标,并最终突破以往史书之属叙事文的藩篱,成为一种独立的文学样式。在这个意义上,所谓"诗入小说",所谓唐代文言小说的"诗化",对中国古代小说文体的形成意义应该是重大的。

五

　　中国古代的散文叙事,最早以史书最为发达。由于种种特殊的地理、历史条件,造成了华夏民族不同于世界其他各民族的历史演进形态和社会发展模式,经济、政治和文化的发展都与其他古老民族有很大的不同。其表现在精神文化上,则由于敬天法祖、天人合一成为一种思想传统,强调人伦理

---

　　① 按:郑振铎曾以为唐代的"传奇文运动"是"古文运动的一个别支"(《插图本中国文学史》第二十九章)陈寅恪也认为:"(唐传奇)本与唐代古文同一原起及体制也。"(《元白诗笺证稿》第一章)后世因成定说,甚至流行"古文运动"哺育了唐人小说的说法。这一说法与实际情况有较大的距离。这不仅在于不少唐代不少文言小说(即所谓"传奇文")文辞华艳,有骈俪色彩,也不仅在于标志着唐代文言小说进入成熟和繁盛阶段的《任氏传》、《枕中记》等实际产生于"古文运动"以前,主要是唐代文言短篇小说的文风,从总体上来说是不同于"古文"的,且许多名篇风格各异,与韩、柳倡导的古文风格相去甚远。

性的文化元典"六经"早早确立,原始宗教观念日趋淡化,民族自身发展的历史因此受到最大的推崇,甚至"神话传说"也逐渐被"历史化",使层出不穷的散文体史书,不仅是对民族历史进程的记忆——当然是一种"有选择的记忆",也成了民族叙事艺术积累的主要载体。在文学领域,则是缘情言志的抒情诗远比叙事诗发达,长期高据文学的主流位置。正是这样的历史文化背景,导致了中国古代小说的形成道路与西方的不同。

我在给俞钢博士学位论文《唐代文言小说与科举制度研究》所写的序言中曾谈到这种不同。① 大体而言,欧洲近世小说无论是形式,还是精神内容都可以追溯到古代希腊的史诗,即人们常说的"荷马史诗"——以神话传说、部落战争为内容的长篇叙事诗《伊利亚特》、《奥德赛》,其直接的来源则是 12 世纪以来在西方发展起来的"骑士叙事诗"(romance)。因此不管希腊史诗、欧洲各民族的"英雄传奇"和骑士叙事诗实际上是否一脉相传,西方"文艺复兴"以后出现的散文体小说确实主要是由"长篇叙事诗"孕育的。这其中尽管有从韵文到散文的转化,但总的说来仍然是文学内部发展的结果。另一方面,因为有了长篇叙事诗作为"典范",也使欧洲散文体小说以长篇为主流的特点显得十分突出。而在中国,由于没有"神话—史诗"传统,古代叙事艺术的经验在文学领域——包括诗赋和文学散文中的积累又是很有限的,所以各种各样的史书实际承担了叙事艺术积累的任务。从列入"九经"的"《春秋》三传"到被公认为"正史"典范的《史记》,中国古代史书的叙事经验的积累已经十分丰厚。《史记》等史书中的"传记"篇目,为中国小说,特别是文言短篇小说提供了最基本的叙事模式。汉魏六朝以来,"史传"衍流的杂史、杂传、志怪书等更是层出不穷,它们由被奉为"正史"的史书派生而成,由于在一定程度上可以不受"史传"规范的束缚,又发展出一种溢出史书的叙事态度和叙事风格,特别是在内容上不断摆脱史书尽可能忠实于史事的要求,记以怪异之事和杂以不同程度的虚构②,表现出"小说化"的倾向,对中国古代

---

① 俞钢:《唐代文言小说与科举制度》卷首,上海古籍出版社 2004 年版,第 1—22 页。

② 按:史传也有虚构,但却是在事实框架中的虚构。杂史、杂传、志怪书虽然标榜求实,但所记之事往往依赖传闻,则实在难以避免虚构,因为传闻本身不可能没有虚构,作者强调忠实记录传闻,也就忠实地记录了传闻中的虚构,而这种虚构又不同于历史书在事实框架中的虚构,实际上甚至连"事实"本身也可能是虚构的。

叙事艺术的积累也起到了重要作用，在一定程度上也可以说是唐代文言短篇小说的渊源。①在中国，所有积累叙事艺术经验的载体，包括带有叙事成分的诗赋和散文，篇幅都不大，因此绝非偶然地使中国叙事文学之最高形式的散文体小说只能由短篇小说跨出第一步。

实际上，中国古代与西方小说渊源形成不同的地方还有一个重要方面，那就是从史传、杂史、杂传、志怪书，再到小说，中国古代散文体小说需要完成一个从史书到文学作品的"转化"。而要完成这一"转化"，使中国古代散文体小说蜕尽"史传"的茧壳，必须等待历史提供的"必要条件"。如果说唐代的社会体制与精神文化不同于往古的变化，恰逢其时地为散文体小说的大量出现提供了"必要条件"——既提供了创作主体和读者群体，也提供了一种适宜其生长的"精神气象"——那么"诗入小说"，便是导致这种"转化"的内在原因，唐代文言短篇小说的成批出现，则是这种"转化"完成的标志。

唐代文言短篇小说的大量出现，对中国文学发展来说是有划时代意义的，这不仅表现在唐代文言小说与唐诗并称为唐代文学的两大奇葩，交相辉映，成为中国文学一个辉煌时代的标志，更重要的是唐代文言小说的异军突起，标志着一种有着蓬勃生命力的新的文学样式登上历史舞台，从而拓宽了中国文学发展的道路。唐代文言小说与中国古代各种类型的史书，包括史传及其衍流的区别虽然是多方面的，其实质却只有一个，那就是文学作品与史书之属的记叙文的区别。由"诗入小说"所导致的唐代文言小说的"诗化"，最重要的文学史意义就是将"诗歌"的种种"文学特质"带入了传统的史传叙事，从而促进了中国叙事艺术的发展，并最终完成了由"史传"向"文学"的蜕变，导致了中国古代小说文体的成熟和小说创作高峰的出现。所以无论是研究中国古代小说的形成发展，还是研究中国古代小说的民族特色，"诗入小说"都是值得特别关注的。

我个人一直认为，对"诗入小说"问题的研究，对中国小说史研究来说是很重要的。但这个问题很复杂，不仅牵涉面很广，而且涉及不少理论问题，

---

①　按：这一点已有人言及，如程毅中说："唐代小说主要是从史部的传记演进而来，无论志怪还是传奇，最初都归在杂传类。"（《唐代小说史话》，文化艺术出版社 1990 年版，第 12 页）

探究起来,尤其是论述起来可能是十分困难的。实际情况大概也是这样,所以尽管这个问题近年来颇为研究者所重视,但比较全面和深入的研究还不是很多见。

2004年夏天,我有四位博士研究生同时参加了学位论文的答辩,除一篇《晚清报刊小说研究》外,其余三篇《唐代文言小说与科举制度研究》、《诗与唐代文言小说研究》、《佛教与唐五代白话小说研究》都是围绕唐代小说进行的研究。这些选题既出于作者各自的研究兴趣,也与我对中国古代小说渊源形成的思考有关。我的想法是,《唐代文言小说与科举制度研究》和《诗与唐代文言小说研究》两篇能尽可能搞清唐代文言小说的形成问题,希望前者侧重于从外部原因探讨唐代文言小说的形成问题,后者侧重于从文学内部探讨这一问题;至于《佛教与唐五代白话小说研究》则重在探讨中国早期白话小说的形成问题。应该说,这几篇论文都做得很好,不仅都顺利地通过答辩,而且都获得了好评。

我之所以赞同邱昌员选择《诗与唐代文言小说研究》作为学位论文的题目,一方面是因为他对中国古代诗词和唐代文言小说都有兴趣,另一方面则是因为他对于诗词有过较多的研究——早在1997年昌员从我攻读硕士学位时,所作的硕士学位论文即为《两宋江西词人研究》,这篇论文当时就出类拔萃,后来经过修改,又作为一本专著公开出版,这在硕士论文中还是不多见的,由此可见他在诗词研究方面确实下过功夫,在学术积累方面有一定的优势。我对昌员完成这篇论文很有信心,昌员也确实没有辜负我的希望,经过三年的努力,他拿出的这篇博士学位论文不仅在篇幅上,而且在学术水平上都超过了我原来的估计。

昌员的这篇博士学位论文共分六章,不仅详细论述了"诗与唐代文言小说文体特征的形成"问题,而且还论及了"唐代文言小说的诗意审美"、"唐代诗人与文言小说的创作、接受和传播"、"唐代文言小说发展与唐诗演进之关系"、"唐代各类文言小说与同类诗歌之关系"以及"唐代文言小说与唐代文人的诗歌活动"等方面的问题,从而对"诗与唐代文言小说"的方方面面进行了一次全面的考察和研究,并提出了一些很有价值的看法。昌员的论文也因此得到了由一些著名专家组成的答辩委员会的赞许,被评为"优秀"。我个人对昌员的论文应该说很满意,认为他的论文在前人研究的基础上有很大的拓展,也为今后的研究提供了一个新的起点。现在昌员的论文得到出版的机会,我感到由衷的高兴,希望这本专著对有关研究能起到很好的促进作用,也希望其中的缺点和不足能得到更多学界同仁的批评指正。

2008 年 3 月 6 日于上海寓所

【整理说明】

　　本文系先生为《诗与唐代文言小说研究》所撰《序言》,曾以《唐代文言小说"诗化"的文学史意义》为题刊载于《赣南师范学院学报》2008 年第五期(摘要),又以《唐代"诗入小说"现象及其文学史意义》为题收入《中国古代小说与文化论集》(有删节),中华书局 2013 年版。

　　《诗与唐代文言小说研究》,邱昌员著,中国社会科学出版社 2008 年 6 月出版,计 45 万字,前有先生《序言》,后有作者《后记》、《出版后记》。该书对诗与唐代文言小说的方方面面进行全面的考察和研究。除《绪论》、《结语》外,全书共六章,分别从"唐代文言小说的诗意审美"、"唐代诗人与文言小说的创作、接受和传播的关系"、"诗与唐代文言小说文体特征的形成"、"唐代文言小说发展与唐诗演进之间的互动"、"唐代各类文言小说与同类诗歌之关系"、"唐代文言小说与唐代文人的诗歌活动"等方面,对诗与唐代文言小说之间的关系作了极为系统的论述。

　　邱昌员(1966—　　),男,江西南康人。个人简历见《〈历代江西词人论稿〉序言》。

《社会心理变迁与文学走向》序言

一般认为,中国古代"白话小说"源于宋、元文艺市场上的讲唱技艺,其实,"敦煌藏卷"中的不少叙事类文学作品,不仅语体上可确定为"早期白话",而且初步达到了"小说"的文体要求,标志着一种不同于"文言"语体的小说在唐、五代已经开始出现,尽管其尚处于"萌芽"的状态,所以我在编纂《全唐五代小说》时,尽量收入了这些作品。①

敦煌藏卷中的这些"白话小说"的成分和来源很复杂,有的可能与讲唱无关,完全是一种书面创作②,更多的虽与寺院讲唱,特别是"转变"有关,但主要是讲唱的"记录本"、"抄录本"。这种记录、抄录是否忠实于讲唱,或在多大程度上忠实于讲唱,都很难说清,但这种记录、抄录,在一定程度上完成了从口头讲唱到书面写作、案头阅读的转换③,使我们不仅得到了可供案头阅读的中国"早期白话小说"的作品,也为我们研究"白话小说"的形成过程提供了可靠的文献。

不过,从小说艺术来说,敦煌藏卷中的这些"白话小说"还相当稚拙,只能说是中国古代"白话小说"的"早期形态",而非"典型形态"。中国古代"白话小说"的"典型形态"的形成,确实深受宋、元讲唱技艺的影响。只是这一类在宋、元城市中专门的文艺演出市场"瓦肆勾栏"中出现的讲唱技艺,从其源头上说,并非与唐、五代寺院讲唱无关,在很大程度上甚至可以说是唐、五代寺院讲唱的延续。因为早在唐、五代,在"俗讲"基础上形成的"转变"已经

---

① 李时人编校:《全唐五代小说》,陕西人民出版社 1998 年版。

② 《唐太宗入冥记》、《黄仕强传》(《全唐五代小说》卷九〇)等很可能与讲唱无关。唐代有不少写冥报感应的作品,如唐临《冥报记》,不过这两篇作品更多"口语",与用文言写的同类作品在语体上有所不同罢了。甚至《叶净能话》、《韩擒虎画》、《秋胡变文》、《祇园因由记》、《前汉刘家太子变》等都有可能是书面创作。

③ 敦煌写卷中即使是源于讲唱的作品,也不可避免地有记录者的整理加工成分,甚至有一定程度的再创作。如《王昭君》(《全唐五代小说》卷八九)结尾的祭文,显然不适合口头演述,很可能是整理者添加的。另外,从《本事诗·嘲戏第七》所记诗人张祜举《目连变》嘲戏白居易故事,可知《目连变》已经成为供案头阅读的作品。

走出寺院，成为艺人们掌握的一种技艺。①只不过是由于宋、元城市中专门的文艺演出市场"瓦肆勾栏"为这类发端于唐、五代寺院的讲唱技艺发展提供了新的温床，当然也因此导致了这类技艺的变异。

毫无疑问，讲唱技艺在宋、元的发展与中国社会的历史变化有很大的关系。两宋是中国历史一个新的阶段的开始。由于国有土地制度被私有制全面取代，农耕技术的进步，宋代的农业生产力得到很大的提高，从而使经济有了很大的发展，不仅造成了社会关系的变动，又在很大程度上促进了城市的发展和变化。经过晚唐割据和五代战乱，中国城市原有的"坊市制"遭到极大破坏，至宋代形成了新的、有利于商业发展的城市格局。与此相应的是，由于土地兼并，大量人口流向城市，加速了城市化的进程。在新的社会结构、社会关系、社会生活的基础之上，两宋以来中国思想文化也出现了新的特点：一方面是随着专制统治的加强，北宋提倡通经致用的"宋学"逐渐向强化专制统治的南宋"理学"转化，并使后者在以后数百年间在中国意识形态领域占据了统治地位；另一方面是由于城市性质、功能的改变，商业的发展和城市生活的变化，服务于广大民众，特别是城市"市民"娱乐消费的"文艺市场"开始繁盛，由此产生的大量口头和书面的文艺作品因此成为反映广大民众思想观念，宣泄广大民众心理情绪的载体，成为广大民众的精神寄托和思想渊薮。也就是说，至两宋，中国传统的思想文化不仅开始出现明显的两极分化，而且下层民众的文化也有了表达、宣泄的孔道。

两宋的文艺市场非常繁荣，讲唱技艺也因此得到很大的发展，这在有关载籍中有较详细的记载。如据南宋初孟元老《东京梦华录》卷五"京瓦伎艺"记载，北宋汴京有十座"瓦肆"，大的瓦肆中的"勾栏"多达十几座。南宋灌园耐得翁《都城纪胜》、西湖老人《繁胜录》、吴自牧《梦粱录》以及宋末元初周密《武林旧事》、罗烨《醉翁谈录》中谈到南宋的行在临安城内外有二十多个瓦肆，其中出现了众多有名的艺人，"说话"技艺甚至已经有了"家数"之分。虽

---

① 晚唐吉师老《看蜀女转昭君变》诗不仅写到寺院以外民间艺人表演"转变"，更具体描写了艺人的演唱形式和演唱的内容："妖姬未著石榴裙，自道家连锦水濆。檀口解知千载事，清词堪叹九秋文。翠眉颦处楚边月，画卷时开塞外云。说尽绮罗当日恨，昭君转意向文君。"（《全唐诗》卷七七四）

然关于南宋"说话四家"的划分至今仍有争论,但"小说"和"讲史"是其中最重要的两家应是无可置疑的。南宋之"讲史书"主要是"讲说《通鉴》、汉唐历代书史文传、兴废争战之事",其中包括北宋已经流行的"说三分"、"讲五代史"。而所谓"小说"则是讲说种种"灵怪、烟粉、传奇、公案"以及"朴刀、捍(杆)棒、妖术、神仙"故事。据记载,当时的"小说"是最受欢迎的"说话"技艺,因为"小说者能以一朝一代故事顷刻提破",即在一个比较短的时间里就能讲完一个完整精彩的故事。《武林旧事》记载的"小说家"多达50多人,远远超出其他各家,《醉翁谈录》记载的"话目"(即故事名称)有100多个,都可证明当时"小说"技艺的繁盛。

虽然无从知道这些宋、元"说话"艺人所讲的故事有多少被写成了书面作品,但人们根据有关记载和明代所刊的一些小说集的研究,当时确实有一些宋、元"说话"艺人所讲故事被写成了供人阅读的书面作品。而由于元刊《新编红白蜘蛛小说》残页的发现①,使人们相信,至少在元代,作为案头读物的这类"白话短篇小说"已经开始被刊行。这一类基于宋、元讲唱艺人"说话"而创作的"白话短篇小说",被20世纪以来的中国古代小说研究者称为"话本"。"话"、"话本"的本来意思都应该是"故事",宋、元人就是在这个意义上使用这一概念的。20世纪以来的研究者用"话本"指称这类"白话短篇小说",本无不可,但将"话本"解释为"说话人的底本",则未免有些望文生义。因为种种事实证明,这类作品是写出来供案头阅读的读物,用来作"说话"艺人讲唱"底本"的可能性微乎其微。

根据众多学者的研究,保留在明刊小说集中的"宋、元旧篇"总数有数十种②,这个数量虽不能算少,不过,这是宋、元数百年的积累,而从艺术水平来看,又是参差不齐的。如明嘉靖年间洪楩清平山堂编印的《六十家小说》残

---

① 1979年在西安发现的《新编红白蜘蛛小说》残页被有人认定为元刊。参见黄永年《记元刻〈新编红白蜘蛛小说〉残页》,载《中华文史论丛》1982年第1期。
② 胡士莹《话本小说概论》(中华书局1980年版)考证出"宋代话本"40种、"元代话本"16种,又钩沉"宋元话本"5种,总计61种;欧阳健、萧相恺编《宋元小说话本集》(中州古籍出版社1987年版)收"宋元话本"67篇;程毅中辑注《宋元小说家话本集》(齐鲁书社2000年版),收"宋元小说话本"40篇,另作为"存目叙录"者22篇。

存的 29 篇作品中①，既有流传下来的"宋、元旧篇"，也有明人的作品，但这些作品的形式体制就并非如后来冯梦龙所编写的"三言"那样一致；在小说艺术方面，也有较大的差异，不少篇章还比较粗率，整体上显示出不断演进的痕迹。②也就是说，尽管宋、元时期讲唱技艺的高超，是"白话短篇小说"创作的基础，但作为书面创作，"白话小说"仍然处于缓慢发展中。只有到了晚明，由于"三言"、"二拍"等小说集的出现，中国古代"白话短篇小说"的发展才进入了真正的高潮。

天启年间(1621—1627)，冯梦龙编纂的白话短篇小说集《古今小说》(再版时改为《喻世名言》)、《警世通言》、《醒世恒言》陆续刊印出版，三集共收"白话短篇小说"120 篇。在这 120 篇作品中，既有对以往各种类型的"白话短篇小说"，包括"宋、元旧篇"的改写、编辑整理，也有冯梦龙自己的创作。虽然在"三言"中哪些原是"宋、元旧篇"，哪些是明人的创作，哪些是冯梦龙自己的独立创作，迄今无法定论③，但"三言"中的小说，形式体制相对整齐划一，尤其是叙事宛曲有致，人物形象塑造生动传神，使许多篇章都达到了"白话短篇小说"艺术的极致。不要说冯梦龙自己独立创作的作品，就是其对"宋、元旧编"的改写、改编，也表现出这位杰出小说家的艺术创造力，这只要比较一下《古今小说》卷一二中的《众名姬春风吊柳七》和《六十家小说》中保

---

① 洪楩编印的《六十家小说》，原分《雨窗》、《长灯》、《随航》、《欹枕》、《解闲》、《醒梦》六集，每集两册，每册五篇。宁波范氏天一阁旧藏残本 3 册，存 12 篇又残页 7 片，日本内阁文库藏残本 3 册 15 篇，此外还存其他两篇的残页。日本影印内阁所藏时因尚不知道《六十家小说》的题名，遂据版心洪楩"清平山堂"的堂号，题为《清平山堂话本》，后来文学古籍刊行社合 27 篇影印时也沿袭了这一题名。其实，原刊虽有"入话"、"话本说彻"等字样，但原刊有些篇章结末更有"小说张子房慕道记终"、"新编小说快嘴媳妇李翠莲记终"、"新编小说陈巡检梅岭失妻记终"等字样，因知以"清平山堂话本"之拟名实不如原名《六十家小说》准确。

② 《六十家小说》中被研究者认为是"宋人话本"的有《洛阳三怪记》、《合同文字记》等 10 篇，被认为是"元人话本"的有《柳耆卿诗酒玩江楼记》、《快嘴李翠莲记》等 7 篇，被认为是明人作品的有《刎颈鸳鸯会》、《风月相思》、《张子房慕道记》等 12 篇。只是其中被认定为"宋人话本"的作品基本都经过元人的改编和增饰，不可能保持宋人作品的原貌。洪楩是明嘉靖间知名的藏书家，也喜欢刻书。其所刻《夷坚志》、《唐诗纪事》等，皆出家藏古籍覆刻，为学者所重，因知其非以刻书射利者。从《六十家小说》的不同版式和大量墨钉看，其刊刻时并未对原本做重大改动，有些甚至可能是对旧刊本的覆刻。

③ 参见聂付生《冯梦龙研究》下编第一章《"三言"考述》，学林出版社 2002 年版，第 197—230 页。

存的《柳耆卿诗酒玩江楼记》就可以明显看出。

　　冯梦龙的"三言"不仅在文学创作上取得了巨大成功,而且也使书坊获利,后者也正是书商竭力敦请凌濛初创作"二拍"的原因。崇祯元年(1628),凌濛初创作的《拍案惊奇》四十卷由尚友堂刊行,每卷以偶句为标题,内容则为独立的"白话短篇"小说一篇,共 40 篇。《拍案惊奇》板行后亦大畅一时,"贾人一试之而效,谋再试之"。崇祯五年,凌濛初创作的《二刻拍案惊奇》也由尚有堂刊行,体例、规模一如《拍案惊奇》。只是由于《二刻》尚友堂原刊本遗失,现存利用了尚友堂原刊本大部分板片的重印本,只保留了 38 篇小说。最值得注意的是,"二拍"的 78 篇白话短篇小说,虽然取材广泛,所谓"取古今来杂碎事可新听睹、佐谈偕者,演而畅之",但全是凌濛初个人的独立创作,全部作品的思想意识、精神意象和艺术风格都比较统一。

　　尽管凌濛初的"二拍"在艺术创造上并没有多少超出冯梦龙"三言"的地方,但作为个人创作,"二拍"还是在不少方面,尤其在编织故事、发挥想象力以及表达时代精神心理等方面表现出了鲜明的特色。"三言"、"二拍"的成功,吸引了更多人的仿效。几乎与《二刻拍案惊奇》刊行的同时,陆人龙创作并刊印了《型世言》十二卷四十回。另外,周楫《西湖二集》三十四卷、天然智叟《石点头》十四卷、华阳散人《鸳鸯针》四卷十六回,东鲁古狂生《醉醒石》十五卷等十余部"白话短篇小说"集也在稍后或不久问世。虽然这些小说集的艺术成就几乎无一能与"三言"、"二拍"相比,但正是由于"三言"、"二拍"高峰耸立,加上众多小说集的簇拥,"白话短篇小说"才在晚明显示出兴盛的气象。而选本的出现,盗版、拼版的发生①,也都从侧面反映了这一时期"白话短篇小说"的流行。

　　不过,这种情况在入清以后很快发生了变化。虽然清初从顺治至康熙、乾隆,各种类型的白话小说创作并没有停止,甚至还出现了"才子佳人小说"创作的热潮,短时间内,《玉娇梨》、《平山冷燕》等中、长篇"才子佳人小说"就

---

　　① 　《今古奇观》(又名《古今奇观》、《喻世名言二刻》)四十卷,收"三言"31 篇,"二拍"9 篇,成为明末清初之流行选本。有书贾拼合《二拍》10 篇和《型世言》24 篇刊为《二刻拍案惊奇》(别本),后又改名为《幻影》(又名《型世奇观》,又名《三刻拍案惊奇》)刊行。又有明末刻《觉世雅言》八卷,收"三言"7 篇,又从《今古奇观》收《拍案惊奇》1 篇。

充斥了书肆。但"白话短篇小说"创作却陷入低潮,清初"白话短篇小说"的作手首推笠翁李渔,李渔也可以说是冯梦龙、凌濛初之后最富创造力的白话短篇小说家,他的《无声戏》、《十二楼》两部白话短篇小说集共30篇小说,虽然美学品格并不高,却表现出了突出的创作个性。李渔之后,偶有几部作品如酌元亭主人的《照世杯》、艾衲居士的《豆棚闲话》等也已经不成气候了。所以我与何满子先生1988年编纂《中国古代短篇小说杰作选评》白话卷时就以李渔的作品收结,称其为中国古代"白话短篇小说"的"殿军"。①而李渔生于明万历三十九年(1611),卒于清康熙十九年(1680),其《无声戏》、《十二楼》刊刻发行的时间大约在清顺治十三年至十五年(1656—1658)。

就我们目前掌握的资料,作为书面创作的中国古代"白话短篇小说"从唐、五代开始萌芽,宋、元陆续出现一些比较成熟的作品,至晚明才出现了创作和传播的高潮,然而这个高潮如同昙花一现,最多不过二三十年。清初顺、康时白话短篇小说就已开始衰落,乾隆以后,不仅白话短篇小说创作基本消歇,甚至连晚明的"三言"、"二拍"、《型世言》等都已经难寻踪影,以至20世纪初中国现代学术兴起,要去日本才能找到"三言"、"二拍"的原刊本或早期刊本,而《型世言》则直到1987年,才在韩国汉城大学的奎章阁里被发现。

中国古代"白话短篇小说"缓慢的形成发展过程和高潮出现后急剧衰落,在中国小说史上划出了一道有些奇特的轨迹,或者说形成了一个令人奇怪的小说史现象。20世纪初以来,由于一些特殊的历史原因,古代白话小说研究,包括"白话短篇小说"研究曾经不止一次成为学界关注的热点。在数十年的时间内,人们对中国古代"白话短篇小说"从方方面面进行了研究,举凡资料收罗,形式体制考察,作品思想艺术的分析等等几乎无不涉及,但对这样一个十分重要的、涉及中国古代小说发展特殊规律的现象却很少有人探讨,至少很少有人作出过合理的解释。

其实,在中国小说史上,不仅"白话小说"史上的一些重要问题没有解决,"文言小说"史上也有些令人疑惑,但至今少有人进行探讨的问题。比如,从大的方面看,中国古代"文言短篇小说"的发展轨迹就与"白话短篇小

---

①　何满子、李时人:《中国古代短篇小说杰作选评》下册,安徽文艺出版社1988年版。

说"大不相同。前面我们谈到,"白话短篇小说"从萌芽到形成的时间很长,但创作高峰的时间很短,而且很快就一蹶不振,以至于清中叶几乎完全绝迹。所谓先抑后扬又戛然而止,而"文言短篇小说"则是先扬后抑却又绵远流长。

在中国小说史上,"文言短篇小说"的出现要早于"白话短篇小说"。当然,这不是说"文言小说"在中国是古已有之,那种将中国古代小说上溯到春秋战国、两汉魏晋的说法明显是不符合学理的。这是因为散文体小说是人类"成年的艺术",或者说"小说"是一个国家、一个民族"叙事艺术"积累达到一定高度的产物。只有当一个国家或民族的叙事艺术积累达到一定高度,并且遇到合适的"历史必要条件",散文体小说才能真正出现。在这一点上,中国古代小说是幸运的。7世纪出现并在8世纪末达到相当繁荣的唐代"文言短篇小说",可以说是在世界范围内最早出现的符合散文体小说艺术格范的短篇小说。

只是唐初的"文言小说"作品,如武德时王度《古镜记》,贞观时佚名《补江总白猿传》,高宗时张文成《游仙窟》,还都是零星出现,到8世纪后期和9世纪初的贞元、元和年间(785—820),"文言短篇小说"才开始成批产生,而且很快就进入了创作高潮。沈既济的《任氏传》、《枕中记》,李朝威的《洞庭灵姻传》(《柳毅传》)、许尧佐的《柳氏传》、白行简的《李娃传》、李公佐的《南柯太守传》、元稹的《莺莺传》、蒋防的《霍小玉传》,这些被后世视为中国古代"文言短篇小说"经典作品的篇什,几乎都出自于这一时期。接着,大约从大和(827—835)开始,唐代"文言小说"又从单篇转入以小说集为主的创作,进入一个新的创作高潮,到唐末,已经有20余种小说集问世。以往人们对这些小说集注意不够,实际上这些小说集的产生不仅表现出创作数量的增长,其中也不乏佳篇。如大中以前薛用弱的《集异记》、牛僧孺的《玄怪录》、李复言的《续玄怪录》都表现出鲜明的创作个性,大中间李玫的《纂异记》、咸通间袁郊的《甘泽谣》、乾符间裴铏的《传奇》也是三部极富创造力的小说集。

从8世纪后期到9世纪末,在一个相当长的时间中,唐代"文言短篇小说"保持着持续不衰的创造力。十几年前,我曾参照《全唐诗》的体例,编校了《全唐五代小说》,全书正编100卷,收录作品1 313篇。尽管按照"小说"

的文体标准,所收较为宽泛,但不管怎样说,中国在1 000多年前的唐代就出现了如此大量的优秀短篇小说作品,应该是一个奇迹。这些作品的出现,不仅标志着中国散文体小说的成熟,同时也创造了中国古代小说创作的第一个高潮。

但是,从五代开始,"文言短篇小说"创作就已经开始式微。两宋的"文言短篇小说"创作数量上不算少,也有一些自己的特色,但其在艺术水平上则明显不如唐人,以至于鲁迅说:"宋一代文人之为志怪,既平实而乏文采,其传奇,又多托往事而避近闻,拟古且远不逮,更无独创之可言矣。"[①]不论鲁迅的批评是否全面,但在小说艺术上,宋代"文言小说"较之唐代"文言小说",有明显的落差,确是一个不争的事实。元代几乎找不出像样的"文言小说",仅有少量略具故事梗概的谈片。正是在这种情况下,明初瞿佑的小说集《剪灯新话》问世,很快使当时人耳目为之一新。不过,《剪灯新话》从题材到表现方法,基本仍是规抚唐人,笔力也较荏弱。而有明三百年,于《剪灯新话》、《剪灯余话》以后并未出现文言小说创作的高潮,只有不多的一些学步《剪灯新话》而意趣远逊的作品如赵弼《效颦集》、陶辅《花影集》、邵景詹《觅灯因话》等勉强维持文言小说之流脉。清初天才作家蒲松龄《聊斋志异》的出现曾一度改变这一局面。[②]不过,蒲松龄的出现,并不能看作是文言小说的"复兴",因为《聊斋志异》虽然取文言小说的形式,但其创作的成功,不仅如鲁迅所说的"用传奇法而与志怪","花妖狐魅,多具人情",出幻域而入人间,更在于他作"文言小说"而汲取了"白话小说"的艺术积累和艺术精神。也就是说,《聊斋志异》的成功实际上是建筑在"文言小说"与"白话小说"融合的基础之上。本来,由于文言和白话这两种不同的语言工具的限制,融合的可能有极大的限度,"这是一条极少能通过的艺术窄门,因此蒲松龄便成了不可无一又不能有二的独特现象"[③]。蒲松龄之后,也颇有一些仿效之作,但多

① 鲁迅:《中国小说史略》第十二篇,《鲁迅全集》第九卷,人民文学出版社1981年版。
② 蒲松龄:《聊斋志异》500多篇作品中,除了少量随笔短札,绝大多数都是完整的"文言小说"篇什,其中可称为佳作者多至不可枚举,充分证明蒲松龄是古代文言小说的一位巨匠。
③ 何满子、李时人:《中国古代短篇小说杰作评注》上册,安徽文艺出版社1988年版,第297页。

不能望其项背,并没有改变"文言小说"衰落的趋势。

　　就总的说来,中国的"文言短篇小说"创作,从唐代鼎盛一时以后,虽然在近千年的时间内不绝于缕,也偶兴波澜,但除《聊斋志异》的异军突起以外,总体上即使不能说是江河日下,至少未能在文学史上再掀高潮。这无疑与"白话短篇小说"的发展形成了不同的运动轨迹。我相信,一定有不少研究者看到了这些问题,也一定有不少研究者思考过这些问题,至今我们仍然未能对这些问题作出合理的解释,肯定与我们的研究理论和研究方法有关。

　　发展到今天的中国古代小说研究,在理论和方法上仍然存在很多问题,应该是一个不争的事实。理论方法的缺失阻碍着古代小说研究的发展,亦是一个不争的事实。其实,不仅古代小说研究是如此,古代文学研究的其他领域也或多或少地存在这个问题。几年前,我在《光明日报》上写过一篇《古代文学研究的现代道路与理论建设》也曾谈到这一问题:"为什么我们的古代文学研究总是表现出量的增长而少有质的提高? 原因固然很多,如果仅仅从学术本身来说,主要问题之一大概就是我们在基础理论、观念方法上没有超越前人。""古代文学研究要想在 21 世纪得到更大的发展提高,首要任务之一就是要解决学科的理论建设问题。"记得当时就有人在网上发帖,认为话说的虽然不错,但理论在哪里呢? 哪种理论可以拿来用呢? 其实,我在文章中已经提到,这不仅是一个理论问题,也是一个实践问题,"古代文学研究的基础理论、学科理论,可以是多元的、开放的、允许探索的,但绝不能从理论到理论,或者再套用某种现成的理论,而是应该通过研究实践形成和发展的。"①

　　我以为,关于中国古代"白话短篇小说"和"文言短篇小说"形成发展中一系列问题的研究,基本上可以从作者、作品、接受三个方面入手,通过对小说"外部研究"和"内部研究"相结合的方法来进行。而且通过这样的研究实践,可以寻找和总结出一些研究中国古代小说的理论、方法,并以这些理论、方法指导中国古代小说的研究实践,再通过研究实践深化、完善有关的理论、方法,如此周而复始,才能将中国古代小说研究推向深入。

---

　　① 　李时人:《古代文学研究的现代道路与理论建设》,《光明日报》2003 年 3 月 26 日。

前些年,我们曾经对唐代"文言小说"的形成问题进行过一些研究。后来出版了两篇博士学位论文,一篇是俞钢的《唐代文言小说与科举制度研究》①,一篇是邱昌员的《诗与唐代文言小说研究》。②前者侧重于从外部原因探讨唐代"文言小说"的形成问题,后者侧重于从文学内部探讨这一问题。首先,通过研究,证实了不仅唐代"文言短篇小说"的作者,大多是当时的"科举士子",亦即当时的"精英文人",而且唐代"文言小说"的读者也是这样一批"科举士子"。其次,唐代"文言小说"的创作与阅读,是在这样一些"科举士子"的生活中自然发生的。或者说唐代文言小说的创作与创作主体和接受者的生活方式有着重要的关系。因此,唐代"文言小说"的创作与后世为书坊服务的"职业小说家"有很大的不同。其中最重要的一点是,他们不是为了谋生而写作,其目的只是为了发抒生活的感触,或只为提供同一个社会阶层的文人欣赏。第三,正因为唐代文言小说的作者和读者大都是"科举士子",所以小说所反映的主要是这批文人的生活状态、思想观念、情感兴趣,满足他们的审美要求。正是以上三点,决定了唐代"文言短篇小说"的特质,我们甚至可以在一定程度上将其称之为"文人小说"。唐以后的"文言短篇小说"大致都应属于"文人小说"的范畴,我想,这对理解"文言小说"的兴衰,是应该有启示意义的。

相比起"文言短篇小说",中国古代的"白话短篇小说",从创作主体、接受者,到小说的审美内容,显然都与"文言小说"有很大的差异。我以为,中国古代的"白话短篇小说"的特质,从总体上说,基本可以被概括为"市人小说"。尽管一些杰出的小说家,如冯梦龙、凌濛初等仍是"文人"(甚至可以被称为"士人"),并非"市人",但是他们已经不是唐代那些与普通民众在精神上几乎隔绝的"文人",在相当程度上他们已经成为为书坊服务的"职业小说家",他们的创作则表现为不同程度的"为市井细民写心"。而研究"白话短篇小说"的形成与盛衰的原因,同样可以从创作主体、作品内容和接受三个方面进行综合考察。这样一种研究仍然可以通过对小说"外部研究"和"内

---

① 俞钢:《唐代文言小说与科举制度研究》,上海古籍出版社 2004 年版。
② 邱昌员:《诗与唐代文言小说研究》,中国社会科学出版社 2008 年版。

部研究"相结合的方法来进行。

这正是我赞成王言锋的博士学位论文选择从"社会心理"角度来研究中国 16—18 世纪"白话短篇小说"兴衰的原因。王言锋这篇《社会心理变迁与文学走向：中国 16—18 世纪社会心理变迁与白话短篇小说之兴衰》试图通过对中国 16—18 世纪"社会心理"变迁与"白话短篇小说"兴衰关系的研究，揭示在什么样的"社会心理"条件下，产生了"白话短篇小说"这一文体，又在什么样的"社会心理"下，这种文体获得了怎样的发展和变化，呈现出怎样的特征，达到怎样的繁荣，又是什么样的"社会心理"促使它走向了衰亡。

一般的说，王言锋的这一研究似乎应该归于一种比较传统的"社会历史"研究，但从本文看，作者并没有停留在传统的"社会历史"研究的层面上，在研究理论和方法上都表现出新的尝试，并取得了很好的效果。

首先，由于特殊的历史原因，长期以来我们习惯于简单地从社会物质生产、经济关系与政治制度等方面来探讨文学的发展，但是社会物质生产、经济关系和政治制度等又是如何对文学艺术的发展起作用，实际是一个非常复杂的问题。1985 年，我曾经写过一篇文章谈到过这个问题："在经济、政治与文学之间实际还存在着一个重要的'中介'，那就是因经济、政治等作用而产生的'思想文化'。而'思想文化'是有着多层次结构的，那些在特定经济、政治条件下群众精神生活中自发形成的不稳定的情绪、感情、愿望、要求、风俗习惯、道德风尚、价值观念和审美情趣等，是它的低级形态；系统的哲学理论、学术观念、政治思想、宗教义理等则是它的高级形态。如果我们从历史思想文化状况及其发展变化来考察文学，将会得到一些更深入的认识"。[①]这一说法从根本上说不是我的发明，因为恩格斯晚年在批判"庸俗历史唯物主义"倾向时已经注意到了社会经济因素与哲学、宗教、文学、艺术之间关系的复杂性，并提出了"中间环节"的说法[②]，为后人研究"社会心理"、"社会思潮"、"社会思想文化"等提供了启示。而俄国普列汉诺夫又在恩格斯"中间

---

① 李时人：《元代社会思想文化状况与杂剧的繁盛》，载《光明日报》1985 年 12 月 31 日。

② 恩格斯：《路德维希·费尔巴哈和德国古典哲学的终结》，《马克思恩格斯选集》第四卷，人民出版社 1972 年版，第 249 页。

环节"说的基础上,也早就提出了社会现象在结构上可分为五个层次的"五项因素"说,并认为"一切思想体系都有一个共同的源泉,即某一时代的心理"。①不管普列汉诺夫关于"五项因素"的划分是否合理,但王言锋的论文,借助普列汉诺夫理论,确实在很大程度上突破了以往中国古代小说"社会历史"研究中流行的"机械独断论"和"庸俗社会学"的框子。

　　其次,王言锋的这篇论文实际上并未像许多传统的中国古代小说"社会历史"研究仅仅停留在"外部研究"的范围内,而是注意到"外部研究"与"内部研究"的结合。这里所说的文学"外部研究"和"内部研究",是西方现代文学理论家勒内·韦勒克使用的概念。②韦勒克、沃伦《文学理论》产生的背景是 19 世纪后半期和 20 世纪前期各种"现代文学理论"的兴起,当时出现的象征主义、唯美主义、俄国形式主义、英美新批评以及结构主义等"现代文学理论"流派,均主张文学研究的重心应在作品,特别强调对作品自身的语言、形式、结构、技巧、方法等的研究,从而对西方传统文学理论重在文学"外部研究",忽视对文学作品进行审美的价值判断和评价的"传统"发动了一次又一次冲击。韦勒克的理论,既可以说是对种种现代文学理论流派观点的"整和",也表现出将各种激进的"现代文学理论"与西方"传统文学理论"进行"调和"的一种努力。但韦勒克的理论从根本上说是建立在"现代文学理论"

---

　　①　普列汉诺夫:《马克思主义的基本问题》,《普列汉诺夫哲学著作选集》第三卷,三联书店 1974 年版,第 195 页。按:普列汉诺夫认为全部社会现象可分为五项因素:(1)生产力的状况;(2)被生产力所制约的经济关系;(3)在一定的经济基础上生长起来的社会政治制度;(4)一部分由经济直接决定的、一部分由生长在经济上的全部社会政治制度所决定的社会中的人的心理(如精神状况和道德状况);(5)反映这种心理特性的各种思想体系(如宗教、哲学、文学艺术)。

　　②　20 世纪 40 年代末,出生于捷克而在美国任教的耶鲁大学教授勒内·韦勒克和密歇根大学的奥斯汀·沃伦教授合作出版了《文学理论》一书。这本书涉及"文学"的定义、本质、功用、结构以及文学研究的对象和研究方法等一系列问题。其中不仅对文学研究的三个分支——"文学理论"、"文学批评"和"文学史"——一进行了界定,既指出了它们的区别,又指出了它们的联系,而且提出"文学研究"应该划分为"外部研究"和"内部研究":"把作家研究、文学社会学、文学心理学以及文学与其他学科的关系之类不属于文学本身的研究统归于'外部研究',而把对文学自身的种种因素诸如作品的存在方式、叙述性作品的性质与存在方式、类型、文体学以及韵律、节奏、意象、隐喻、象征、神话等形式因素的研究划入文学的'内部研究'。"从而使本书对文学研究来说,不仅有了本体论的意义,也有了方法论上的意义。参见刘象愚《韦勒克与他的文学理论(代译序)》,[美]韦勒克、沃伦《文学理论》卷首,刘象愚、邢培明、陈圣生、李哲明译,三联书店 1984 年版。

立场上的,其中虽然有一些值得我们借鉴的东西,但也有一些片面和偏颇的东西。比如,表面上这种理论认为文学应该分为"外部研究"和"内部研究",但它更强调的是文学的"内部研究",而且这种划分自觉不自觉地将"外部研究"与"内部研究"互相隔离,其实这两者不仅是互相联系,甚至是互为表里的;而在强调文学的"内部研究"时,这种理论更注重作品"形式"的研究而忽视作品"精神内容"的研究,或者将"精神内容"简单化、概念化。韦勒克等人的"现代文学理论"在 20 世纪 80 年代中期传入中国,并很快对当时的中国文学研究,包括古代文学研究产生了影响,其中最明显的是研究者纷纷开始关注对文学作品"形式"的研究。在中国古代小说研究领域,则是以现代"叙事学"理论解析古代小说的论著大量出现,而建筑在结构主义、俄国形式主义基础上的现代"叙事学"强调的也主要是文学的"形式"。王言锋的这篇论文既从社会历史出发,关注社会历史文化的变迁,关注作者群体与读者群体,同时也注意到文学的"内部研究",注重文本的阅读分析,以求与"外部研究"互相印证。

当然,任何时候影响文学发生发展的都不会是"社会心理"一个原因,许多原因也是"社会心理"所不能包括的,正如王言锋在论文中引用韦勒克、沃伦所言:"把文学只当作为单一的某种原因的产物,几乎是不可想象的。"①但王言锋的这篇学位论文选择了一个合理的角度,加之论证细密,确实将有关研究推向了深入。另外值得注意的是,这篇论文一方面对传统的研究理论和研究方法有所突破,另一方面对借用的外来理论,也并非完全套用,拘泥不化,因此,对中国古代小说研究的理论方法来说,也有一定的实验意义。

王言锋 2000 年来到上海师范大学攻读博士学位。在我的印象中,这是一位完全不需要老师操心的好学生,不仅特别用功,而且善于独立思考。这篇论文便是她三年全身心投入学习的结果,并以其角度新颖、论证周详获得了答辩委员会的充分肯定,被评为"优秀论文"。王言锋 2003 年毕业后到大连大学文学院工作,在教学和学术研究方面不断进步,每每听到这样的消

---

① 韦勒克、沃伦:《文学理论》,刘象愚、邢培明、陈圣生、李哲明译,三联书店 1984 年版,第 67 页。

息,我都为其感到高兴。现在她的这篇论文也得到出版的机会,得以有机会获得更多学界同仁的指教,我更感到由衷的高兴,特作此序,以为祝贺。

2009 年 8 月 5 日于上海寓所

【整理说明】

　　本文系先生为《社会心理变迁与文学走向:中国 16—18 世纪社会心理变迁与白话短篇小说之兴衰》所撰《序言》,曾以《古代白话短篇小说的兴衰及其研究刍议》为题刊载于《社会科学战线》2011 年第一期(有删节),并同题收入《中国古代小说与文化论集》,中华书局 2013 年版。

　　《社会心理变迁与文学走向:中国 16—18 世纪社会心理变迁与白话短篇小说之兴衰》,王言锋著,中国社会科学出版社 2009 年 6 月出版,计 38.4万字,前有先生《序言》,后有作者《后记》。该书运用"社会心理中介"理论,对明清白话短篇小说的兴衰流变、发展特色等进行细致论析。除《导言》和《结语》外,全书正文共四编二十章。四编分别对白话短篇小说在明中叶之兴起、晚明之繁荣、清初之变异、清中叶之衰落过程中,社会心理所产生的深刻影响作了深入探析,透过这一视角将文学的"外部研究"与"内部研究"结合起来,揭示出白话短篇小说在明清二百年间由兴起、发展、繁荣走向衰亡的原因。

　　王言锋(1969—　　),女,汉族,山东莱阳人。2000 年师从先生主攻明清白话小说研究,获文学博士学位。现系大连教育学院教授、硕士生导师、副院长。主要从事明清文学研究和教师教育研究。先后主持省市级项目十余项,出版专著《社会心理变迁与文学走向:中国 16—18 世纪社会心理变迁与白话短篇小说之兴衰》,曾获辽宁省哲学社会科学学术年会优秀成果奖、大连市社会科学进步奖、科学著作奖、科学论文奖等。

《才子佳人小说史论》序言

谈到中国古代的"才子佳人小说",我常常会想到西欧中古时期的"骑士文学",特别是"骑士文学"中的叙事作品,也即韵文体和散文体的"骑士传奇"(romance)。这种联想看起来似乎有些牵强,因为"骑士传奇"的内容主要是描写"骑士"的冒险生涯及与各种贵族女性的爱情故事,而"骑士"的前身本来是专事征战的"士兵",虽然后来形成了一个特殊的社会阶层,但在文学作品中,仍然是以"武勇"为主要特征。至于中国古代的"才子佳人小说",特别是明、清时代的"才子佳人小说",不仅主要以能诗善赋的"书生"作为男主角①,"才子"的爱情对象也多指向闺阁中美貌与才德兼备的小姐,"骑士传奇"中被骑士疯狂爱恋的王后、贵妇等一切已婚的女性基本不在其列。因此,"才子佳人小说"除了强调男女恋情一点外,很少能找到与"骑士传奇"相似之处,而且两者之间风马牛不相及,谈不上任何交流联系。不过,我总觉得,或许正是这种种差异,能启发我们从历史文化角度对"才子佳人小说"的思考。

一

先谈西欧的"骑士文学"。"骑士文学"中最早兴起的是抒情诗。法国南部曾是古罗马一个行省的普罗旺斯是"骑士抒情诗"的发祥地,从11世纪末开始,在这块长满薰衣草的土地上产生的大量抒情诗,特别是反映骑士不伦爱情的"破晓歌",后来曾引起恩格斯的注意。12世纪中后期,在法国北方出现了韵文体的"骑士传奇",或称为"骑士叙事诗"。这些长篇叙事诗的故事内容大都写的是骑士为了荣誉、爱情或宗教的种种冒险经历,与欧洲各民族的"英雄史诗"(或称为"民族史诗"、"英雄传奇")有一定承袭关系,但又不同

---

① 尽管清中叶以后产生的一些所谓描写"儿女英雄"的小说,如《岭南逸史》、《野叟曝言》、《如意君传》中也出现了一些所谓"文武全才"的英雄,但这些所谓"儿女英雄小说"不过是"才子佳人小说"与"侠义小说"合流而成,表现为"才子佳人小说"的异变。

于"英雄史诗"。它可能以某些历史传说为由头，内容却完全出自诗人的虚构。法国作家克雷缔安·德·特洛亚可以说是韵文体"骑士传奇"的开创者，他所创作的《朗斯洛或坐囚车的骑士》(1165)、《埃里克和爱妮德》(1170)、《伊凡或狮骑士》(1175)、《克里赛或假死》(1176)、《培斯华勒或圣杯传奇》(1180)等作品，均从流传于不列颠和今法国西部布列塔尼半岛有关英伦古凯尔特王亚瑟的传说中取材。后来，德国诗人哈特曼·封·奥埃(1165—1215)等人又以克雷缔安的作品为蓝本进行过再创作。一些古希腊、罗马及拜占庭时期的人物也被这些叙事诗所歌咏，出现了诸如《亚历山大传奇》、《特洛伊传奇》、《埃涅阿斯传奇》等叙事长诗，不过，故事中的人物，也像亚瑟王传说中的人物一样，都被"骑士化"，而且"骑士传奇"从来不考虑历史和地理的合理性，所有的一切都被纳入作者杜撰的故事中。

　　值得注意的是13世纪产生的《奥迦生和尼哥雷特》，这部虚构拜占庭背景的"骑士传奇"，不仅与绝大多数"骑士传奇"不同，破例写了骑士与被俘女奴的爱情，在语言形式上也已经是"韵散相间"，韵文咏唱和散文叙事交替进行。自此，这种主要由八音节诗句组成的叙事诗开始逐渐被散文化。而从13世纪末开始，随着散文的发展和印刷术的推广，大量韵文体的"骑士传奇"被改写成散文体，并被配上精美的插图由书店出版（如15世纪出版的托马斯·马洛礼爵士的《亚瑟王之死》就是将几部涉及亚瑟王的韵文传奇拼合起来用散文加以改写的），成为一种流行的读物，至14世纪，几乎所有的"骑士传奇"都已经是散文体的了。除了那些由韵文改写的作品，散文体的"骑士传奇"创作也是风起云涌，比如在法国就出现了《特利斯当》(1482)、《湖畔的朗斯洛》(1488)、《圣杯故事》(1516)等作品，从15世纪末到16世纪初共出版了80多部作品。

　　"骑士传奇"从韵文体向散文体的演化，对欧洲"文艺复兴"以来"散文体小说"的形成有着十分重要的意义。因为这些"骑士传奇"所写的故事虽然古怪离奇，但往往中心人物比较突出，在人物外形、内心活动、生活细节等方面常有细致的描写，有些对话也显得生动活泼，所以至少在叙事形式和技巧方面为欧洲"近世散文体小说"的创作提供了"范式"，以致散文体的"骑士传奇"后来也被人们直接称为"骑士小说"。这方面有一个十分显明的例子，那就是被称为欧洲第一部"近世小说",并且给西班牙"骑士传奇"以摧毁性打击的塞万提斯(1547—1616)所著的《堂吉诃德》,就在写法上明显表现出对"骑士传奇"的有意"摹拟",所以有人称它是"反骑士小说"的"骑士小说"。西欧其他文学大国的"近世小说"也大都有从"骑士小说"演化而来的印痕,此不待言。欧洲的一些语言(如法语和德语)的"长篇小说"一词在语源上可以追溯到 romance,正是语言对这一文学演进事实的记录。

从 12 世纪后期开始,"骑士传奇"在西欧广为流行,并且延续了几个世纪,不过在不同国家和地区形成和发展的情况不尽相同。比如处于伊比利亚半岛的西班牙的"骑士传奇"高潮的形成,要迟到 15 世纪末 16 世纪前期,这显然比法国、德国"骑士传奇"的高潮要晚一些。然而据说从 1508 年至 1550 年,每年都会有新的"骑士传奇"问世,共出版了 60 余部,而且都以大开本的形式印刷发行,风靡一时。《堂吉诃德》第六章就曾写到神父和理发师清理堂吉诃德所藏的"骑士传奇",有"一百多部精装大书"①,还提到其中一些流行的作品,如《阿马狄斯·台·咖乌拉》、《埃斯普兰迪安的丰功伟绩》、《巴尔梅林·台·英格拉泰》、《希腊的阿马狄斯》、《著名的白骑士悌朗德传》、《太阳骑士》等。

"骑士传奇"在西欧兴盛了数百年,但因其产生于"黑暗的中世纪",所以近世以来人们曾从各种角度对其进行了严苛的批评。确实,如果比较欧洲 17 世纪以来逐渐获得文学"长子权"的"近世小说",其艺术上的瑕疵真是太多了。但作为一种"历史存在","骑士传奇"除了自有其存在的理由,对欧洲的历史文化也有很大的影响。其中除了前面提到的"骑士传奇"在欧洲"散文体小说"成熟过程中的作用以外,在西方的精神文化领域,"骑士传奇"也是一个不容忽视的"历史存在"。这是因为"骑士传奇"是西欧中古时期"骑士理想"(或称"骑士精神")的一个重要的载体,这种"骑士理想"不仅在当时弥漫于整个西欧,而且对西方思想文化的众多方面,都保持着深入和持久的影响,甚至对西欧各民族民族性格的塑造,包括道德原则、人格理想等都起了十分重大的作用。正如现代美国文化史家克里斯托弗·道森所说:"基督

---

① 塞万提斯:《堂吉诃德》(上),杨绛译,人民文学出版社 1987 年版,第 40 页。

教骑士制的理想一直保持着它对西方思想的吸引力和对西方伦理标准的影响。"①

　　一般认为，西欧中古时期的"骑士理想"在"骑士传奇"的冒险、爱情和宗教三大"主题"中得到了充分的体现。其中最为研究者强调的是其中所写到的"爱情"。这种"爱情"常常不是一般的未婚青年男女的爱情，而是一位无比忠勇的骑士对包括王后、伯爵夫人等在内的贵族女性的爱。在不少"骑士传奇"中，爱情不仅成为作品的结构中心，也成为作品刻意描写的内容和主要精神指向，所以有人认为"骑士文学"中的"爱情崇拜"远远超过了"宗教崇拜"。近世西方研究历史文化的学者们则提出了"骑士爱"的概念，不仅将"骑士文学"中所写到的"爱情"概括为基本不涉及肉欲和婚姻的"典雅爱情"，而且对其推崇备至。如美国学者布林顿等人所著的《西洋文化史》说："骑士精神培养出'罗曼蒂克的爱情'，对一个理想女人所产生的爱，一种做不到，非尘世的和精神上的爱，这个理想的女人是可以使崇拜者高贵起来，这种爱不是被抒情诗人唱出的肉欲之爱，而是对典型女性美德近乎宗教式的挚爱。"②

　　或许正是因为将这种"骑士爱"拔高到"非尘世"的地步，使不少人研究者觉得"骑士传奇"所着力描写的"爱情"，很难在欧洲中古时期的现实生活中找到依据，而这种"爱情"所体现出来的情爱观，又与欧洲中古时期占统治地位的"基督教文化"很不一致，所以一些西方研究者干脆提出，这种"爱情"在"中世纪早期的西方文化中毫无根基"，"既不是基督教的、不是拉丁的、也不是日耳曼的"，应该属于"外来文化"。如上文提到的美国学者克里斯托弗就认为，"骑士思想"中的"爱情崇拜"应该"是（西欧）南部的产物。它兴起于中世纪法国南部的封建社会同仍然是西方伊斯兰文化中心的地中海西部地区更高文明的接触之中。"③

---

　　①　克里斯托弗·道森：《宗教与西方文化的兴起》，长川某译，四川人民出版社 1989 年版，第 182 页。
　　②　布林顿、克里斯多弗、吴尔夫：《西洋文化史》第三卷，吴景辉译，台湾学生书局 1989 年版，第 296 页。
　　③　克里斯托弗·道森：《宗教与西方文化的兴起》，长川某译，四川人民出版社 1989 年版，第 172 页。

历史上后起的欧洲文化曾经受到过"东方文化"的影响,是一个不争的事实。这种影响不仅仅在于"十字军东征"给西欧带来了包括"阿拉伯文化"在内的"东方文化"。在此之前,由于特殊的历史遭际,"阿拉伯文化"对于西欧文化实际上已经有很大影响。从711年摩尔人携"阿拉伯文化"入侵伊比利亚半岛,今西班牙地方除了西北部和比利牛斯山区外一直为穆斯林所控制。13世纪初基督教各国联盟在卡斯蒂利亚国王阿方索八世(1155—1214)的带领下将穆斯林赶出西班牙中部,但摩尔人建立的王国在此之后仍在半岛南部安达卢西亚地区得以保持了三个多世纪的繁荣。因此,在长达几个世纪的时间里,摩尔人给今天的西班牙,特别是其中的安达卢西亚地区,带来了先进的生产技术和各种科学知识,也促进了当地文化和文学的发展,并使之成了向西欧辐射"阿拉伯文化"的前沿阵地。西欧,特别是与其邻近的法国南部正是在与这些"异教徒"的各种交往(包括征战)中吸收了大量的"阿拉伯文化"。

基于这样的历史背景,有些研究阿拉伯文化的学者首先想到阿拉伯文学中一些传诵已久的作品,如倭马亚朝(661—750)时期"贞情诗人"的诗歌及其有关的爱情故事,一定会通过安达卢西亚影响西欧。特别是在阿拉伯世界广为流传,而且在10世纪就被整理成书的阿拉伯"英雄传奇"《安塔拉传奇》(或译作《昂泰拉传奇》)所写的英雄安塔拉经历种种冒险以及为爱情而英勇奋战的故事[①],在研究者看来,很多方面很像是欧洲"骑士传奇"的"范本"。所以有论者提出:"西欧中世纪反映骑士精神的骑士文学很难从希腊、罗马文学中去寻找渊源,也很难说是当时社会现实的反映。相反,最早把柏拉图式的爱情和为情人不惜牺牲一切的骑士精神贯彻实践于现实生活中的是中古时期的阿拉伯人。这一点见诸中古时期的阿拉伯诗歌、传奇故事和有关的论著中。"西欧"骑士文学"对"爱情"的描写及所体现出来的情爱观"源自西方与东方的接触,是向阿拉伯人学习的结果,其途径是通过十字军东侵和安达卢西亚这一联通阿拉伯、东方与西方的桥梁"。[②]

---

① 汉纳·法胡里:《阿拉伯文学史》,郅溥浩译,人民文学出版社1990年版,第441—443页。

② 仲跻昆:《阿拉伯文学与西欧骑士文学的渊源》,《阿拉伯世界》1995年第3期。

　　不过,我总觉得,虽然说西欧的"骑士传奇"在其产生的过程中曾经从外来文化中得到启发、借鉴,应该说是有道理的,但如果说"骑士传奇"中所写的爱情故事及其反映出来的情爱观念是从"阿拉伯文化"中移借来的,则多少有些想当然,至少,我们无法证明哪些"骑士传奇"与古代"阿拉伯文化"有直接的联系。

　　例如,曾经有人认为"骑士传奇"的早期作品所写到的"特利斯当与伊瑟"故事曾受到波斯作品《维斯与剌敏》及 12 世纪流传于叙利亚的《卡依斯与罗芙娜》的影响,但这种说法远没有说这一故事源于英伦和法国布列塔尼一带的古凯尔特人的传说更为可信,也可能是从 12 世纪初流行甚广的威尔士主教杰弗里《不列颠诸王记》所写的亚瑟王故事中生发出来的。已知最早以"特利斯当与伊瑟"为题材创作"骑士传奇"的就是上面提到的克雷蒂安,其所著的一系列"骑士传奇"皆与亚瑟王的传说有联系,他所创作的《特利斯当》似乎也不例外。另外,克雷蒂安长期服务于法国香槟(今法国东北部地区名)女伯爵玛丽·德·法兰西(约 1140—1200),玛丽本人曾用"布列塔尼籁歌"的形式创作过 12 首叙事短诗,其中一首《金银花》共 118 行,所述也为特利斯当和伊瑟的恋爱故事。"布列塔尼籁歌"是一种八音节押韵对句的叙事短诗,每首诗叙述一则恋爱故事,据传就是根据布列塔尼游吟诗人所吟唱的诗歌创造的,在某种程度上可以被视为是韵文体"骑士传奇"的先导,故克雷蒂安的《特利斯当》创作与玛丽的《金银花》也应有某种联系。虽然克雷蒂安的《特利斯当》已经散佚,但后人据 12 世纪末法国诗人贝勒尔和英国诗人托马斯残存手稿整理出来的《特利斯当与伊瑟》中[①],"与情节有关的地方,如鲁努瓦(在今苏格兰)、康沃尔(在今英格兰)、威尔士、布列塔尼等,都是古代凯尔特族散居的大西洋两岸"[②],更有力地证明了这一故事与英伦和法国布列塔尼地区古代传说的关系。

　　事实说明,西欧中古时期"骑士传奇"形成与发展原因,包括其题材来源和有关描写,主要还应该从其自身的历史现实中去寻找,认为"骑士传奇"所

---

①　贝迪耶编撰:《特利斯当与伊瑟》,罗新璋译,人民文学出版社 1991 年版。

②　《漫话〈特利斯当与伊瑟〉》,《外国文学评论》1990 年第 1 期。

描写的"爱情"与"当时社会现实"没有多少关系,这些"爱情"中所表达的情爱观,仅仅是从外来文化中接收来的现成的情爱观的看法,不仅于史无征,也不利于我们认识"骑士传奇"这一历史文学现象。

二

不过,在探讨"骑士传奇"中的"爱情"和所表现的情爱观与西欧历史的关系以前,还有一个问题需要澄清一下。那就是西方学者对"骑士传奇"所写的"骑士之爱"的概括是否准确,是否有些将对象理想化。

比如,虽然我们对"骑士传奇"作品所知不多,但说"骑士文学"中所写的"爱情"完全不涉及肉欲和婚姻,并将这种"爱情"描写所反映出来的情爱观看成是一种固定的情爱观,就显然有些以偏概全。"骑士传奇"的早期作品,克雷缔安所作的《埃里克和爱妮德》、《伊凡或狮骑士》、《克里赛或假死》中,虽然都歌咏"骑士"的爱情,但同时也写到"骑士"对婚姻的追求和对现实婚姻的肯定,并没有完全停留在精神恋爱上。《朗斯洛或坐囚车的骑士》是克雷缔安所写的惟一一部以骑士的婚外恋为题材的作品,也被认为是写"骑士之爱"的典范作品,据说是奉香槟女伯爵玛丽之命而作,故事情节也是玛丽提供的。这篇作品写的是"骑士"爱上王后,作者虽然对这种不涉及婚姻的"骑士之爱"大力加以渲染,强调爱情的力量,但最令人奇怪的是作者竟然没有写到男女主角最后的结局(所以这部书有很多后续作品),使人觉得作者对这种"封臣"爱上"封君"之妻的婚外恋的态度似乎很暧昧,至少未敢明确表示自己的肯定态度。有人认为这是因为作品没有写完,但也有可能是作者根本无法继续写下去。因为按照当时的法律,封臣与封君之妻通奸是要处死的,如果按现实写出这样的结局又显然与作品强调爱情的主旨产生矛盾——这或许也是后世的一些"骑士传奇"强调精神恋爱,竭力避开现实婚姻的原因。

总起来说,克雷蒂安的作品强调的是爱情能够给人以力量和信心,妇女高尚的品德可以使自己所爱的人变得勇敢和道德高尚,但他的小说并非完全没有写到男女之间结合的欲望和世俗的婚姻。他歌颂爱情和婚姻的完美结合,在一定程度上表现出对只讲利害关系、不讲感情的封建贵族婚姻有所不满,其中写到的郎斯洛对王后的疯狂之爱与阿瑟王对王后的冷淡的对比,亦使人感到作者对封建婚姻的含蓄批评,因此,不能说与当时的社会现实完全没有关系。

克雷蒂安以后西欧各国产生的大量"骑士传奇",虽然大力描写"骑士之爱",但也并非完全不涉及对包括婚姻在内的世俗生活的追求。比如15世纪末到16世纪前期西班牙的"骑士传奇"可以说是"骑士传奇"最后的辉煌,我们虽然没有读过这些作品,但通过《堂吉诃德》里的种种介绍,可以大体知道,当时的"骑士传奇"已经基本形成一种"公式化":小说中的主人公一般是一位游侠"骑士",不是出身不高,就是暂时失去了显赫的地位,又往往被写成视荣誉过于生命,武艺超群、英勇善战而又高贵典雅、彬彬有礼,特别是有一颗同情妇孺和见义勇为的心。而其出生入死,经历种种冒险和建立功勋的动力均来源于"爱情"。故事情节不外乎是:为取得自己仰慕的某位贵夫人或贵族小姐的欢心,"骑士"历尽了各种艰难困苦和惊险战斗,将一切敌人,包括那些善于施用魔法妖术的对手,一概扫荡殆尽,在赢得"骑士"最高荣誉之后凯旋,于是成为国君、领主或朝廷里的显赫人物,并因此得与一贵族夫人,或小姐,或一远方的公主成亲,然后分封他的朋友和侍从,大家皆大欢喜。

种种事实说明,数百年流行于西欧的"骑士传奇"是一个复杂的文学现象,其所写到的"骑士"的恋爱婚姻,不仅因历史情况的变化而有所不同,也因地域、作者的原因呈现出不同的面貌,有复杂和多样的特点。但我总觉得,不管"骑士传奇"的爱情描写如何不同,如何充满想象和理想色彩,都肯定与中古时期历史现实中的"骑士"和"骑士制度"有密切的关系。

毫无疑问,"骑士"与"骑士制度"都是历史的产物。476年,西罗马帝国在北方"蛮族",即日耳曼人的南下冲击中灭亡,被视为欧洲中古历史时期的开始。然而现代西欧的一些主要国家,并非是西罗马帝国灭亡以后直接建立的。北方"蛮族"灭亡西罗马帝国以后,首先建立了为数众多的以"蛮族"氏族社会组织为基础的"国家",后来通过不断的相互攻伐,至9世纪中叶西欧的政治版图才大致确定。在长达数百年的时间内,战争几乎成为生活的常态,使处于这一时期的各个国家的社会结构不可避免地带有军事的性质,社会风气也主要是尚武的。而随着以"分封"为特征的"封建制度"的建立,才逐渐形成了"骑士"阶层以及相应的"骑士制度"。

6世纪下半叶,成为西欧最大国家的法兰克王国开始了"封建化"的进程,其主要标志是领主土地所有制的产生和自由农转为依附农。在这一进程中,军事贵族、来自农村公社的土地贵族和教会成了世袭的大土地所有者。只是由于土地大量兼并,自由农减少,能被征入伍的人范围日益狭窄,义务兵役已难以实行,而且自由农也无力负担日益昂贵的军事装备。为了保证兵源和战斗力,各级领主将一些隶属于自己的"士兵"封为"骑士",将小块土地分赐给他们管理,称"骑士采邑"或"骑士领",使他们在通过收取田租获得经济利益的同时承担职业军人的责任。8世纪后期的卡罗林王朝不但国王分赐各级贵族大量土地,各级贵族也分赐采邑给自己的封臣,形成了一种自上而下"分封"的链条,这个链条的末端就是"骑士"。而为了保证对"骑士"的控制,又通过法律和习俗约定等规定了对"骑士"的种种要求以及"骑士"的权利和义务,形成了所谓的"骑士制度"。

"骑士"是西欧中古时期统治者把军事力量纳入封建体制的产物,"骑士制度"的建立使西欧的封建国家实现了政治、军事、经济的一体化,因而"骑士制度"是西欧"封建制度"的一个重要组成部分,以致有人认为"'中世纪'与'骑士制度'这两个词几乎是同义的"。[1]"骑士制度"从8世纪后期至10世纪滥觞于法兰克王国的加罗林王朝,11世纪传到英格兰,又很快传遍了整个欧洲。[2]而从12世纪末开始的近两个世纪的"十字军运动",为西欧的"骑士"阶层提供了一个展示自我的广阔舞台。在这一过程中,北方"蛮族"的勇武好斗风尚与基督教的神圣信仰结合在一起,使那些未改劫掠本性的武士不仅更多地受到基督教的浸润,而且一跃而成为受到社会普遍尊崇的人,"他

---

① 约翰·赫伊津哈:《中世纪的衰落》,刘军等译,中国美术学院出版社1997年版,第49页。

② 克里斯托弗·道森《宗教与西方文化的兴起》:"从11世纪初叶起往后,西方封建社会便显示出一种超常的扩张力,它将法国的骑士制度及其组织从欧洲的这一端传到那一端,从不列颠群岛传到葡萄牙和西西里以及更远的叙利亚和阿拉伯沙漠的边沿。"(长川某译,四川人民出版社1989年版,第160页。)

不仅发誓效忠于其主人,而且立誓成为教会的卫士、寡妇和孤儿的保护人……以这种方式,骑士脱离了其蛮族和异教的背景,而被整合于基督教文化的社会结构中。结果,骑士像神甫和农民那样,被视为社会不可或缺的三个器官之一。"[①]

"骑士"是西欧中古时期以"分封"为特征的社会体制下逐渐形成的一个特殊的"社会阶层"。在漫长的中古时期,将"骑士"与"贵族"对立起来,或简单地将其视为"贵族",可能都是不十分准确的。实际上,西欧中古时期"骑士"的地位在不同的历史阶段和不同的国家都是有所不同的。比如,在 10 世纪末以前的法兰克王国,"贵族"和"骑士"之间的界线是比较明确的:由各级世袭"领主"组成的"贵族",不仅占有大量土地,而且享有司法、行政方面的权利;而由各级"领主"的"士兵"演化而来的"骑士",虽然能管理小块土地取得一定的经济利益,但又必须自己出资购买军备为"领主"服军役,特别是没有司法和行政的权利,使他们无法成为真正的社会统治者——这个时候的"骑士"只能是贵族的"附庸"而不是贵族。大约从 12 世纪起,随着"分封制"的确立和发展,"骑士"被纳入"分封"的序列,才逐渐在各国的法令和习俗中被承认为"贵族"。但在西欧各国,"骑士"都被列为"分封制"最低的等级,其地位也因为严格的封建等级制度,不能与占有大量领地和享有独立司法行政权力的国王、公爵、侯爵、伯爵等世袭上层贵族同日而语,因此他们只能被视为下层贵族,大多数"骑士"仍然要依附上层贵族,未能完全改变其附庸的地位。

总起来说,在整个西欧中古时期的社会关系体系中,"骑士"始终是处于上层贵族与农民、工商业者等普通民众之间的一个特殊的群体。因为这个群体特殊的经济、政治地位,决定了他们的生活方式、价值观念、道德意识和审美情趣,同时也在很大程度上决定了"骑士文学"的精神内容。特别是"骑士文学"的作者,大多与"骑士"有密切的关系,或出身于下层贵族阶层,或者本身就是"骑士",所以不仅"骑士传奇"那种充满想象和夸饰的故事描写往

---

① 克里斯托弗·道森:《宗教与西方文化的兴起》,长川某译,四川人民出版社 1989 年版,第 166 页。

往折射出他们生活的实际,"骑士传奇"表达的也应该是他们的思想观念、理想愿望和感情心理。比如,除了我们前面谈到过一些早期"骑士传奇",如克雷蒂安作品所写到的"骑士"对爱情婚姻的追求基于世俗现实,即使在 13 世纪以后那些更强调"骑士理想"的"骑士传奇"中经常写到的"骑士之爱",即将上层贵族妇女,包括已婚的贵夫人当作恋爱的对象,也并非完全脱离现实的基础,不能仅仅从"精神恋爱"的角度进行解释。

"骑士传奇"所写到的"骑士"对上层贵族妇女的尊崇和爱慕并非如一些研究者所强调的主要源于作为基督徒的"骑士"对圣母玛利亚的崇拜,这种感情心理的产生首先与"骑士"的普遍生活经历有关,"十字军东征"所带来的对圣母的崇拜,不过提供了一种比附,为这种感情心理找到了宗教上的依凭而已。据有关研究,大约从 11 世纪开始,随着"封建制"的建立,为了培养"骑士"对"领主"的忠心,很多地方逐渐形成了"骑士"培养的制度和习俗:符合条件的"骑士"候选人,7 岁就要离家到一个高于自己家庭的贵族(一般是自己家庭的上级领主)家庭做"侍童",一方面做一些力所能及的杂役,一方面从领主夫人、小姐那里学习宗教知识、礼节和包括吟诗、唱歌和弹奏乐器等技艺;14 岁时通过一个仪式,成为领主的侍从(按照与主人的亲密程度、职责大小,侍从又可分为贴身侍从、典礼侍从、餐桌侍从等),同时学习"骑士七技":骑马、游泳、投枪、剑术、狩猎、吟诗、弈棋。而作为预备"骑士",除战时要随主人出征,负有保护主人的责任,其他时间仍然主要生活在领主家庭。只有年满 21 岁,经过一定的考验,包括各种形式的比武竞技,然后通过一个仪式,接受战马和武器,才能被封为"骑士"。①很多"骑士"从少年时就开始与领主家庭的女性成员朝夕相处,在侍奉她们的同时,各方面也会得到她们的照顾和指导,这对"骑士"的观念心理和性格的形成无疑是十分重要的。"骑士传奇"中所描写的"骑士"对贵族女性超乎寻常的尊敬、服从和爱慕,固然与其本身的地位有关,无疑也与"骑士"在其自身经历中自觉不自觉形成的观念、心理有关。特别是这些"骑士传奇"的创作原来就主要是用来取悦贵

----

① 　这种对"骑士"的培养,各地情况不尽相同,也有的地方是 10 余岁才进入领主家服役的,但过程大体差不多。参见阎照祥《英国贵族史》,人民出版社 2000 年版,第 59 页。

族女性,特别是女主人的,于是这种对贵族女性,特别是对贵夫人的称颂和爱慕更是不由自主地被夸大和理想化了。

其实,在中古时期的政治、经济体制和婚姻制度下,"骑士"对于比自己更高阶层的贵族女性的情爱,包括对已婚甚至年长于自己的贵族女性的爱,也并非只是"一种做不到,非尘世的和精神上的爱"。事实是,当时的政治、经济体制和婚姻制度为"骑士"与中上层贵族妇女的"爱情"提供了指向婚姻的可能,而这种婚姻在现实中甚至是"骑士"提高自己的社会地位和取得更大政治、经济利益的一种手段。这在相当程度上可以说是"骑士传奇"热衷于描写"骑士"与上层贵族女性恋爱的深层原因,只不过这一世俗的欲望在"骑士传奇"中经过文学的修饰,完全被"爱情"的绚丽色彩所掩盖。

中古时期,贵族间的婚姻,包括后来被认定为贵族的"骑士"的婚姻,主要是一种基于政治和经济的行为。一些上层贵族情况因为有些记载,为我们提供了可靠的例证。比如,我们上文提到的女伯爵玛丽母亲的婚姻就是一个显例。玛丽的母亲埃莉诺(1122—1204),作为阿基坦公爵的女继承人,凭借其拥有的大于法国王室的领地,先是当上了法兰西国王路易七世(1121—1180)的王后,后因"婚外情"暴露与路易七世离婚,30 岁时又改嫁19 岁的安茹伯爵亨利(1133—1189),待亨利当上了英格兰国王(亨利二世),又成了英格兰的王后。这一婚姻变动不仅牵涉到英、法两国领土的消长,甚至成了法兰西卡佩王朝与英格兰安茹王朝(金雀花王朝)百年战争的导因。通过婚姻获得政治、经济利益,对中下层贵族可能显得更为重要。在严格的长子继承制下,中下贵族家庭的其他儿子要想拥有自己的领地,就必须娶到富有的女继承人。11 世纪以后,"骑士"被列为贵族,因此不能再与平民出身的女子结婚,但也为其与世袭贵族联姻提供了条件。12 世纪教会禁止贵族六代以内的表亲结婚,使那些世代联姻的世袭贵族的女儿出嫁成为问题,却为本来出身微贱而与世袭贵族没有姻亲关系的"骑士"提供了机会。所以12、13 世纪,世袭贵族年轻的女儿嫁给三四十岁的"骑士"屡见不鲜。"骑士"通过与世袭贵族的联姻,包括与贵族小姐、丧偶和离异的贵夫人结婚,都可以改变自己的地位,并获得直接的利益。这在较晚的"骑士传奇",特别是那些描写游侠骑士的"骑士传奇"中多次写到,反映了"骑士"阶层基于现实的愿望。

当然,在现实生活中,"骑士传奇"中那种不涉及婚姻,仅停留在"婚外恋",甚至仅限于精神上的"骑士之爱"也并非没有。10世纪以后,随着"分封制"的确立,贵族家庭中妇女的地位有很大的改善,不少贵夫人因为有强大的政治、经济后盾,使她们在家庭中拥有了相对独立的权利。特别是十字军东征时期,贵族男子大都外出打仗,家庭的全部事务主要由女主人主持,更提高了她们的地位。许多"骑士"从小在贵族家庭中长大,与贵族家庭中的女性有较多接触,因此与熟悉的上层贵族女性,包括已婚或年长于自己的贵族女性产生"恋情"是完全可能发生的事。这种恋情不符合当时的社会道德规范,也违反了宗教教义,对贵族女性来说,可以说是在正常婚姻之外寻找精神的依托,也可以说是对封建社会无爱婚姻的抗争,这在西欧中古时期特殊的社会条件下,在一定程度上表现出对"人性"的肯定,所以恩格斯在谈到不伦的"骑士之爱"时认为这是"第一个出现在历史上的性爱形式"。①只是由于双方地位的悬殊,所以这种爱更多地表现为"骑士"对上层贵族妇女的服从和效忠,既不追求平等,也可能不以婚姻为目的,表现为一种奇特的"情爱"形态。但"骑士小说"中所描写到的这种"骑士之爱",与"骑士"的社会地位和心理期待并非毫无关系。如果说"骑士"表现勇武与忠诚,争取名誉,主要是希望获得上层贵族的认同,那么其希望通过自己各方面的表现得到上层贵族妇女的爱,也出自同样的心理希冀,甚至包含一种自觉不自觉的征服意识。正如有学人说的那样:"中小封建贵族的存在和自我意识对骑士精神和骑士爱有重要影响。许多小贵族经济地位低下,不是长子的无权继承家产,连生活都成问题。这些人担任骑士为大贵族效力,同时又有比较强的不安全感和卑贱感。骑士爱从两个方面给他们以鼓舞。他们对贵夫人的崇拜和后者对他们的青睐,帮助他们建立和上层贵族社会的认同感;骑士爱是小贵族和大贵族都追求的理想,在为贵族妇女奉献爱的服务时,西欧封建社会统治阶层的两个集团走到了一起"。②

---

①　恩格斯:《家庭、私有制和国家的起源》,《马克思恩格斯选集》第四卷,人民出版社1972年版,第166页。

②　彭小瑜:《中古西欧骑士文学和教会法里的爱情婚姻观》,《北大史学》1999年第6期。

要而言之,"骑士传奇"所描绘的种种爱情故事,虽然有一些显得很奇特,然而究其底里,总是与当时的社会生活实际有着这样或那样的联系。因为说到底,"骑士传奇"终究是一种"世俗文学",虽然其在很多方面受到当时占统治地位基督教思想的浸润,但仍然不能脱离那个时代的社会生活,不能脱离"骑士"作为当时社会一个特殊阶层的观念心理。

三

从历史文化,包括从社会"制度文化"层面去观照历史上的"文学现象",是文学研究不应被忽视的重要方面。西欧中古时期的"骑士传奇"是以描摹"骑士"生活为中心的一个绵延数百年的"文学现象",这一光怪陆离的"文学现象",曾经使不少研究者感到困惑,以致歧说纷纭,当我们从"骑士"是西欧中古时期社会体制下一个"特殊社会阶层"的角度来审视"骑士传奇"时,似乎很多疑问都豁然明朗,很多问题都可以得到合理的解释,这对我们研究中国古代的"才子佳人小说"不能不说是一个很大的启发。因为中国古代这类小说中的所谓"才子",在很大程度上实际上是对中国"中古"以来特殊社会体制下形成的"读书士子人群"的喻指,而在当时的历史语境下,"读书士子"就是当时中国的"知识阶层",在一定意义上也可以被认为是一个"特殊的社会阶层",这一点对我们认识"才子佳人小说"应该是至关重要的。

"才子佳人"连称,始见于晚唐柳详《潇湘录》中的小说《呼延冀》:"妾既与君匹偶,诸邻皆谓之才子佳人。"以后多有沿用,如宋人晁补之[鹧鸪天]词:"夕阳芳草本无恨,才子佳人空自悲。"吴文英[宴清都]词:"自古才子佳人,此景此情多感。"朱希真[浣溪沙]词:"才子佳人相见难,舞收歌罢又更阑。"至明清,则常被人用来概括一些小说的内容,如:"从来传奇小说,往往托兴才子佳人。"(《快心编》凡例)"传奇家摹绘才子佳人之悲欢离合,以供人娱耳悦目也旧矣。"(《铁花仙史》序)"近日之小说,若《平山冷燕》《情梦柝》、《春柳莺》、《玉娇梨》等,才子佳人,慕才慕色,已出非正,犹不至大伤风雅。"(刘廷玑《在园杂志》卷二)《红楼梦》则称"佳人才子":"至若佳人才子等书"(第一回);"这些书就是一套子,左不过是些佳人才子,最没趣儿"(五十四回）。

实际上，唐以前，"才子"一词已早出，《左传·文公十八年》："昔高阳氏有才子八人……齐圣广渊，明允笃诚，天下之民谓之八恺。"这里的"才子"应指的是德才兼备之人。由此延伸，后来"才子"多被用来指有才华的人，如晋潘岳《西征赋》："终童山东之英妙，贾生洛阳之才子。"梁武帝《赐张率》："东南有才子，故能服官政。余虽惭古昔，得人今为盛。"又特指有文才之人，如傅玄《连珠序》云："所谓连珠者，兴于汉章帝之世。班固、贾逵、傅毅三才子受诏作之，而蔡邕、张华之徒又广焉。"故萧统《文选序》有"词人才子"之语；锺嵘《诗品》品评汉晋齐梁诗人，有云"凡百二十人，预此宗流者，便称才子。"（《诗品中·序》）至唐人所作诗文中，"才子"一词使用频率已经很高，或他指，或自指，皆专指有文才，特别是有诗才之人，甚至成为诗人的代称，这在《全唐诗》中比比皆是，不烦举例。所以大历间的十位诗人李端、卢纶、吉中孚、韩翃、钱起等被称为"大历十才子"（姚合《极玄集》卷上），元时辛文房为唐代诗人作传，则直接题其书为《唐才子传》，皆用此意。唐代以诗赋取士，故唐诗中有文才、擅诗歌的"才子"在很大程度上实际是"科举士子"的同义语。如岑参《送韩巽入都觐省便赴举》："洛阳才子能几人，明年桂枝是君得。"李端《赠赵神童》："圣朝殊汉令，才子少登科。"

"佳人"一词，其源也早。战国楚宋玉《登徒子好色赋》"天下之佳人，莫若楚国"，西汉司马相如《长门赋》"夫何一佳人兮，步逍遥以自虞"等所云"佳人"，皆指"美女"。汉晋以降，"佳人"作为"美女"的同义词，在诗文中几成泛滥，其如"燕赵多佳人，美者颜如玉。被服罗裳衣，当户理清曲。"（枚乘《杂诗》）"北方有佳人，绝世而独立。一顾倾人城，再顾倾人国。倾城复倾国，佳人难再得。"（李延年《歌诗》）"南国有佳人，容华若桃李。朝游江北岸，夕宿潇湘沚。"（曹植《杂诗五首》）皆被广为传诵。虽然其中不少效"香草美人"故技，实为喻指，但也多有实指。不过，即使在以"选录艳歌"为宗旨的《玉台新咏》中，"佳人"也仅仅作为吟咏的对象，未见与"才子"连称以概括男女情爱婚姻之意。"才子佳人"对举、连称，用以界说一种理想的男女情爱，甚至婚姻，滥觞于唐代，这不仅反映在士子们创作的文言小说中，唐诗中也不乏其例，如包何《同阎伯均宿道士观有述》："南国佳人去不回，洛阳才子更须媒……纵令奔月成仙去，且作行云入梦来。"

　　这样一种文学现象的产生，出自创作主体的观念心理，无疑与当时社会的思想文化有关，但深究之，则不能不与社会体制的重大变革有很大的关系。就体制而言，唐代与魏晋六朝的最大不同在于"科举选官制度"。正是隋唐实行的"科举制"，从制度层面上改变了以往中国社会的社会关系体系，其后果则是形成了一个不同于往古的、以"科举"为中心的"读书士子人群"。隋唐以来中国社会以"科举"为中心形成的"读书士子人群"是一个十分复杂，也十分特殊的人群。人们往往将其比之于春秋战国时期活跃于社会各个方面的"士"阶层，或者两汉至六朝时主要服务于政治权力的"儒士"。从历史的历时性发展来说，他们之间确实存在着一定的承袭关系，后者往往与前者有这样那样的联系，但他们在各自生活的历史阶段社会关系体系中的存在方式和作用其实是有很大不同的。

　　春秋战国渐次形成的"士"阶层，是由西周"分封制"下作为"封建贵族"一个等级的"士"演化来的。西周建国后全面推行的"分封制"是在"宗法制"基础上，或者说是以"宗法制"为原则建立起来的政治体制。其特点是以血缘关系为纽带的宗族组织和国家组织合而为一，宗法等级和政治等级一致，故可称为"宗法分封制"。①这一"分封制"按照"宗法制"的嫡庶之辨和嫡长子继承的原则，依靠自然形成的血缘亲疏关系将周王朝贵族统治集团划分为"天子"、"诸侯"、"卿大夫"和"士"四个不同的等级，并根据"大宗"、"小宗"的"宗法制"原则，确定他们各自的权利和义务。在这其中，"士"像西欧"分封制"中的"骑士"一样，处于"分封制"链条的末端，虽然是统治集团内部一个最低的等级，但在整个社会关系体系中，仍与属于平民的庶人（国人）之间有着清楚的界线。由载籍所记："诸侯春、秋受职于王以临其民，大夫、士日恪其位著以儆其官，庶人、工、商各守其业以共其上。"（《国语·周语》）"士之子

---

　　① 殷商应是以氏族部落联盟为基础建立的"国家"，至姬周代商，始确立完善的"分封制"国家体制：武王建国，首创分封，至周公摄政和成康时期，更是大封诸侯。《左传·昭公二十八年》谓武王分封"兄弟之国十有五人，姬姓之国者四十人"，《荀子·儒效》谓"周公兼制天下，立七十一国，姬姓独居五十三人"。所说应大致可信。西周封同姓和功臣建国（城），实为占领土地，类于"殖民"，至于分封异己甚至敌对力量（如殷商后裔），则是为了加强控制。

恒为士。"(《国语·齐语》)这种情况似乎一直延续到春秋时期,但实际上已经有所变化,大概到了春秋后期,"士"与庶人的界限已经很难截然划分,不仅有"士"降为"庶人"者,也有"庶人"通过力学努力成为"天下名士显人"者①。到了战国,"士"已经由世袭贵族的最低等级完全演变为一个开放性很强,同时又极具创造性和自由精神的"特殊社会阶层"。

战国时期的"士"阶层来源很复杂。或为贵族的支庶,如商鞅原是"卫之诸庶孽公子也"(《史记·商君列传》),张仪为"魏氏余子"(《吕氏春秋·报更》)。也有出身于社会下层者,如史载:"申不害者,京人也,故郑之贱臣。学术以干韩昭侯,昭侯用为相。"(《史记·老子韩非列传》)"甘茂起下蔡闾阎。"(《史记·甘茂列传》)故《荀子·王制》云:"虽庶人之子孙也,积文学,正身行,能属于礼义,则归之卿相士大夫。"因为来源复杂,所以其流品、活动范围及其生存方式等也显得十分复杂。战国有关文献中以"士"为中心组成的称谓和专用名词不下百种②,正是这种复杂性的反映。正因为如此,我们已经很难对其进行细致的分类,即使将其笼统分为"武士"和"文士"两大类也会有不太合适的地方。不过有一点可以肯定,那就是能称为"士"者,至少要具备某一方面的知识或才能,"士"分高下,除了一定的道德要求之外,主要的区分也在于学识和智力。"士"正是凭借知识和才能活跃于社会各个方面,不仅创立各种思想学说,促进文化、学术的发展,更被选拔为各级官吏,商鞅、苏秦、张仪、范雎、蔡泽等,甚至成为各国的执政官员,决定国家的命运走向。

大体而言,春秋到战国时的"士"可以说是中国最早出现的"知识阶层"。《荀子·王制》在谈到当时社会时,将"士"与"农"、"工"、"商"并列。《春秋穀梁传·成公元年》谈到的"四民"亦为"士"、"商"、"农"、"工"。与"农"、"工"、"商"不同,"士"不事生产,不创造物质财富,只能以无形的知识和能力立身,这样一个"士"阶层所以产生和发展,是社会发展,尤其是社会体制变化的结果:战国七雄实际上已经不是"分封制"下的"诸侯",而是各自独立的国家政

---

① 参见唐兰:《春秋战国是封建割据时代》,载《中华文史论丛》第三辑,1963 年版。

② 参见刘泽华:《战国时期的"士"》,《历史研究》1987 年第 4 期。

权。在这些国家里,由于土地制度的改变,王权的加强,"分封制"下的贵族世卿世禄制度已经开始淡化,社会关系主要体现为服务于王权的"官"与被统治的"民"的对立,其标志便是国家政权的官僚化和郡县制的推行。在这种情况下,掌握知识并具备各种能力的"士"成为王权的需要,同时,大量失去世袭身份或出自社会下层的"士"也需要步入仕途,才能获取各种现实的利益。正如荀子所说,"士"之出仕"所以取田邑也"(《荀子·非十二子》),或如范雎所说,当时的"士"普遍追求的是"欲富贵耳"(《战国策·秦策三》)。至于孟子说:"士之仕也,犹农夫之耕也。"(《孟子·滕文公下》)更是道出了当时"士"之本质。

秦大一统专制政权建立以后,作为知识阶层的"士"的生存方式就逐渐发生了变化。秦设博士官,网罗六国文士,"通古今,承问对",只是这些人一时不能适应新的形势,"以古非今",以致遭到"焚书"之祸。好在秦祚不长,西汉建国之初,高祖即下诏求"士",首次从"士"中公开选官,而且汉初分封的同姓王都试图发展自己的势力,使一些"士"在短时间内感觉似乎又回到了战国那样的生存环境。待"七国之乱"平定,特别是武帝以后,情况就不同了。武帝以后的"士"呈现出两个显著的特点:一是思想观念基本被统一。虽然就总体而言,西汉在武帝以后思想文化上仍存在一定的兼容性,道、法、阴阳等先秦诸子思想并未全被废止,但由于武帝"独尊儒术",造成"经学"昌盛,特别是两汉教授儒学的公私学校的发展,致使"儒士"从此成为"士"之主流。二是武帝以后,战国时普遍存在的"游士"基本消亡,代之而起的是拥有田园地土等恒产的"士",并逐渐形成了政治、经济力量和知识文化互为表里的"世家大族"——"士族"。光武帝刘秀依靠"士族大姓"的力量登上皇帝宝座[1],使东汉至魏晋南北朝长达数百年的社会主要呈现出以士族经济、士族政治和士族文化为主导的形态。在这种情况下,"士"阶层无论是存在形态上,还是在思想观念上,较之战国,都基本上失去了自我,或者说在相当程度上失去了存在的独立性和自由思想的精神。

---

① 参见余英时:《东汉政权之建立与士族大姓之关系》,载氏著《士与中国文化》,上海人民出版社1987年版,第217—286页。

　　对于中国的"知识阶层"而言,隋唐实行的"科举选官制度",是具有划时代意义的变革。隋朝开始实行科举制,但隋代时间不长,因此科举制作为完备的选官制度,是在唐朝确立的。唐代的科举制,首先在制度层面上为全社会的读书人提供了读书做官的机会,在理论上,读书人几乎不分门第高下,不问士族寒门,都可以按照一定条件参加科考。科举,特别是中进士,成为唐代读书人获得高名令誉和人生富贵的最重要途径,以致人们把登进士第喻为"登龙门"。这种情况从高宗、武后时开始,越来越明显。至德宗贞元时,进士大量进入高级官员的行列,宪宗以后,进士开始在宰相和高级官僚中占据绝对优势,以致以其他途径入仕者,"虽有化俗之方,安边之画,不由是而稍进,万不有一得焉"(《韩昌黎集》卷四《上宰相书》)。到了唐末,百分之九十的宰相已都是进士出身了。这样一种现实,无疑激发了许多读书人的梦想,似乎每个人都可以通过自己的努力使美梦成真,虽然实际情况不可能如此美好,但确实使不少出身较低的读书人因科考改变自己的地位,也使不少士族高门门庭衰落,从而造成了社会各阶层力量对比的变化和统治集团内部新的结构格局。

　　其次,虽然儒家思想仍然是社会占统治地位的思想体系,但唐代科举却未免"重文轻儒"。以科举"常科"科目而言,"明经"等科皆低于"进士",进士试中,又轻帖经、重诗赋,所以唐人干脆称进士试为"词科",又称之为"文学科"。在科考的指挥棒下,重文学而轻经术因此成为唐代读书士子读书作文的普遍倾向,对他们的观念行为也有很大影响。

　　最后,作为新的价值取向,科考刺激了唐代社会各阶层读书作文的热情,造就了一个人数众多、以科举为轴心的新型读书士子人群——或可称为"科举士子人群"。他们来自社会的各个阶层,却共同生活于科举制度所形成的引力场中,有着大致相同的价值取向和观念心理,并围绕科举演绎着他们各自的人生,"科举士子"也因此成为唐代"知识阶层"的主流人群。

　　唐代科举制所形成的"科举士子人群",是一个迥异于前代的知识人群。"科举士子"是科举制度的产物,在很大程度上是先前的士族政治、士族经济、士族文化的对立面,当因科举制度而形成的"科举士子人群"冲破魏晋以来士族门阀的坚壁,通过科举取得了政治、经济利益以后,这批朝气蓬勃的新进士子,就不仅要在社会有形构成的实务权利中争取自己的利益,也要求在精神领域表现自身的存在和价值。唐代文学的兴盛与演进,特别是精神内容上不同于往古的变化,应该与此有很大的关系。因此,我们在前面谈到,在唐代各类文学作品中开始出现"才子佳人"的内容,并用"才子佳人"界说一种前所未有的、理想的男女情爱和婚姻,也显然与这一历史背景有很大的关系。

四

元人虞集批评唐人小说:"唐之才人,于经义道学有见者少,徒知好为文辞。闲暇无可用心,辄想象幽怪遇合、才情恍惚之事,作为诗章答问之意,傅会以为说。"(《道园学古录》卷三八)描写男女情爱之篇什,确为唐人小说之大宗,故清人章学诚《文史通义》内篇卷五说唐人小说"大抵情钟男女,不外离合悲欢",虽然唐代文言小说并非仅限于情钟男女,但男女情爱描写确是其中最引人注目的内容,特别是其中所写之男女情爱,较之以往叙事作品所写又有了很大的不同。

首先是唐人小说出幻域而入人间,较之以往叙事作品更多着意于对现实人生中男女情爱的描写。唐前叙事作品,除了史传所记司马相如、卓文君故事(《史记·司马相如列传》)和《世说新语》所记韩寿偷香故事,很少写到现实生活中的男女情爱。志怪之书,如刘向《列仙传》"江妃二女",陶渊明《续搜神记》"袁柏、根硕",刘义庆《幽明录》"刘晨、阮肇"、"黄原"等,所写则皆为遇仙故事。至隋朝时已经接近"小说"格范的《八朝穷怪录》,《太平广记》等书所存 10 篇佚文更全是描写士子偶遇神女仙姝以成男女之爱,寄幻想于虚拟。唐代文言短篇小说所写大量男女情爱作品,虽然不乏人神之恋、人鬼之恋,甚至托言人与异物之恋,但确有不少有关男女两情相悦的描写直接取材于现实,或由现实生活生发而来。其中不少作品都能在逶迤曲折的情节中,铺陈出生活的细节,把握住情感的微妙,将青年男女的行为心理刻画得真切自然,并因此成为中国古代小说中的杰构。

其次,唐代文言小说在写到男女情爱时似乎对有悖于"礼法"的狎妓、偷情及婚外恋并不特别避讳,其中的名篇,如《游仙窟》、《任氏传》、《李娃传》、《莺莺传》、《霍小玉传》、《非烟传》等,都不同程度涉及这方面的内容,以致明清时代那些长期生活于极端文化专制氛围中,习惯以维护圣贤之道为标榜的学者要批评"唐士大夫多浮薄轻佻,所作小说,无非奇诡妖艳之事,任意编造,逞惑后辈……宋元以后,士之能自立者,皆耻而不为矣"(钱大昕《十驾斋养心录》卷一八)。在这方面,唐诗的情况其实也差不多。唐代士子或狎妓冶游,或与女道士往来密切,无不形诸诗歌,少有遮掩。

各方面的情况说明,唐代文言小说不仅大多是当时的"科举士子"的作品,其接受对象也是这样一个读书士子群体。与此相应的是,小说中的主角也往往是读书士子,或中举,或落第,或有诗名。唐代文言小说正是以这些"科举士子"为主角,并基于这些"科举士子"的生活构筑各种故事展开描写的。虽然所写到的题材内容十分丰富,但所表现的不外是这些"科举士子"的理想愿望、观念心理、感情情绪、审美趣味和对社会人生的种种理解,其中也包含他们对男女情爱的认识。蒋防《霍小玉传》假大历时著名诗人李益为男主角,书中有这样的描写:

> 大历中,陇西李生名益,年二十,以进士擢第。其明年,拔萃,俟试于天官。夏六月,至长安,舍于新昌里。生门族清华,少有才思,丽词嘉句,时谓无双。先达丈人,翕然推伏。每自矜风调,思得佳偶,博求名妓,久而未谐……遂命酒馔,即令小玉自堂东阁子中而出。生即拜迎。但觉一室之中,若琼林玉树,互相照耀,转盼精彩射人。既而遂坐母侧。母谓曰:"汝尝爱念'开帘风动竹,疑是故人来'。即此十郎诗也。尔终日吟想,何如一见。"玉乃低鬟微笑,细语曰:"见面不如闻名,才子岂能无貌?"生遂连起拜曰:"小娘子爱才,鄙夫重色。两好相映,才貌相兼。"母女相顾而笑,遂举酒。

作品中的李十郎,"自矜风调,思得佳偶",像《游仙窟》中的张文成一样,毫不掩饰自己的欲念。至于"小娘子爱才,鄙夫重色。两好相映,才貌相兼"一段话,则实可视为是"才子佳人"一语的注脚。其他唐人小说也曾表达过同样的意思,如许尧佐《柳氏传》写另一位大历诗人韩翃——小说中作"韩翊"——的故事,其中写到韩翃羁滞贫甚,而其友人李生"艳绝一时,喜谈谑,善讴咏"的爱姬柳氏却私下属意于彼,李生于是将柳氏送给韩翃,理由是"柳夫人容色非常,韩秀才文章特异"。其后又写到"(韩)翊仰柳氏之色,柳氏慕(韩)翊之才,两情皆获,喜可知也。"我们再读一下诗人李白的诗句:"我悦子容绝,子倾我文章。"(《代别情人》)可知这种思想态度并非小说所独有。唐人这种普遍形诸笔墨的关于"才子佳人"的看法,反映了当时新兴读书士子的一种性爱心理,也可以说是一种情爱观念,这样一种情爱观念的提出,自然不可能是毫无缘由的。

马克思说:"男女之间的关系是人和人之间的最自然的关系,因此,这种关系表明人的自然行为在何种程度上成了人的行为……"①因为两性关系与"人类自身的生产即种的蕃衍"有关,所以,根据恩格斯"两种生产"的理论②,两性关系是人类、人类文化赖以生存和发展的基本形式之一。人的本性是对自由的绝对追求,所谓历史,"不过是追求着自己目的的人的活动而已"。③本来,人类作为整体征服自然,克服自然的束缚,希望获得自由,但人类走出伊甸园却永远打破了自身人与人之间的原始的自然和谐的关系,给自己带上了"社会"的枷锁,变成了一种"文化的生物"。在文明所经历的历史中,"任何进步同时也是相对的退步"④,这一进程中也包括人对自身的种种禁锢,对人的本性的异化,使得人们不断去追求自身的解放,在更高层次上实现"人性"。世界各民族文化的差异是在各自历史发展的进程中不断增大的,尽管在跨入文明门槛的初期,中华民族和古希腊等民族在文化形态上已

① 马克思:《1844年经济学哲学手稿》,《马克思恩格斯全集》第四十二卷,人民出版社1979年版,第119页。
② 恩格斯:《家庭、私有制和国家的起源》第一版序言:"根据唯物主义观点,历史的决定性因素,归根结蒂是直接生活的生产和再生产。但是,生产本身又有两种。一方面是生活资料即食物、衣服、住房以及为此所必需的工具的生产;另一方面是人类自身的生产,即种的蕃衍。"(《马克思恩格斯选集》第四卷,人民出版社1972年版,第2页)
③ 马克思、恩格斯:《神圣家族》,《马克思恩格斯全集》第二卷,人民出版社1957年版,第119页。
④ 参见恩格斯:《家庭、私有制和国家的起源》,《马克思恩格斯选集》第四卷,人民出版社1972年版,第61页。

经有了区别，但在不否定人的"自然本性"这一方面则有着共同点，因而两性关系带有更多"自然"的成分。《周礼·地官》写到上古："仲春之月，令会男女，于是时也，奔者不禁。"收集公元前 11 世纪—前 6 世纪诗歌的总集《诗经》里，也有不少篇章对两性关系执一种单纯自然、明净坦率的态度。而由于生产力的进步，私有制、对偶家庭的形成和发展，通过连续不断的文化"维新"运动在中国逐渐形成的"礼教"（礼制），一方面可以被视为是一种文明进步的标志，同时也表现出对人的"自然本性"的限制。为"宗法制度"服务的"礼教"所承认的男女关系的唯一形式是婚姻，而婚姻的目的则被规定为"上以事宗庙，下以继后世"，虽然"以大昏为万古之嗣"（《礼记·哀公问》），但男婚女嫁并不是出于感情的结合，而是为了"广家族，繁子孙"。所以《大戴礼记》规定的"七出"之条，"无子"为第一条，《孟子·离娄上》所说的"不孝有三，无后为大"也因此成为不移的法则。根据中国的宗法制度，婚姻不是个人的事，而是家族的事，它的实现是通过"父母之命，媒妁之言"。如"不待父母之命、媒妁之言，钻穴隙相窥，逾墙相从，则父母国人皆贱之"（《孟子·滕文公下》）。这样的婚姻几乎成了一种排除了个人情欲和性爱的伦理形式。

　　汉晋以来的门阀士族皆以恪守"礼法"为标榜，婚姻则讲究门第、财货，数百年沿袭不变而成社会习俗。唐王朝建立以后情况仍未有很大的改变，以致贞观名臣魏徵、李勣、房玄龄等皆热衷于与"士族"联姻。而随着"士族"在政治和经济领域的落寂，其以门第倨傲的态度不仅招致一些非"士族"出身的读书士子和官员的不满，甚至与皇室发生冲突。高宗时，宰相李义府为子求婚"士族"不得，乃奏请皇帝下诏禁止"士族"互相联姻，已经使这种矛盾表面化。虽然直至中、晚唐，"士族高门"并未完全消亡，士人婚嫁攀附门阀士族之风气犹存，以致"娶五姓女"与"中进士举"、"选清要官"并列，被读书士子奉为普遍的人生理想，但自科举兴，"科举士子"政治、经济地位逐渐上升，对"门阀士族"不以为然的心理情绪实际上已经大量滋生，所谓"才子佳人"情爱观的提出，在很大程度上正是对在男女关系中强调"礼法"婚姻的一种反动。

　　唐代士子在诗歌、小说中公开宣扬"才子佳人"，首先是士子对自身地位的肯定,所以他们的小说无不以"才子"为中心。不过,虽然唐代情爱小说中的"才子",多数可称为士林华选,而才子们所追求的"佳人"的身份则显得十分复杂,有些作品假托她们姓崔、姓张,好像出身高贵,其实多是令后人谈之色变的风尘娇娃。这些小说的现实依据无疑是唐代"科举士子"的冶游生活,或者说,这些小说实际上真实地描写了唐代科举士子生活的一个重要侧面。在唐代,狎妓冶游在很大程度上已经不是"科举士子"个人的行为,实际上已经成为与科举联系在一起的唐代读书士子的一种"风习"。所以陈寅恪说:"唐代新兴之进士词科阶级异于山东之礼法旧门者,尤在其放浪不羁之风习。故唐之进士一科与娼妓文学有密切关系。"①这种对男女情爱的大胆藻绘,是对士族名门强调的"礼法"不以为意,其美学的新内容曲折反映的是当时社会关系的变化,表现的是创作主体的精神蠢动,因而在一定程度上也就带有了追求"个性解放"的意义。

　　唐代文言小说是在诗歌高度繁荣的社会背景下发生的,由于科考等原因,唐代读书士子大多崇尚诗歌,许多人本身就是诗人。正因为唐代文言小说的作者和读者都是这样一批读书士子,所以往往自觉不自觉地把诗带入了小说。不仅男女情爱故事中的"才子"被定位于"好文能诗",许多现实中的诗人被直接写入小说,而且小说中的"佳人",也多被设定为锦心绣口,嗜诗爱才。如《柳氏传》中的柳氏"喜谈谑,善讴咏",《莺莺传》中的崔莺莺"善属文,往往沉吟章句",《非烟传》中的步非烟"善秦声,好文笔,尤工击瓯,其韵与丝竹合"等。唐代文言小说中所描写的故事,不少都被写成与诗有关,其中尤以男女情爱故事最为突出,无论是故事的发生,还是男女双方感情的传达,都常常借助于诗歌,并因此把爱情生活渲染得缠绵悱恻,充满诗意。如《莺莺传》中,张生迷恋莺莺而难通情愫,正是因为红娘献策,建议其针对莺莺爱诗的特点,"试为喻情诗以乱之,不然,则无由也"。张生"立缀《春词》二首以授之",事情果然有了进展。中经波折,又是在"张生赋《会真诗》三十韵"之后才达到目的。皇甫枚《非烟传》中的赵象钟情非烟,发狂心荡,不知所持,也是有意识地投献诗歌表达爱慕之情,后非烟回诗:"绿惨双娥不自

---

①　陈寅恪:《唐代政治史述论稿》,上海古籍出版社 1997 年版,第 90 页。

持,只缘幽恨在新诗。郎心应似琴心怨,脉脉春情更拟谁。"明确说明是赵象的诗感动了她,才使两人关系有了进一步的发展。

另一个值得注意的现象是,唐人小说往往强调的是两情相悦的"才子佳人"情爱观念,注重的是对体现这一情爱观的恋爱的描写,包括对其中的性爱内容也不十分避讳,却往往有意无意地回避"婚姻",或者一遇到婚姻问题,所谓爱情就不得不偃旗息鼓,败下阵来。所以才有张生的"始乱之,终弃之",才有霍小玉不能实现其最卑微的愿望饮恨而死。这是因为,虽然中唐以后已经出现了婚姻中不以门第、财货而以"才"胜的事例①,也有因科考中式而得妇和举子投卷而得贵官女子青睐的故事②,说明唐代读书士子中产生的"才子佳人"观念并非完全没有社会现实的基础,但直至中晚唐,讲求门第仍然是上层社会,包括读书士子中普遍的婚姻观念,大概直到北宋,魏晋南北朝以来的"门阀士族"完全退出了历史舞台,这种情况才发生大的改变。

要而言之,"才子佳人"是在唐代特殊历史文化背景下所提出的男女情爱观念,尽管载籍所记并无"才子佳人小说"名目,但在唐代文言短篇小说中确实有一些篇什是以"才子佳人"故事为题材,或充溢着"才子佳人"的情味。所以二十多年前我与何满子先生合编《中国古代短篇小说杰作评注》时就说,称《莺莺传》为后来才子佳人小说的始祖也未始不可"。③尽管唐代这类小说与后来明清时代的"才子佳人小说"多有不同,如上文谈到的"才子"恋

---

① 《唐才子传》卷七:"李频,字得新,睦州寿昌人。少秀悟,长,庐西山。多记览,于诗特工。与同里方干为师友。给事中姚合时称诗颖,频不惮走千里丐其品第,合见,大加奖挹,且爱其标格,即以女妻之。"《唐语林》卷二:"李郢有诗名……初赴举,闻邻女有容,求娶之。遇有争娶者,女家无以为辞,乃曰:'备钱百万,先至者许之。'两家具钱,同日皆至。女家无以为辞,复曰:'请各赋一诗,以为优劣。'郢乃得之。"

② 韩愈《送陆畅归江南》诗:"举举江南子,名以能诗闻。一来取高第,官佐东宫军。迎妇丞相府,夸映秀士群。鸾鸣桂树间,观者何缤纷。"(《韩昌黎集》卷五)按:陆畅为江南寒士,元和元年中进士,官太子率府参军,成为已故宰相董晋的孙女婿。《太平广记》卷一八一引《抒情诗》:"李翱江淮典郡。有进士卢储投卷,翱礼待之,置文卷几案间,因出视事。长女及笄,闲步铃簿前,见文卷,寻绎数四。谓小青衣曰:'此人必为状元。'追公退,乃闻之,深异其语。乃令宾佐至邮舍,具白于卢,选以为婿,卢谦让久之,终不却其意。越月随计,来年果状元及第。才过关试,径赴嘉礼。"

③ 何满子、李时人:《中国古代短篇小说杰作评注》上册,安徽文艺出版社1988年版,第125页。

爱的对象并不限于闺阁中的"佳人",故事的结局也常常与后来大多数"才子佳人小说"的"团圆"结局不同,但这只能说明唐人小说作者这种忠于生活,敢于直面人生的态度,确为后世经过"理学"改造和"世俗文化"熏染的读书士子所不及。唐人不少强调"才子佳人"情爱观的小说,突出了小说的情感特征和审美自觉,在受到历史背景限制的情爱描写中展现出一种灵肉相契的人性之美,不仅表现出对基于人类天性的性爱的礼赞,而从这些爱情婚姻的冲突中,体现出"人性"的美丑和人格的高下。也正是由于唐人小说艺术上的成功,为中国以爱情为题材的小说提供了示范,从此,以"才子佳人"为情爱观念,通过文字定交推进情节进程的爱情描写,成为中国古代小说的一种"传统",并在一定意义上为后世小说建构男女情爱故事提供了一种"范式"。

五

较之唐代,宋代无论是社会形态、社会体制、社会关系,还是思想文化都发生了巨大变化。这一变化的基础是土地国有制被私有制全面取代,不仅中唐以前尚居主导地位的"均田制"消失,即使中唐以后实行的"屯田"、"营田"等制度也很快衰落。全国 95％的土地成为私有,其结果是魏晋南北朝以来直接控制大量"部曲"、"佃客"的"门阀士族"至宋代完全退出了历史舞台。① 而生产关系的变化,一方面促进了社会生产,推动了商业和城市的发展;另一方面,由于社会各阶层的利益在更大程度上要靠"国家"的政策调控,皇权被强调,从而使中央集权的专制统治得到了进一步加强。为了适应专制统治的需要,宋王朝"重文抑武",积极建设文官政府,对官员采取优渥政策。与这种政治制度相适应的是科举的发展,不仅彻底取消了门第限制,进一步完善了考试制度,在科考内容上也有了很大的改变,特别是录取比例和录取人数大幅度增加,从而扩大了读书士子人群和造就了一个庞大的官僚缙绅阶层。

---

①　漆侠:《宋学的发展和演变》,河北人民出版社 2002 年版,第 62 页。

　　在新的社会结构、社会体制、社会关系的基础之上,宋代的思想文化较之往古发生了新的变化:一是从中唐开始的儒学复兴运动得到了发展,从北宋提倡"通经致用"的儒学各派逐渐向强化专制统治(特别是思想专制)的南宋"理学"转化,并使后者在以后数百年间在历代官方意识形态中占据了统治地位;二是由于城市的发展和商品经济发达造成了更趋于实际利益得失的世俗思想观念的流行。正是在这样的思想文化背景下,宋人的小说创作较之唐人,可以说是自成格局、自成风貌,无论是艺术形式上,还是在精神内容上,都既有"规抚唐人",沿袭"传统"的一面,也表现出广泛反映社会现实生活,表达时代观念心理和意兴心绪的一面。

　　比如宋人描写情爱婚姻的文言小说中,不少作品在男女主角的设定和描写方面,就既沿袭了唐人小说又有所改变。这些小说中的男子皆为有"才"的书生,其如女主角,也均被写成是美貌过人,且能诗文的"佳人"。从表面上看,宋人似乎承继了唐人注重男女个人禀赋特性的"才子佳人"观念,但实际上已经发生了微妙的变化——唐人的"才子佳人"注重的是情爱,而宋人强调"才子佳人"主要为的是婚姻。如北宋佚名文言小说《张浩》中的李氏与张浩在花园中初次相遇,就直接提出:"某之此来,诚欲见君……异日倘执箕帚,预祭祀之末,乃某之志。"另一篇佚名之作《苏小卿》中的苏小卿中意身为小吏的读书人双渐,与之花园欢会之后,马上就嘱咐双渐解职归家,深心励学,待科举中式后,再来提亲。《风月瑞仙亭》则对司马相如、卓文君这一古老的故事进行了新的改造和诠释,卓文君之所以主动与寒士司马相如私会、私奔,不仅在于在她眼中"其人儒雅风流",更重要的是断定此人"日后必然大贵……倘若错过此人,日后难得"。较之唐人小说的浪漫情怀,宋代"才子佳人小说"所写男女情爱显然突出了功利性,而这一点实际上是有现实基础的。宋代上层社会主流的婚姻观是五代以来兴起的"婚姻不问阀阅"(南宋郑樵《通志·氏族略第一》)和"议亲贵人物相当"(南宋袁采《袁氏世范》卷一《睦亲》)。而宋人所谓"人物",则主要指的有望科举中式的读书士子,特别是科举中式者,即所谓"求婚必欲得高第者"(《河南程氏文集》卷一二《伊川先生文八·家世旧事》)。故宋代缙绅和富家皆喜从读书士子,特别是学校中的儒生中选取东床①，甚至形成了"榜下择婿"的风习。②宋人"才子佳人"小说强调婚姻是情爱的目的，喜欢写"团圆"的结局，正是这种社会观念心理的反映。

在中国历史上，宋代是一个新的历史阶段的开端，或者说为以后数百年的时间里中国社会、中国文化的发展变化提供了一个新的起点。仅就文学而言，由宋人开创的雅、俗文学并行发展且互相影响也因此成为以后中国古代文学发展的总体格局和不同于往古的景观。因特殊的历史文化背景，充分利用了词曲这种原属于"雅文学"艺术形式却总体上可归于"俗文学"范畴的"戏曲"在元、明得到发展，以民间说唱技艺为基础的白话短篇和长篇小说在元、明时代也逐渐形成规模，而在艺术形式上属于"雅文学"的文言小说却未能像传统诗文一样在元、明保持其持续发展的态势，总体上趋于式微。

不过，在总体上处于式微状态的元、明文言小说创作中，"才子佳人"仍然是作家经常选用的题材。明初瞿佑《剪灯新话》中的《联芳楼记》、《秋香亭记》和李昌祺《剪灯余话》中的《连理树记》、《琼奴传》等均为踵武唐、宋"才子佳人"小说的篇什，只是这些小说不仅篇幅逼仄，文笔也往往显得荏弱。反倒是附刻于《剪灯余话》中的另一篇写"才子佳人"故事的作品《贾云华还魂记》足以引起人们的注意，因为这篇作品实际上是元、明时代一批特殊形制的"才子佳人"小说创作的代表作品之一，而这批小说承前启后，实可视为明末清初"才子佳人"小说兴起和走向繁盛的先导，尽管清初的"才子佳人"小说主要以"白话"为语言形式。

---

①　江少虞《宋朝事实类苑》卷四九："晏元献（殊）判西京，范希文（仲淹）以大理寺丞丁忧，权掌西监。一日，晏谓范曰：'吾有一女及笄，仗君为我择婿。'范曰：'监中有二举子，富皋、张为善，皆有文行，它日皆至卿辅，并可婿也。'晏曰：'然则孰优？'范曰：'富修谨，张疏俊。'晏曰：'唯。'即取富皋为婿，皋后改名，即丞相郑国富公弼也。"

②　彭乘《墨客挥犀》卷一："今人于榜下择婿，号脔婿。"宋阮阅《诗话总龟》卷八引王安石诗："却忆金明池上路，红裙争看绿衣郎。"苏轼也有诗："囊空不办寻春马，眼眩行看择婿车。"（《苏轼诗集》卷二《和董传留别》）宋代载籍中，有关记载甚夥，如真宗时，范令孙登甲科，宰相王旦立即"妻以息女"（王辟之《渑水燕谈录》卷七《歌咏》）；神宗时，蔡卞登科，宰相王安石马上"妻以女"（《宋史》卷四七二）；南宋高宗时，郭知运登科，当即被宰相秦桧"选为孙婿"（赵彦卫《云麓漫钞》卷四）；孝宗时，赵谂"初登第时，太常少卿李积中女有国色，即以妻之"（王明清《挥麈后录》卷七）。参见张邦炜《宋代的"榜下择婿"之风》，《中国社会科学未定稿》1987年第4期。

　　以文言写成的《贾云华还魂记》所写为元至正年间书生魏鹏与宦门小姐贾云华的恋爱婚姻故事，情节复杂，内容繁富，长 15 000 言，其中还穿插了 49 首诗词，已略具中篇小说的规模。据陈益源考证，《贾云华还魂记》对明、清文言小说和白话小说的影响很大：明代不少以"才子佳人"为内容的"文言中篇小说"，如《钟情丽集》、《怀春雅集》、《寻芳雅集》、《传奇雅集》、《双双传》、《五金鱼传》等都有模仿或承袭它的地方；晚明时长篇白话小说《金瓶梅》中也曾借用它的诗句多处，周清源《西湖二集》卷二七的《洒雪堂巧结姻缘》则显然是据这一小说改写的；到清初的"才子佳人"小说《绣屏缘》、《写真幻》、《驻春园》等则已将这一小说中的故事和人物作为"典故"使用。①不过，《贾云华还魂记》本身也是有渊源的，据李昌祺永乐十八年(1420)为《剪灯余话》所作自序，是其七、八年前模拟桂衡《柔柔传》之作。②虽然《柔柔传》未见传，然《贾云华还魂记》沿袭了另一篇文言中篇小说《娇红记》却是有迹可寻的：《贾云华还魂记》不仅多处模拟《娇红记》的情节、诗词韵语，还直接提到作品中人物阅读《娇红记》和谈论《娇红记》中的人物。

　　《娇红记》描写"才子佳人"申纯、王娇娘的爱情故事，长达 18 000 言，穿插诗词韵文 60 余首。传世繁、简本皆为明刻，有关作者则有数种说法，明宣德间丘汝乘为刘兑《新编金童玉女娇红传》杂剧作序谓"元清江宋梅洞尝著《娇红记》一编，事俱而文深，非人莫能读"，论者或据此认定元初宋远(字梅洞)为本篇作者，或疑这篇小说有宋远之原作，后来经过明人的润色。然由《贾云华还魂记》已经提到《娇红记》书名及其主角，则原作至少在元末明初已经广泛流传。而除了《贾云华还魂记》以外，明代其他一些"中篇文言小说"，如《钟情丽集》、《龙会兰池录》、《双卿笔记》、《荔镜传》、《怀春雅集》、《花神三妙传》、《寻芳雅集》、《天缘奇遇》、《刘生觅莲记》、《双双传》、《五金鱼传》等都不同程度地都受到《娇红记》影响③，在这个意义上说，《娇红记》可以说

---

① 参见陈益源：《元明中篇传奇小说研究》，香港学峰文化事业公司 1997 年版，第 47—66 页。

② 桂衡实有其人，洪武间曾任钱塘儒学训导，与瞿佑交，曾作《题〈剪灯新话〉》长诗，见明汪珂玉《珊瑚网》卷一三。

③ 参见陈益源：《元明中篇传奇小说研究》，香港学峰文化事业公司 1997 年版，第 19—46 页。

是明代这一批"中篇文言小说"的先导性作品。

从元代的《娇红记》、明初《贾云华还魂记》开始，中经弘治、正德、嘉靖，一直到晚明万历时期陆续出现的这样一批"文言中篇小说"，今有全文传世者有十余篇。这些小说全以"才子佳人"之恋爱为题材，以婚姻成败为结果，篇幅较以往的文言小说普遍要长得多。这些小说之所以篇幅漫长，除了穿插大量诗词韵语①，还在于作者在描写男、女主角的恋爱婚姻过程中，往往增添人物，将日常活动，特别是生活中发生的许多偶然事件设置为小说中的情节，细节描写也增多，既放慢了叙事的节奏，又使故事的进程显得委婉曲折。特别是这些"中篇文言小说"不仅承继了宋代一些"才子佳人小说"已经出现的因才子科考中第，入仕为官而使才子佳人终成眷属的结局设计，甚至还出现了"一男二女"的故事格局，一些作品还不同程度上表现出热衷于情色的倾向。凡此种种，都说明这些小说在艺术形式和美学观念上已经开始渗入了白话小说的因素。后来这些小说大都被收入明末清初一些"杂志型"的通俗读物《绣谷春容》、《国色天香》、《燕居笔记》，并不完全在于这些"文言中篇小说"相对来说文字趋于通俗浅近，更在于其在精神内容上易为世俗所接受。

王重民曾谈及这些刊载于《绣谷春容》等通俗读物上的"文言中篇小说"，"直开后来才子佳人小说之源"。②其实，这些"文言中篇小说"的影响，早在清初以天花藏主人为代表的长篇白话"才子佳人小说"产生以前，已经对元、明时期的白话短篇小说产生影响。

宋、元时期的"白话短篇小说"创作主要基于当时文艺市场"瓦舍勾栏"中的"说话"技艺。宋末元初人罗烨《醉翁谈录》卷首"小说开辟"将"说话"人所说故事概括为"灵怪、烟粉、传奇、公案、朴刀、杆棒、神仙、妖术"等八类，在此基础上产生的宋、元"白话短篇小说"虽然具有书面作品的形式，但内容上

---

① 如《钟情丽集》长 27 000 字，穿插诗词韵文 150 多则；《荔镜传》亦长 27 000 字，穿插诗词歌赋 80 余则；《怀春雅集》长 30 000 余字，穿插诗词韵文逾 200 则；《花神三妙传》全长约 25 000 字，穿插诗词、韵语、书信 48 则；《寻芳雅集》文长 22 000 字，穿插诗词、书信等 80 余则；《天缘奇遇》文长 23 000 字，穿插诗词联语书信等 70 余篇；《李生六一天缘》文约 35 000 字，穿插诗词约 100 首；《双双传》文长 18 000 字，穿插诗词近 60 首。

② 王重民：《中国善本书提要》，台北明文书局 1983 年版，第 399 页。

大体与其一致。据学者研究，现主要保存在明刊各种小说集中的"宋元旧篇"（宋、元"白话短篇小说"）约有 60 余种①，在这些作品中，虽然有将近半数写到男女两性纠葛，但以"才子佳人"为题材或表达"才子佳人"观念的并不多。其中只有三、四篇作品或可被称为"才子佳人小说"，其中如《宿香亭张浩遇莺莺》，是根据佚名文言小说《张浩》改编的，《风月瑞仙亭》是根据司马相如、卓文君这一古老的历史故事创作的，《彩鸾灯记》中男女主角虽然也可被称为"才子佳人"，但关于其情爱过程的描写似乎更为"市井"。

　　至明代，"白话短篇小说"创作主要基于文艺市场说唱技艺的情况发生了变化，开始较多出现作家独立创作的书面作品。不过，直至冯梦龙"三言"中的《王娇鸾百年长恨》（《警世通言》卷三四）、《吴衙内邻舟赴约》（《醒世恒言》卷二八），凌濛初"二拍"中的《宣徽院仕女秋千会，清安寺夫妇笑啼缘》（《拍案惊奇》卷九）、《通闺闼坚心灯火，闹囹圄捷报旗铃》（《拍案惊奇》卷二九）和《莽儿郎惊散新莺燕，龙香女认合玉蟾蜍》（《二刻拍案惊奇》卷九）等白话短篇小说，仍然有文言小说或文人杂著中的文言故事的渊源，并非完全出自作家独创。

　　中国古代的散文体小说基本上可分为"文言"和"白话"两大类，正是这两种不同"语体"的小说同源异流而又交互影响，构成了中国古代小说产生、发展的总体格局和历史景观。纵观古代小说从唐、宋至元、明的发展，"才子佳人"始终是文言小说经常选择的题材，特别是在汲取了白话小说艺术经验的元、明"中篇文言小说"中，"才子佳人"几乎成了唯一的题材，而在白话小说中，不管是以说唱技艺为基础形成的宋、元"短篇白话小说"，还是明人模拟这些作品创作的"短篇白话小说"，以"才子佳人"为题材的作品在全部作品中所占的比重都比较小，且涉及"才子佳人"内容的作品大多源自文言小说。这种情况在清初发生了显著变化，"才子佳人"一下子成了白话小说的

---

①　根据众多学者的研究，保留在明刊小说集中的宋、元白话短篇小说，即所谓"宋、元旧篇"，总数有数十种：胡士莹《话本小说概论》（中华书局，1980）考证出"宋代话本"40 种、"元代话本"16 种，又钩沉"宋元话本"5 种，总计 61 种；欧阳健、萧相恺编《宋元小说话本集》（中州古籍出版社，1987）收"宋元话本"67 篇；程毅中辑注《宋元小说家话本集》（齐鲁书社，2000），收"宋元小说话本"40 篇，另作为"存目叙录"者 22 篇。不过，现存所谓"宋元旧篇"绝大多数刊于明代嘉靖以来的小说集中，不少已经经过后人的增删改写，并非全部保持原貌。

重要题材,特别是出现了大量以"章回"为形式,以"才子佳人"故事为中心的中、长篇白话小说。虽然可称为白话"才子佳人小说"的中、长篇作品在明末已经开始出现,如刊于崇祯年间署名"古吴金木散人编"的白话小说集《鼓掌绝尘》四集四十回,每集十回叙一故事,至少已有中篇小说的规模,其中"雪集"十回叙姑苏书生文荆卿与刺史小姐李若兰恋爱婚姻故事,不仅以"章回"形式来写"才子佳人"故事,其中一见钟情、传诗递简、私订终身、中经波折等情节和最终中举为官,夫贵妻荣的结局也和清初长篇白话"才子佳人小说"大略相同。不过,这类作品在明末只是零星出现①,而清初长篇白话"才子佳人小说",仅从数量来看,俨然已是当时长篇小说创作的大宗,成为小说史不能忽略的现象。

六

已知清初最早出现的"才子佳人小说"是"天花藏主人"的《玉娇梨》二十回和《平山冷燕》二十回,现存两书合刻本《天花藏七才子书》,有作者顺治十五年(1658)自序,因知两书皆作于是年前。随之,"才子佳人小说"的创作刊行就风生水起,康熙时代已成泛滥之势。虽然雍正、乾隆时势头略减,但至乾隆中叶《红楼梦》产生以前的近百年间,可称为中、长篇白话"才子佳人小说"且至今存世者尚有四五十部,即使是《红楼梦》产生以后,"才子佳人小说"的创作仍然不绝如缕,并最终成为以后相当长时间内一种时显时隐的文学传统,不断对中国各个时期小说的创作格局产生影响。

在清代,中、长篇白话"才子佳人小说"创作是一个绵延二百多年之久的文学现象,其创作实际呈现出非常复杂的面貌。最早"天花藏主人"的《玉娇梨》《平山冷燕》两部小说所写的都是内容比较"单纯"的"才子佳人"爱情婚姻故事,情节相对简单,语言也比较雅洁。故乾隆间"吴航野客"所作"才子佳人小说"《驻春园》之"开宗明义"云:"历览诸种传奇,除醒世觉世,总不外

---

①　另有佚名《山水情传》二十二回,写苏州才子卫旭霞与才女邬素琼故事,虽杂以怪异情节,宣扬因果,然也初具"才子佳人小说"之形态,现存孤本很可能亦刻于明末。

才子佳人。独让《平山冷燕》、《玉娇梨》出一头地,由其用笔不俗,尚见大雅典型。"将这两部书奉为"才子佳人小说"的典范作品。紧随《玉娇梨》、《平山冷燕》之后,创作于顺、康时的不少作品,如"天花藏主人"编刊的《锦疑团》十六回、《两交婚》十八回、《定情人》十六回、《飞花咏》十六回、《玉支玑》二十回,"吴中佩衡子"编著的《吴江雪》二十四回,"蕙水安阳酒民"编著的《情梦柝》二十回,"鹤市道人编次"的《绣屏缘》二十回,"名教中人编次"的《好逑传》十八回,"烟霞散人编"的《凤凰池》十六回,以及佚名编著的《宛如约》十六回等,基本上也都是这种故事单纯、风格雅致的"才子佳人小说"。但当时另有一些作品,自觉不自觉地在内容上溢出了单纯的男女爱情婚姻故事,如"天花藏主人"编刊的《赛红丝》十六回虽然也写"才子佳人",但主要写的是婚事中的种种波折,以展示人情世态。"古吴娥川主人编次"的《生花梦》十二回以"才子佳人"婚姻为主线,但场景竟然出现了强盗山寨,还穿插了科考、公案、神怪等方面的情节内容。"惜阴堂主人编辑"的《二度梅》四十回用了很多篇幅写政治上的"忠奸"斗争。"天花才子编辑"的《快心编》三十二回则将士子征战讨贼、建功立业与才子佳人终成眷属并写,官府腐败、乡绅横行、盗贼猖獗、壮士侠义等均成为描写的内容。"青心才人编次"的《金云翘传》二十回,因为其故事是以金重与王翠翘相恋、离合为框架,历来也被列入"才子佳人小说",但实际上主要写的是王翠翘的人生经历,其所描写的社会生活内容已经大大突破了题材的限制。其他如"封云山人编次"的《铁花仙史》二十六回、"古吴素庵主人编"的《锦香亭》十六回等,则涉及内容更为杂驳,举凡忠奸斗争、战阵兵戈、神仙妖术、科考舞弊、人情浇薄等纷杂事状无不掺入。乾隆中叶以后"才子佳人小说"虽仍不时出现,但很多已经与神仙、公案、英雄传奇、侠义小说合流,至清末甚至衍化出鲁迅所说的"狭邪小说"。

清代前期长篇白话"才子佳人小说"创作的繁盛,是中国古代长篇小说发展中重要的一环,而且是并非只有消极的意义的一环,这表现在很多方面:

首先,清代前期长篇白话"才子佳人小说"拓展和巩固了由作家独立创作的《金瓶梅》开创的以长篇小说描绘社会现实人生的创作道路,从而完成了中国古代长篇小说由"集体累积"的"史诗型小说"向作家个人创作的"生活型小说"的"转型",促进了中国古代小说的发展。与白话短篇小说一样,中国古代的白话长篇小说亦与"讲唱"技艺有渊源关系,现存宋、元时刊印的《大唐三藏取经诗话》、《三国志平话》、《宣和遗事》和保存在《永乐大典》中《西游记平话》片断等均有力地证明了这一点。《金瓶梅》以前的中国古代长篇小说《三国志演义》、《水浒传》、《西游记》等,都或多或少地带有"史"的因素,所描写的对象都是英雄、超人或径直就是"神",人们所要表达的是对历史的缅怀,从历史以及这些"历史的主人"身上寻求那种豪迈的诗情和表现自己对历史和生活的理解。特别是这些小说几乎都是通过"集体累积"的形式完成的,无不带有某种程度的"史诗"性质。而《金瓶梅》的作者却用惊讶的眼光审视现实人生,如实地写出他对生活的观察和理解,自觉不自觉地以某种愉悦的心情去描绘那种铜臭刺鼻、道德沦丧的世俗社会和喧嚣尘世的芸芸众生。《金瓶梅》摆脱了中国古代小说创作对"史"的依附,在很大程度上摒弃了主观、幻象的描写,用小说的美学方法再现社会现实生活,是小说与现实关系的一种重大变革。其不仅把小说题材扩大到生活的一切范围,也使作品的形象、内容更切近生活实际,并因此开创了长篇小说创作的新传统。从此,主要取材于社会现实的作家创作成为中国长篇小说创作的主流。清代前期产生的大量长篇"才子佳人小说",也是在《金瓶梅》的巨大影响下产生的,《玉娇梨》、《平山冷燕》等题名都以女主角的名字联属而成,就明显可以看出其蹈袭《金瓶梅》的故技。特别是这些小说一般不演述前人已有的故事,取材构思往往自出心裁,且尽量不涉及超自然和奇异现象的描写,因此较之刻意学步《金瓶梅》却不自觉地继承了《金瓶梅》某些缺陷的《醒世姻缘传》、《续金瓶梅》等,对巩固以《金瓶梅》发轫的用小说描写现实生活的阵地起到了更大的作用。另一方面,正是由于大量"才子佳人小说"作者的加入,作家独立创作长篇小说才一时蔚为风气,并因此成为中国小说创作的主流。

其次,由于清代前期大量"才子佳人小说"的出现,中国古代作家独立创作的长篇小说的规范才基本定型。《金瓶梅》承继了在它之前中国古代"集体累积型"长篇小说的叙事方式,又吸取了包括"市人小说"在内的古代短篇小说主要取材于现实生活、描绘人生的经验，从而开启了中国古代长篇小说一个新的时代。不过，作为第一部直接取材于社会现实、作家独立创作的长篇小说，《金瓶梅》也不乏稚拙和粗疏之处。这不仅在于《金瓶梅》作者没有完全摆脱"文学的传统与惯性"，将他的故事"嫁接"在一个"历史故事"的砧木之上，并强行将一个现实生活的故事纳入一个道德的、宗教论证的模式之内，更在于将其与成熟的"近世小说"比较，或与《红楼梦》比较，《金瓶梅》的情节、描写有大量的疏漏和"明显的粗心大意"之处，"喜欢使用嘲讽、夸张"，笔墨有时毫无节制，还有"大抄特抄词曲的嗜好"，这种小说创作的随意性、俳偕色彩以及套用"说话人"熟套的作法，说明《金瓶梅》还没有完全摆脱宋、元以来"市人小说"已经形成的小说审美定式和审美习惯，保留着文学进化的"胎记"。清代前期出现的"才子佳人小说"，虽然和《金瓶梅》一样亦取"章回体"叙事，但已基本蜕尽了"说话人"的口气，不再过多地借用以往"集体累积型"小说的艺术经验，从而在艺术形式和表现手段方面形成了作家小说创作的格范，不仅紧随其后的作家独立创作的长篇小说的巅峰之作《红楼梦》受其影响，直至"五四新文化运动"现代小说兴起之前，长篇小说也未超出这一格局。

　　再者，清代前期大量产生的"才子佳人小说"承担了从《金瓶梅》到《红楼梦》之间小说艺术表现手段积累的任务。中国古代有六部可以称为"经典"的长篇小说：16 世纪开始广泛传播的《三国志演义》、《水浒传》、《西游记》是对数百年来中国文化影响巨大、带有"史诗性质"的"集体累积型"小说，17 世纪初问世，基本可以被称为"中国 16 世纪社会风俗史"的《金瓶梅》开创了直接取材于现实、作家独立创作长篇小说的新纪元，18 世纪两部创作时间略有前后的小说《儒林外史》和《红楼梦》，则达到了中国古代作家创作长篇小说的顶峰。相比较而言，《红楼梦》是中国"古代小说"的"集大成之作"，尽管从其艺术内容来说，已略同于"近世小说"，但无论是形式还是手法，仍然没有完全蜕尽"中国古代小说"注重"传奇"的特性；而《儒林外史》的主体部分则直接不隔地与现实生活密接，更多地具备了"近世小说"的性质，充满了指向未来的张力。《红楼梦》以小说形式最大限度地将中国古代文学叙事艺术和抒情艺术汇为一编，其在小说艺术上则特别汲取了《金瓶梅》以降，包括"才子佳人小说"在内的作家小说创作的正反两方面的艺术经验,才完成了对中国古代小说的光辉总结,而在这其中,"才子佳人小说"可以说为《红楼梦》提供了最直接的经验。

当然,清代前期"才子佳人小说"在艺术和思想精神上的不足是显而易见的。《红楼梦》第一回曹雪芹曾假"石兄"之口对其提出过尖锐的批评:"至若佳人才子等书,则又千部共出一套,且其中终不能不涉淫滥,以致满纸潘安、子建、西子、文君,不过作者要写出自己的那两首情诗艳赋来,故假拟出男女二人名姓,又必旁出一小人其间拨乱,亦如剧中之小丑然。"清代前期的"才子佳人小说",给予读者最深印象的是作为小说结构中心的"才子佳人"恋爱婚姻,尽管不少作品旁设枝蔓,竭力铺陈,主要还是为了增加"才子佳人"婚恋的曲折艰辛故为翻空出奇,并未脱颂扬"才子佳人"爱情婚姻的主旨。这就使"才子佳人"小说创作不免因循沿袭,表现出严重的公式化、概念化的倾向。①所以许多论者认为清代前期的"才子佳人小说"对于《红楼梦》的影响主要是负面的,其实情况可能并不尽然。清代前期大量"才子佳人小说"对青年男女爱情的细致描写和反复渲染,对女子才、色、情的竭力肯定,以及对场景的描绘,人物心理、性格特征、景色风光的描绘,对以后产生的《红楼梦》都是有影响的。也就是说,《红楼梦》对"才子佳人小说"的借鉴,不仅表现在文体形式和小说艺术层面上,即使在精神内容上,对"才子佳人小说"也有相当程度上的承袭。

作为一种文学现象,清代前期"才子佳人小说"的繁盛,无疑有其特定的历史文化背景和文学内部的原因。在中国历史上,中晚明是最有"近代气息"的时代。由于商业的空前发展,在经济比较发达的地区,尤其是江浙一带的大小城镇出现了异于往古的繁荣。城市风貌的改观,消费方式、生活方

---

① 清代前期"才子佳人小说"小说的情节一般始于才子与一个或数个佳人的偶然相遇,于是诗词传情,私订终身;以后或因家庭、政事的牵连,或因小人的拨弄,往往发生才子遭难、佳人被逼嫁等灾厄;但虽经大大小小的波折,最后或由于才子金榜题名,或因圣君贤吏主持正义,才子佳人总是"有情人终成眷属",尤其是才子,往往是高官厚禄尽得,又或拥双艳,或独占众美,享尽人生风流富贵。所以有人将"才子佳人小说"的情节结构大致归结为"男女一见钟情"、"小人拨乱离散"、"才子及第团圆"三个阶段,参见林辰:《明末清初小说述录》,春风文艺出版社1988年版,第60页。

式的变化,使社会心理、习俗风尚和人们的道德观念、审美趣味都发生了巨大的变化。正是在这样的社会基础上,中晚明出现了一个以王阳明"心学"为哲学支点的社会新思潮。如果说王阳明"心外无理"、"心之本体即是天理",把"心"提到本体的地位,其目的还只是为了补救纲常道德的崩溃,仅仅是因为突出了人在道德实践中的主体能动力量,客观上提高了人的价值和作用。那么,王学经王艮发展到颜钧、何心隐、李贽等人,就已是"非名教所能羁络了"。到万历中,异说"共相推挽,靡然成风"(冯琦《北海集》卷一八),实际上已经提出了广泛的思想解放的要求:要求从儒家圣贤偶像和经典权威中解放出来;从理学蒙昧主义的统治中解放出来;要求顺应人的自然本性。尽管这一思潮并不像某些论者所强调的那样等同于近代西方资产阶级的早期启蒙思潮,并没有从根本上突破它所产生的那个时代的质的规定性,没有形成一个新的思想体系,而仅以传统思想的异端出现,但无疑是我们民族在"中世纪"黑暗中的一度觉醒。基于中晚明社会生活的现实,在社会思潮的巨大影响下,中晚明蓬勃兴起了一个文学新潮流。汤显祖、袁宏道、冯梦龙、凌濛初,以及稍早一些的李梦阳、《西游记》的作者等文学家因此成为中晚明思想文化运动的弄潮儿。与社会思潮相应,晚明文学新潮突出的特点是对人、人性的思考和对人欲的肯定。采用传统题材的《西游记》竟敢对西天佛祖、道教三清以及天上人间的帝王大臣竭尽嬉笑怒骂、揶揄嘲弄之能事,其底蕴当然是肯定人、否定神;《牡丹亭》中的杜丽娘在幽密环境中青春的觉醒,证明了人欲的不可压抑,体现了汤显祖的"以情反理"的主观战斗精神;"三言"、"二拍"中大量的"好货好色"的故事更使人感受到时代的意兴心绪;"公安派"的"独抒性灵",是对个性自由的追求,也是对人、人欲的肯定,因为中晚明人所说的"性",包括味、色、声等所有人的本能欲念。长篇小说《金瓶梅》作者则为这种带有新色素的社会生活所振奋,以一个中国"前资本主义商人"铜臭刺鼻、道德沦丧的家庭生活为中心,采用类似西方近代小说的写实手法,气势恢宏地描绘出一幅中国 16 世纪社会生活的巨幅画卷,从而揭橥了这个时代历史的必然要求和这个要求实际上不可能实现的悲剧本质。由于中国古代社会结构的稳定坚固以及传统的强大等复杂的历史文化原因,中晚明社会新思潮在一种"世纪末"的混乱中夭折了。清人入关以后,社会传统的经济秩序被恢复,通过理学重倡和文字狱等手段,思想文化专制得到进一步加强,晚明一些新鲜活泼的事物或者扭曲变形,或者被重新压抑。清初"才子佳人小说"的大量出现,就是这种特殊历史背景和文化情势下的产物。

　　清代前期较早出现的一些才子佳人小说,大多强调男女的才貌相当,突出当事双方的性爱要求和感情意愿,明显可以看出受中晚明社会思潮影响的痕迹。但作者深知这样的恋爱和婚姻在现实中是肯定不可能实现的,于是不得不将希望寄于幻想之中,或者调和"情"与"礼",或者干脆使"情"皈依于"礼",删《郑》《卫》而续《周南》,使矛盾在虚幻中得到解决。这就是为什么这些小说常有"落难公子中状元"、"奉旨成婚"一类结局的原因。更有甚者则连男女双方的互相吸引以及个性情感也不强调,更重视的是男人在高官厚禄、金钱美女等方面的满足,所以才有独占五美、十美一类庸俗至极的描写。因此,所谓"才子佳人小说",说到底,不过是在礼教重压下,一些懦弱而又耽于幻想的"读书士子"的精神寄托。

　　清代前期"才子佳人小说"的作者确实都是这样一批"读书士子",虽然当时这些小说经常没有作者的署名,即使有署名也均为别号或化名,现在我们不仅很难搞清这批作者的生平履历,甚至连他们的真实姓名也不甚了了。比如顺治到康熙前期最重要的"才子佳人小说"编刊者"天花藏主人",曾用"荑秋散人"、"荻岸散人"、"素政堂主人"等名号编、刊了十余部"才子佳人小说",虽然多有人对其考证求索,却始终无法确知其姓名。①其余"名教中人"、"青心才人"、"古吴娥川主人"、"鹗冠史者"、"墨憨斋主人"(非冯梦龙)、"龙丘白云道人"、"蕙水安阳酒民"、"吴门佩蘅子"、"苏庵主人"、"古吴素庵主人"、"崔市散人"等,更无法考知为何许人也。即使近年来有人考证出一二

---

　　① 已知与"天花藏主人"有关的小说有十余部,"天花藏"当为其书坊改藏书板之处,其所作之序多署"天花藏主人题于素政堂",则"素政堂"应为其居所之堂号。其自著的"才子佳人小说"有《玉娇梨》、《平山冷燕》、《两交婚》、《人间乐》,署名"天花藏主人序"的"才子佳人小说"有《画图缘》、《金云翘传》、《飞花咏》、《赛红丝》、《定情人》、《玉支玑小传》、《麟儿报》、《锦疑团》等。然"天花藏主人"到底为何许人,迄今未有确证,或说为嘉兴张博山,或说为张匀,鲁迅、孙楷第、胡士莹、戴不凡、林辰等都曾发表看法,但至目前为止,仍不能确定其真实姓名。

作者之姓名,同样难以确定。①但从这些作家的作品或序跋中得知,他们普遍认为自己的人生境遇很不顺利,往往自称怀才不遇。比如,我们从"天花藏主人"的作品和自序中得知,他曾"笃志诗书,精心翰墨",很想建功立业,有所作为,但功名蹭蹬,既不能"羽仪廊庙",也不能"诗酒江湖",只好借小说以抒怀。因此,清代前期"天花藏主人"等"才子佳人小说"的作者,或也为书坊服务,但与中晚明那些完全为射利而服务于书坊的小说作手如邓志谟、余象斗等并不完全是一回事,他们有较高的文学修养和文字表达能力,只是在当时因为各种原因无缘仕进或科考失意,只好徘徊于"风流"与"道学"之间,悲欢于一枕黄粱,将"才子佳人小说"当作诗词来创作,以此作为抒写自己思想愿望与感情的工具。天花藏主人在《天花藏合刻七才子书序》中就十分坦白地说出了自己的这种心理:

> 予虽非其人,亦尝窃执雕虫之役矣。顾时命不伦,即间掷金声,时裁五色,而过者若罔闻罔见。淹忽老矣,欲人致其身而不能,欲自短其气而又不忍。计无所之,不得已而借乌有先生以发泄其黄粱事业。有时色香援引,儿女相怜;有时针芥关投,友朋爱敬;有时影动龙蛇,而大臣变色;有时气冲斗牛,而天子改容。凡纸上之可喜可惊,皆胸中之欲歌欲哭。

"青门逸史"为"古吴娥川主人"编次的《生花梦》作序亦云:"主人名家子,富词翰,青年磊落。既乏江皋之遇,空怀赠珮之缘;未逢伯乐之知,徒抱盐车之感……迨浪迹四方,风尘颠蹶,益无所遇。惟无遇也,顾不得不有所托以自讽矣。""借乌有先生以发泄其黄粱事业","有所托以自讽",可谓对才子佳人

---

① 近年学界或认为编著《合浦珠》、《梦月楼》和《鸳鸯配》等"才子佳人小说"的"橬李烟水散人"是浙江嘉兴的徐震(林辰《烟水散人及其小说》,《明末清初小说述录》,春风文艺出版社1998年版,第99页;杨力生《关于烟水散人、天花藏主人及其他》,《明清小说论丛》第一辑,春风文艺出版社1984年版,第321页);或认为编写《凤凰池》、《巧联珠》、《飞花艳想》等"才子佳人小说"的"烟霞散人"是山西太原人刘璋(王青平《刘璋及其才子佳人小说考》,《明清小说论丛》第一辑,春风文艺出版社1984年版,第356页),但似乎也有疑问,在此存而不论。

小说创作的深刻概括,也深刻地说明了才子佳人小说在当时曾经广为流行的奥秘,因为正是这一点满足了那些与他们同样境况的大批"读书士子"感情心理的需要。

中国的明清时代无论政治还是思想文化上都是极端专制的时代,尤其是明清易代以后,作为"知识阶层"的读书士子的绝大多数更是陷入了有史以来最大的困境,而造成这样一种历史境况虽然有异族入侵的原因,但也有体制上的原因,包括科举制度的异化。

本来,"科举选官制度"是以农业经济为主的中国古代社会"制度文化"高度发达以后的产物。其不仅在"制度"层面上制定了社会成员上、下层之间及"知识阶层"内部流动的规则,又使中国古代社会的"精英层"始终处于吐故纳新的过程之中,从而在一定程度上承负起整合社会关系体系和维系社会内部平衡的功能,成为保证社会政治、经济、思想、文化、教育以及其他社会活动正常运行的一种调节机制。不过,随着历史的进程,科举制度实际上变得愈来愈腐朽。表面看起来,在经过元代短暂的式微,明清时代的科举呈现出一种"鼎盛"的态势,但是,当科举成为全社会"知识阶层"追求各种世俗利益的主要途径,成为社会对读书士子个体生命价值认同的唯一形式,特别是从明代开始以"四书五经"和朱子注为科考内容的"八股取士制度"大力推行以来,科举制度的弊端就越来越显现出来。入清以后,大力推行科举更成为满族统治者羁縻汉族读书士子和强化思想专制的重要手段。这样的科举制虚耗了绝大多数读书士子的宝贵光阴并从整体上削弱了"知识阶层"的创造力,愈来愈成为扭曲人性、破坏民族智能发展,阻碍历史前进的障碍。而在当时的小说家中,除了具有思想家气质的吴敬梓在《儒林外史》中对当时的八股取士制度提出了"一代文有厄"的慨叹,绝大多数人还只能生活在这种体制所造成的梦魇之中,演绎着他们的种种失望和幻想,因此,清代前期大量"才子佳人小说"的出现也可以说是这种制度文化下的产物,反映了处于困窘状况而又无力自拔的当时的"知识阶层"的心路历程。

由于这些"才子佳人小说"作者的创作仅仅是"借乌有先生发泄其黄粱事业",缺乏对小说艺术本质的起码认识,往往不顾生活的逻辑和艺术的规律而任意编造,因此这些小说不能反映生活的真实,更不可能产生认识生活,评价生活的艺术力量。加之"才子佳人小说"的创作只是为了抒发这一类有着共同心理特征的作者主观的感情心理,作品难免公式化、概念化。所以这些小说不可能成为艺术的精品,但是这并不说明这些小说没有研究的价值。1992年我在为《中国古代禁毁小说大全》写的"前言"中曾经谈到,我们应该注意古代小说美学价值以外的其他文化价值:

> 即使那些艺术上几乎毫无可取的小说作品,作为一种历史遗存,也可能因其具有一定的文化内容而成为人们认识历史文化甚至探索民族心理历程的资料——中国古代小说研究似乎更应该重视这个问题,因为除了为数不多的闪耀着美学创造光辉的典范作品之外,不少中国古代小说的审美价值实际远逊于它们的文化资料价值。若仅就审美而言,二十来种《红楼梦》续书加起来也赶不上《红楼梦》,而大量的才子佳人小说和其他平庸之作,甚至于使有志于作小说史的郑振铎读起来也昏昏欲睡。但是,谁能说这些作品对我们了解彼时人们的观念心理和时代文化精神的流变毫无意义呢?①

我一直认为,作为叙事艺术的"小说"在某种意义上可以说是用美学方法写成的历史——"风俗史"和"心灵史"。中国中古以后不同于西方的社会体制,特别是决定中国"知识阶层"命运和思想状况的科举制度是"才子佳人小说"创作产生和长期延续的基础,这与西欧中世纪"骑士传奇"的产生发展与"骑士制度"有着这样或那样的联系大体相似。而"才子佳人"不仅是中国小说史上重要的题材类型,一种随着时代变迁及文化语境的变化而变化的文学现象,也是一种带有传统惯性的思想观念,并因此在一定程度上反映了中国古代"知识阶层"在不同历史时期思想感情和观念心理的流变,这也许是我们不能忽视研究中国古代"才子佳人小说"的原因。

也正是因为这一原因,我十分赞同王颖从历史文化的角度研究"才子佳人小说"的做法。王颖的这篇《才子佳人小说史论》是一篇很有创意而且颇

---

① 李时人:《中国禁毁小说大全·前言》,黄山书社1992年版,第1页。

多建树的博士学位论文。首先是这篇论文对"才子佳人小说"的界定和 20
世纪以来绝大多数研究者不同。20 世纪以来,我们有关"才子佳人小说"的
研究,多按照现代中国古代小说史研究的开山之作鲁迅《中国小说史略》中
的说法,将"才子佳人小说"发生、发展限定于明末清初,将其作为中国小说
史一个阶段性的现象加以考察研究。王颖的这篇论文则认为"才子佳人小
说"是"以题材特征来划分的小说类型",是中国古代小说文体独立以来就已
产生,并在历史的进程不断发展变化,绵延近千年并对后世产生深刻影响的
小说类型。正因为大胆地跳出既定的思想框子,使作者的视野豁然开阔,敏
锐地发现了"才子佳人小说"的产生发展与中国历史文化众多方面的关系,
从而认识到近千年的"才子佳人小说"创作"不仅是一种文学现象,也是中国
古代一种特殊的'文化现象'"。尤其值得注意的是,作者并没有停留在一般
的理性思考层面上,而是通过对唐以来历代"才子佳人小说"作品的详细考
察,揭示了"才子佳人小说"在不同历史文化背景下的发展变化及其不同的
文化和美学意蕴。既有理论上的思考和"史"的连贯叙述,又有从思想文化
各个角度对对象的较为细致深入的分析,可以说本文在很大程度上推进了
中国古代"才子佳人小说"研究,并为以后的研究提供了一个新的起点。

　　王颖原在沈阳师范大学从事古代文学的教学工作,2002 年考取中国古
代文学专业"中国古代小说与文化"研究方向的博士研究生,脱产到上海学
习。对她选择"才子佳人小说"作为研究课题,我并未感到意外。因为在辽
宁大学中文系硕士毕业后,王颖曾在辽宁春风文艺出版社从事过编辑工作,
而她所在的部门正是由林辰、杨爱群先生先后主持的"通俗小说编辑室"。
20 世纪 80 年代初,正是在林辰先生的努力下,春风文艺出版社得以利用大
连图书馆的珍藏,推出了"明末清初小说选刊",前后印行了五六十种明末清
初的小说,其中包括不少清初的"才子佳人小说",如第一函所收即为"天花
藏主人"编刊的"才子佳人小说"10 种。不仅如此,林辰先生还组织了几次有
关的学术研讨会,出版了一些有关的研究著作。我自己就曾经应邀与会,并
得到赠书,而在此之前,这类"才子佳人小说"我大概只读过两三种。至 90
年代中期,春风文艺出版社又出版了《中国古代珍稀本小说》、《中国古代珍
稀本小说续》两套丛书,共收稀见小说百余种,其中也有一些稀见的"才子佳

人小说"。王颖虽然因为到出版社的时间较晚,只参加过这些书籍的部分编辑工作,但对于该编辑室所编刊的这类书还是比较熟悉的,因此,其选择"才子佳人小说"作为研究课题是完全可以理解的。令我感到吃惊的是王颖能跳出熟悉的明末清初"才子佳人小说"的概念框子,写出这样一篇别出新意、融通古今的"史论",由此不仅可以见出其学识,也可见出她在读博三年中所付出的艰苦努力。我为王颖所取得的成绩感到由衷的高兴,同时也从她的研究成果中得到很多启发。

王颖 2005 年博士毕业以后回到沈阳就职于沈阳师范大学,在教学和学术研究方面取得了很多新的成绩。我一直希望她的这篇学位论文得到出版的机会,以便得到更多学者的指教。现在之所以写了这样长的一篇序,主要是希望能在一些方面支持她的观点,尽管这也许没有太大的必要,因为很多问题王颖的论文已经说得很明白。

2010 年 8 月 8 日于上海寓所

【整理说明】

本文系先生为《才子佳人小说史论》所撰《序言》,曾以《中国古代"才子佳人小说"论略》为题刊载于《南京师大学报》2011 年第 4 期(有删节),并以《中国古代"才子佳人小说"史论》为题收入《中国古代小说与文化论集》,中华书局 2013 年版。

《才子佳人小说史论》,王颖著,中国社会科学出版社 2010 年出版,计39.6 万字,前有先生《序言》,后有作者《后记》。该书大致以时间为序,对唐、宋、元、明、清历代才子佳人小说的发展轨迹及其演变原因作了深入探讨。除《绪论》外,全书正文共八章,分别从"小说的成熟与才子佳人小说典范作品的问世"、"市民意识与理学规范下的宋代才子佳人小说"、"小说创作式微下的元代才子佳人小说"、"审美意趣走向俗化的明代才子佳人小说"、"才子佳人小说的模式化"、"《红楼梦》对才子佳人小说的借鉴和超越"、"才子佳人小说衍化及变异"和"才子佳人小说的余韵——新世纪的写情小说"等方面,梳理出才子佳人小说自身的发展变化规律,揭示出才子佳人小说既保持着既定的类属特征又在不同的文化背景下形成了不同的美学风貌。

　　王颖(1970—　)，女，辽宁铁岭人。2002 年师从先生主攻才子佳人小说研究，获文学博士学位。现系沈阳师范大学文学院副教授。主要从事中国古代文学的教学与研究，先后主持省级课题多项，出版专著《才子佳人小说史论》，曾获得辽宁省哲学社会科学优秀成果二等奖。

《宋代文言小说的文化阐释》序言

中国古代的散文体小说基本上可分为"文言"和"白话"两大类①,正是这两种不同"语体"的小说同源异流而又交互影响,构成了中国古代小说产生、发展的总体格局和历史景观。

散文体小说是叙事文学的最高形式,是一个国家或民族叙事艺术达到一定高度的产物,此为文学发展之一般规律,东西方概不能外。据此,东西方各个国家或民族的散文体小说都应该有一个从无到有、渐次形成的过程,其过程又与各自的历史文化有关。中国古代"文言小说"较之"白话小说"早出,也是由其自身的历史文化发展态势所决定的。

由于种种特殊的地理、历史条件,造成了主要生活于东亚大陆的中华民族不同于世界其他各民族的历史演进形式和社会发展模式,经济、政治和文化的发展都与世界上其他古老民族有很大的不同。其表现在精神文化上,则由于"敬天法祖"、"天人合一"成为一种思想传统,强调人伦理性的文化元典"六经"早早确立,原始宗教观念日趋淡化,民族自身发展的历史因此受到最大的推崇,甚至"神话传说"也逐渐被"历史化",使层出不穷的散文体史书,不仅成为对民族历史进程的记忆,也成了民族叙事艺术积累的主要载体。在文学领域,则是"缘情言志"的抒情诗远比叙事诗发达,长期高据文学的主流位置。正是这一切导致了中国古代小说的形成道路与西方的不同。

欧洲的小说史在追述"小说"形成的沿革时,无不把古希腊史诗,认作小说的远源,而将12世纪兴起的"骑士传奇"列为近源。确实,不管古希腊史诗、欧洲各民族的"英雄传奇"和"骑士传奇"实际上是否一脉相传,说欧洲"文艺复兴"以来出现的散文体小说主要是由长篇叙事诗孕育而成,应该是

---

① 中国古代"白话小说"与"文言小说"的区别主要是"语体"的区别,而不一定有"通俗"与"高雅"的差别。长期以来,在中国古代小说研究中,一直存在着"白话小说"与"通俗小说"交混使用的现象,也有一些学者特别强调"通俗小说"概念而不太愿意使用"白话小说"一词。"通俗文学"、"通俗小说"等是近世以来在特殊历史背景下被强调的概念,有其合理性,也带有某种程度的先验性,是一个需要谨慎使用的概念。

没有疑义的。因为有了长篇叙事诗作为"典范",使欧洲散文体小说以长篇为主流的特点显得十分突出。"文艺复兴"以来在"人文主义思潮"激荡下出现的欧洲散文体小说,大多是长篇体裁,连分明短篇规模的小说也要连缀成长篇的形式(如薄伽丘的《十日谈》),欧洲典型的短篇小说要到18世纪以后才盛行。

由于没有规制宏大的以"神话传说"为内容、以"史诗"(叙事诗)为形式的"神话—史诗"传统,叙事诗落后于抒情诗的发达,典型的戏剧要到12、13世纪才形成,中国古代叙事艺术的经验在文学领域——包括诗、赋和各种文学散文中的积累,应该说是比较有限的。不过,在书面叙事方面,中国古代另有一个源远流长的"传统",那就是各种各样的"史书"积累丰厚。汉初,中国最早的史书《春秋》已被列入"五经",西汉司马迁的《史记》则被公认为"正史"的典范而为后世一再仿效。而从先秦至魏晋六朝,"史传"之外带有叙事成分的散文体作品——各种杂史、杂传,则大部分属于史乘之支流,即使被称为"志怪小说"的魏晋六朝之"志怪书"实亦为史传之流衍。

《史记》等史书中的传记篇目,为中国古代小说,特别是文言短篇小说提供了最基本的叙事模式。正史的衍流——杂史、杂传、志怪书等,汉魏以来数量惊人,它们由被奉为"正史"的史书派生而成,由于在一定程度上可以不受"史传"规范的束缚,发展出一种溢出史书的叙事态度和叙事风格,特别是在内容上不断摆脱史书尽可能忠实于史事的要求,记以怪异之事和杂以不同程度的虚构,表现出"小说化"的倾向。在这个意义上,汉魏以来大量的杂史、杂传、志怪书,也可以说是唐代文言短篇小说的前导。在中国,所有积累叙事艺术经验的载体,包括带有叙事成分的诗、赋和散文,都是语简义奥的"文言",且篇幅都不大,因此绝非偶然地使中国叙事文学之最高形式的散文体小说只能由文言短篇小说跨出第一步。

7世纪出现并在8世纪末达到相当繁荣的唐代文言短篇小说,可以说是在世界范围内最早出现的符合散文体小说艺术格范的短篇小说。虽然唐初出现的一些文言小说作品,如武德时王度的《古镜记》,贞观时佚名《补江总白猿传》,仍然可以看出其沿袭六朝志怪的痕迹,但"小说"意味已经大大增强。《古镜记》表面看来是若干怪异故事的连缀,但其以运数为基本思想、以古镜为线索的结构,试图通过荒诞的故事表达作者家国凄凉之感的创作主旨,显然已经不同于六朝志怪以"鬼之董狐"身份所作之或简或繁的记事。《白猿传》故事情节设置之机巧,描写之委曲精工,比起六朝志怪中那些写猿貜窃妇生子的篇什,亦有云泥之分。至于7世纪末张文成的《游仙窟》,较之杨隋或唐初《八朝穷怪录》所叙士人偶遇神女仙姝的"志怪"写法,更已经尽蜕"史传"及其衍流叙事之模式,创造性地提供了一个在短促时间内展示完整生活断面的短篇小说的艺术范例。

　　大约在8世纪后期9世纪初的贞元、元和年间,唐代文言短篇小说创作开始出现高潮。其突出的表现是优秀的单篇作品大量出现。从陈玄佑《离魂记》,沈既济的《任氏传》、《枕中记》,李朝威的《洞庭灵姻传》《柳毅传》),到许尧佐的《柳氏传》,白行简的《李娃传》,李公佐的《南柯太守传》,元稹的《莺莺传》,蒋防的《霍小玉传》,可谓云蒸霞蔚,杰构迭出。这些小说几乎全被后世视为唐人小说中的杰构。因为大多以男女情爱为内容,以致有人误以为唐人小说"大抵钟情男女,不外离合悲欢"(章学诚《文史通义》内篇五)。实际上,两性关系是社会生活中人与人之间最基本的关系,往往能够直接反映出一个时代社会生活的变化和社会关系的本质。小说与史传的最大区别在于,史传以记录历史事件、历史进程为宗旨,而小说则主要从感情情绪及心理方面对社会现象加以描摹,使文学不仅能够反映生活,而且表现出不同于史传的情感特征和审美功能。唐代一些出色的以男女情爱为题材的小说,正是突出了小说的情感特征和审美自觉,并在中国古代小说兴起之初,一下子将小说推进到一个相当高的水平。更何况唐人小说的题材并非仅限于情爱,即使是单篇小说创作也是如此。如这一时期所创作的单篇作品《枕中记》、《南柯太守传》以梦幻为题材,抒发的是一种人生,甚至是生命的感悟,同样体现了小说的情感性。其他如李公佐《庐江冯媪传》描摹鬼世界,《谢小娥传》写人间复仇;王洙《东阳夜怪录》写物怪;柳珵《上清传》隐约牵涉到政治斗争,不仅题材内容丰富,而且文学的审美特征也很突出。

　　大约从长庆开始,唐代文言小说从单篇转入以小说集为主的创作。长庆末年,薛用弱《集异记》中20余篇作品已经全是成熟的小说。从此到晚唐产生的小说集至少有十多部值得称道:牛僧孺的《玄怪录》有极为丰富的想象力,内容充满了恢诡恍惚的奇幻色彩,叙事语言则鲜活俊逸,基本格调是对情趣的追求，并不以规诫为重，与单为述异语怪，未经有意识的审美处理，或藉以发明鬼神不诬的作品大不相同。李复言《续玄怪录》的显著特点是在志怪记异中深寓个人遭际和生活经验引发的愤激感慨，主观色彩和讽喻意味都很浓郁。李玫的《纂异记》、咸通间袁郊的《甘泽谣》、乾符间裴铏的《传奇》亦是三部极富创造力的小说集：《纂异记》14篇作品大多把讽刺和批判的锋芒凝聚在十分明显的虚设故事中，谋篇布局颇见匠心，且文采斐然，笔墨酣畅，风格十分鲜明；《甘泽谣》深寓作者的黍离之感、忧患之情，8篇作品奇而不流于怪诞，着意张扬人物异乎凡夫俗子的志趣、气节和才能；裴铏《传奇》34篇作品，皆为较好的小说，在短篇小说作家中可谓大家，无怪后世将其书名作为唐代文言短篇小说的代称——作者喜好神仙道术，故其作品多叙神仙精怪之事，情节曲折多变，引人入胜，而且词采华美，形容酷似，但与神仙传记判然有别，重视的是对人物情感的把握。

唐代文言短篇小说的大量出现，对中国文学发展来说是有划时代意义的，这不仅表现在唐人小说与唐诗并称为唐代文学的两大奇葩，交相辉映，成为中国古代文学一个辉煌时代的标志，更重要的是唐人小说的异军突起，标志着一种有着蓬勃生命力的新的文学样式登上历史舞台，从而拓宽了中国文学发展的道路。

唐代文言短篇小说是中国古代小说史上的第一个高峰，同时也为中国古代小说创作提供了一种"范式"，并因此形成了一种文学的"传统"。不过，唐代文言短篇小说的辉煌，也为后世的文言小说创作树立了一个高耸的标杆，从而对后世文言小说创作提出了更高的要求。在历史时间上接续唐人的宋代文言短篇小说便不得不首当其冲地被拿来与其进行比较。

这种比较的结果是宋人小说在很多方面都显得黯然失色，并因此受到了非常尖锐的批评。如明人胡应麟在《少室山房笔丛》中认为唐人小说"纪述多虚而藻绘可观"，宋人小说"论次多实而彩艳殊乏"（《九流绪论下》）。鲁迅在《中国小说史略》中进一步说："宋一代文人之为志怪，既平实而乏文采；其传奇，又多托往事而避近闻，拟古且远不逮，更无独创之可言矣。"①在一次

---

① 鲁迅：《中国小说史略》第十二篇，《鲁迅全集》第九卷，人民文学出版社1981年版，第110页。

学术讲演中,鲁迅更提出这样的看法:

> 传奇小说,到唐亡时就绝了。至宋朝,虽然也有作传奇的,但就大
> 不相同。因为唐人大抵描写时事;而宋人则极多讲古事。唐人小说少
> 教训,而宋则多教训。大概唐时讲话自由些,虽写时事,不至于得祸;而
> 宋时则忌讳渐多,所以文人便设法回避,去讲古事。加以宋时理学极盛
> 一时,因之把小说也多理学化了,以为小说非含有教训,便不足道。但
> 文艺之所以是文艺,并不贵在教训,若把小说变成修身教科书,还说什
> 么文艺。宋人虽然还作传奇,而我说传奇是绝了,也就是这意思。①

自从鲁迅《中国小说史略》首开以现代学术思想和方法研究中国古代小
说以来,中国学人对中国古代小说,已经由一般的阅读欣赏逐渐发展到注重
理性的研究。近年来程毅中、李剑国、萧相恺等学者皆对宋人小说进行过深
入的研究,其对宋人小说的批评也多沿袭胡、鲁二位,并进一步将其理论化。
如李剑国认为宋人志怪、传奇小说或摹仿唐人,或追步六朝,缺乏独创性,存
在两个明显的艺术缺陷,一个是"平实化"——"构思方面的想象窘促,趋向
实在而缺乏玄虚空灵,语言表现方面的平直呆板而缺乏笔墨的鲜活伶俐、含
蓄蕴藉";一个是"道学化"——"在创作动机和主题表现上对于封建伦理道
德的过分执著,常又表现为概念化和教条化"。②

确实,在唐人小说的辉煌创造面前,宋代文言短篇小说在艺术上未免相
形见绌,表现出很大的落差,历来学人的批评,很多地方应该说是切中肯綮
的。当然,从学术的角度来说,对宋代文言短篇小说的研究,仅仅停留在艺术
水平的批评上显然是不够的。在这个问题上,鲁迅以后学人们的研究应

---

　　①　鲁迅:《中国小说的历史的变迁》第四讲,见《鲁迅全集》第九卷,人民文学出版社 1981
年版,第 319 页。按:在中国古代小说研究中,学人们在使用的"小说"、"传奇"、"志怪"等概念时
显得很混乱,这是一个由来已久的问题,给中国古代小说研究带来很大的麻烦,严重影响了中国
古代小说研究的"学理性"。即使在鲁迅的书中,对"传奇"和"志怪"的界定也不是很明确的,有
时将两者对举,有时则将"传奇"作为全部唐代文言短篇小说的总称,从鲁迅这次讲演的上下文
来看,这里"传奇"的概念意义显然是后者。是事太繁,在此存而不论。

　　②　李剑国:《宋代传奇志怪叙录·前言》,南开大学出版社 1997 年版。

该说是有所前进的。学人们普遍认识到,虽然宋代文言小说在艺术不能望唐人小说之项背,但由于宋代文言短篇小说与唐代文言短篇小说产生的历史文化背景不同,因而必然产生不同于唐代文言短篇小说的特色,除了为人们所诟病的"平实化"、"道学化"(或称"理学化")以外,还有明显的"通俗化"(或称之"市井化"、"市人小说化")的特点①——这就比《中国小说史略》的认识更全面了一步——因为"通俗化"("市井化"、"市人小说化")不能简单地说成是"缺点",而是其中包括某种"新变"因素的"特点"。

但即便如此,我总觉得,眼下我们关于宋代文言短篇小说的研究,包括我们的认识似乎还有待深入,值得我们进一步考察研究。比如,两宋长达三百余年,产生的文言短篇小说数量与唐代几乎相埒,其创作是一个动态发展的过程,各个不同阶段创作的情况应该有所差异,历来学人们总结出来的特点是不是能够说明全部宋代文言短篇小说呢? 宋代文言短篇小说处于唐代白话短篇小说的辉煌之后,又处于民间"说话"技艺发达,白话小说开始崛起之时代,那么,宋代文言短篇小说本身除了受这两者的影响之外,其自身是否还有创造性,对于小说史是否还有积极的意义?

我觉得,要回答这些问题,首先必须对两宋文言短篇小说的作品进行全部的考察——这在鲁迅的时代是很难做到的。而当我们这样做了以后,就会发现鲁迅所说宋代之"传奇"作品"多托往事而避近闻,拟古且远不逮,更无独创之可言矣。"虽为多数研究者所认可,但实际上是不太准确的。鲁迅举宋初乐史和神宗时秦醇的作品来证明这一观点,多少有些以偏概全——

①　关于宋人小说的"通俗化"("市井化"、"市人小说化")的特征,虽然各家表述上有所不同(有些表述在概念上是不准确的,此处不论),但意思上基本接近,如李剑国认为"通俗化,或曰市井化"是宋代文言短篇小说一个显著的特色——"具体说就是市井细民题材向文人小说大量涌入,并伴随着情感趣味上市井气息的弥漫和通俗语言的运用,或者题材虽非市井却经过了市井化的审美处理。"(《宋代志怪传奇叙录》前言,南开大学出版社1997年版)萧相恺认为"宋元传奇在艺术上的一个明显特点是它的市人小说化倾向。"(《宋元小说史》,第331页,浙江古籍出版社1997年版)薛洪勣认为因各种原因使宋代文言短篇小说"出现了通俗化、半通俗化的倾向。"(《传奇小说史》,第152—153页,浙江古籍出版社1998年版)赵明政认为由于理学的兴起和城市文化的发达,使宋人小说一方面"说教意味加重",另一方面"受说话艺术影响,传奇小说中掺入话本小说的因素,呈现出世俗化、平民化的特点。"(《文言小说——文士的释怀与写心》,广西师范大学出版社1999年版,第206页)。

其说宋初"传奇"作品"多托往事"或有些根据,但用以概括两宋三百年之"传奇"创作显然就有问题了。乐史系由南唐入宋的作家,其所作有《绿珠传》、《杨太真外传》、《滕王外传》、《李白外传》(后两种散佚),确实均为"往事"(历史题材)。此不仅与宋初人所作小说、笔记多撷拾前朝旧事的风气相一致,实也承五代之流风。①然至秦醇时情况已有不同——秦醇为北宋神宗时之小说家,传世小说4篇,《赵飞燕别传》、《骊山记》、《温泉记》为历史题材,《谭意歌传》则为"当时故事"。不过,像秦醇这样耽于往昔宫闱故事的小说家在北宋中后期的作家中并不多。其时除秦醇外,虽然亦有少数作者创作假于"往事",如张实《流红记》、佚名《玄宗遗录》等,但也有不少著名的"传奇"作品,如佚名《王魁传》、柳师尹《王幼玉传》及佚名《张浩》、《苏小卿》等取当时故事以敷衍。特别是徽宗政和时李献民所著《云斋广录》十卷,所叙"清新奇异之事"已全出北宋,其中卷四至卷八,除卷六《王魁歌并引》是为《王魁传》所配歌外,其余《嘉林居士》、《甘陵异事》、《西蜀异遇》、《丁生佳梦》、《四和香》、《双桃记》、《钱塘异梦》、《玉尺记》、《无鬼论》、《丰山庙》、《华阳仙姻》、《居士遇仙》等12篇多写男女情爱,兼涉神仙鬼怪,虽然写法上多"规抚唐人",然已全属"近闻"。南宋之"传奇"作品,托于往事或"拟古"者更少,如廉布(1092—1166)《清尊录》、王明清(1127—1202)《投辖录》、佚名《摭青杂说》中之小说,不仅写本朝故事,更有一些篇目如《狄氏》、《大桶张氏》、《玉条脱》、《盐商厚德》等直接写到了当时的市井生活。至于洪迈(1123—1202)有闻必录、多达四百二十卷的《夷坚志》(传本已残缺),其中可被称为"小说"者,亦大多数取材于两宋时事传闻,自然不能说是"多托往事"。

各方面的情况说明,唐代文言短篇小说的作者和读者主要是当时一批

---

① 宋初人所作小说、笔记等撷拾前朝旧事,实为一时之风习,其原因一是因为改朝换代,前朝旧事成士人之谈资和笔记之材料。如张齐贤(943—1014)自序其《洛阳搢绅旧闻记》:"余未应举前,多与洛城搢绅旧老善,为余说及唐、梁已还五代间事。往往褒贬陈迹,理甚明白,使人终日听之忘倦。退而记之……"其时由南唐、后蜀等入宋者,更直记旧闻。如由南唐入宋的吴椒(947—1002)所作《江淮异人录》,清代四库馆臣从《永乐大典》所辑二十五则除二则为唐明皇时故事,其余"皆南唐人事"。二是取历史题材做小说,晚唐五代时实已成风气。如当时人因时为感,喜言隋炀帝事,故有《海山记》、《迷楼记》、《开河记》之作(《全唐五代小说》卷六八)。因此乐史及宋初作者托于往事实沿袭晚唐五代之遗风。

在科举选官制度下产生的新兴读书士子，与此相应的是，小说中的主角也主要是这些读书士子。所以尽管唐代文言短篇小说题材内容十分丰富，但大多数作品仍然主要限于读书士子的生活，特别是他们的精神生活，描写和表现的主要还是读书士子的理想愿望、观念心理、感情情绪、审美趣味和对社会人生的种种理解。即使像神仙、梦幻等超现实的描写，在很大程度上也是现实的折光。正因为如此，唐代科举士子普遍的中进士举、得清要官、娶五姓女、成神仙梦的人生理想，漠视经典权威，追求个性抒放的人生态度，以及他们作为科举士子的文学修养、精神气质、兴趣爱好在小说中都得到了充分的表现。北宋时文言短篇小说在题材范围上与唐代文言短篇小说尚无大的不同，但即使是同样题材的作品，如北宋人所写士人与娼妓情爱纠葛的作品《王幼玉记》、《甘塘遗事》、《谭意歌传》、《苏小卿》、《张浩》、《鸳鸯灯传》，较之唐人小说的浪漫情怀，似乎更贴近生活的实际。至于南宋的作品，则不仅在题材内容上大大拓展，精神气象上亦是大不相同。如廉布《清尊录》中的《狄氏》、《王生》、《大桶张氏》及佚名《摭青杂说》中的《盐商厚德》、《茶肆还金》等对宋代市民社会的生活现象的描写以及弥漫于作品中的"市井气"，都是唐代作品所未有的。至于洪迈的《夷坚志》，虽然其中多数小说艺术水准不高，整部书基本上是一部故事汇编，却以取材广泛杂驳著称，故其自序云："天下之怪怪奇奇，尽萃于此"（《乙志序》）。为其作序者也云其所记"非必出于当世贤卿大夫，盖寒人野僧、山客道人，瞽巫俚女，下隶走卒，凡以异闻至，亦欣欣然受之"（《丁志序》）。

南宋文言短篇小说不仅涉及的生活面更为宽泛，不少作品更贴近当时的现实生活，而且有些作品还能及时地反映生活的变化和社会问题。在这方面，除了不少描写市民社会生活的篇什，一些当下发生的历史事件在小说中也得到反映。例如《夷坚志》卷九中有一篇《太原意娘》，写的就是宋、金战争中死难妇女阴魂难以瞑目的悲切故事，这样一篇写"鬼"的小说，一方面揭露了这场战争给人民带来的苦难，另一方面也表达了对醉生梦死地苟安于半壁江山的南宋朝廷的鞭挞，因而具有了批判现实的意义。

总起来说，宋代文言短篇小说尽管在美学气象上逊于唐代文言短篇小说，但其发展应该是自成格局、自成风格，在反映生活的广度和深度上较之唐代文言短篇小说实际上也有所推进,特别是一些反映新的社会生活内容从而表现出与生活同步的作品的出现,更在一定程度上显示了中国古代小说创作符合规律的发展趋向——因为作为叙事文体、再现艺术,小说的特点是以人、人的活动为摹写对象,从而表达作为生活参与者的小说作者的思想情感,因此,在小说与现实生活的关系上,由“窄”而“宽”,由“奇”而“常”,由“粗”而“细”,应是中、外小说发展的一般规律。只是因为中国古代的“文言小说”受到语言形式的限制,在发展的道路上越来越显得步履维艰,向更高层次发展的任务只能由继起的“白话小说”来接力完成——小说是一种群众性艺术,中国古代白话小说的崛起和逐渐占据发展的主流,是一个合于文学和文化发展自身规律的现象——但并不能因此否认宋代文言短篇小说创作实际上在若干方面已经包含了一种继往开来的创造性。或者说,在中国小说史上,宋代文言短篇小说创作既表现了高潮后的徘徊,也在一定程度上包含了指向未来的张力。

以往我们过多强调宋代新兴的“说话”技艺和“白话小说”对“文言小说”的单向影响,可能并非完全符合实际。一般认为,作为口头创作的宋、元“说话”是宋、元白话小说形成的基础,而“说话”向“文言小说”取材则是一个公认的事实,故南宋末年刊行的罗烨《新编醉翁谈录》卷一“小说开辟”谈到对“说话人”的要求时有“幼习《太平广记》、长攻历代经史”,“《夷坚志》无有不览,《琇莹集》所载皆通”。再如北宋刘斧所编纂的文言短篇小说集《青琐高议》,南宋时已有刊本,其读者对象除读书士子外,也包括一些粗通文墨的市井细民①,当然也会为市井“说话”人所取资。罗烨《新编醉翁谈录》自称“编成风月三千卷,散与知音论古今”(甲集卷一《舌耕叙录·小说引子》),更明确说明其摘录、转述大量唐、宋文言小说中的故事,是为“说话”人提供素材。凡此,都说明宋代新兴的“白话小说”也有从“宋代文言小说”创作中汲取营养的一面。

准是而言,应该说宋代文短篇小说并非是一个孤立的文学现象,从各方面说都是中国古代小说发展过程中的一个值得重视的阶段,其长处和不足

---

① 　如洪迈《夷坚三志己》卷二《程喜真非人》记云:“新淦人王生,虽为闾阎庶人,而稍知书,最喜观《灵怪集》、《青琐高议》、《神异志》等书。”

以及种种特色都是由当时的历史文化决定的,对宋代文言短篇小说需要的是进一步考察研究,而不仅仅是艺术上的贬抑和批评。

　　研究宋代文言短篇小说,首先便是要对作品进行全面的考察,这样才能提高认识的可靠性。鲁迅在《中国小说的历史的变迁》中论及造成宋代文言短篇小说与唐人小说艺术上差距的原因时,受条件的限制,无法做到这一点,所以他提出的"宋时则忌讳渐多","文人便设法回避,去讲古事"的看法,因为不完全符合宋代文言短篇小说创作的全部情况,就多少显得有些勉强。不过,鲁迅注意从历史文化背景来看问题的思想方法是对的。他提出的"宋时理学极盛一时,因之把小说也多理学化了"的观点,虽然有些过于生硬简单,但因触及到问题的实质,所以历来为人们所征引和发挥。特别是鲁迅已经注意到了思想文化对小说创作的影响是通过对"士风"、通过对作者的影响而起作用的,这对后来的研究者是有重要启示意义的。

　　对于古代小说研究来说,作者问题当然是值得重视的。明人胡应麟已经注意到这一点,在谈到"小说唐人以前记述多虚而藻绘可观,宋人以后论次多实而采艳殊乏"的原因时就曾说过:"盖唐以前出文人才士之手,而宋以后率俚儒野老之谈故也。"(《少室山房笔丛》卷二九《九流绪论下》)这种说法有不准确的地方,但不能说完全没有道理——作者的社会身份、思想意识和文学创作能力任何时候都会对创作起到重要的作用。唐代文言短篇小说的作者,主要是当时一批在科举选官制度下产生的新兴读书士子,这些人中如张文成、沈既济、元稹、白行简、沈亚之、牛僧孺等,在当时都卓有文名,不仅具有较高的文学素养,有的还身居高位,皆可以说是当时的"上层文人"。这对推动唐代文言短篇小说创作的发展和艺术水平的提高无疑有一定积极的意义。相比较而言,宋代文言短篇小说的作者"下层文人"相对要多一些。如北宋两部重要的小说集《青琐高议》、《云斋广录》的编著者刘斧和李献民,皆为文名不著,生平事迹湮没无闻的"下层文人"。《青琐高议》中所收小说的作者张实、秦醇、柳师尹等亦大多生平无考。南宋除洪迈的情况特殊一些①,其余

----

　　①　洪迈(1123—1202)字景卢,饶州鄱阳(今属江西)人,绍兴十五年(1145)进士,后历官中外,淳熙十三年(1186)迁翰林学士、知制诰兼修国史,庆元四年(1198)进龙图阁学士,嘉泰二年(1202)以端明殿学士致仕。迈与其兄洪适、洪遵号"三洪",史称"文满天下……而迈文学尤高",又以博洽称,著述等身。

作者,包括被洪氏采入《夷坚志》的一些小说的原作者,则大多无甚文名。不过,说起来,唐代文言小说的作者也有不少所谓"下层文人",中晚唐一些著名小说集的作者,如《通幽记》的作者陈劭、《河东记》的作者薛渔思、《潇湘录》的作者柳祥等,均是生平无考的失意文人,至于作《续玄怪录》的李复言,则是被斥罢举的失意考生,作《纂异记》的李玫亦"苦心文华,厄于一第"。因此,仅以小说作者的身份来解释宋人小说与唐人小说艺术水平上的差异显然是不够的,更何况说宋人小说为"俚儒野老之谈"本身就不完全符合实际,而更多处于社会中下层的文人介入小说创作,并非只有消极意义——宋代文言短篇小说较之唐人小说,反映生活的面更宽,也形成了一些新的特点,不是也与宋代文言小说作者的情况有关吗?

更多佚名的作品,更多中下层文人介入文言短篇小说的创作,是宋人小说创作不同于唐人小说的地方。不过,除此以外还有另外一个情况值得注意,那就是宋代许多著名的文人,情愿收罗朝野遗闻、名人佚事、怪异故事去写各种各样的"笔记"——宋代"笔记"写作流行,传世者至少有七八十种,不少著名的文人,如宋庠、欧阳修、司马光、苏轼、苏辙、陈师道、陆游等,都写过"笔记"类的作品,却无意像唐代文人那样创作《莺莺传》、《霍小玉传》那样的"小说"。这并不是说宋代文人不喜欢"小说"①,问题的关键在于他们对"小说"的理解,也就是"小说观"的问题。

种种情况说明,宋代文人,不管是"上层文人",还是"下层文人",在"小说观"上应该说是大体一致的。宋人所谓的"小说"虽然不至于如《汉书·艺文志》所言仅限"街谈巷语,道听途说者之所造者",但从宋祁等所修的《新唐书·艺文志》和李昉等人所编的《太平广记》来看,宋人是将志怪书、带有志怪内容的小说和各种笔记、杂俎都看作"小说",却将许多更具有文学意义的小说作品如《李娃传》、《柳氏传》、《莺莺传》、《霍小玉传》等排斥于"小说"之

---

① 有资料证明,宋代文人实际上普遍喜欢"小说",《太平广记》的编辑和流传也助长了这一风气。欧阳修《归田录》记宋初钱惟演"平生惟好读书,坐则读经史,卧则读小说"(卷二)。洪迈之兄洪适喜读《太平广记》,有"午梦黑甜君所赐"之句(《盘洲文集》卷四《还李举之〈太平广记〉》)。

外,至多不过而将这类作品归于"杂传"①,也就是说,宋人实际并没有在唐人小说创作实践的基础上形成一个于传统"小说观"之外的"小说"观念。特别是许多宋人在谈到"小说"时几乎都要强调"补史阙"、"助名教",这与唐人主张小说"著文章之美,传要妙之情"(沈既济《任氏传》),注重"文采与意象"有很大的不同,表现为一种创作观念上的倒退和守旧。

北宋时,唐代流风犹存,尚有一些文言短篇小说作品,无论是内容,还是艺术方法上都"规抚唐人",到了南宋,小说内容虽然因为现实生活的变化而有所变化,但艺术方法上却更多地背离了唐人的方向。而"小说"概念的不明确,小说创作观念的保守,新的审美内容为旧的艺术形式所束缚,应该是宋代文言小说在美学气象上较之唐人小说产生落差的原因。从鲁迅开始,人们普遍将这一现象产生的原因归结为"理学"的影响,以致提出宋代文言小说"理学化"("道学化")的命题。这一说法应该说有一定道理,但我总觉得与其将这一现象简单归咎于"理学"影响,实不如从宋代思想文化较之唐代的巨大变化谈起,而这种巨大变化发生的基础又是社会体制、社会形态、社会关系的变化。

中国自秦汉以来普遍实行的"郡县制",打破了西周开始的以宗法制为基础的"分封制",从而建立起中央集权的国家专制体制。这一体制的基础是土地的国有制,从汉代的"公田制"、"假田制"、"屯田制",西晋的"占田制"及北魏至唐代中叶一直实行的"均田制",都是以土地国有制为基础。这种情况自中唐逐渐发生了变化,至北宋,土地国有制已被土地私有制全面取代,不仅中唐以前尚居主导地位的"均田制"消失,即使中唐以后实行的"屯

---

① 《新唐书·艺文志》将张华《列异传》、戴祚《甄异传》至吴筠《续齐谐记》等十五家志神怪者,王廷秀《感应传》等九家明因果者,由《隋书》、《旧唐书》的"经籍志"史部"杂传类"降至"小说",又将唐人杂俎、笔记类著作如刘餗《国史异纂》,韦绚《刘公嘉话录》、《戎幕闲谈》,胡璩《谭宾录》,赵璘《因话录》,卢言《卢氏杂说》,张固《幽闲鼓吹》,苏鹗《杜阳杂编》,李亢《独异志》,佚名《会昌解颐录》,陆勋《集异记》等与唐代文言短篇小说集如陈劭《通幽记》、薛用弱《集异记》、牛僧孺《玄怪录》、李复言《续玄怪录》、谷神子(郑还古)《博异志》、袁郊《甘泽谣》、李玫《纂异记》、裴铏《传奇》等并列,甚至将李恕《诫子拾遗》等垂教训者,刘孝孙《事始》等数典故者,李涪《刊误》等之纠讹谬者,陆羽《茶经》等叙服用者也一并收入,凡此,说明了宋人对"小说"的认识。《太平广记》卷四八四至四九二"杂传类"所收作品有《李娃传》、《东城父老传》、《柳氏传》、《长恨传》、《无双传》、《霍小玉传》、《莺莺传》、《周秦行纪》、《冥间录》等唐代文言短篇小说12篇。

田"、"营田"等制度也很快衰落。①土地私有制的结果是南北朝以来直接控制大量"部曲"、"佃客"的"门阀士族"至宋代完全退出了历史舞台,代之而起的是通过租佃制对"客户"(佃户)进行剥削的"官户"和"乡户"地主。而宋代的"客户"和地主、自耕农一样,有自己独立的户籍,他们与地主的关系,已经不再是私属徒附,主要是一种土地租佃关系,因而有了更大的人身自由。正是在生产关系变化的基础上,北宋以来的中国社会较之往古发生了重大的变化:一方面是各种形式的劳役制和人身控制削弱,地主、自耕农、佃农和城市工商业者因获得了新的社会身份,生产积极性得到调动,促进了社会生产,推动了商品经济和城市的发展。另一方面,由于社会各阶层的利益在更大程度上要靠"国家"的政策调控,皇权被强调,从而使中央集权的专制统治得到了进一步加强。

正是在新的社会结构、社会体制、社会关系的基础之上,在宋代,不仅社会心理发生了变化,思想文化也出现了新的态势:一是从中唐开始的儒学复兴运动在宋代得到了发展,从北宋提倡"通经致用"的儒学各派逐渐向强化专制统治(特别是思想专制)的南宋"理学"转化,并使后者在以后数百年间在历朝官方意识形态中占据了统治地位。二是由于城市的发展和城市生活的变化,服务于广大民众,特别是"城市市民"娱乐消费的"文艺市场"开始繁盛,大量的白话小说和戏曲、曲艺等"通俗文艺作品"因此成为反映广大民众思想观念,宣泄广大民众心理情绪的载体,成为广大民众的精神寄托和思想渊薮。从而为中国古代社会下层的思想文化找到了集中表达的形式。

与宋代社会体制、思想文化的变化相适应的是宋代科举的变化,或者是说两者是相辅相成、互为表里的。在唐代,虽然按照历史的惯性,儒家思想仍然是社会占统治地位的思想体系,但唐代科举上却未免"重文轻儒"——科考重"进士"而轻"明经",进士试中,又重诗赋而轻"帖经",似乎都可以证

---

① 据史学家漆侠估计,"北宋土地占有制中,国有地不过5%,而私有地则占95%,自北宋以来,土地私有制一直居于压倒的优势地位。这是唐中叶以来土地占有制中一个具有关键意义的变化。"(漆侠:《宋学的发展和演变》,河北人民出版社2002年版,第62页。)

明这一点。这对唐代的思想文化影响甚大,以致形成了陈寅恪所说的"重词赋而不重经学,尚才华而不尚礼法"的社会风气。①在科考的指挥棒下,重文学而轻经术因此成为唐代读书士子读书作文的普遍倾向。唐人谈异志怪,写人物故事,也许并非有意创造一种新的文体,但因为并不是简单地从记事、志人出发,而是强调了写作的文学性,"著文章之美,传要妙之情"(沈既济《任氏传》),注重"文采与意象",所以无意中突破了原来史传及其衍流杂史、杂传、志怪书叙事的框子,完成了中国古代叙事艺术由史学作品向文学作品的转化。因此,符合散文体小说美学要求和艺术格范的散文体"小说"在唐代的出现,也可以说是唐代这种思想文化潮流的产物。相比较而言,宋代科举较之唐代有了很大的变化,除了彻底取消了门第限制,废除一切荐举制度的残余,在科考内容上也有了很大的改变。虽然北宋前期的"进士科",仍以诗赋为主,但从仁宗、神宗开始,科考逐步以经义、策、论取士代替了唐代的诗赋、帖经、墨义取士。在这种情况下,读书士子的思想和精力更多地被调动到学习、研究儒家经典上。所以与唐代读书士子,包括科举中式者多"诗人"不同,宋代读书士子,特别是科考中式者以"儒者"为多,以至于"学士搢绅先生,谈道德性命之学,不绝于口"(《宋史·艺文志》)。这种科考内容的变化必然引导整个文人群体思想观念的变化。

宋代儒学的兴盛超过了以往任何一个时代,从北宋开始就是诸家争鸣,进入南宋,也是门户林立,到南宋中期的朱熹,杂取诸家,尽广大,致精微,更建构了包括"天理论"、"人性论"、"修养论"、"格物致知论"等在内的繁富细密的"理学"思想学术体系,并在皇权的支持下,上升为官方意识形态。由于儒学的兴盛,影响了宋代的社会和思想文化的各个方面,包括带动了史学的发达——因为在中国的文化传统中,向来是经、史不分,正统的史学不仅一直以儒学为指导思想,在相当程度上也可以说是儒学的组成部分。中国古代文言短篇小说从渊源上说,本来就与"史传"有密切的关系,从史传及其衍流杂史、杂传、志怪书,再到唐代文言短篇小说,才最终完成从历史叙事到文学叙事的转化。中国古代的史书不仅以其在中国文化中的崇高地位,成为

---

① 　陈寅恪:《元白诗笺证稿》,上海古籍出版社 1978 年版,第 86 页。

中国叙事文学的主源,同时也造成了"小说"对史书的依恋,使中国古代小说长期与史书和史传文体纠缠不清。宋代由于儒学的强势,重视史传传统,因更重愿意认同正史中的"小说"观念,宋人大量写作"笔记",应与这种思想有关——在一定程度上宋人是将"笔记"视为"小说"的。特别是不管是写"笔记",还是作"小说",宋人除了强调写作要资鉴戒、敦教化,要"有资于读史之考证"、"补正史之亡"以外,在实际创作中更注重追步六朝之旧式,强调叙事的征信求实,文字表达上的"言简义丰"。如洪迈《夷坚志》虽以记异志怪为宗旨,却处处标榜"实录",甚至反复订正,务求信实,文字也大多极为简约枯窘,多无文学上的"篇什之美"。这与唐人小说刻意幻设("作意好奇,假小说以寄笔端")、注重文采("叙事宛转,文辞华艳")的写作已经大不相同。也就是说,唐代文言短篇小说是以"文学"的方法叙事,而宋代文言短篇小说,除了一些"规抚唐人"的作品外,很多都是以"史学"方法来写的,故宋代文言小说在美学气象上逊于唐人应该是很自然的。

要而言之,宋代文言短篇小说与唐代文言短篇小说的种种不同,包括在美学气象上较之唐代文言短篇小说产生落差,归根结底是因为受到宋代历史文化,特别是思想文化的影响和制约。因此研究宋代文言短篇小说,从历史文化的角度入手,不仅是很重要的,也是必需的。只是因为对这样一个复杂的历史文学现象进行全面和深入的研究,并要得出一些令人信服的结论,难度应该说是相当大的。其中有很多问题互相纠葛缠绕,很难梳理清楚,也很难说明白。所以余丹在攻读硕士学位期间敢于挑战这一课题,我一方面表示赞赏,另一方面也很担心。因为余丹不像我的其他一些博士研究生,硕士毕业后有过或长或短的教学或学术研究的经历,甚至已经当上了教授、副教授,有了一定的学术积累,而是本科毕业当年就考取了博士研究生,积累不算太多,各方面都未免有些稚嫩。所以当她经过艰苦的努力,拿出这篇既重视资料收集,又重视学理分析,有相当质量的学位论文,并得到了答辩委员会各位先生的充分认可,我是很满意的。

余丹的这篇博士学位论文关注的是宋代文言短篇小说与时代思想文化之间的关系,从几个重要方面探讨了宋代文言短篇小说创作与时代思想文化的关系,并试图更多地发掘出宋代文言短篇小说中所包蕴的文化内涵。

余丹这篇论文,篇幅宏大,论述有条不紊,还在前人研究的基础上,对不少具体问题提出了新颖的见解,这些都是值得称道的。特别是作者所提出的对宋代文言短篇小说与时代思想文化之间关系的看法:"特定的时代思想文化氛围深刻影响了宋代文言小说的总体面貌;而宋代文人强烈的淑世情怀、理性精神、史官意识和世俗趣味在文言小说中也得到了反映。宋代文言小说所体现的文化内涵,与时代精神是息息相通的。"不仅符合实际,也为以后深入研究宋代短篇文言小说提供了一个认识的起点,在一定程度上也不乏研究视角和方法论的启示。这也是我乐于向学界推荐这篇论文的原因。

余丹 2005 年夏博士研究生毕业以后到大学任教,如今已经五年了,她的这篇学位论文也终于获得了出版的机会,我自然为她感到高兴。不过,当她循例向我索序,倒确实使我为难,因为对于宋代文言小说我关注得不多,在很多方面也提不出更好的看法。所以以上的那些文字,只能说是勉为其难,无甚高论,最多只能算是对余丹论文的一些补充。希望我的序言和余丹的论文同样能得到读者的批评指正。

2010 年春于上海寓所

【整理说明】

本文系先生为《宋代文言小说的文化阐释》所撰《序言》,曾以《宋代历史文化与文言短篇小说的流变》为题刊载于《求是学刊》2011 年 2 期(有删节),并同题收入《中国古代小说与文化论集》,中华书局 2013 年版。

《宋代文言小说的文化阐释》,余丹著,中国社会科学出版社 2010 年 2 月出版,计 28 万字,前有先生《序言》,后有作者《后记》。该书对宋代文言小说创作与时代思想文化的关系进行系统考察,首次阐发理学思想对文言小说创作的影响,全面分析宋代文言小说通俗化的成因和表现。除《结语》外,全书正文共四章。第一章为《绪论》。第二章从宋代理学文化背景对文言小说创作动机、人物形象塑造以及整体美学风格形成的影响等方面探讨宋代文言小说与理学文化。第三章从小说观念、小说创作以及古代小说与史传的关系等方面探讨史官文化精神和史学氛围对宋代文言小说的影响。第四章主要论析宋代文言小说通俗化的成因及表现形式。

　　余丹(1977—　)，女，汉族，安徽安庆人。2002 师从先生主攻宋代文言小说研究，获文学博士学位。现系浙江万里学院副教授、科研部副部长，入选"宁波市领军人才和拔尖人才"。主要从事中国古代小说与传统文化研究，先后主持省部级科研项目 2 项、市厅级项目多项，出版专著《宋代文言小说的文化阐释》等 2 部，曾获浙江省高校优秀科研成果奖三等奖、宁波市青年优秀社科成果奖三等奖。

《江苏明代作家研究》序言

文学不仅因时而异，亦因地而异，古今中外都是一个不争的事实，对此前人多有论述。如唐初魏徵等人编撰的《隋书》，其中《文学传序》就谈道："江左宫商发越，贵于清绮，河朔词义贞刚，重乎气质。气质则理胜其词，清绮则文过其意。理深者便于时用，文华者宜于咏歌。此其南北词人得失之大较也。"①历代学人论文学，强调知人论事，也多有从地域文化角度着眼的。20世纪初，先哲鲁迅在《汉文学史纲》中就曾具体谈到春秋战国时人文学术、文学创作与地域的关系，以为不仅当时产生的种种思想学说因地域而不同，就文学创作而言，"形式文采之所以异者"，亦"由二因缘，曰时与地"。②西方的学者也很早就注意到了文艺创作、文艺风格与地域的关系。19世纪法国艺术史家丹纳（Hippolytwe Adolphe Taine，1828—1893）在他的《艺术哲学》中就曾提出物质文明与精神文明的风貌都取决于种族、环境和时代三大因素，其中更详细论述了欧洲各种文学艺术的产生与地域的关系。③丹纳的思想还可以上溯到18世纪的孟德斯鸠（Montesquieu，1689—1755）。而近世瑞士心理学家让·皮亚杰（Jean Piaget，1896—1980）甚至提出了"地域文化场"的理论。④

20世纪初，受西方社会思想和学术理论的影响，中国学术开始了从"古代"向"现代"的转化。在这一过程中，西方的一些学术思想、理论和方法，比

---

① 《隋书》卷七六，中华书局排印本第6册，第1730页。又见于李延寿《北史》卷八三《文苑传序》，中华书局排印本第9册，第2781页。《隋书》帝纪、列传完成于唐贞观十年（636），早于《北史》成书，但《北史》撰写实始于延寿之父李大师（卒于唐贞观二年），另外，延寿也曾参加过《隋书》的撰写工作。未详此段话原出于谁手。

② 鲁迅：《鲁迅全集》第九卷，人民文学出版社1991年版，第372页。

③ 丹纳：《艺术哲学》，傅雷译，人民文学出版社1983年版，第5—9页。

④ 欧洲人从"地域"的角度谈文艺，与我们还是不同的。因为欧洲分布着众多的国家和民族，各个国家和民族一般都有自己的语言文字和文学传统，因而欧洲文学的"地域性"，往往表现为国家和民族的不同，在很多时候与国别文学、民族文学概念相重叠。中国幅员辽阔，但自古汉人占绝大多数，特别是秦、汉大一统后，"车同轨，书同文，行同伦"，南北文化、东西文化交融，不同区域的人，甚至中国境内汉民族以外的少数民族作家也使用统一的汉语文字从事文学创作。这种情况几千年一脉相传，使中国文学的地域性多表现为一种统一的大文化背景下的"地区性"。

如强调"进化"的思想,带有"泛科学主义"色彩的"实证主义",强调"史料即史学"的德国历史语文学派,马克思主义的"唯物史观"以及苏联的某些文艺理论,包括 19 世纪末和 20 世纪前期西方流行的"象征主义"、"唯美主义"、"俄国形式主义"、"英美新批评"以及"结构主义"等"现代文学理论",都对中国的古代文学研究产生过影响。不过,大体而言,近百年来走在"现代学术"道路上的中国古代文学研究大致形成了两个重点:一是作家作品研究,一是"文学史"研究。前者是对历史上文学现象"点"的研究,后者则重在对中国古代文学发展的"线性研究"。这种点、线结合的研究,强调了古代文学的时间性发展,却在一定程度上忽视了古代文学的空间流变,强调了对名家名作的诠释,却在一定程度上忽视了对历史文学现象的整体观照,不能不说是有一定缺憾的。其实,时间和空间是事物存在和运动的两种基本形式,文学也是在"时空"范围内发生的现象,因此不仅是一种时间现象,也应是一种空间现象。古代文学研究中,只有既注意时间,又注意空间的多维研究,才能真正描绘出各个历史时期文学发展变化的立体的、流动的图像。更重要的是,通过这样一种多维的研究和对历史动态的揭示,我们可以更多地发现中国古代文学发展流变的内在机制,并因此得到一些更符合实际而不是只有一些抽象的、概念化的结论。

假若我们这样看问题,那么从"地域"角度出发的考察和研究,理应成为中国古代文学研究中不可或缺的部分。或者说,根据目前的情况,要想将研究推向深入,我们理应加强或重视从"地域"角度对古代文学的研究。几年前,在为一位青年学者著述所写的序言中,我已经谈过以上的看法。[①]不过,我虽然在学理上关注过这一问题,却没有机会在学术研究实践中尝试过,而学术研究的问题向来不仅是一个理论问题,更是一个实践问题。1997 年我接受了一项比较重要的任务,编撰《中国文学家大辞典·明代卷》,根据目前明代文学研究的情况,我必须从收集文献资料,从对作家进行"海选"开始,为此,我编纂了《明人著述总目(稿)》《明人诗文别集叙录(稿)》《明代作家分省人物志(稿)》等,为完成这一任务做先期的准备。但因个人的力量有

---

① 见邱昌员《历代江西词人论稿》卷首,江西百花洲文艺出版社 2004 年版。

限,总感觉到有关的考察研究需要再全面、再深入一些,为此,我请我的一些研究生帮忙,请他们按"地域"划分来考察研究明代的作家。几年来,与此有关涉的学位论文通过答辩的已经有二十多篇:

《明代京畿作家研究》(程莉萍,硕士论文,2007 年通过答辩)

《江苏明代作家研究》(刘廷乾,博士论文,2008 年通过答辩)

《安徽明代作家研究》(郭永锐,博士论文,2008 年通过答辩)

《明代山东作家研究》(周潇,博士论文,2006 年通过答辩)

《明代山西作家研究》(刘慧,硕士论文,2008 年通过答辩)

《明代河南作家研究》(汪如润,硕士论文,2007 年通过答辩)

《明代陕西作家研究》(杨梃,硕士论文,2007 年通过答辩)

《明代四川作家研究》(乐万里,硕士论文,2007 年通过答辩)

《明代江西作家研究》(李精耕,博士论文,2008 年通过答辩)

《明代湖广作家研究》(刘方,硕士论文,2007 年通过答辩)

《明代浙江作家研究》(孙良同,博士论文,2007 年通过答辩)

《明代福建作家研究》(沈云迪,硕士论文,2008 年通过答辩)

《明代广东作家和广东文学研究》(高建旺,博士论文,2006 年通过答辩)

《明代滇、黔、桂作家研究》(钱方,硕士论文,2008 年通过答辩)

《明代松江府作家研究》(秦凤,硕士论文,2006 年通过答辩)

《明代吉安府作家研究》(刘沉鱼,硕士论文,2008 年通过答辩)

《明代绍兴府作家研究》(金玉,硕士论文,2008 年通过答辩)

《明代常州府作家研究》(谈新艳,硕士论文,2008 年通过答辩)

《明代扬州府作家研究》(郁步生,硕士论文,2009 年通过答辩)

《明代抚州府作家研究》(王钦华,硕士论文,2009 年通过答辩)

《明代女作家研究》(张清华,硕士论文,2008 年通过答辩)

《明代文人结社丛考》(李玉栓,博士论文,2009 年通过答辩)

刘廷乾君的博士学位论文《江苏明代作家研究》便是这一系列论文中的

一篇。不过,这篇论文的题目与多数论文有所不同,那就是其他论文大都是以明代的行政区划为地域范围的,而这篇论文限定的范围却是今天的行政区划。这是因为,如果按照明代永乐以后的行政区划,今江苏地方是属于"南直隶"的,但当时的"南直"地域广大,实际包括今天的江苏、安徽两省和上海市①,其中各地区之间差异也较大,特别是其中的长江三角洲地区,也即传统所谓的"江南"地区,又是全国经济文化以及文学最为发达的地区,作家众多,如果以"南直"作为考察研究的范围,在短短的三年时间内,是根本不可能完成的。而自从清康熙六年(1667)将原明代"南直"地区分为江苏、安徽两省,"江苏"作为一个相对固定的行政区划亦已经三百多年,下属各级行政区划也相对稳定,以之作为一个"地域"范围,并非随意牵连,或许还有联系古今的作用。

廷乾这篇《江苏明代作家研究》,结构宏伟,篇幅巨大,内容十分丰富。除了按照课题要求,对清代以来属于"江苏",而在明代隶属于"南直"的应天、淮安、扬州、镇江、苏州、常州六府和直隶徐州等"六府一州"的"作家"进行了比较全面的考察研究——包括通过搜罗第一手资料,对各地区大小作家人数的全面调查考量;按"科举魁首与仕宦重臣作家"、"文人群体与流派作家"、"文化家族中的作家"、"文化才子与狂士怪杰作家"、"处士山人作家"、"才媛名妓作家"的分类,对一大批作家的生平著述进行探讨——还在此基础上,将江苏明代作家按"苏常文化区域"、"金陵文化区域"、"广陵文化区域"进行了划分,对不同地区作家的文化生态以及产生的原因进行了研究,对江苏明代作家在明代文学史上的地位进行了分析论述。文末另有《江苏明代作家文集叙录》、《江苏明代作家一览表》两个附录。

廷乾的这篇学位论文收罗广泛,多取第一手资料,以"求实"为原则。尤其值得注意的是对江苏明代作家的"地域文化特征"和作家"文化人格"的探讨。江苏明代作家主要集中于传统意义上的"江南"一带,而数量最多、创作

---

① 明初定鼎金陵,永乐北迁,改金陵为南京,所辖地区称"南直隶",与称为"京师"的"北直隶"对应,计十四府(应天、扬州、淮安、镇江、苏州、常州、松江、凤阳、庐州、太平、安庆、池州、宁国、徽州)和三个直隶州(徐州、滁州、广德州),其地域范围大致相当于今之江苏、安徽两省及上海市。

成就最高的又出现于以苏州为中心的"吴中"一带。从作家队伍的构成来看，明代吴中作家，从台阁文人到布衣山人作家，从独立发展的才子、怪杰等个性作家到设坛坫、创流派的领袖人物，从诗文词曲作家到戏剧小说作家，不管哪一类，都不是个别出现的现象。而且，在每一个文学发展阶段、每一个文学领域，都有在全国文坛上占据一定地位的作家出现。虽然每个作家都是一个独立的个体，独立从事创作，但在吴中共同地域背景下产生的吴中作家和吴中文学，确实呈现出较为普遍的"地域文化特征"，并因此透露出吴中作家不同于其他地区作家的独特的"文化人格"，对此，论文有过这样的概括：

> 江南山水秀美，人口稠密，经济发达，商业繁荣，教育普及程度高，文化鼎盛。特别是中晚明以后，由于经济、特别是商品经济的高度发展，文人以文艺手段谋生的普遍，加之新的社会思潮的影响，促使文人的思想性格发生变化。当时吴中文人普遍追求一种将精神提升与物质享乐结合起来的人生道路。他们生活于凡庸中，却不妨以高雅的生活情调弥补世俗生活的凡庸；他们生活于物欲中，却不妨以清雅自持的生活方式来消减人的过高欲望，从而追求一种调和世俗与风雅的人生道路，使生活艺术化、艺术生活化。而在这背后，则是一种普遍的市隐心态和乡愿哲学。

我以为，能深入探讨文学的"地域文化特征"，并能从"文化人格"的角度论述作家，正是廷乾这篇论文最为出类的地方，这篇论文也因此得到答辩委员会各位专家的很高评价。

廷乾到上海跟从我攻读博士学位以前，已经在高校从事古代文学的教学和研究工作十多年，不仅在《文学遗产》等学术刊物上发表过不少论文，还早已取得副教授的职称，从这篇论文也可以看出其基本功扎实，积累丰厚，学术视野开阔，善于思考，而且有很强的文字表达能力。倒是我自己对他这篇学位论文所研究的内容了解得不多，所起到的指导作用有限。我之所以对廷乾的论文得到出版的机会特别高兴，其中一个重要的原因就是论文中在所难免的疏误可以得到更多学界同仁的批评指正,多少可以减轻我的歉疚。只是廷乾打电话告诉我,因为篇幅的限制,这次出版,不仅删落了文末的两篇附录,还不得不删去了一些章节,确实有些令人遗憾。

2010 年 10 月 26 日于上海寓所

【整理说明】

本文系先生为《江苏明代作家研究》所撰《序言》。

《江苏明代作家研究》,刘廷乾著,东南大学出版社 2010 年 10 月出版,计 72 万字,前有先生《序言》,后有作者《后记》。该书首次对江苏明代作家进行全面系统研究。除《绪论》、《余论》和《结语》外,全书正文共十章,其中第一章为文化视域中的江苏明代作家,从宏观上揭示出江苏明代作家所形成的苏常、金陵、广陵三个文化区域和三种作家状态,并概括出他们的地域特征和时代风貌;第二至第十章分别探讨科举魁首与仕宦重臣作家、文人群体与流派作家、文化家族作家、文化才子作家、处士山人作家、才媛名妓作家等各类作家,对有代表性的作家进行了深度研究。

刘廷乾(1963—　),男,山东莒县人。2005 年师从先生主攻明代江苏作家研究,获文学博士学位。现系南京审计大学文学院副教授。主要从事元明清文学、明清小说研究,出版专著《江苏明代作家研究》、《江苏明代作家文集述考》2 部,与先生、张兵三人合著《〈西游记〉鉴赏辞典》。

《明代文人结社考》序言

"结社"是中国古代一种特殊的社会活动形式,名目繁多,历史悠久。"文人结社"则是近古以来在特殊的社会体制、社会结构、社会文化条件下形成的一种特定人群的特殊社会活动形式。"文人结社"发端于诗社、文会,亦以诗社、文会最为大宗,当然首先与文学有关,但随着"文人结社"的发展,使其不仅成为一种影响文学发展的活动,更成为一种与社会经济、政治、思想等有密切关连的社会文化现象,成为我们考察中国古代社会和历史文化的一个重要视角。明代是中国古代"文人结社"的鼎盛时期,故明代"文人结社"理应成为人们关注的对象。

一、明代是中国古代"文人结社"最为兴盛的时期

在中国古代,"文人结社"有一个萌生、发展、衰落的过程,各个不同历史时期又呈现出不同的面貌。

大略而言,虽然汉代淮南王刘安"招怀天下俊伟之士","著作篇章,分造辞赋"(《汉书》卷四四);梁孝王刘武聚枚乘、邹阳、司马相如等于梁园,即景咏乐,染翰成章(《汉书》卷五一),都还谈不上"文人结社"。但至魏晋"竹林七贤"、王羲之兰亭修禊之会以及南齐永明间"竟陵八友",虽然只是个别现象,似已有后世"文人结社"之雏形。隋唐以降,由于科举选官制度的推行,"科举士子人群"的出现,文人雅集、诗酒交游较之往古为盛,故"文会"、"诗社"、"吟社"、"诗会"等话头开始在诗中出现①。司空曙《岁暮怀崔峒耿沣》有"洛阳旧社各东西,楚国游人不相识"语,已明说其与同属"大历十才子"的

---

① 如"泛湖同逸旅,吟会是思归"(孟浩然《同曹三御史行泛湖归越》);"昔游诗会满,今游诗会空"(孟郊《送陆畅归湖州因凭题故人皎然塔陆羽坟》);"三年文会许追随,和遍南朝杂体诗"(李群玉《寄长沙许仕御》);"沧洲诗社散,无梦盍朋簪"(戴叔伦《卧病》);"前朝吟会散,故国讲流终"(李洞《叙事寄荐福栖白》);"好与高阳结吟社,况无名迹达珠旒。"(高骈《途次内黄马病寄僧舍呈诸友人》)

崔、耿二人实为同社诗友,文献中亦有白居易组织"洛中九老社"的记载。故说"文人结社"兴起于唐,应为有据。虽然较之后世,其数量还不是很多,规制也较小。两宋"文人结社"似已成普遍,据有关研究,仅诗社已近百家①,著名者有贺铸"彭城诗社"、徐俯"豫章诗社"、叶梦得"许昌诗社"、许景衡"横塘诗社"、冯时行"成都诗社"、王十朋"楚东诗社"等。尤其是杭州西湖一时成结社之胜地,先后于此结诗社者就有杨万里、许及之、张镃、费士寅、史达祖、陈郁、杨缵、周密、汪元量等。至蒙元统治时,仍有文人沿袭旧习,结社吟咏,以抒情愫。如南宋义乌令吴渭,退居浦江吴溪,延致方凤、吴思齐、谢翱等,共创"月泉吟社",选与社 280 人中前 60 人诗作共 74 首编次成集,刊为《月泉吟社诗》,其诗多隐含追怀宋室之意。与其同时者尚有"龙泽山诗社"、"明远诗社"、"香林诗社","越中诗社"、"武林社"、"山阴诗社"等②,亦多有遗民色彩。泰定以后,战乱再起,文人多取避世远祸之态,又陆续出现了昆山顾瑛诸人之"玉山社"、松江陶宗仪诸人之"真率会"、嘉兴濮乐闲诸人之"聚桂文会"、广州孙蕡诸人之"南园诗社"、苏州高启诸人之"北郭诗社"、莆田方朴诸人之"壶山文会"等,一时也蔚然成为风气。

至有明一代,"文人结社"则达到空前的兴盛。20 世纪四十年代,郭绍虞作《明代的文人结社年表》一文,辑考出"明代文人结社"达 176 家。③2003年,何宗美在《明末清初文人结社研究》中提出明代"文人结社"已"超过三百例"④;至其 2011 年出版的《文人结社与明代文学的演进》,又稽考出"明代文人结社的个案(含元末)"680 余家。⑤李玉栓 2006 年至 2009 年从我攻读博士学位,所撰论文《明代文人结社丛考》在前哲时贤的研究基础上,大量翻检明人诗文集、明人年谱、地方志乘以及相关的史料、笔记、杂传、墓志等各类文献资料,共考得明代(不含元末、含南明)"文人结社"530 多家,毕业后又经过几年的艰苦努力最终增补至本书的 930 家(含社事时间难以确考者 220 家),

① 周扬波:《宋代士绅结社研究》,中华书局 2008 年版,第 129—136 页。
② 欧阳光:《宋元诗社研究丛稿》下编,广东高等教育出版社 2011 年版,第 60 页。
③ 郭绍虞:《明代的文人结社年表》,《照隅室古典文学论集》上编,上海古籍出版社 1983年版。原载《东南日报·文史》1947 年第五十五期、第五十六期。
④ 何宗美:《明末清初文人结社研究》第一章,南开大学出版社 2003 年版,第 17 页。
⑤ 何宗美:《文人结社与明代文学的演进》,人民出版社 2011 年版,第 9 页。

而据其所言,明代"文人结社"的总量实际应当在千数以上。十余年来,我一直在编写《中国文学家大辞典·明代卷》,为此翻阅了大量有关文献,根据我的印象,明代"文人结社"的确还不止此数,只是有些因为没有明确的记载,故未能引起研究者的注意。

除了数量,明代"文人结社"的种类也很繁多,李玉栓《明代文人结社考》将其大略分为"研文类结社"、"赋诗类结社"、"宗教类结社"、"怡老类结社"、"讲学类结社"和"其他类结社",而最末一类所含甚广。至于明代各种结社体制之完整、规模之巨、活动内容之丰富、延续时间之长、影响之大,也都超过往古。如宋代"文人结社"的规模一般是几人、十几人,元代的"龙泽山诗社"、"聚桂文会"、"月泉吟社"等规模开始扩大。明代中期以前,仍然延续着这种态势,到了明代后期,文人结社动辄几十人、上百人。如阮自华大会词人于福州乌石山之邻霄台,"时入社可百人"(谢兆申《谢耳伯先生全集》卷一)。朱承綵开大社于南京,"胥会海内名士,张幼于(张凤翼)辈分赋授简百二十人,秦淮妓女马湘兰以下四十余人"(钱谦益《列朝诗集小传》丁集上)。"当陈(陈子龙)、夏(夏允彝)《壬申文选》后,'畿社'日扩,多至百人"(杨钟义辑《雪桥诗话续集》卷一)。而张溥诸人立"复社",更是达到数千人之众(杜登春《社事始末》),姚瀚"大会复社同人于秦淮河上,几二千人"(吴翌凤《镫窗丛录》卷一)。

明代"文人结社"的内容非常丰富,赋诗、研文、讲学、参禅、冶游、宴饮、清谈乃至赏曲、狎妓等常常集于一社之内。如方朴诸人结"壶山文会","月必一会,赋诗弹琴,清谈雅歌以为乐"(《明诗纪事》甲签卷十五)。阮自华大会词客于邻霄台,"丝竹殷地,列炬熏天","梨园数部,观者如堵"(钱谦益《列朝诗集小传》丁集下)。公安"三袁"结"蒲桃社","至则聚谭,或游水边,或览贝叶,或数人相聚,问近日所见,或静坐禅榻上,或作诗"(袁中道《珂雪斋前集》卷十六《潘去华尚宝传》)。闻启祥修复月会,"上之讲道论德,既足祛练神明,次亦咏月嘲风,不失流连光景"(闻启祥《重订启》、《月会约》)。吕维祺立"伊洛大社"于洛阳,"讲学于程明道祠,以初二、十六为期,又以初三、十七为文会"(施化远《明德先生年谱》卷四)。由于社事内容的繁富,导致许多结社的性质很难确定,同时具备文学性、学术性、宗教性、政治性、娱乐性中两种或者两种以上性质的现象非常普遍。而由于结社之风盛行,除赋诗类、研文类、怡老类、宗教类、讲学类等正统的结社以外,明代文人不论何事,亦常聚众结社,如谢肇淛创"餐荔会"以品啖荔枝,张岱设"斗鸡社"以赌博字画,沈德符结"噱社"以说笑逗乐,黎遂球诸昆弟立"怒飞社"以放鸽为戏等,可谓五花八门。由此亦可见"结社"之于明代文人,已经成为一种风习。

二、明代"文人结社"是与经济、政治、 思想等有密切关连的社会文化现象

明代"文人结社"的繁盛,说明其不是历史的偶发事件或社会个别现象,也不仅仅是一种影响文学发展的文学活动,而是一种与社会经济、政治、思想等有密切关连的社会文化现象。

明代"文人结社"与经济有关系,应该说是有事实根据的,从宏观来看,更是这样。结社虽然主要是一种精神文化活动,但必须有经济的支持,这是不言而喻的。明代"文人结社"的实际情况也说明"文人结社"与各地经济发展水平有一定关系。据李玉栓《明代文人结社考》,明代社事地点可考的"文人结社"有 645 家,这其中除南、北二京外,其余以府为单位统计,前十二名为:苏州府 76 家、杭州府 50 家、松江府 50 家、广州府 43 家、常州府 33 家、徽州府 22 家、福州府 22 家、嘉兴府 22 家、宁波府 18 家、河南府(洛阳)18 家、绍兴府 17 家、湖州府 16 家。其中除广州府、福州府分别为所在省之政治、经济之中心,河南府(洛阳)为传统的中州经济文化中心,其余均在南直和浙江经济发达地区,其中环太湖的"江南核心五府"的中心、也是经济最发达的苏州府"文人结社"甚至远超南京(应天府)的 55 家和京师(顺天府)的 41 家。

从纵向看,明代"文人结社"的发展亦与国民经济的发展有关联。同样据李玉栓《明代文人结社考》,明代文人所结之社,大致时间可考者有 710 家,其中明前期(洪武至成化)的 120 年里,有结社 66 家;明中期(弘治至隆庆)的 85 年里,有结社 131 家;明后期(万历至崇祯)的 72 年里,则有结社 397 家;南明(清初)时期的 38 年里,仍有结社 119 家。这与明代国民经济的发展情况大致上形成一种对应关系。其中明后期结社的特殊繁盛,更充分

说明了这一点。明代至万历时经济发展达到顶峰,尤其是江南地区,较之全国,经济更显高度繁荣。如苏州府,元末明初因战乱曾一度"里邑萧然,生计鲜薄",正统、天顺间稍复宋元旧观,到成化时已开始给人"迥若异境"之感(王锜《寓圃杂记》卷五),嘉靖以后更成为"海内繁华,江南佳丽者"(《(乾隆)苏州府志》卷二一)。当时苏州府的赋税数居全国各州府第一,占全国税粮数的十分之一,应该不完全是朝廷的随心所欲,在很大程度上应与其富甲天下有关。故邑人王世贞敢于说苏州"亡论财赋之所出,与百技淫巧(手工业)之所凑集,驵侩诡张(商业)之所倚窟",都堪称天下第一雄郡(《弇州山人续稿》卷二八《送吴令湄阳傅君入觐序》)。江南地区农业、手工业、商业的高度发达,不仅造就了苏州这样主要因经济原因而形成的大城市,还造成了大批农、工、商紧密结合的中小城镇——据研究,仅苏、松、杭、嘉、湖五府,万历间的市镇总数就有 200 余个。[①]其中苏州府吴江县领六乡之地,其时已有 17 个市镇,彼此距离不过数里。这些星罗棋布、掩映于河湖交错的江南水乡的小城镇是江南经济普遍繁荣的重要标志,同时也为社会文化的普遍提升,包括读书人口的增加、科考的投入、文化活动的开展提供了条件。所以苏州府"文人结社"盛于其他州府,而嘉、万以来更盛于先前。杭州、松江、常州等江南州府万历以来"文人结社"频繁,且往往规模很大,亦与江南经济的发达有关。清人赵翼说:"世运升平,物力丰裕,故文人学士得以跌荡于词场酒海间,亦一时盛事也。"(《廿二史札记》卷三四)应是符合历史实际的。

　　明代"文人结社"与政治也有密切的关连。这其中,显而易见的是有些"文人结社"与政治局势变化、文人官场得失有直接的关系。

　　朱元璋击败群雄建立明王朝后,对文人采取高压政策,文人要么被征入朝或担任郡县之职,为专制政体服务;要么遭受无情打击,如高启因为魏观作上梁文而被腰斩,孙蕡、王行因蓝玉案坐死,徐贲下狱死,张羽自沉龙江。凡此,无疑影响了当时的文人结社——虽然在这样的政治局面下,仍有文人坚持结社,如休宁江敬弘谪濠梁,与同时谪居濠上的众多文人相与结社(程

----

　　① 樊树志:《明清江南市镇探微》第二章《长江三角洲经济区的市镇网略》,复旦大学出版社 1990 年版,第 66—86 页。

敏政《新安文献志·先贤事略上》);钱塘凌云翰坐谪南荒,举"清江文会"(凌云翰《清江文会诗为崔驿丞赋》);福清林鸿为躲避政治风险归隐山林,赋诗结社(《国朝献征录》卷三五《礼部员外郎林鸿传》)。"靖难"事起,一些文人逃归林下,如永乐二年(1404),太平林原缙与丘海、何愚诸人"会里之花山,修白香山故事,称花山九老"(《明诗纪事》甲签卷三〇);永乐七年至二十一年间,长乐陈亮"结草屋沧洲中,与三山耆彦为九老会,终其身不仕"(《明史》卷二八六);会稽漏瑜"靖难后不复出,侨寓乌镇",至"宣德中,在乌墩为九老之会"(朱彝尊《静志居诗话》卷六)。也有一些得势的文人雅集于朝,如永乐七年大学士胡广就邀请翰林院同仁"会于北京城南公宇之后,酒酣,分韵赋诗成卷,学士王景为之序。"(黄佐《翰林记》卷二〇)但总的说来,洪武、永乐数十年,较之元季的文人结社并无大的进展。

自宣德始,社会逐步稳定,至正统年间,明朝国势一直呈上升趋势。国力的强盛,文人地位的提升,大大提高了文人的自信心,结盟会社又渐成风气。宣德时杨荣掌翰林院事,首创馆阁之聚奎宴,众皆赋诗;正统初复举"杏园雅集","赋诗成卷,杨士奇序之,且绘为图";后"三杨"又"倡真率会……约十日一就阁中小集"(黄佐《翰林记》卷二〇)。正统十四年(1449)发生土木堡事件,英宗被俘,次年方得释还京。此事对明朝国势产生一定影响,但未动摇明王朝的统治根基,经景泰、天顺、成化至弘治时期,是明王朝的承平之世。虽然政治和社会危机逐步加深,但由于前期奠定的基础,经济得以继续发展。其间,文人结社也逐步兴盛,并在全国范围内渐渐形成了南、北二京以及南直、浙江、闽中等几个结社最为活跃的地区。

正统时,明朝出现了"国事浸弱"的迹象(《明史》卷一六《武宗本纪》),正德、嘉靖两朝,武宗、世宗长期怠政,宦官刘瑾、权臣严嵩先后擅权,社会危机日益加重。一些正直敢言之士被罢官放黜,因得借结社以自遣。如正德初,刘瑾乱政,杨守随因抗疏致仕,与其乡之耆旧以诗酒相娱,结社于甬上;刘麟因不谒谢刘瑾而被黜为民,流寓湖州,结"湖南崇雅社","与吴琬、施侃、孙一元、龙霓为'湖南五隐'"(《明史》卷一九四《刘麟传》)。嘉靖中,张时彻以忤严嵩擅归里,结社聚士,领甬上风雅达二十余年(余有丁《张司马先生时彻传》)。

　　万历时,由于首辅张居正为推行自己的改革主张,多采用强制性的手段,与之同朝的不少文人都或多或少受到打击,一些人也因此退而结社,借以消磨闲暇。如万历五年(1577)"夺情"议起,张居正嘱张瀚留己,瀚弗听,居因"嗾台省劾之,以为昏耄,勒令致仕"(《明史纪事本末》卷六一),张瀚致仕后,"与同乡诸缙绅修怡老会,会凡二十人,一时称盛"(《武林怡老会诗集·序》)。万历八年汪道昆亦因与张居正不和致仕,归乡后组白榆诗社,与者二十余人,皆一时才俊,钱谦益称其"飏中主盟,白榆结社,腥脓肥厚之词,熏灼海内"(《列朝诗集小传》丁集中)。天启间,闽人曹学佺因著《野史纪略》,忤权宦魏忠贤,削籍归里(《明史》卷二八八),遂与陈衎、徐𤊹诸人修"阆风楼诗社"(《静志居诗话》卷一九)。同时顺德梁元柱以劾魏珰削职罢归,"与陈子壮、黎遂球、赵焞夫、欧必元、李云龙、梁梦阳、戴柱、梁木公开'诃林净社'"(《番禺县续志》卷四〇),"每花晨月夕,招邀朋旧,饮酒赋诗"(《粤东诗海》卷四五)。

　　明社倾覆后,遗民结社甚多。其中或眷怀旧国,如"惊隐诗社"、"西湖八子社"、"南湖九子社"、"西湖七子社"、"南湖五子社"等;或借之抵抗新朝,如杨廷麟"结连赣抚李永茂,立'忠诚社'于赣,招致四方义勇"(《明诗纪事》辛签卷六上),全美闲"自以明室世臣,不仕异姓,集亲表巨室子弟为'弃繻社'"(全祖望《鲒埼亭集外编》卷八《族祖苇翁先生墓志》);或躲避世乱,如吴与湛"结诗社于江枫庵"(《国朝松陵诗征》卷二),章有成"与同邑赵淳、吴鲲、范开文为诗酒社,吟啸以终"(孙静庵《明遗民录》卷三一)。这类结社也主要都是出于政治上的原因,如清人杨凤苞所云:"明社既屋,士之憔悴失职,高蹈而能文者,相率结为诗社,以抒写其旧国旧君之感,大江以南,无地无之。"(《秋室集》卷一《书南山草堂遗集后》)

　　值得注意的是,明代"文人结社"不仅受政治影响,也难免被卷入甚至直接介入政治,从而从另一方面与政治产生联系。这方面以"复社"最为典型。成员数千且遍及十余省六十余府的"复社",首先是一个为了应对科考、研习五经和制义之文的研文社,但其首领张溥在立社之初就强调立社的宗旨为"兴复古学,务为有用",又以"倡明泾阳之学,振起东林之绪"相标榜(杜登春《社事始末》),并在以后的发展中实际上成了明末一股政治力量。《复社纪略》中收有张溥、张采驱逐顾秉谦的檄文,已表现出强烈的政治立场。崇祯三年,张溥乡试夺经魁,四年中进士,被选为翰林院庶吉士。按说张溥不过是初登仕途的一个进士,但由于其"复社"领袖的地位,竟然得以干预朝政。此即《明史》卷二八八本传所谓"声气日广,交游通朝右,品题甲乙,颇能荣辱"。复社甚至直接介入了朝廷党派之争,崇祯十四年周延儒出任首辅,就与张溥、钱谦益、吴昌时等复社成员的密谋有关,是复社力量和意愿在政治上的反映。在以后晚明的政治纷争中更多次看到复社力量的展现。因此在一定程度上复社已由揣摩时艺之研文社发展为带有政治性的社团。

不过,明代"文人结社"与政治的关系还不仅如此。因为"文人结社"在中国古代的兴起、发展,包括其在明代的兴盛,从根本上说与中国古代,特别是近古以来中国社会的政治体制、社会结构有直接的关系。

由于种种特殊的历史条件,造成了我们民族不同于世界其他各民族的历史演进形式和社会发展模式。与西方国家不同,中国自秦汉以来实行的不再是"分封制",而是一种中央集权下的郡县管理体制,担负这种专制体制运行任务的主要是各级官吏。而为了满足这种政治体制的需要,中国古代很早就形成了一个特殊的"知识阶层"——士。特别是唐代实行"科举选官制度"以后,更形成了一个不同于往古、以"科举"为中心的"读书士子人群"——这是除了东亚一些模仿中国,亦实行科举制的国家如越南、朝鲜外,世界上其他国家所没有的。"科举选官制度"是以农业经济为主的中国古代社会"制度文化"高度发达的产物。尽管其本身存在种种弊端,对中国古代历史发展所起的作用亦是有利有弊的,但其在"制度"层面上制定了社会成员上、下层之间及"知识精英层"内部流动的"规则",又使社会的"精英层"始终处于吐故纳新的过程之中,从而在一定程度上承负起整合社会关系体系和维系社会内部平衡的功能,成为保证当时社会政治、经济、思想、文化、教育以及其他社会活动正常运行的一种调节机制。中央集权(皇权)、郡县统治、科举选官应该说是中国近古以来政治体制的三大基石。从唐代开始,以"科举"为中心的"读书士子人群"既是这一体制的产物,也成为影响社会发展变化的重要因素。

李玉栓将他的这本书命名为《明代文人结社考》,上举在此之前有过的一些同类著作,如郭绍虞《明代的文人结社年表》,何宗美《明末清初文人结社研究》、《文人结社与明代文学的演进》,以及近年来发表的不少论文,都在标题上使用了"文人"与"结社"两个概念。由词义看,这两个概念并非并列,前者应是对后者的限定和说明。但综观这些著述、论文,对"结社"之事,或考或论,大多倾注了作者的努力,成果显著,然于"文人"一词,则大多语焉不详,甚或不置一词。其实,要理解或者解读"文人结社"这一历史现象,似乎首先要从对"文人"的解读开始。因为中国历史上"文人结社"的兴起、兴盛以及衰落,与中国古代文人——即中国古代知识人群的历史变迁有很大的关系。而从唐代开始,直至这种皇权至上的专制政体被推翻,中国的"文人"实际上主要就是以科举为中心形成的"读书士子人群"。在这个意义上,中国古代的"文人结社"从一开始就与"科举"结下了不解之缘,而明代"文人结社"的兴盛,显然与明代"科举"的兴盛有直接的关系。

曾翻阅几种"科举史"著作,几乎无不称明代是中国古代科举的"鼎盛时期",从各方面看,情况确实是这样的。明王朝建国之初,由于急需各级官吏,故在短时间内曾经荐举、科举并举,洪武十七年(1384),规定以后每三年一科,子、卯、午、酉年乡试,次年丑、辰、未、戌年会试,终明一代,遂为"永制"。宣德年间,荐举废置不用,后来更明确规定,所有文官必须由科举而进,没有通过科举考试取得进士资格的人不得进入内阁。通过一系列制度和举措,包括科考内容、形式的确定,"童试——乡试——会试、殿试"三级考试程式的确立,分区域配额取士制度的制定,特别是将学校纳入科举体制——所谓"学校则储才以应科目者也"(《明史》卷六九《选举一》)——造成了明代科举的高度制度化、规模化,从而达到了超越往古的空前兴盛。

明代科举的一系列制度和举措,造成了读书人口,特别是"科举士子人群"数量的庞大和稳定增长。明代自洪武十八年(1385)起共有 89 科进士考试,登科总人数为 24 000 多人[①];有明一代乡试所取举人,总数约在 70 000

---

① 明代进士登科人数各家统计不一,陈茂同《中国历代选官制度》(华东师范大学出版社 1994 年版)统计为 24 831 人;刘海峰、李兵《中国科举史》(东方出版中心 2004 年版)统计为 24 636 人,然总数在 24 000 人以上则无疑。

人左右。①特别是每年固定在校（府学、州学、县学、卫学）的诸生（秀才）就有50 000人左右②，这样由"童生"、"诸生"组成的一般读书人，举人、进士以及举人、进士出身的各级官员，就在整个社会中构成了一个庞大的金字塔形"读书士子人群"，没有这样一个庞大的"读书士子人群"，就不可能有明代"文人结社"的兴盛。

由于参加科考的人数众多，每次乡试、会试期间，大批士子集聚一地，为结盟立社提供了契机。如江南乡试在南京举行，遂使南京不仅有陪都的官员和当地文人的结社，也成为南直所辖十四州府应试考生结社之地。"南京，故都会也。每年秋试，则十四郡科举士及诸藩省隶国学者咸在焉，衣冠闐骈，震耀衢术。豪举者挟资来，举酒呼徒，征歌选伎，岁有之矣。"（吴应箕《楼山堂集》卷一七《国门广业序》）如天启七年（1627），江南乡试，艾南英诸人倾盖定交结"偶社"，徐介眉、顾重光、吴圣邻、曹允大诸人结"因社"（艾南英《天佣子集》卷一四《偶社序》）；崇祯三年（1630），"因社"诸子再集南京，增之为"广因社"（艾南英《天佣子集》卷一三《国门广因社序》），是年"复社"也集合参加南京乡试的生员召开金陵大会，隶于"复社"的"国门广业社"首举社集（《楼山堂集》卷一七《国门广业序》）；六年"国门广业社"举行第二次社集；九年"国门广业社"举行第三次社集（《（同治）嘉兴府志》卷五三）；十二年"国门广业社"举行第四次社集（黄宗羲《南雷文约》卷一《陈定先生墓志

---

① 洪武三年（1370）规定全国各地乡试一科录取举人500人（王世贞《弇山堂别集》卷八一《科试考》）。以后不断有所增加，如正统元年（1436）下诏增加乡试录取名额，规定每科录取740人（查继佐《罪惟录》卷一八《科举志》）。后又有较大增加，如洪熙元年（1425）规定"南国子监及南直隶"乡试取80人（《明宣宗实录》卷九），但实际上景泰元年（1450）取202人，四年取205人，从景泰七年至万历四十年（1612）53科，每科135人，自万历四十三年至崇祯十五年（1642）10科，每科取148人（《（乾隆）江南通志》卷一二五至一三〇《选举志》）。因明代乡试资料不完整，故此70 000人中举之数属于估算。

② "宣德中定（学校）增广之额：在京府学六十人，在外府学四十人，州县以次减十。成化中定卫学之例，四卫以上军生八十人，三卫以上军生六十人，二卫、一卫军生四十人，有司儒学军生二十人，土官子弟许入附近儒学无定额。"后又不时有增补，所谓"食廪者谓之廪膳生员，增广者谓之增广生员。及其既久，人才愈多，又于额外增取，附于诸生之末，谓之附学生员"（《明史》卷六九《选举志一》）。又据《明史·地理志》，除羁縻之府、州、县不计，明代共设府140、州193、县1 138，又有两京都督府分统都指挥使司16、行都指挥使司5，下设卫493。故初步估算其每年在校诸生在50 000人左右。

铭》)。"广业社"前后共有过五次大的集会,除最后一次由于国事变更的影响外,其余四次均为乡试之年。而诸社所以能这样连续于乡试年举行社会,乡试录取率不高,许多应试者往往要连考数科,应是一个重要原因。①

除了因应试而结社,科考中式者也结社。因为"同年"在官场和社会生活中都是一种很重要的关系,士子们也有意识地借结社来维系和巩固这种关系。如天顺间,罗璟等为同年宴会,于春、夏、秋、冬之节会举行宴集赋诗活动(《翰林记》卷二〇"节会唱和"),成化四年(1468)何乔新等十一人举同年会(何乔新《椒丘文集》卷九《同年燕集诗序》),成化十二年李东阳等四十一人举同年会(李东阳《怀麓堂集》卷二六《京闱同年会诗序》),弘治十六年(1503)李东阳复举同年会(《怀麓堂集》卷六三《甲申十同年诗序》)。李东阳《怀麓堂集》中尚有《两京同年倡和诗序》、《翰林同年会赋》等,说明李东阳经常通过结社与同年保持联系。

另外,科考内容和形式也对"文人结社"有影响,或者说正是科考内容和形式在一定程度上促了明代"文人结社"的发展。明自洪武始,"专取四子书及《易》、《书》、《诗》、《春秋》、《礼记》五经命题试士"(《明史》卷七〇《选举二》)。明代,特别是明代中后期产生的大量"研文社"正是为了应付这种考试而产生的。万历四十一年(1613),白绍光署常熟教谕,"立五经社、分曹课试"(钱谦益《牧斋初学集》卷四三《常熟县教谕武进白君遗爱记》)。张溥等人的"应社"最初成立时亦名"五经应社"(计东《改亭文集》卷一〇《上吴伟业书一》)。而由于明代科考在形式上采用八股文体,在规范化的同时,也简化了繁复,降低了科考的难度,急功近利者因不再沉潜经典,更多的是摹拟名家,揣摩文风,甚者仅仅记诵若干篇,以应考试。于是不仅"研文社"以习作八股文为要务,旨在为参加科考之人记诵、摹拟乃至剽袭提供便利的程墨、房稿、社稿等在社会上也非常风行。崇祯二年(1629),松江名士杜麟征、夏

---

① 如弘治五年(1492),应天府"就试者二千三百余人……得士凡一百三十五人"(王鏊《震泽集》卷一〇《应天府乡试录序》),录取率为 5.8%。嘉靖七年(1528),浙江乡试"就试者二千八百有奇,预选者九十人"(陆粲《陆子余集》卷一《浙江乡试录序》),录取率为 3.2%。嘉靖十三年江西乡试,"所选士三千有奇,而三试之,得中式者九十人"(李舜臣《愚谷集》卷五《江西乡试录序》),录取率为 3%。故有人估计明代乡试总录取比例平均仅有 4%(参见李国钧、王炳照:《中国教育制度通史》第四卷,山东教育出版社 2000 年版,第 477 页)。

允彝等倡立"畿社",就是以切磋制艺、研习古文为号召,次年即刊行了《畿社六子会义》,收杜麟征、夏允彝、周立勋、徐孚远、彭宾与陈子龙制义之文,崇祯五年又刊《畿社壬申合稿》二十卷,收社友十一人所作骚赋、乐府、古近体诗及序记之文。

如果我们考察一下明代许多著名文人的经历,就可以发现他们大多有参与各种"结社"的经历,无论是考前,还是为官期间,致仕以后。也就是说,对于以科考为生活轴心的明代文人而言,"结社"不仅是一种风习,很大程度上已经成为他们的一种生活方式。正因为如此,"文人结社"不可避免地与明代文人的思想观念,包括儒学的流变建立了联系。

儒学是汉代以来中国文人尊崇的核心学说,儒家思想也成为占统治地位的思想。宋明理学向来被认为是中国传统儒学发展的新阶段,但明代的情况又不同于宋代。宋代儒学发展的过程,是由北宋提倡"通经致用"的"宋学"各派逐渐向强化专制统治的南宋"理学"转化的过程,并使后者在以后数百年间在官方意识形态中占据了统治地位。不过,程朱理学权威的真正确立却是在明初,明代永乐十五年朝廷颁行《五经四书性理大全》于两京六部、国子监及府、县学,并将其定为科考的内容和士人的思想、行为规范,朱熹的"集注"和宋代理学家的言论才真正取得了至高无上的权威地位。只是由于社会各方面情况的变化,不久即有人对程朱学说产生怀疑,至明中叶,终于出现了陈献章和王阳明,各自提出了一套与程朱理学本质不悖而思想方法却有很大差异的儒学新体系。特别是王阳明"良知"、"致良知"学说的问世,很快在知识界产生了巨大影响。虽然王阳明"心学"始终未被官方承认,但其思想,包括其二传、三传弟子所创立的各种思想观念却流播广泛,直至半个世纪后"东林学派"重新倡导以程朱为学,开启明末清初朱子学复兴之端,才逐渐消息。值得注意的是,中晚明思想的流变,无论是王学崛起,还是朱子学重振,在表现形式上,都与"讲学"有关,以致著书立说所起的作用还在其次。王阳明曾身体力行至各地讲学,阳明卒后,讲学活动在嘉靖中后期达到鼎盛,江右、浙中及南京附近都成为讲学活动兴盛的地方。以后随着阳明后学门户纷立,流弊渐多,"讲学"活动始向程朱之学转变。虽然明代"讲学"活动主要在书院,通过"讲会"等形式进行,但无论是书院、讲会都与"文人结社",特别是"研文会"有密切的关系。在某种程度上文社之风与"讲学"之风可以说是相辅相成、相互促进的关系。

举一个例子:万历间"东林学派"以讲学于"东林书院"著名,又因其参与晚明政治斗争,被称为"东林党",但其源起却在"东林社"。位于无锡的东林书院原为北宋杨时于政和元年(1111)所建,因时代久远而荒废。万历二十二年(1594)吏部郎中顾宪成因廷推阁臣忤旨,革职归乡,遂"偕同志修东林之社"(顾宪成《明故孝廉静余许君墓志铭》),因"弟子云集,邻居梵宇僦寓都遍,至无所容",遂建"同人堂"为"东林社"讲学之舍(《东林书院志》卷二二)。至万历三十一年始倡议重修东林书院,次年,"移同人家社于丽泽堂,月课多士"(《顾端文公年谱》)。"东林社"不惟讲学、课文,亦时有赋诗、和诗之举。万历四十一年,钱一本受邀至东林讲《易》,会罢,赋诗纪之,参与《和韵》之人前后有 13 人、赋诗 50 余首(《东林书院志》卷一八)。万历四十年八月,"东林党人"公奠顾宪成,参与者"同年、同社及后学门生于孔兼、钱一本、吴达可……四十余人"(《顾端文公年谱》)。后世多注意"东林学派"的学术思想和"东林党"的政治活动,却忽略了"东林社"实为二者之基础。再如,天启元年(1621),吕维祺归新安,次年立有"芝泉会"(吕维祺《明德先生文集》卷二一《芝泉会约二》),本为研文之会,但同时也为"讲学"之会,以"扩良知之传"为己任(施化远《明德先生年谱》)。崇祯十年(1637),吕维祺在洛阳立伊洛大社(又名伊洛社、伊洛会),亦集讲学与文会于一体,从游人数达二百之众(《明德先生文集》卷二二)。甚至有因为学术观点不同,希图通过结社论辩,澄清问题,如崇祯四年,刘宗周不同意陶奭龄"圣人非人"之论(《证人社约·社约书后》),反对以禅诠儒,遂于越中立"证人社",邀请陶氏赴社,"分席而讲",希望通过讲学证之(《南雷集·子刘子行状》)。至清初,黄宗羲又复举"证人"讲席于甬上(全祖望《鲒埼亭集》卷一一《梨洲先生神道碑文》)。

明代"文人结社"不仅与儒学有关系,与佛学也有关系。有明一代,从朱元璋起,除世宗、思宗等少数皇帝有过禁佛、排佛举措外,多数都崇信佛教,在对佛教进行整顿和限制的同时更多的是对佛教的保护和提倡,因此明代佛教屡屡出现兴盛局面。明中叶以后,特别是万历以降,佛教诸宗,不仅禅宗、净土宗,就连沉寂已久的华严宗、律宗,甚或几近失传的法相宗,都有所发展。如被称为"晚明四大高僧"的袾宏(1535—1615)、真可(1543—1603)、德清(1546—1623)、智旭(1599—1655),前三位都主要生活在万历年间。他们主张三教同源、诸宗融合,关注民生社会,积极践行大乘佛教精神,许多士大夫都与他们有所交往,在当时社会上影响很大。由于当时社会矛盾的日益激化,越来越多的民众开始信拜宗教,读书士子也出现了亲近佛教的现象,以致《明神宗实录》卷三六九有如下记载:"缙绅士大夫亦有捧咒念佛,奉僧膜拜,手持数珠以为戒律,室悬妙像以为皈依,不知遵孔子家法,而溺意于禅教沙门者。"在这种情况下,佛教思想对文人的思想必然产生影响。早在正德时,"心学"的创始人王阳明,就曾遍访佛刹,求教名僧,"出入于佛、老者久之"(黄宗羲《明儒学案》卷一〇),其创立"格物致知"之说多少曾受到佛教"明心见性"思想和运思模式的启示。王阳明辞世后,王学分流,王畿等主张"四无",认为良知"当下现成,不假工夫修整而后得"(《明儒学案》卷一二),更类于禅。被称为"泰州学派"的王艮、何心隐、罗汝芳诸人亦多与释家过从,深受禅学影响,时人目为"狂禅"。李贽更是出入儒佛之间,交结僧侣,酷好禅宗,晚年去冠薙发,号居士,居禅院,立言护法,与真可和尚并称"二大教主"(《万历野获编》卷二七)。其所倡导的"童心说",与禅宗"心性论"亦有密切关联。后来"公安三袁"学禅于李贽,受其影响甚巨,不仅向心净土,撰《西方合论》,而且在李贽"童心说"的启迪之下,还提出文学的"性灵说"。

　　明代这种儒、佛交结的现象,与文人与僧人的社集有一定的关系。自晋慧远修"莲社"以来,历代都有一些士子与僧人共社的现象,不过多数都是文人参与僧人结社,在本质上尚属宗教结社。如明代汪道昆的"肇林社"仍然如此,虽然其规模很大,听经者百人以上,但入社的缙绅学士仅有十余人(《太函集》卷七五《肇林社记》)。宋元以后,僧人开始介入文人结社,至明中叶,文人开始自行结社,有时邀请一二僧人加入,有时入会者则纯粹是文人。如冯梦祯所主之"澹社","每月一会,著供寂寞,随意谈《楞严》、《老》、《庄》,间拈一题为诗,后期薄罚,以督之。"(《武林梵志》卷三"理安禅寺"条引吴之鲸《澹社序》)。万历二十六年(1598)至三十年(1602)间京师"蒲桃社"也纯为文人所结,社中十七人皆为文士,活动方式却以"静坐禅榻"(袁中道《珂雪斋前集》卷一六《潘去华尚宝传》)、"食素持珠"(《珂雪斋前集》卷一六《石浦先生传》）为主,此时社事已经完全由文人主盟,文人禅社至此趋于兴盛。如焦竑与李贽"往来论学,始终无间,居常博览群书,归心于佛氏"（黄毓祺《居士传》卷四四《焦弱侯传》）,尝在南京立"长生馆会","每于月之八日,与客游栖,听僧礼诵"（《隐秀轩集》卷八《长生馆诗引》）。再如明季杭州"读书社"本来宗旨为读书研理,由于主创者张秀初为虞淳熙之婿,"丛林称为仁庵禅师"（《南雷文约》卷二《张仁庵先生墓志铭》）,社中成员闻启祥、严调御、严武顺、丁奇遇、冯悰、邵洽皆出自虞氏门下,后俱逃之于禅,故黄宗羲谓"武林之读书社,徒为释氏之所网罗"（《南雷文定后集》卷三《陈夔献墓志铭》）。明代受佛教影响而结社最多的当数"公安三袁"。从万历二十年（1592）至四十一年（1613）间,袁宗道、袁宏道、袁中道三人先后参与或组织过"南平社"、"蒲桃社"、"香光社"、"青莲社"、"堆蓝社"、"华严会"、"金粟社"等数个涉及宗教内容的结社,这些社事集僧俗于一体,儒佛合一,或者谈禅论学,或者念佛诵经,或者参禅悟道,间以徜徉山水、诗酒吟咏。正是因为结社,进一步沟通了文人与宗教的关系,加速了佛学与儒学的交融,并因此影响了中国思想文化的流变。

三、明代"文人结社"是研究有明一代文学与历史文化的重要视角

关于明代"文人结社"的研究,以往人们关心比较多的是"结社"与明代文学发展的关系,这无疑是重要的。在我看来,文学史意义上的"明代文学"有四个比较显著的特点:一是诗歌、散文、小说、戏剧文学同时发展,雅俗交汇,同时文学人口（作者和读者）大量增加,呈现出一种不同于往古的、带有一定近代气息的文学景观;二是表现出与时代社会思潮、社会心理同步的态势,在社会文化体系中所占份额增大,更多地体现了文学的职能、价值和意义;三是出现了文学创作与理论探讨齐头并进、相互影响的局面,在更大程度上表现出文学的独立与自觉;四是在中国文学的进程中,表现出古代文学终结期的特色,庞杂混乱的表象下充满了指向未来的张力。而这一切与明代的"文人结社"都不无关系。

明代的许多著名的文学家都曾主盟或参与过结社,如高启之"北郭诗

社"、孙蕡之"南园诗社"、杨士奇之"真率会"、顾璘之"青溪社"、郑善夫之"鳌峰诗社"、王世贞之"六子社"、张时彻之"甬上诗社"、梁辰鱼之"鸷峰诗社"、汪道昆之"北榆社"、茅坤之"西湖秋社"、陈际泰之"新城大社"、袁宏道之"蒲桃社"、曹学佺之"石仓社"、张溥之"复社"等等。其他如林鸿、李东阳、李梦阳、何景明、王守仁、李维桢、归有光、汤显祖、冯梦龙、田汝成、王思任、艾南英、谢肇淛、祁彪佳、谭元春、黎遂球、钱谦益、张岱等在文坛上卓有影响的人物也无不参与社事。可以说明代文学发展的每一个阶段、形成的每一个文学流派以及各个阶段、各个流派的领袖人物都或多或少地与当时"结社"有关。如诗歌中的"后七子"复古派、公安派等,都是借助于结社,甚至是以结社为基础形成的文学流派。

结社往往通过集体活动激发参与者的创作,使作品的数量大幅增加,名列"南园后五子"的黎民表"偕友人结社于粤山之麓","且夕酬酢,可讽咏者至千余篇"(黎民表《清泉精舍小志》卷首),是为典型。许多结社成员还将他们的社集作品编裒成集,刊刻行世,如"海岱诗社"有《海岱会集》、"西湖八社"有《西湖八社诗帖》、"小瀛洲社"有《小瀛洲十老诗》、"白榆社"有《白榆社草诗》、"淮南社"有《淮南社草》、"萍社"有《萍社草》等。在结社过程中,文人们为扩大影响、延邀声誉或者宣传自己的文学主张,常常开展一些文学理论方面的探讨,有的因此进行诗话创作,如"六子社"中王世贞著《艺苑卮言》、谢榛著《诗家直说》,"青溪社"中朱孟震著《玉笥诗谈》,这些诗话在记述社事活动的同时也阐述了自己或者诗社的文学观念,甚至创作理论。有的编纂诗文选本,如"闽中十子社"高棅选《唐诗品汇》,"西湖秋社"茅坤选《唐宋八大家文钞》,"石仓社"曹学佺选《石仓十二代诗选》等,有的进行文学评点,如"青溪社"顾璘批点《唐音》,"秦淮社"潘之恒评论《牡丹亭》,"复社"成员评点《新刻谭友夏合集》等。通过编选、评点古人或今人的作品来宣传自己和诗社的理论主张,都充分证明明代文学理论的繁荣与结社有关。

毫无疑问,对明代"文人结社"进行研究对于我们考察、研究明代的文学创作、文学理论、文学流派都是有重要意义的,从而对明代文学史的研究也是有重要意义的。关于这方面,前人已经有过很多成功的研究。值得一提的是,明代"文人结社"研究对明代文学研究的意义可能还不止如此。长期以来,我们的古代文学研究,包括明代文学研究,大致形成了两个重点:一是作家作品研究,一是"文学史"研究。前者是对历史上文学现象"点"的研究,后者则重在对中国古代文学发展的"线性"研究。这种点、线结合的研究,强调了文学的时间性发展,却在一定程度上忽视了文学的空间流变。强调了名家名作的研究,却在一定程度上忽视了对文学现象的整体观照。其实,时间和空间是事物存在和运动的两种基本形式,文学也是在"时空"范围内发生的现象,因此不仅是一种时间现象,也应该是一种空间现象。古代文学研究中,只有既注意时间,又注意空间的多维研究,才能真正描绘出各个历史时期文学发展变化的立体的、流动的图象。在这个意义上,对明代"文人结社"的研究,对于我们考察研究有明一代的文学生态,考察研究明代文学发展的地域因缘与空间形态肯定也是有重要意义的。如果能做到这一点,不是可以深化和推进我们的明代文学研究吗?

更值得注意的是,明代"文人结社"不仅仅是一种影响文学发展的文学活动,也是一种与社会政治、经济、思想等有密切关连的社会文化现象。因此,对繁盛的明代"文人结社"的研究,就不仅对我们研究明代文学发展有重要意义,也是我们观察、探究有明一代全部历史文化的一个重要视角。

以上应该是我赞同李玉栓选择"明代文人结社"作为博士学位论文选题的原因,因为要对"明代文人结社"作全面、深入地研究,基础工作无疑应是首要的。李玉栓 2006 年到上海师范大学攻读博士学位,在短短的两年多的时间内,就在前人研究的基础上,以坚韧的毅力、顽强的精神和认真负责的态度出色地完成了这一任务。最值得称道的是这本《明代文人结社考》所据均为第一手资料,作者尽量将每一家结社的社长、社员、社约、社时、社所、社会等具体问题考证清楚,力图勾勒出它们的原始状貌。不仅对一些前人研究过的结社进行了补充和纠误,还考证出大量前人没有发现的结社,使我们所知道的明代"文人结社"的数量达到了 930 家。另外,本文还为涉及的数千明代文人撰写了小传,书末还附有《明代文人结社年表》、《明代文人结社地域分布表》、《明代文人结社分期与分类统计表》等。可以想见,作者所做的这一系列工作付出了怎样的辛劳,而这一切都是在我的眼前发生的。记得有一次研究生在我家集会,大家一致认为李玉栓是最用功的学生之一,其实这也是我的感觉。不过,《明代文人结社考》主要还是基础研究,对明代"文人结社"研究以及对中国古代全部"文人结社"的研究,还有待于进一步深入。但是,我相信,有了这样的基础,玉栓一定能在这一领域取得更大的成绩。我自己对"文人结社"没有研究,也没有系统的思考,以上借为玉栓这本书写序的机会,拉拉杂杂地谈了自己的一些想法,只不过希望为玉栓今后的研究提供一点参考意见,是否得当,则未知也。

2012 年 12 月于上海寓所

【整理说明】

本文系先生为《明代文人结社考》所撰《序言》,曾以《明代"文人结社"刍议》为题刊载于《上海师范大学学报》2015 年第一期。

《明代文人结社考》,李玉栓著,中华书局 2013 年 7 月出版,计 50 万字,前有先生《序言》,后有作者《后记》。该书以考录明代(1368—1683)文人结社为宗旨,凡得 930 家(含补录 220 家),系迄今最高数据,并对每一家结社的社长、社员、社约、社时、社所、社会等具体问题作了稽考。除《导言》和附录外,全书正文共四章,按时间顺序将明代文人结社划分为明前期、明中期、明后期和南明时期四个阶段,章内各节以社事类型立目,按数量由多到少进行排列,节内社事则大致以结社时间为序。书末附录五篇,分别为《明代文人结社年表》《明代文人结社地域分布表》《明代文人结社分期与分类统计表》《明代文人结社补录》《四种著作考录明代文人结社一览表》。

李玉栓(1973—),男,安徽长丰人。2006 年师从先生主攻明代文人结社研究,获文学博士学位。现系上海师范大学人文与传播学院副教授、硕士生导师,省级学术带头人后备人选。主要从事明清文学与文献、中国古代文人结社研究,先后主持国家社科基金项目 1 项、省部级项目多项,出版专著《明代文人结社考》《明代文人结社研究》(即出)2 部,整理古籍《明僧弘秀集》,曾获上海市优秀博士学位论文奖。

《江苏明代作家文集述考》序言

时间跨度长达 300 多年的"明代文学"是中国古代文学的一个重要阶段。明代文学有几个比较显著的特点：一是诗歌、散文、小说、戏剧文学（戏曲）同时发展，雅俗交融，同时文学人口（作者和读者）大量增加，呈现出一种不同于往古的、带有一定近代气息的文学景观；二是文学创作突出表现为与时代社会生活、社会思潮、社会心理同步的态势，在社会文化体系中所占份额增大，成为时代"文化生态"的重要组成部分，更多地体现出了文学的职能、价值和意义；三是明代出现了文学创作与文学理论探讨齐头并进、相互影响的局面，流派纷出，地域特征也较为明显，从而更多地表现出文学的自觉和主体意识；四是在中国文学的进程中，明代文学在很大程度上表现出古代文学"终结期"的特色，庞杂却并非无序，陈陈相因却又充满了指向未来的张力。

正因为明代文学有以上特色，使其成为中国古代文学一个特殊的阶段，值得重视，也值得研究。在中国，现代意义的"明代文学研究"始于 20 世纪初。一百年来，受思想文化流变、社会政治变革等各方面的影响，明代文学研究实际走过了漫长而曲折的道路。

20 世纪初，梁启超等人首倡"小说界革命"，标举"小说为文学之最上乘"。随后有陈独秀、胡适等倡导"文学革命"，明确提出"白话文学之为中国文学之正宗"，"元明剧本、明清小说，乃近体文学之粲然可观者"。由于"五四新文化运动"的爆发，"白话文运动"取得决定性的胜利，由王国维《宋元戏曲考》、胡适明清小说的系列考证文章（后结集为《中国章回小说考证》）、鲁迅《中国小说史略》等所引领的中国古代小说、戏曲研究很快成为学术的热点，被列入"俗文学"的散曲、民间俗曲、宝卷、弹词等亦受到重视。而 1917 年倡导"文学革命"之初，胡适和陈独秀就判定"明之前后'七子'及八家文派之归、方、刘、姚"为"妖魔"。此后当小说、戏曲研究如火如荼之时，明代的诗文除了"公安三袁"、晚明小品文因被一些人追溯为"新文学"之源而得到关注外，绝大多数如"桐城谬种"一样声名狼藉，为研究者弃之不顾。当时的文学史著作,亦均重小说、戏曲,轻视诗文,不仅评价不高,而且所给篇幅甚少。

1949 年以后相当长时间内,虽然我们研究古代文学的指导思想、理论方法和评价标准都发生了变化,但明代文学研究基本延续了以往重小说、戏曲,轻诗文研究的趋势,这不仅表现在文学史评价上,亦表现在学术成果数量上。据有关统计,"文革"前 17 年(1950—1966),全国共发表明代文学研究论文 546 篇,其中小说 374 篇、戏曲 112 篇,而有关明代诗文研究仅 50 篇,可为明证。"文革十年",由于各方面的原因,严格意义上的学术研究缺席,明代文学研究也没有正面的建树。20 世纪 70 年代末、80 年代初,学术研究在新的历史背景下进入了一个新的时期。但最初的几年,蓬勃开展起来的古代文学研究,思想观念、理论方法主要还是"文革"前 17 年的回归,故当时的明代小说、戏曲研究,特别是明代小说"四大奇书"(《三国演义》、《水浒传》、《西游记》、《金瓶梅》)及汤显祖等人的戏曲研究一时成为热点,作为明代文学最大宗的诗文著述研究仍未引起足够的重视。至 80 年代末,特别是到 90 年代,由于各种原因,如思想的解放、学术观念的更新以及学术中坚力量的变化(文革后培养的硕、博士研究生大量进入学术界),明代文学研究总体上逐渐发生了变化,其中诗文研究开始兴盛是一个显著的标志。也可以说,近 20 年来,明代文学研究实际上逐渐进入了一个诗文与小说、戏曲研究并举的时代,特别是诗文研究,由于领域广大,且长期被冷落,有大量未开垦的处女地,因而更呈现为一个方兴未艾、多元发展的局面。

最近 20 年明代诗文研究的兴盛,表现在各个方面:一是对明代诗文作家的个案研究大量出现,不少以往被贬斥、被忽视的作家开始为人们所注意,不仅有关专著和论文陆续出现,而且许多硕、博士的学位论文亦喜欢选择作家的个案研究为题。还出现了不少以年谱、诗文集整理为形式的明代诗文作家个案研究。如中华书局、人民文学、上海古籍、浙江古籍、岳麓书社等出版社就陆续整理出版了一些明代著名作家的诗文集。二是文学流派研究、文学思潮研究及特殊作者群体研究成为研究的热点,这些成果较之以往的研究,则无论在史实、史料的开掘方面,还是在研究的深度、广度方面,都有相当大的进步,显示出一种学术的新气象。三是随着明代诗文研究的进展,近 20 年来,开拓出不少新的领域。如文学史与思想史,以及文学与社会政治、经济、风俗的交叉研究；另外，明代各地域文学的研究亦开始引起研究者的注意。所有这些，都抓住了明代诗文的一些特点，从而扩大了研究视野，对明代诗文研究有所推进。与此相联系的是，明代诗文研究的基本资料亦开始大量出版。特别是由于数码印刷技术的普及，《四库全书》的影印，各种大型丛书如《四库存目丛书》（齐鲁书社，1994）、《四库禁毁书丛刊》（北京出版社，1997）、《四库未收书辑刊》（北京出版社，1997）、《续修四库全书》（上海古籍出版社，2002）、《北京图书馆古籍珍本丛刊》（国家图书馆出版社，1997）等先后辑编出版，为明代诗文研究的开展提供了条件。凡此，都说明20 年来整个明代文学研究的面貌发生了变化，与此相关的是明代文学的总体研究以及各体文学的研究也发生了变化，较之以往的研究，都不同程度上克服了学术上陈陈相因的惯性，提出了不少新的见解，表现出了一定的开拓性。

　　然而在当前的局面下，我们亦不得不注意到"明代文学研究"目前仍然有薄弱环节，存在不少问题，而要想使明代文学研究继续深入开展，必须努力解决这些问题。1996 年我在接受中华书局《中国文学家大辞典·明代卷》编写任务后，经过调查研究，发现当时的明代文学研究在取得一定成绩的同时，也存在着两个明显的问题：一是前面说过的普遍偏重对小说、戏剧文学的研究，包括对相同议题低层次的重复论述，甚至咀嚼饾饤，以索引、猜谜为要事，而诗文方面的研究则开展得不够，特别是对明代诗文作家的考察和有关文献资料整理方面明显滞后；二是理论、方法上没有大的突破，研究工作集中于不多的"点"（作家作品）和简单的"线"（文学史），注意了文学的"时间性发展"，却在一定程度上忽视了文学的"空间形态"和流变，强调了对名家名著的诠释，却在一定程度上忽视了对文学现象、文学生态的整体观照。10 余年来，虽然这种情况在逐渐改变，但整个明代文学的基础研究——特别是对在明代文学中占据最大份额的诗文作家和作品的基础研究仍然薄弱。

　　据我们的初步调查，有文学作品传世的明代"作家"超过两万人，至今能进入研究者视野的不过三四百人，大量明代作家不为人们所知；另一方面，明代流传下来的诗文别集、总集、选集，存世至少有 4 000 多种，但其中不少尘封于国内外的图书馆、博物馆，就我们的阅读所及，至今使用这些第一手资料进行研究工作的人并不多。除了有些是能用而不用,更多的是对这些第一手资料很不了解。这一点应该不是笔者个人的认识,最近一位明代文学研究专家在谈到 20 世纪明诗研究的文章中也指出:"相对于其他朝代的诗歌文献整理,明代可能是最不能令人满意的。至今为止不仅没有《全明诗》的出版,也没有明代诗文别集的目录出版,甚至不知明代究竟有多少诗文作家与诗文别集,学界目前能够使用的还是钱谦益《列朝诗集》与朱彝尊《明诗综》所记载的诗人数量。"(《20 世纪明诗研究综论》,《华中师范大学学报》2013 年 1 期)

　　这种情况影响明代文学研究的深入开展是显而易见的。前不久我刚读到一位资深明代诗文研究专家的新著《明代诗文发展史》(社会科学文献出版社,2012),就发现了不少因资料缺乏而产生的问题。姑且不论这本以"发展史"命名的著述所涉及的明代诗文作家数量有限,不足以概括明代诗文发展的历史,即使书中谈到的作家,不少也都有文献资料上的问题。如本书第五章第二节《景泰十才子》(P134—140),其中谈到苏正、王淮、沈愚、蒋主忠等,就统统认定诸人生卒年不详,有集已佚,所引各人之诗均未出《列朝诗集》、《明诗综》所录,实际上情况并不完全是这样。如苏正(1411—1469),卒于成化五年(1469),年五十九(卒后其弟子张宁曾为其作《云壑先生苏公墓碣》,见《方洲集》卷二三),天顺间刊《士林诗选》二卷(怀悦辑)曾录其诗 54 首。《士林诗选》亦录王淮诗 20 首、沈愚诗 81 首。而蒋主忠的《慎斋集》现存清刊《宛委别藏》本四卷(各地不少图书馆都有藏),计收诗 260 余首。同时本节还漏了蒋主孝(1395—1472),因为"景泰十才子"本是一个不确定的称谓,或云蒋主孝亦在其列。主孝的《务本斋诗集》、《樵林摘稿》,虽未见传,但曹学佺《石仓历代诗选》据《樵林摘稿》录其诗 68 首,末附成化八年(1472)其子蒋谊跋语。该书紧接着第三节《江南布衣文人与理学家们的诗歌创作》(P141—146),所论共九人,除薛瑄、吴与弼两位"理学家诗人",其余 7 人,在资料使用上均有问题。如本节首论杜琼云:"曾著有《东原集》六卷,今已佚。"实其乡人张习钞本《东原集》七卷,现藏于北京国家图书馆,收其所作五七言古近体诗 380 余首。次论丘吉,所论则仅据《列朝诗集》(录其诗 13 首),实天顺间刊《士林诗选》二卷(怀悦辑)录其诗 179 首,为 29 人中入选最多者,

清光绪陆心源辑《吴兴诗存》四集卷四录其诗亦达 33 首。再次论张渊，亦谓
其有集散佚，实天启六年(1626)其曾孙张凤墀所刻张渊《一舫斋诗》一卷(收
诗 110 首)亦藏于北京国家图书馆。第四论刘绩，所据亦未出《列朝诗集》、
《明诗综》所录，实徐泰《皇明风雅》、李腾鹏《皇明诗统》均录其诗 30 余首，曹
学佺《石仓历代诗选》录其诗超过 50 首。正是因为对资料掌握得不够，大大
影响了该书的学术质量。

　　我在接受中华书局《中国文学家大辞典·明代卷》的编写任务之后，首
先想到的是，不能仅根据《列朝诗集》、《明诗综》等易见材料来编写这部工具
书，必须尽可能先搞清楚明代到底有多少文学作品存世？有作品存世的作
家到底有多少？各人情况如何？然后才能从中遴选出一定数量的作家，按
照一定的标准，完成编撰任务。而要从浩如烟海的古代文献中对明代作家
及其著述作全面的稽查，当然不是个人所能完成的任务，所以我在做了几年
初步调查工作后，从 2003 年起，就请一批硕、博士研究生也参加了这项工
作。十余年来，共有 60 余位我指导的硕、博士研究生在"明代作家和明代文
学考察、研究"的范围内选题撰写学位论文，除了作家的个案研究、家族作家
研究、女性作家研究、文人结社研究、诗文理论研究以外，在已经通过答辩的
学位论文中，有 40 余篇即是按明代地域(分省或分府)划分的作家研究。

　　这些学位论文篇幅有大小，水平有高低，但在所有的这些论文中，我们
都特别强调了对第一手资料的考察，规定每篇论文后都要附"作家小传"和
"现存诗文别集叙录"。经过十余年的努力，我们对有明一代有文学作品传
世的"作家"及有关著述情况有了大致的了解，亦可以说大体上摸清了明代
作家、作品的"家底"。这些既是我完成中华版《中国文学家大辞典·明代
卷》写作任务的基础(此书在介绍明代诗文作家时，均对这些作家的生平、著
述进行了考证，有不少甚至标明了存诗多少首、存文多少篇等具体数字)，也
使我们 2013 年申报国家社会科学基金重大投标项目《明代作家分省人物
志》有了底气。

　　廷乾君 1988 年毕业于山东师范大学中文系，后在高校从事古代文学教
学与研究工作 17 年，有了高级职称，也担任了院、系的领导职务。至 2005 年
他毅然考到上海，跟随我攻读博士学位，其选择的博士学位论文题目即为

《江苏明代作家研究》。廷乾的这篇论文,结构宏伟,内容十分丰富。除了按照课题要求,对清代以来属于"江苏",而在明代隶于"南直"的应天、淮安、扬州、镇江、苏州、常州六府和直隶徐州等"六府一州"的"作家"进行了比较全面的考察研究——包括通过搜罗第一手资料,对各地区大小作家人数的全面调查考量;按"科举魁首与仕宦重臣作家"、"文人群体与流派作家"、"文化家族中的作家"、"才子与狂士、怪杰作家"、"布衣、山人作家"、"散曲与词作家"、"戏曲、小说作家"、"才媛、名妓作家"、"佛、道作家"的分类对一大批作家的生平著述进行探讨——还在此基础上,将江苏明代作家按"吴中文化区域"、"金陵文化区域"、"广陵文化区域"进行了划分,对不同地区作家的文化生态以及产生的原因进行了研究,对江苏明代作家在明代文学史上的地位进行了分析论述。论文长达 60 万字,文末另有《江苏明代作家文集叙录》、《江苏明代作家一览表》两个附录。2008 年廷乾毕业以后,到了南京工作,仍然继续这一课题研究。其 2010 年 12 月在东南大学出版社出版的《江苏明代作家研究》,便是在这篇学位论文的主体部分基础上修订而成的。只是因为篇幅的原因,删去了文末的两个附录,对此我在为该书写的《序言》中已经表示了遗憾。如今三年过去了,廷乾又拿出《江苏明代作家文集述考》交南京大学出版社出版,征序于我。初看了一下,知道本书是在原论文附录《江苏明代作家文集叙录》基础上完成的,因为又经过数年的考察研究,更加完善和有所提高,既弥补了《江苏明代作家研究》出版时的遗憾,亦为明代文学的基础研究作出了新的贡献。

廷乾这本书对明代今江苏地方 200 余名作家的 400 余种诗文别集做了系统述考,对每一作家的存世文集,从版本刊存信息、文集内容纪要、文集价值评价,到对该作家的综评综述等都有所涉及。由于其已经做过该域内作家的系统研究,故对作家别集的定质定性及对作家创作的综合评价,基本做到了真实准确而又言不烦。尤为可贵的是,本书并没有因研究内容的特殊性而局限于细琐与支离,而是注意将对现象的考察上升到理论概括。如其长篇"绪言"中有"文人意识的增强与文集编辑观"一节,提出明代文人意识的增强,特别在以苏州为中心的吴中地区最具典范性,明人文集的编辑、刊行观念颇具新意识,家族编刊模式的主导性是有别于以往时代的新常态,父业子述、父集子编显然是古代社会条件下文人文集刊行与保存的良性运作机制,而明人文集编辑中所体现出来的夸饰成分及自誉自饰,对拨开明代文学上的迷雾也有很强的鉴示意义,这些对于我们认识明代文化和明代文学都是有意义的。

对于治学,我从来主张求实、创新、循序渐进,反对那种不注重第一手史料,连最基本的史实都没有搞清楚就妄发议论,以哗众取宠骗取高名令誉的做法。廷乾数年来潜心于明代作家与明代文学的基础性研究,这种甘坐“冷板凳”的精神值得肯定。所以今年我特请其担任国家社科基金重大课题《明代作家分省人物志》的子课题负责人,相信他有了这样扎实的基础和认真的治学态度,一定能做出令人瞩目的成绩。

2014 年 10 月 5 日于上海寓所

【整理说明】

本文系先生为《江苏明代作家文集述考》所撰《序言》。

《江苏明代作家文集述考》,刘廷乾著,南京大学出版社 2014 年 11 月出版,计 43.5 万字,前有先生《序言》,后有作者《后记》。该书对明代江苏的 250 余名作家、400 余种别集一一进行述考。除《凡例》和《绪言》外,全书正文共六个部分,依次对苏州府、常州府、应天府、镇江府、扬州府、徐州的作家文集进行了系统述考,对每一作家的存世文集,从版本刊存信息、文集内容纪要、文集价值评价乃至作家综述综评等方面均作了详细评述。此外,《绪言》还从存世文集的地域分布、时代分布以及文人意识的增强与文集编纂观等方面对江苏明代作家文集的总体情况作了综述。

刘廷乾(1963—　　),男,汉族,山东莒县人。个人简历见《〈江苏明代作家研究〉序言》。

《李维桢研究》序言

从 1996 年 8 月接受中华书局的约稿开始,十几年的时间内我一直默默地从事《中国文学家大辞典·明代卷》的撰写工作。至去年终于完成交稿的这本工具书,共为有明一代 2 949 位作家撰写了小传,其中为万历、天启年间著名作家李维桢所写的小传如下:

李维桢(1547—1626)字本宁,号翼轩、士安,自署角陵里人、大泌山人。湖广承天府京山(今属湖北)人,广西右布政使李淑子。嘉靖四十三年(1564)举于乡,隆庆二年(1568)进士,选翰林院庶吉士,授编修。万历三年(1575)进修撰,坐蜚语,出为陕西右参议,五年迁副使,提督学政,九年升河南左参政,旋守制家居。十七年再赴河南任,十九年补江西右参政,抱病,寻以坐谤免官。二十六年起四川参政,次年晋浙江按察使。二十九年上计京师,以坐不称职,守颍川兵备道,同年遇丧归里。三十三年起补陕西按察副使,分巡河西道,驻郿州。三十四年转山西参政,次年升按察使,三十七年晋陕西右布政使,以病辞官,客扬州。天启元年(1621)诏为南太仆寺卿,改太常,皆未赴。四年四月召为礼部右侍郎,八月进南礼部尚书,五年正月辞官归,六年卒,年八十,崇祯时赠太子少保。维桢为人乐易阔达,雅好交友。少习举子业,未谙文艺。科考顺遂,二十二岁入翰林,得以殷士儋、赵贞吉为师,于慎行、罗虞臣等为友,又结识王世贞、王世懋、汪道昆等,诗文因得大进,不数年即以文思敏捷称。钱谦益《列朝诗集小传》记云:"本宁在史馆,博闻强记,与新安许文穆(许国)齐名,同馆为之语曰:'记不得,问老许。做不得,问小李。'"后更"负重名垂四十年"。王世贞将其与胡应麟、屠隆、魏允中、赵用贤并入"末五子"。世贞逝,维桢与吴国伦、汪道昆称雄文坛,吴、汪卒后,更"独居齐州,为时盟主"(邹迪光《石语斋集》卷三五《与李本宁》)。平生著述甚多,现存明季单刻诗文集有徐善生刻《新刻楚郢大泌山人四游集》二十二卷等。诗文总辑为《大泌山房集》一百三十四卷,集中有诗六卷,计一千余首(内有词三首),余为诸体文,现存万历三十九年京山李氏刊本,盖为其生前所刊。清黄虞稷《千顷堂书目》另著录其《庚申纪事》一卷、《韩范经略西夏始末纪》一卷、《南北史小识》十卷、《国朝进士列卿表》二卷、《镇远侯世家》一传、《黄帝祠额解》一卷。又《四库全书总目》著录其《史通评释》二十卷(现存明刻本)。然与其在世之盛名较,后世对其诗文颇多贬抑。陈济生《天启崇祯两朝遗诗》卷四录其诗二十首。钱谦益《列朝诗集》丁集录其诗九首,小传云:"自词林左迁,海内谒文者如市,洪裁艳词,援笔挥洒,又能歋骸曲随,以属厌求者之意。其诗文声价腾涌,而品格渐下。"清朱彝尊《明诗综》卷四七录其诗四首,"诗话"谓其诗文"如官厨宿馔,麤鹿肥麋,虽脍具陈,鲜薧杂进,无当于味"。《四库全书总目》著录《大泌山房集》,《提要》谓其"文多率意应酬,品格不能高也"。实维桢据文坛数十年,好学思进,为诗主"缘机触变,各适其宜"(《唐诗纪序》)、"各得其性之所近,成其才之所宜"(《沧浪生集序》)、"师古可以从心,师心可以作古"(《董元仲集序》),并不特别固守一端。初崇李梦阳、何景明,尚格调,"后七子"之后竟成一时复古派之中坚,待"公安"、"竟陵"起,于坚持格调同时,对"性灵"之说多有褒赏(《郭原性诗序》),其诗亦有变化,从中可见中晚明文坛演进之迹。惟应酬之文太多,集中序文达二十六卷,一千余篇,墓志、墓表、神道碑、祭文亦有四十四卷六百余篇,即昌黎亦恐瞠目,故其弘肆才气也淹于其间也。诗文流播甚广。清廖元度《楚风补》卷二三录其诗十四首。清乾隆高士熙《湖北诗录》录其诗五首。清道光熊士鹏《竟陵诗选》录其诗三十一首、《竟陵文选》录其文三篇。光绪间朱绪曾《金陵诗征》卷三八"寓贤"录其诗二首。清末陈田《明诗纪事》已签卷六录其诗二首,按语云:"本宁诗,选词征典,不善持择,多陈因之言,而披沙采金,时复遇宝。"陆云龙《皇明十六名家小品》选《李本宁先生小品》二卷。黄宗羲《明文海》录其文十八篇,评语云:"大泌之文以堆积为工,以多为贵,然不染做作扭捏之习,百一之中亦有佳文,惜为多所掩耳。"署名陈继儒编《乐府先春》有散曲套数一套署其名,未知是否托名。生平见钱谦益《李公墓志铭》(《牧斋初学集》卷五一)、清邹漪《启祯野乘》卷七、清张廷玉《明史》

卷二八八。

根据这部工具书的体例和篇幅要求,这则小传主要是对李维桢生平、著述的客观介绍,不仅文字简要,也基本未对其进行评价。但其中有一段话:"维桢据文坛数十年,好学思进,为诗主'缘机触变,各适其宜'(《唐诗纪序》)、'各得其性之所近,成其才之所宜'(《沧浪生集序》)、'师古可以从心,师心可以作古'(《董元仲集序》),并不特别固守一端。初崇李梦阳、何景明,尚格调,'后七子'之后竟成一时复古派之中坚,待'公安'、'竟陵'起,于坚持'格调'同时,对'性灵'之说多有褒赏(《郭原性诗序》),其诗亦有变化,从中可见中晚明文坛演进之迹。"多少表达了我对李维桢的一些看法。也就是说,我并没有将李维桢简单看成是"前后七子"的追随者,认为不仅其本人的诗歌创作前后有变化,而且这种变化与晚明诗坛的变化亦有一定关系。

在本来规定客观介绍的工具书中自觉不自觉地加上了这么几句带有一定评价性的话,其实透露了我撰写这则小传时对明代诗文研究的一些看法。在我看来,20世纪以来的明代文学研究存在不少问题,其中有一个问题尤其值得注意,那就是偏重小说、戏曲研究,诗文研究开展得不充分。而在诗文研究方面,首先是作家考察和文献资料整理方面差强人意。虽然这种情况从20世纪的最后十年开始,陆续有所改善,但直到2013年还有一位研究明诗的学者这样说:"相对于其他朝代的诗歌文献整理,明代可能是最不能令人满意的。至今为止不仅没有《全明诗》的出版,也没有明代诗文别集的目录出版,甚至不知明代究竟有多少诗文作家与诗文别集,学界目前能够使用的还是钱谦益《列朝诗集》与朱彝尊《明诗综》所记载的诗人数量。"

这种情况对明代文学研究的深入开展显然是不利的。例如,2012年出版的一部《明代诗文发展史》,应是近些年同类著作写得比较好的一本,至少不是东抄西拼的一本书,但其中仍有不少因资料问题而产生的瑕疵。姑且不论该书所涉及的明代诗文作家数量有限,不足以概括明代诗文发展的历史,即使书中谈到的作家,不少也都有文献资料上的问题。如该书第五章第二节《景泰十才子》中谈到苏正、王淮、沈愚、蒋主忠等,就统统认定诸人生卒年不详,有集已佚,所引各人之诗均未出《列朝诗集》、《明诗综》所录,实际上情况并不完全是这样。如苏正(1411—1469)卒于成化五年(1469),年五十九(卒后其弟子张宁曾为其作《云壑先生苏公墓碣》,见《方洲集》卷二三),天顺间刊《士林诗选》二卷(怀悦辑)曾录其诗54首。《士林诗选》亦录王淮诗20首、沈愚诗81首。而蒋主忠的《慎斋集》现存清刊《宛委别藏》本四卷(各地不少图书馆都有藏),计收诗260余首。同时本节还漏了蒋主孝(1395—1472),因为"景泰十才子"本是一个不确定的"诗人群体"的称谓,或云蒋主孝亦在其列。主孝的《务本斋诗集》、《樵林摘稿》,虽未见传,但曹学佺《石仓历代诗选》据《樵林摘稿》录其诗68首,末附成化八年(1472)其子蒋谊跋语。该书紧接着第三节《江南布衣文人与理学家们的诗歌创作》,所论共九人,除被作者称为"理学家诗人"的薛瑄、吴与弼,其余七人,在数据使用上均有问题。如本节首论杜琼云:"曾著有《东原集》六卷,今已佚。"实其乡人张习钞本《东原集》七卷,现藏于(北京)国家图书馆,收其所作五七言古近体诗380余首。次论丘吉,所论则仅据《列朝诗集》(录其诗13首),实天顺间刊《士林诗选》二卷(怀悦辑)录其诗179首,为29人中入选最多者,清光绪陆心源辑《吴兴诗存》四集卷四录其诗亦达33首。再次论张渊,亦谓其有集散佚,实天启六年(1626)其曾孙张凤墀所刻张渊《一舫斋诗》一卷(收诗110首)亦藏于(北京)国家图书馆。第四论刘绩,所据亦未出《列朝诗集》、《明诗综》所录,实徐泰《皇明风雅》、李腾鹏《皇明诗统》均录其诗33首,曹学佺《石仓历代诗选》录其诗超过50首。正是因为对资料掌握得不够,大大影响了该书的学术质量。

　　另外,值得一说的还有一个研究中的思想方法问题。明代文学有几个不同于其他历史时期的特点,我在《中国文学家大辞典·明代卷》的"前言"中曾经简单概括过这几个特点:

　　　　明代文学有几个比较显著的特点:一是诗歌、散文、小说、戏曲(戏剧文学)同时发展,雅俗交融,并行不悖,同时文学人口(作者和读者)大量增加,呈现出一种不同于往古、带有一定"近代气息"的文学景观;二是各种文学创作突出表现出与时代社会生活、社会思潮、社会心理同步的态势,在社会文化体系中所占份额增大,成为时代"文化生态"的重要组成部分,更多地体现出了文学的职能、价值和意义;三是明代出现了文学创作与文学理论探讨齐头并进、相互影响的局面,流派纷出,文学创作的地域性也较为明显,从而更多地表现出文学的自觉和主体意识;四是在中国文学的进程中,明代文学在很大程度上表现出古代文学"终结期"的特色,庞杂却并非无序,陈陈相因却又充满了创造性和指向未来的张力。

在这其中,"流派纷出"应该说是明代文学,特别是明代诗文发展的一个重要特点,所以许多研究者都将其看作是明代诗文研究的一个"抓手",不仅有不少直接研究某一流派的著作,即使是文学史、诗歌史著作也有一些直接以"前七子"、"后七子"、"公安派"、"竟陵派"等作为章节的题目,以此彰显全书的架构。本来这应是无可厚非的做法,然而在这类著作中,有一个值得注意的问题,那就是不少研究者不仅先验地将这些"流派"看成是有稳固成员的"作家群体",而且先假定每一个"流派"都有一套相对完整的创作理论,其成员的创作也大体以这些理论为指导并因此呈现出大体相同或相近的风格。这种情况在郑振铎先生1932年首版的《插图本中国文学史》中就已出现,后来就在一定程度上形成一种明代文学史、诗歌史著作的"模式",不少这类著作因此成为了"流派更替史":前一章介绍一个"流派",拿出几个代表作家谈一谈,下一章再介绍一个"流派",再拿出几个代表作家谈一谈……这类著述不仅看起来头头是道,而且易于操作,但实际掩盖了一个明代诗文研究的巨大不足,那就是我们并没有对明代诗文作家及其创作进行过全面的考察研究。

明代诗文作家众多,在我编撰的《中国文学家大辞典·明代卷》所收的2 949位作家中,除去以小说、戏曲创作为主的作家158人,以诗文创作为主的作家达2 791人。后人公认的几个诗文"流派"显然不能完全囊括这样多的诗文作家。而且即使我们可以将这么多的作家排排队,分别纳入不同的诗歌流派,也不能保证各个流派的全体成员都有着相同的或相近的创作思想和创作风格。郑振铎先生在《插图本中国文学史》第六十一章《拟古运动第二期》谈及"后七子"(李攀龙、王世贞、谢榛、宗臣、梁有誉、徐中行、吴国伦)时,先是断言"其执论大率同'前七子',文不读《西京》以下所作,诗不读中唐人集,而独盛推李梦阳。他们所自作,古乐府往往割剥字句、剽窃古作;文则聱牙戟口,读者至不能终篇"。而后则将所谓"后五子"、"续五子"、"广五子"、"末五子"及"四十子"计 59 人(内一人重复)皆列入"后七子派"之名单。

郑先生对"后七子派"的简单化批评,无疑是受了陈独秀、胡适之所倡导的"文学革命"的影响——早在"文学革命"之初,陈独秀就判定"明之前后'七子'及八家文派之归、方、刘、姚"为中国文学史上的"妖魔"(1917 年 2 月《新青年》第二卷 6 号陈独秀《文学革命论》)——而这个"后七子派"人员的名单则是以张廷玉等《明史》卷二八七"王世贞传"为根据的。实际上"王世贞传"中的说法又源于王世贞自己的著述:世贞《弇州山人四部稿》卷一四有《后五子篇》、《广五子篇》、《续五子篇》;《弇州山人四部稿续稿》卷三又有《末五子篇》(内一人与"续五子"重复)及《四十咏》。根据世贞的前后著述,这 59 人的全部名单如下:

"后五子":余曰德、魏裳、汪道昆、张佳胤、张九一。
"广五子":俞允文、卢柟、李先芳、吴维岳、欧大任。
"续五子":王道行、石星、黎民表、朱多煃、赵用贤。
"末五子":李维桢、屠隆、魏允中、胡应麟、赵用贤(与续五子重复)。
"四十子":皇甫汸、莫如忠、许邦才、周天球、沈明臣、王祖嫡、刘凤、张凤翼、朱多煓、顾孟林、殷都、穆文熙、刘黄裳、张献翼、王穉登、王叔承、周弘禴、沈思孝、魏允贞、喻均、邹迪光、畲翔、张元凯、张鸣凤、邢侗、邹观光、曹昌先、徐益孙、瞿汝稷、顾绍芳、朱器封、黄廷绶、徐桂、王伯稠、王衡、汪道贯、华善继、张九二、梅鼎祚、吴稼镫。

王世贞在《四十咏》组诗前有一则短序:"诸贤操觚而与余交,远者垂三纪,迩者将十年。不必一一同调,而臭味则略等矣。屈指得四十人,人各数语以志区区。大约德均以年,才均以行,非有所轩轾也。"强调的是自己的交游,并未强调"一一同调",实际上不同作家之经历、个性、学养、才识不尽相同,对于诗歌的认识和呈现于作品中的风格特征亦不可能完全趋于一致,更何况数十年间,年龄相差很大的众多作家在文学思想和创作上基本一致,也是不可能的。这一点1947年出版的郭绍虞先生《中国文学批评史》下册就已经注意到,郭先生在该书的第三篇第三章《前后七子与其流派》就已经谈到屠隆、胡应麟、李维桢等人与王世贞等"强调格调"的不同,如称屠隆"诗文瑰奇横逸,全以才气见长,因此有时又能不为'格调'所束缚,而转有折入'公安'的倾向。"又提出胡应麟为"格调派的转变者"、"修正者";李维桢的诗论实为"格调说"与"性灵说"的"折衷调和"等等。我在《中国文学家大辞典·明代卷》中为这59人中的49人撰写了小传(朱多煃、许邦才、顾孟林、周弘禴、张鸣凤、曹昌先、徐益孙、朱器封、黄廷绶、张九二等10人未收),也注意到这些人对诗歌的认识以及创作风格与王世贞并非完全一致,如其中有以下两段文字:

> "赵用贤"条:
> 钱谦益谓其"为文章博达详赡。少年颇訾謷弇州(王世贞),晚而北面称弟子"(《列朝诗集小传》)。实世贞以后文坛诸人已倡新变,用贤论诗即提出"师心独运"(《答吴明卿》),又云"声诗之道,其本在性情"(《吴少卿续诗集序》),所作亦不再全袭复古格调之旧路。

> "屠隆"条:
> 世贞集中与屠隆书,谓其:"诗语秀逸,有天造之致,的然大历以前人;文尤瑰奇,横逸诸子、《两都》。"(《弇州山人续稿》卷二〇〇)实屠隆非学步之徒,其为诗重性情,尝谓"诗由性情生"(《唐诗品汇选释断序》),"诗之变随事递迁……至我明之诗,则不患其不雅,而患其太袭。"(《鸿苞论诗文》一七)

通过对所谓"末五子"的考察,可以看出,隆、万以来,许多作家对诗文的看法都在发生变化,即使是原先曾追随王世贞的作家也不同程度地扬弃了"七子派"规摹古人格调的主张。在我看来,连平生十分服膺其兄王世贞的王世懋也未固守"格调"一端,故我写的《明代卷》"王世懋"条有"晚岁论诗,旨趣渐移,颇厌模拟剽窃之风"等语。根据这种情况,我们的明代诗文研究仅仅是分分派显然是不够的,要想推进明代的诗文研究,还是应该在更为宽广的范围内,从最基本的作家、作品的考察、研究做起。否则,我们得到的只能是那种内容上"大而空"、思想上"形而上"的著作。当然,这样做确实有很大的难度。据我的考察,明代有诗文别集传世的作家约 3 300 人,没有诗文别集传世,仅在各种总集、选集或其他文献中保存部分作品的诗文作家则远远超过10 000 人。面对这样的情况,我们所能做的只有踏踏实实地工作。

　　以上关于明代诗文研究的一些看法,在我与硕、博士研究生交流时曾或详或略地谈到过。从 2003 年开始,在我所指导的"明清文学"研究方向的硕士、博士研究生,有不少人在"明代作家和明代文学考察研究"的范围内选题撰写学位论文。在已经通过答辩的 20 余篇博士学位论文和 40 余篇硕士论文中,大多数是按地域划分(分省或分府、分县)的明代作家研究(如《明代山东作家研究》、《明代浙江作家研究》、《江苏明代作家研究》、《明代福建作家研究》、《明代兴化府作家研究》、《明代青州府作家研究》、《明代无锡作家研究》等),但也有一些作家的个案研究和诗文总集(选集)研究、结社研究、诗文理论研究等。鲁茜的博士学位论文《李维桢研究》便是其中作家个案研究中的一篇。

　　鲁茜 2010 年以优异的成绩考入上海师范大学攻读博士学位。对于她选择"李维桢研究"作为研究课题,我是十分赞赏的。李维桢从隆庆二年(1568)二十二岁以二甲二十四名考中进士,选为庶吉士进入翰林院开始,至天启五年(1625)以南礼部尚书致仕,六年以 80 岁高龄逝世,近 60 年间,历仕于南、北二京及河南、江西、四川、浙江、山西等地。其不仅有官员的身份,而且以作家的身份置身于文坛,在不同时期扮演了不同的角色。其父李淑与吴国伦、徐中行、梁有誉、张佳胤、张九一等同榜进士,与"后七子"往来密切,李维桢自己也很早得与王世贞、王世懋结识,成为"七子派"的追随者;中、晚年以后,李维桢又逐渐成为"格调派"的中坚及与袁宏道、钟惺等直接交集的人物,不仅是"格调派"与"公安"、"竟陵"诗学思想论战的重要代表,也不免受到"公安"、"竟陵"的影响。因此,对这样一位作家的考察、研究,对我们了解晚明诗坛及诗学思想的发展演变应该是有价值的。

　　鲁茜的"李维桢研究"是一个较大的课题,计划分为"李维桢研究"、"李维桢全集整理"、"李维桢年谱"、"李维桢文学交游与晚明诗歌演变"四个部分。2013 年其第一部分研究基本完成,并提交了以《李维桢与晚明诗坛研究》为题的博士学位论文。其内容主要是对李维桢生平、著述、文学交游、诗文创作及其诗学思想的论述。复旦大学的黄霖教授、陈广宏教授,华东师范大学的陈大康教授、谭帆教授,上海师范大学的翁敏华教授组成的答辩委员会对她的论文进行了审议,并给出了"优秀"的成绩。其答辩决议如下:

> 本文以明代后期著名文学家李维桢为研究对象,特别注意了李维桢与明后期文学演进关系的考察研究。论文首先从李维桢的生平、著述、文学交游、诗文创作、诗学批评五个方面对李维桢进行了详细的考察;然后比较全面地梳理了李维桢与全国各地域不同年龄段诗人的交游,与公安派、竟陵派在诗歌创作及诗歌理论上的交流互动,并通过李维桢对后七子派诗学理论的坚守及修正,以及对公安派、竟陵派诗学理论的批评与吸收,在一定程度上揭示了明代后期诗坛的演进情况。本论文材料翔实,条理清晰,论证规范,不仅是一篇完整的文学家个案研究,而且对文学史研究也有一定启示作用,是一篇优秀的博士学位论文。

这一决议也基本代表了我对鲁茜论文的看法。另外值得一说的是,我个人对鲁茜在攻读博士学位期间的学习态度和诚恳求实的治学精神也十分满意。鲁茜来信说她将抽出论文的一部分,以《李维桢研究》为题出版,要我写一篇序,我自然无法推诿,但关于李维桢和晚明文学,我没有深入的研究,因此说不出更多的话,在此除了对她的著作出版表示祝贺外,还有就是希望这一课题研究的其他成果能早日完成出版。

2016 年 8 月 16 日于上海寓所

【整理说明】

本文系先生为《李维桢研究》所撰《序言》。

《李维桢研究》,鲁茜著,台北花木兰文化出版社 2016 年 9 月出版,上下两册,计 45 万字,前有先生《序言》。该书对李维桢的思想、性格、心态、文学创作、文学理论及其影响等详加论析,以揭示其在明末士人中的普遍意义和代表价值。除《绪论》和《结语》外,全书正文共六章。前三章为上册,分别考述李维桢的生平、著述和应用文创作。后三章为下册,其中第四章从题材类型、思想心态、艺术特征、风格类型等方面考察李维桢的诗歌创作,第五、六章分别从诗歌史观、诗歌创作观、对公安派的批评、对竟陵派的批评以及后七子派诗论的发展历程等角度深入探讨李维桢的诗学批评。

鲁茜(1976—),女,汉族,湖南株洲人。2010 年师从先生主攻李维桢研究,获文学博士学位。现系湖南科技大学人文学院副教授。主要从事明代诗文与文献、晚明诗史、古籍整理研究等,出版专著《李维桢研究》,编译《新译白居易诗文选》(合著)。

《佛典流播与唐代文言小说》序言

唐代文言短篇小说中有一篇《洞庭灵姻传》,篇末作者自称"陇西李朝威"。现在已经无从考察作者的生平了,然由小说叙述中所涉及的时间,大体可知这篇小说创作于德宗贞元(785—804)前后。中国最早的小说选集、晚唐陈翰选编的《异闻集》已经选录了这篇小说,只是《异闻集》未传世。宋人编的大型类书《太平广记》卷 419 收录了这篇小说的全文,题为《柳毅》,后世小说选本,如明人《虞初志》、近人鲁迅《唐宋传奇集》等皆据之题为《柳毅传》。《太平广记》标目例取文中人物姓名为题,不一定是原题,所以我在《全唐五代小说》卷 21 中收录这篇小说时,就根据考证,将其题为《洞庭灵姻传》,以复其本来面目。

《洞庭灵姻传》写唐代士子柳毅见义勇为及与龙女的情爱婚姻故事,情节跌宕,描写精工,人物形象突出,意象内涵亦十分丰富。首先,作者以小说颂信义——柳毅的救难济困,龙女和钱塘君、洞庭君秉诚报恩,乃至于钱塘君之灭暴,使善恶有归,皆可称义举。其次,小说肯定了"人"的情义,龙女和钱塘君是有情者,柳毅亦是有情者。最后,也是最重要的,本篇是一篇假情爱婚姻阐发人生观、道德观,从而表现人格风采的小说。柳毅为了保持自己的人格独立,既不贪恋富贵和美色,亦不屈从于威势,其节操风骨无疑是令人景仰的。龙女开始是感激柳毅救助自己的风义,感恩图报而愿意委身,后来则由于敬佩柳毅不为势力所动的人格而倾心追随,这种婚恋有其人生观、道德观作为吸引和维护的基础,正是从正面阐述了一种情爱的观念。小说对柳毅的人格风采尽情作了渲染,实际上是将他作为一种读书士子的人生取向而加以颂扬的——唐代文言小说的作者和读者都是当时的读书士子,小说所反映的亦主要是当时读书士子的思想观念、情感愿望。

唐代文言短篇小说是中国小说史上出现的第一次创作高潮,《洞庭灵姻传》是其中的杰作之一,在当时和后世都有相当大的影响:晚唐人写的另一讲述龙女故事的小说《灵应传》,已经将其作为典实来称述,宋元以来,戏曲和曲艺更多有取这篇小说所述故事为题材者——周密《武林旧事》卷 10 记宋官本杂剧有《柳毅大圣乐》，金人有写这个故事的诸宫调（董解元《西厢记诸宫调》引），元杂剧有尚仲贤《洞庭湖柳毅传书》，宋元戏文有《柳毅洞庭龙女》，传奇剧本有明许自昌《橘浦记》、清高奕《龙绡记》等，近世以来许多剧种仍然在演这一故事。甚至创作于15世纪的越南汉文古籍《岭南摭怪》以及越南的汉文正史《大越史记全书》都可以看到其影响。

这篇小说之所以引起人们的特别注意，除了小说本身的种种美学创造以外，很大程度上应该得益于其中故事与形象的特异性。特别是在这篇小说中，出现了承担"水神"职能，已经"拟人化"自称"寡人"的洞庭君、钱塘君等"龙"的形象，出现了隐于水中、规模恢宏、拥有各种珍宝、住有大量龙君眷属的宫殿。而这一切，都溢出了以往中国古代的典籍，使人觉得这篇小说一定包含某些异质文化因子。

有关这方面，古人其实早已发现。南宋赵彦卫《云麓漫抄》卷10有言："古祭水神曰'河伯'，自释氏书入，中土有'龙王'之说，而'河伯'无闻矣。"近年来已经有不少人进行过这方面的研究，认为东晋南北朝以来中国各种杂史、杂传、志怪书及小说中关于"龙王"、"龙宫"、"龙女"等方面的描写，系受佛教东传的影响，源于南亚次大陆，如一位老一辈学者就断言：

> 龙王与龙女的故事在唐代颇为流行，譬如柳宗元的《谪龙说》，沈亚之的《湘中怨》，以及《震泽龙女传》等等都是。其中最著名的最为人所称道的是李朝威的《柳毅传》。不管这些故事多么像中国的故事，多么充满了中国的人情味，从这种故事的本质来说，它们总还是印度货色。（《印度文学在中国》）

我过去曾经很相信这一类说法，所以也曾经在文章中写过类似的推断，以为"汉末以降，随着佛经汉译，南亚次大陆的'龙'和'龙王'的观念及有关故事才传入中国……这样一些观念逐渐渗入中国人的意识，经汉晋六朝以后长期汉化改造，才渐次形成了后世佛道两教及民间信仰中所供奉的龙王形象及有关的观念"（《古代短篇小说散论》）。不过，后来有机会又读到了一些书，发现事情可能不是如此简单，将这类故事的本质统统说成是"印度货色",似乎有些片面和武断,也并不完全符合事实。

首先,在中国的文化传统中,"龙"是一个神异化的久远存在,或者说,早在中国文化形成之初,在华夏民族的意识中就已经有了被神异化了的"龙"。这是中国古代所有宗教崇拜、民俗民风、文学艺术中有关"龙"的内容产生的基础。

在秦汉以前的中国文化语汇中,"龙"是一种公认的神兽——甲骨文、金文中已经出现了"龙"字,龙纹及其各种变形亦是殷商青铜器的常用装饰图案。虽然我们现在已经很难确定中国古代文字或图形中的"龙"究竟是以什么生物为原型的,但有几点可以肯定:

一是中国先秦典籍中的"龙"虽然没有"拟人化",但却是神格最高的通天神兽。东汉许慎《说文解字》称"龙"为"鳞虫之长",谓其"能幽能明,能细能巨,能短能长,春分而登天,秋分而潜渊"。传世上古很多祭祀礼器上都有龙纹的图案,《史记·封禅书》还记载了黄帝铸鼎唤龙通天的神话:

> 黄帝采首山铜,铸鼎于荆山下。鼎既成,有龙垂胡髯下迎黄帝。黄帝上骑,群臣后宫从上者七十余人,龙乃上去。余小臣不得上,乃悉持龙髯,龙髯拔,堕黄帝之弓。百姓仰望黄帝既上天,乃抱其弓与龙胡髯号。

不仅黄帝以"龙"为坐骑(见《大戴礼记》),先秦载籍中不少传说中的神人如祝融、夏启、蓐收、勾芒等人的坐骑都是"龙"(见《山海经》)。《楚辞·九歌·河伯》中描写水神"河伯"则是"乘水车兮荷盖,驾两龙兮骖螭"。近世出土的战国帛画《人物御龙图》、长沙马王堆3号汉墓T形帛画中的"龙",以及河南永城柿园汉墓主室顶部壁画、洛阳汉代卜千秋墓壁画中的"龙",都可以直观地说明中国秦汉以前龙的形象和属性。

二是"龙"与水有关,甚至能致雨——《左传·昭公二十九年》云:"龙,水物也。"《山海经》有"旱而为应龙之状,乃得大雨"。《吕氏春秋·召类》亦有"以龙致雨"之语。但"龙"在先秦典籍中并不是"水神"。水神之说,中国汉民族神话传说中早已有之。《山海经》记东、南、西、北四海之神分别为禺虢、不廷胡余、弇兹、禺彊，皆居于所在海域的小岛（渚）之上；又记陆上的水神为"水伯天吴"。虽然据其所载，四位"海神"多为"人面鸟身"，"水伯"八首人面、八足八尾，确实都显得很怪异，但先秦两汉时期中国传说中的海神、水神是"拟人化"之神，则应该是肯定的。故《史记》卷六记"始皇梦与海神战，如人状"。《楚辞·天问》有"帝降夷羿……胡射夫河伯"句，东汉王逸注引了一个有趣的传说：

> 《传》曰，河伯化为白龙，游于水旁，羿见射之，眇其左目。河伯上诉天帝，曰："为我杀羿。"天帝曰："尔何故见射？"河伯曰："我时化为白龙出游。"天帝曰："使汝深守神灵，羿何从得犯？ 汝今为虫兽，当为人所射，固其宜也。羿何罪欤？"

这个故事形象地说明了中国上古"龙"与"水神"的区别。

在中国，大约从东晋南北朝开始，有些载籍中开始出现以往没有出现过的"龙王""龙宫""龙女"等语汇，不仅涉及佛教、佛典内容的《洛阳伽蓝记》（东魏杨衒之）《法苑珠林》（唐释道世）等书有这种情况，其他如史书、笔记、杂俎，特别是在诗歌、小说中也出现了大量有关的内容。这种情况在唐代一时形成热潮，如在《全唐五代小说》中就有数十篇作品出现关于"龙王""龙宫""龙女"的故事和描写。

唐人小说中关于"龙王""龙宫""龙女"的故事和描写十分丰富。有以各种形态出现的"龙"，包括动物形态出现的"龙"，如开元时张说《梁四公记》中就提到洞庭山洞穴通"龙宫"之说，并提到"东海、南天台、湘川、彭蠡、铜鼓、石头等诸水大龙"、"东海龙王第七女掌龙王珠藏，小龙千数卫护"，不过文中所描写的龙尚未完全"拟人化"。也有像《洞庭灵姻传》这样完全"拟人化"的"龙"和已经"拟人化"、但还保持一定"兽性"的"龙"（《苏州客》）。有合掌听禅师讲《大涅槃经》的"龙王"（《洪昉禅师》），也有以人血为酒欢宴的"龙女"（《许汉阳》）。有应凡人诉求而兴雨的"龙"（《释玄照》），亦有请凡人代为行雨的"龙"（《李卫公靖》）。出现在唐人小说中很多"拟人化"的"龙"及其有关故事（如"龙宫藏宝""龙女报恩"等）在中国以往的载籍中似乎都找不到来源,但是在两晋至唐大量的汉译佛经中却可以找到一些类似的描写。

两晋南北朝时期,大量的佛经被译入中原,比如西晋译《佛说海龙王经》《大楼炭经》,后秦译《长阿含经》《大智度论》等都有大量关于"龙王"的记载。在这些汉译佛典中,"龙"首先被描写为蛇形多足的形象,只是偶尔会变为人形。但"龙"有兴云致雨的本领,滴水即可润泽天下;其次"龙"有龙族,其首领为"龙王",并有"四方龙王"、"五方龙王"、"八大龙王"、"五类龙王"等说法;还有就是"龙"虽然居于水中,但有"龙宫",其中多宝藏,且有"龙王妃"、"龙子"、"龙女"等眷属。汉译佛典中还有"龙女报恩"之类的故事(见东晋时译《摩诃僧祇律》卷32,《经律异相》引录题《商人驱牛以赎龙女得金奉亲》)。

也就是说,唐人小说中的一些描写,应该是受了这些汉译佛经的影响,这是没有疑问的。但这并不能说这些"汉译佛经"里的东西都是"印度货色",因为"汉译佛经"在内容上并不完全等同于作为其底本的"梵文"印度佛经,更不完全等同于印度文化。

据有关研究,各种"汉译佛经"中的"龙",主要是对印度佛经中梵文 Naga(音译为"那迦")的翻译,"龙王"则是对 Nagaraja 的翻译。而 Naga,无论在梵语,还是在巴利语中,都用来指代一种传说中的奇特的生物。这种生物外表类似巨大的蛇,有一个头或多个头,头型酷似眼镜蛇,无角,有力,原居于水中,又是常出入于各种场合的精怪。其形象在印度古老的吠陀文献、早期叙事诗《摩诃婆罗多》《罗摩衍那》中都曾出现,在婆罗门教、印度教和佛教的经典中也经常被提到。在佛经中,Naga 被视为有力而又凶残的怪物(汉释为"毒龙"),皈依于佛后则成为佛的护卫者("天龙八部"中的"龙众")。但在古印度的各种文献典籍中,Naga 一词的用法并不十分严格,有时也被用来指真正的蛇,尤其是眼镜王蛇和印度眼镜蛇,有时又用来指陆地上的"象",或者其他的东西。毫无疑问,印度文化、甚至佛经中的 Naga 与中国早期文化中的"龙"虽然有某些相似的地方(如蛇形),但其属性、神格实际有很大的差异(近世汉译《摩诃婆罗多》将其中的 Naga 一词也径译为"龙",应该是错误的),现存于南亚次大陆不少寺庙古迹上的 Naga 直观形象亦与中国文化传统与文物中的"龙"形象有很大的不同。

那么,汉译佛经为什么要将印度佛经中的 Naga 译为汉语中的"龙",而不是其他呢？姚秦弘始四年(402)，鸠摩罗什翻译了成书于公元 2 至 3 世纪的佛教经典《大智度论》(龙树著)，其卷三对那伽(Naga)作了很多说明和解释，其中有一句："那伽，秦言龙。"不管这句话是龙树的原话，还是鸠摩罗什的话，都可以说明汉译佛经将印度文化中的 Naga 译为"龙"，实际是将 Naga 比附于中国的"龙"，而不是将中国的"龙"比附于印度的 Naga。其目的自然是为了更有力地传播佛教。

　　我觉得，"汉译佛经"在某种程度上可以说是对"印度佛经"的重新阐释。因此不能将汉译佛经对中国文化、中国文学的影响简单归结为印度文化对中国文化、中国文学的影响。佛教东传并对中国文化、中国文化进程产生重大的影响，应该是一个非常复杂的过程，那种将文化传播简单化的做法实在是不可取的。正因为如此，我对俞晓红教授将她的新著题为《佛典流播与唐代文言小说》表示赞赏。

　　本书将研究对象限定在一定时段和文体范围内，着力考察汉译佛经在中土流播过程中对唐代文言小说作者的观念渗透，借此探究小说文本在结构、题材、情节诸层面所体现的佛教文化印痕。作者认为，佛教文化启发影响了隋唐时期国人佛教意识和文化心理；佛典的传译流播渗透唐代文言小说的创作，在题材选取、形象塑造和结构模式等层面深刻影响了唐人小说的文本构成；唐代文言小说在一定程度和层面上推动和促进了佛教文化对国人的精神渗透。本书整体上呈现以下特点：一是视野开阔，材料翔实。一般唐代文言小说的研究者，多会选择几部较有代表性的小说集，作为研究的对象。本书则以 2014 年新版《全唐五代小说》为文本依据，涵盖范围广泛，研究视野较为开阔，所获得的判断也更为客观准确。二是方法允当，论证细密。作者研究借助比较文学的视野，爬梳佛教东传后对中土民众精神文化生活发生各种影响的诸般史料，进行史料背景上的文学考察，在文学分析中渗透文化观照，较好地做到了佛教文化、历史文献、小说文本三者之间的交会与融通；对唐代文言小说的文本分析，考论结合，阐述细致，层层推进，较之诸多相近的课题研究，更能凸显本书对小说本体研究的重视、对小说内在价值的挖掘。三是思考深入，新见迭出。本书对唐代文言小说的佛教题材作了细致的统计和深入的思考，对僧尼、龙族等与佛教文化密相关涉的形象系列作了梳理，对相关作者的佛学修养作了较为细致的考辨，这些均为相近成果所未能涉及或未作展开者；诸多结论也是其他相类研究所未能说出者，因而获得了较为明显的学术价值。四是学风谨严，表述雅洁。本书对观点的表达，表现出既从容又审慎的态度，语句的雅洁也反映了作者良好的文字功底。

全书以佛典文化与唐代文言小说的关系为研究中心，将文化研究与文学研究相结合，就佛典文化内涵对唐人小说作者的影响和对小说文本的渗透作了多层面的考察分析，视角新颖，内容丰富，新意颇多，与作者先前所著《佛教与唐五代白话小说研究》可谓珠联璧合。

《佛教与唐五代白话小说研究》原为俞晓红教授的博士学位论文。是书从佛典的传译、流播和佛教的本土化入手，详细论述了俗讲、变文与白话小说的形成，进而讨论了唐五代白话小说的叙事体制、题材来源和观念世界，深入探讨了佛典传译对中国文学的影响。《佛教与唐五代白话小说研究》2006 年由人民出版社出版，我当时为其写了一篇二万多字的长序加以揄扬，后来这篇序还以《译经、讲经、俗讲与中国早期白话小说》为题在学术刊物发表。如今又是十年过去了，我仍然认为俞晓红《佛教与唐五代白话小说研究》是有关学术著作中十分出色的一本。这次俞晓红将《佛典流播与唐代文言小说》的书稿寄来索序，本来我也想通过阅读她的这本书提高我自己的有关认识，如有可能，再为其写一篇长序。只是恰逢我因年老多病，几个月间竟然两次住院，一时无法完成，只能勉强以这篇短序表达一下我对俞晓红教授取得新的学术成果的祝贺。

2017 年 2 月于上海寓所

【整理说明】

本文系先生为《佛典流播与唐代文言小说》所撰《序言》。

《佛典流播与唐代文言小说》，俞晓红著，人民出版社 2017 年 2 月出版，计 31 万字，前有先生《序言》。该书以文史互证、史诗互证的方法切入，对佛典流播与唐代文言小说的关系进行专题研究。除《绪论》和附录外，全书正文共四章,分别考察佛教文化东传后对魏晋隋唐时期君臣士民佛教意识的启发与影响,探寻佛典流播对唐代文言小说创作的影响渠道,剖析佛典观念对唐代文言小说文本构成的多元渗透、佛典文学质素对小说文学价值建构所起的作用等。书后附有"唐代涉佛文言小说作家小传"、"唐代涉佛文言小说篇目列表"、"唐代涉佛文言小说统计简表"、"唐人小说异质形象篇目列表"等。

俞晓红(1962—),女,汉族,安徽歙县人。个人简历见《〈佛教与唐五代白话小说〉序言》。

编后记

　　恩师李时人先生于20世纪90年代开始指导研究生,至今毕业的硕士生、博士生业已超过百人,他们分布在全国各地,北至哈尔滨,南至广州,东到烟台,西到青海。这些学生奋斗在各行各业,为祖国的发展和富强贡献着自己的力量。

　　为纪念先生从教四十周年,经先生同意,将迄今为止先生为学生著作所撰序言汇编成集,既示先生呕心教诲之情,亦寄学生感恩爱戴之意。本集共收序言十七篇,前后历时二十年。集名命以"点石"二字,寓意先生之序对于弟子们来说,可谓"灵丹一粒,点石成金也"。

　　本集在编选过程中大致遵循这样几条准则:

　　一、所收序言依据著作出版的时间先后排序。

　　二、核校工作统一以所属著作出版时的版本为底本,若序言尚在他处刊出,则在整理说明中予以注明。

　　三、每篇序言之后均附"整理说明",用以介绍序言的版本、所属著作的梗概及其作者情况等。

　　四、统一采用当页脚注方式,由于各篇序言前后历时较长,注释格式参差不一,为统一格式略加修订,不改变原先标注内容。

　　五、文中所用字词语句,或与现行规范略有不同,为保持学术原貌,一律不作改动。

　　在前期整理过程中,王成芳、殷飞、黄梅几位师弟师妹帮助做了录入、校对、编辑等大量工作,后期出版中赵荔红师姐热情细致地策划设计、编审书稿,各位同门及时提供个人简介和著作梗概,正因为有大家的齐心协力和共同付出才保证了本书能够顺利出版,在此一并致以谢忱!

　　讹误疏漏之处,欢迎指正为荷。

李玉栓　李玉宝

2017 年 12 月 18 日

恩师李时人（又后记）

1

1993年3月，第一次见到恩师时人先生。

去参加研究生面试，有小小的紧张，还带点好奇。未来前行路途中，我们并不晓得会遇见谁，是谁，将引导并改变自己。春天的早上，我的授业恩师已然等待在文学所小楼，我正向他走去，却还不认识他。

房间烟味浓重。先生坐在一排书架前，一张油漆剥落的旧书桌，桌上一叠纸，一支笔，一截掐灭的纸烟逸着余气。低低木头窗户，紫玉兰枝叶遮掩了半扇窗。我孤零零坐在对面椅子上，偷偷看我的先生——一个敦实精壮汉子!! 与我想象的瘦弱白皙书生不同：头发乌黑微卷，眉毛粗浓，单眼皮，皮肤粗糙略黑，像是个劳动者，身上混合着粗朴而文雅的气质。他嘴唇紧抿，嘴角有一道疤痕（至今不知他因何、何时留下），这让他显得严毅。奇怪的是，我并不怕他。因为他的眼神柔和而宽容，含着隐隐的笑意。他甚至有点害羞局促。倒好像不是我来面试，而是他自己进入考场。

提问与回答过程，大多忘记了。只记得先生问我，在复旦本科读的是政治学，为何要报考古代文学专业呀？我答曰喜欢，自己胡乱旁听些中文系课程，又胡乱读书，逮什么读什么。先生就咧嘴笑起来，朗声说，有哲学社会科学方面的训练，思维开阔，能给中国古代文学研究带来新鲜血液；又说，喜欢读书最要紧，乱读书更好。那一瞬间，春天的年轻的光亮斜斜入窗，静谧空间，流动着香氛，我能感觉，与先生心意相通。假如先生取我，或许就是冲着我身上有那么一点点对读书的热诚与单纯吧？后来知道，先生自己就是旁听杂收、乱读书出来的。一个人搞研究，热爱是第一要紧，只有热爱了，才会持续去做，才不会将阅读与研究当做苦差事，而是当做一生的挚爱，当做生命。先生自己就是这样的。

先生前半生,具传奇色彩。他 20 世纪 60 年代进高中,逢文革,学业中断,辗转在运输队、工程队、玻璃厂当工人。当时,到处破四旧、废高考、弃学术、打倒牛鬼蛇神;先生却深信文化传统脉脉不绝,对知识真理满怀热忱探求,干粗活之余,但得书籍,便偷偷阅读。到 1980 年,先生前去报考研究生,却因其才华学识,被徐州师范学院直接聘为教师;1986 年,又被破格聘为副教授;1989 年,他调到上海师范大学,于 1992 年再次破格晋升为教授,1993年开始招收硕士研究生。

先生的经历,乃时代风气造就。1979 年恢复高考,知识的春天到来,整个 80 年代,余风延及 90 年代初,市场经济刚刚开始,消费主义尚未膨胀,技术控制并不发达,科层官僚化也不严重,人的精神得到极大解放,充满对知识的渴求,社会各界呈现蓬勃的创造力。先生乘时代不拘一格降人才之风气,只有高中学历,仅凭个人才华,竟一而再、再而三被破格晋升、聘用。90年代之后,高校各级体制趋于完善、固化,学术规范更为严格,更兼人才济济,考评严苛,若如先生,仅有高中学历,虽有才华,也足够勤奋,在高校又岂能挣得一席之地?出道于 80 年代,先生之幸耶运耶。

我参加面试,正是 1993 年,我与师兄,竟成为先生的开门弟子。在我惴惴不安前去面试时,先生,也正好奇于他的第一批弟子会是怎样的吧?这是他害羞局促的缘由?先生后来收有百来个硕士博士,他们,对先生的记忆,一定与我的不同。

时隔二十五年,我很想问先生当时的想法,告诉他春天那个早上我的感觉,却再也没有机会了。先生病重,握着我的手,失声哭泣。在我眼中心里,刚强、严毅、端谨、矜持的先生,一个巍然不为各种所动的男子汉,竟在我面前,弱小如婴孩,生命蓬勃,却又如此脆弱,我想,看见我,先生是想起他青壮年的种种抱负吧?是念及他开门收弟子的第一个春天吧?是对他未完成的学术研究计划的心有不甘吧?

2

1993 年到 1996 年,三年间,每周有一二天午后,师兄朱振武都会用自行车载我,前往先生位于钦州南路的家里上课。自行车滑行校园,闪过楼房的温蕴祥和、花树的婆娑开落、道路的弯曲平直,一个个瞬间,串成我的青葱岁月。

先生喜欢在家里、而非办公室给我们上课。我猜想,我们的专业是中国古代文学,遵循的是传统师门承继。孔子与弟子,起坐饮食一处,歌唱奔走相随。我们与恩师,虽无法时时起坐相随,但先生以为,师长不仅要在知识层面传道授业解惑,更要在日用生活中言传身教;弟子的学习,也不仅在文字知识上,更在于实践中、在日用生活中对先生举止言谈的习得。在传统师门关系中,师父如父,师母如母,李根当时年仅 10 岁,即是我们的幼弟。若如现代教育,老师与弟子的关系,仅在课堂上,离开课堂,即是独立自我。近年更有因师长叫弟子做点杂事,即被媒体诟病为奴役学生、大加鞭笞。导师固然不应过分使唤弟子,但在传统师门关系中,师生之间的生活是相当亲密的,这种亲密,如今想来,是多么难得的温暖。

先生主张因材施教。我的阅读面较为广杂,长于理论思辨,先生鼓励我发散思维,畅所欲言,但有片言只语出新跳脱,他就很高兴。就我所长,先生鼓励我论文做《冯梦龙与晚明思想》。读"三言"时,强调关注明代社会政治、经济、文化的变迁;研究冯梦龙经史思想,强调关注当时思潮,我又阅读了大量明清思想家典籍。但先生又强调立足文学、贴近文本,否则学问好比无源之水无本之木,研究好似建立在沙盘上、摇摇欲坠。诸如比对"三言"与宋元话本的关联,考察文言与白话的互为演变;考据冯梦龙交游,寻找其受晚明思潮影响之关联。先生主张,研究与创作,都要立意高远、下笔有据、思辨严密、博通精微。

先生请来章培恒、黄霖、孙逊诸先生等任我的论文答辩老师。后来,我虽没能留在高校,走上了文学创作道路,但读研三年,大量阅读中国古代小说、明清思想家典籍,对我的文学创作有极大的影响。先生刚住院时,我的新书出版,拿来病榻前,指给先生看其中两篇,《三个莺莺》《金钏儿之死》,说:虽不是学院写法,却是深得学院功底的,是老师教导所得。先生精神尚好,却不能言语,含笑向我竖了竖大拇指。

与教学一样,先生自己做研究也主张:考论兼得,博通精微。

20 世纪 90 年代初,先生偏重撰文论说,《西游记考论》《金瓶梅新论》等,在业内广有影响。近二十年,他将大部分心血扑在两套大书的整理编撰校订上。《全唐五代小说》,再版为八卷本,业内称之为一部可与《全唐诗》《全唐文》鼎足而立的唐代文学三大总集,填补空白,气魄宏大,为中国古代小说研究做了重要的整理、积累、铺垫。先生又主持国家社会科学基金重大项目"明代作家分省人物志",搜罗订正出明代文学家二万余人,编著《中国文学家大辞典·明代卷》160万字,撰写明代文学家三千多人,大大推进了明代文学研究。先生论著,理论思辨以考据为根基;整理文献,又并非简单罗列材料,而是有其博大精深眼光、高远理论思辨功底的。比如确认明代文学家名单,除依据《文苑传》《艺文志》等外,还参考明代诸家总集(选集)、别集、笔记、方志、金石等,纵横开阖,广博通达。撰写文学家小传,论述客观,褒贬审慎,不以一己偏废,参考史料评述外,直接阅读作品,获得鲜活体验,书写才能灵动不阻滞。这又是先生的精微。

四十多年来,先生品《三国》,论《水浒》,考《西游记》,证《金瓶梅》,校注《游仙窟》《崔致远全集》,撰集《全唐五代小说》,考订撰写明代文学家,又关注唐诗话、变文、讲经文、佛典、触及文化传播等等,著述达二十多部。《礼记·学运》有云:"善待问者如撞钟,叩之小者则小鸣,叩之大者则大鸣,待其从容然后尽其声。"先生胸怀博大,故声如洪钟。

上课时,一般是就老师开列的书籍,我和师兄先分别讲谈阅读体会,先生最后点拨、提升。先生总是鼓励我畅所欲言,任我自由地阅读与思考,从一个念头,跳到另一个念头,先生不阻止,我便洋洋洒洒讲下去。有时也会与他辩论。先生常会即兴发挥,专注而热烈,眼睛闪闪发亮,谈得兴起,撸起袖子,手臂乱舞,边抽烟边讲,嗓门越来越响……师母便在别室脆声叫起来:轻点哇,烟灰不要乱弹哇……一下午转眼过去,有时拖到晚饭时间还没下课,师母就会留我们一道吃饭。

师母烧一手好菜,性子活泼娇俏,老师很是宠她;她说话清脆如珠玉落地,先生只是唯唯不语、微笑静听。李根宠溺而顽皮,却聪慧讨人喜。先生好抽烟,也喜饮酒,我们会陪着喝一点。好几次,遇见何满子先生来,留晚饭,我与师兄叨陪,炒菜落锅声响,葱姜爆炒香气,师母笑盈盈上菜,有老师必不可少的鱼,有他爱喝的洋河。何先生多喝了几盅,乐得像个孩子,兴之所至，谈古论今；先生此时，也不若上课时那般端谨，一手执烟，一边饮酒，谈笑晏晏，不时豪放大笑，黑宽面庞微微泛红，眉毛更为粗浓，很有点《水浒传》中梁山好汉的架势。

3

恩师生于春天，逝于春天。

先生没料到，再次进医院一待九个多月，竟至一病不起。他在病床上，完成了《中国文学家大辞典·明代卷》校样审读，得见这部耗费十几年心血的大书的出版。他虚弱地向我伸出四根枯瘦手指，那是指业已交稿、年内即将出版的四部书：《中国古代小说在东亚的传播与影响》《唐人小说选》《崔致远全集》《点石集》。但还有许多计划未竟："明代作家分省人物志"即将结项；"宋元小说全编""明人序跋集"等中期目标，"中国小说史"等学术远景均在筹划中……先生躺在病床上，心急如焚，他多想根除病源，回到书房工作。

"如何走出医院？"念兹在兹！这是他对我说的最后一句话。

先生一生，兢兢业业，如西西弗斯滚动石头、如年轻时拉板车一般，勤奋、严谨、持续地做学术研究及整理工作。阅读大量书籍，做大量卡片，恒久的耐心，甘为后人做铺路石的毅力与决心。单凭才气不能，有恒心无才华也不能。先生兼得二者，乃能成就。数十年来，他无一日不在辛苦中，虽然苦中作乐，也终于积劳成疾。

有一日，我带爱人洪涛一起探望先生，李根也在。我们三人轻松地谈论学问、艺术、创作，在国外的游历，对各国美术馆、博物馆、教堂的观感。先生精神尚好，一直微笑地、安静地听我们说话。我回头对先生说："你看，在这里，我们三个，一个学者，一个作家，一个画家，多有意思。"先生含笑点头，若有所思，神情似有某种向往。有一瞬间，我觉得先生，似乎也很想体会另一种可能更为自由的生活，寻找另一种更能任意表达生命的方式。转念又想，人的一生，只要能持之以恒做一件事，即不枉此生了。何况，先生的功业，必会超越他的领域、超越我们的时代。

2018 年 3 月 28 日 10 点 28 分！时间残忍地凝固住了。

　　先生双目微阖，唇吻微张，面容极为平静，好似睡着了。曾经敦实的身子，枯瘦而薄，身量变小变轻，好似不胜薄被；我轻抚他的面庞，冰凉、柔软，头发白而细，柔软地贴着坚硬头颅。他静卧在那里，全然不管众人呼唤哭泣，他是再也不理会情感的纠缠、劳作的艰辛、世人的纷争了……

　　先生真的逝去了？我感觉眩晕，依窗而立。从 13 楼望向窗外，白花花阳光铺洒下来，照亮依旧纷争、辛苦、纠缠的人世，世人依旧如蝼蚁，走来走去，忙忙碌碌。

　　苏东坡弥留之际，方丈要他想想来生，东坡轻声说："西天也许有，空想来生，有什么用？"方丈还是要他想，他只说："勉强想就错了。"在东坡看来，是否有来生，并不重要，重要的是今生，生死之事，顺乎自然。

　　先生的今生，足够努力，足够圆满。

　　但假如有来生，先生，你还做你的先生，我还做你的弟子。

　　送师母回顾戴路寓所。卧室墙壁，挂着先生各个时期的几帧放大相片，我很喜欢先生穿中山装垂头读书的侧影。客厅有幅李根画的《子路　冉有　公西华侍坐》，先生常坐在朝南单沙发，我们坐在靠东长沙发，清茶一杯，谈论竟日。二楼是先生书房，两排书架垒满书，中间桌上并排两个大电脑，文件、书籍，随意累叠，好似主人只是出门几天，随时回来，依旧在此沉思、阅读、工作。座椅皮质已脱落，似带先生体温；绿色鼠标垫、白色鼠标，留有先生手泽。书桌边一棵观音树，叶片油亮，亭亭而立。书房北墙，中间悬一幅泼墨老翁《面壁十年图》，左右联乃何满子先生八十岁手书："尊德性道问学，致广大尽精微。"紧临书房的阳台，有先生手植的月季、松柏、橘树……一株海棠缀着几朵白花……外面，春天汹涌，梅花樱花渐残渐谢，垂丝海棠与桃花却刚刚开放……

　　瞬间芳华，刹那寂灭。花树犹此，人何以堪？

　　人命一生，刹那刹那，如云如水，如雾如霰。精神之芳华，或可流播永存。

　　　　2018 年 4 月 1 日初稿完成于先生书房，定稿于 4 月 3 日恩师生日

补记：

　　编审《点石集》过程，先生住在医院，初校样拿来病床边，先生说话已然艰难，我挨近他，听他轻声而清晰地问我："内容还行吗？"我说很好，先生放心了似的含笑点点头。我又问他版式怎么样，是否还满意？他朝我竖了竖大拇指。本希望此书出版时，先生已然病愈出院；本指望以此书，作为他的七十寿辰献礼，从教四十年纪念。我急急忙忙赶二校样出来……先生忽而离开我们……在他逝后，我再读这些文字，泪眼婆娑，却又感觉温暖；先生的姿影、容颜、体温、言语、学问、精神，在字里行间呈现。此书，乃是先生为弟子们写的序跋总集，是他馈赠给弟子们的一份厚礼，也是师长教导学生阅读与写作的一份见证。我既是他的弟子，又能亲手责编这本书，深感荣幸，故不揣谫陋，将我纪念先生的文字《恩师李时人》附后，永为纪念。

赵荔红

2018 年 5 月 1 日

图书在版编目(CIP)数据

点石集/李时人著.—上海:上海人民出版社,
2018
ISBN 978 - 7 - 208 - 15023 - 2

Ⅰ.①点… Ⅱ.①李… Ⅲ.①古典小说-小说研究-
中国-文集 Ⅳ.①I207.41-53

中国版本图书馆 CIP 数据核字(2018)第 032271 号

责任编辑 赵荔红
封扉设计 人马艺术设计·储平

点石集
李时人 著

出　　版　上海人民出版社
　　　　　(200001　上海福建中路 193 号)
发　　行　上海人民出版社发行中心
印　　刷　常熟市新骅印刷有限公司
开　　本　635×965　1/16
印　　张　19.25
插　　页　7
字　　数　282,000
版　　次　2018 年 8 月第 1 版
印　　次　2018 年 8 月第 1 次印刷
ISBN 978 - 7 - 208 - 15023 - 2/I·1697
定　　价　68.00 元